Dictionnaire *amoureux* de l'inutile

Ouvrages de François Morel

Meuh, Ramsay-Archimbaud ; Presses-Pocket, 1996.
Les Habits du dimanche, Le Rocher-Archimbaud ; Presses-Pocket, 2000.
À pas d'oiseau, Le Rocher-Archimbaud, 2000.
Les Compliments, Le Rocher, 2003.
Bien des choses, dessins de Pascal Rabaté, Futuropolis, 2009.
Hyacinthe et Rose, peintures de Martin Jarrie, Thierry Magnier, 2010 ; album-CD, textes lus par François Morel, mis en musique par Antoine Sahler, Thierry Magnier, 2013.
L'Air de rien : chroniques, Denoël/France Inter, 2011.
Raymond Devos. La raison du plus fou, Le Cherche Midi, 2012.
La Vie des gens, peintures de Martin Jarrie, Les Fourmis Rouges, 2013.
La Fin du monde est pour dimanche, Les Solitaires intempestifs, 2013.
Je veux être futile à la France, Denoël/France Inter, 2013.
Je rigolerais qu'il pleuve. Chroniques 2013-2015, Denoël/France Inter, 2015.
Portraits crachés, avec Jean-Claude Morchoisne, Glénat, 2015.
Jamais la même chose, Chroniques 2015-2017, Denoël, 2017.
C'est aujourd'hui que je vous aime, Éditions du Sonneur, 2018.

François et Valentin Morel

Dictionnaire *amoureux* de l'inutile

Dessins de Christine Morel

PLON
www.plon.fr

COLLECTION FONDÉE
PAR JEAN-CLAUDE SIMOËN

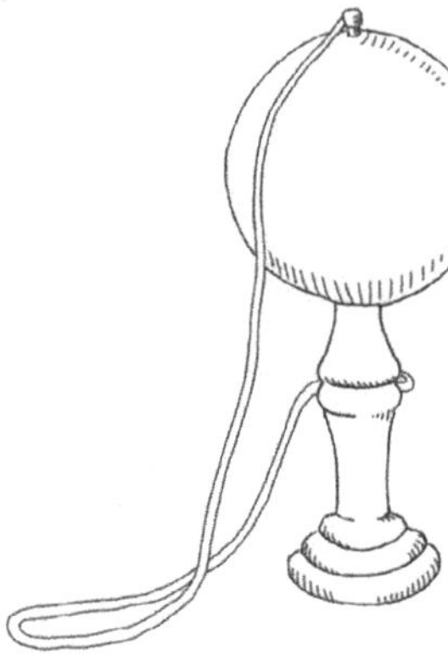

92, avenue de France
75013 Paris
Tél. : 01 44 16 09 00
Fax : 01 44 16 09 01
www.plon.fr
www.lisez.com

Mise en pages : Nord Compo (Villeneuve-d'Ascq)
Dépôt légal : octobre 2020
ISBN : 978-2-259-26472-3

Plon est un éditeur qui s'engage pour la préservation de son environnement et qui utilise du papier fabriqué à partir de bois provenant de forêts gérées de manière responsable.

« Il n'y a d'indispensable que les choses inutiles. »

Francis PICABIA.

« C'est joli et ça ne sert à rien. »

PANORAMIX
Astérix – Le Secret de la potion magique.

Préface[1]

> « Que dites-vous ?
> C'est inutile... Je le sais !
> Mais on ne se bat pas dans l'espoir du succès !
> Non, non, c'est bien plus beau lorsque c'est inutile. »
>
> Edmond Rostand,
> *Cyrano de Bergerac.*

Pas besoin d'être Cyrano pour comprendre que depuis toujours l'inutile est le plaisir de la vie.

Sans doute faut-il des viaducs, des ponts, des lignes de chemins de fer, mais que seraient les paysages sans les chemins creux ? Il faut un Palais de la découverte, mais quelle tristesse si le Palais idéal du facteur Cheval n'existait pas. Il faut des légumes, mais aussi des fleurs. On a sans doute besoin de ministres, de préfets, d'administrateurs des finances publiques mais plus encore de poètes, de fantaisistes et de dresseurs de caniches.

Oui, l'intelligence est indispensable, mais que serait le monde sans douceur, sans gentillesse, sans courtoisie ?

---

1. Voir les entrées « Dictionnaire amoureux de l'Inutile » et « Préface ».

Bien sûr, ce dictionnaire est « amoureux », c'est-à-dire parfaitement subjectif. Le lecteur, à chaque page, trouvera à redire.

Nous n'avons pas fait la liste de tout ce qui est inutile, parce que c'est une question de point de vue. Une paire de Louboutin s'avère superflue quand on est cul-de-jatte. Envoyer un CV quand on se prénomme Mohammed et qu'on habite la Grande-Borne à Grigny est une perte de temps. Le piège à sangliers, qui fut pourtant un produit phare du catalogue Manufrance[1], n'est pas forcément très adapté quand on habite au trente-deuxième étage d'une tour de La Défense.

Si on avait obtenu notre brevet de philosophie, on aurait pu choisir des entrées comme « homme », « femme », « vie », « mort ». On aurait pu dire que tout était inutile, que rien n'était inutile, on aurait sans doute eu raison.

N'écrivez pas aux auteurs pour leur dire : « Nous ne sommes pas d'accord avec vous quand vous affirmez que le slip en bonbons est inutile. Nous nous faisons fort de vous prouver le contraire, photographies à l'appui, et vous certifions que le slip en bonbons a littéralement relancé notre couple. »

Le Robert s'enorgueillit de contenir 30 000 mots. On pourrait lui rétorquer qu'on s'en fout, qu'avec moins de 500 mots, on pourrait très bien se débrouiller, mais que serait le monde sans les écrivains et les mots peu utilisés...

Comment faut-il vous le dire ? Nous sommes d'accord avec vous et avec Picabia : l'inutile est indispensable.

1. Il faut dire qu'il est à palette fer et à armement automatique par simple pression sur l'extrémité du ressort, ses mâchoires à crocs assurent l'efficacité des captures. Et encore, on ne vous parle pas de son anneau d'attache et du fait qu'il est très pratique à dissimuler.

Académie française

Non, rassurez-vous. On ne va pas commencer par une entrée trop à charge et tellement attendue contre l'Académie française. Depuis 1635 qu'elle existe, elle a subi toutes les critiques, tous les reproches, tous les outrages, et même l'ironie d'un futur académicien, Edmond Rostand, dans la scène 2 du premier acte de *Cyrano de Bergerac* :

> « LE JEUNE HOMME, à son père.
> L'Académie est là ?
> LE BOURGEOIS.
> Mais… j'en vois plus d'un membre ;
> Voici Boudu, Boissat, et Cureau de la Chambre ;
> Porchères, Colomby, Bourzeys, Bourdon, Arbaud…
> Tous ces noms dont pas un ne mourra, que c'est beau ! »

Alphonse Karr, journaliste et écrivain, auteur (avons-nous besoin de vous le rappeler) de *Sous les tilleuls* et de *Midi à quatorze heures* (cruelle est la postérité), notait durement : « Supprimer l'Académie ? Mais ce serait rétablir cette coutume ancienne de pendre les suicidés ! » Plus récemment, dans le même esprit, Maria Candea, docteure en linguistique française, maîtresse de conférence à l'université Sorbonne Nouvelle, exprimait sa pensée sans détour : « Si demain l'Académie disparaît, on ne s'en rendra pas compte ! »

Dany Laferrière, élu le 12 décembre 2013 à l'Académie, occupe aujourd'hui le fauteuil numéro 2, celui de Valentin Conrart, de Toussaint Rose et de François Jean de Chastellux[1]... Il était interviewé par TV5 Monde sur l'utilité de ses séances à l'Institut de France et répondait ceci : « À quoi ça sert l'Académie française ? J'espère à rien. C'est-à-dire, précisément, je suis en train de prêcher depuis longtemps la force de l'inutile, dans ce monde où tout doit finir par devenir un produit commercial. J'espère qu'elle sert à dire qu'il y a un espace qui négocie avec l'éternité. Vous savez, à force de ne plus rien faire qui dure plus de dix ans, l'esprit humain contemporain

1. L'honnêteté nous oblige à signaler que le fauteuil 2 a également été occupé par Montesquieu, Alexandre Dumas fils et Jean Richepin qui, post mortem, fut un beau parolier pour Georges Brassens :

Philistins, épiciers
Tandis que vous caressiez
Vos femmes
En songeant aux petits
Que vos grossiers appétits
Engendrent
Vous pensiez : « Ils seront
Menton rasé, ventre rond
Notaires. »
Mais pour bien vous punir
Un jour vous voyez venir
Sur terre
Des enfants non voulus
Qui deviennent chevelus
Poètes.

ne peut même pas concevoir ce qu'est une cathédrale, qui prenait des siècles pour se construire. On ne peut plus le concevoir. Donc, pour moi, ça sert à une représentation de la littérature, de l'écriture, qui dépasse le temporel, c'est-à-dire le politique... »

Nombre d'illustres auteurs, rayonnant à travers leurs œuvres dans le monde entier, n'ont pas eu la chance de s'asseoir, parmi les immortels, sur l'un des quarante fauteuils de l'Académie française. Les grands auteurs ignorés par le Quai Conti ont été listés par l'écrivain Arsène Houssaye et regroupés sous le nom de « 41e fauteuil », inventaire que complétera, un siècle plus tard, Maurice Genevoix.

Citons ici, à titre d'exemple, quelques-uns de ces noms restés célèbres : René Descartes, Honoré de Balzac, Blaise Pascal, Alexandre Dumas père, Molière, George Sand, François de La Rochefoucauld, Charles Baudelaire, Claude-Henri de Rouvroy de Saint-Simon, Gustave Flaubert, Jean-Jacques Rousseau, André Gide, Guy de Maupassant, Denis Diderot, Marcel Proust, Pierre-Augustin Caron de Beaumarchais, Paul Verlaine, Stendhal, Émile Zola, etc.

La mission de l'Académie française est, rappelons-le, de « normaliser » et de « perfectionner » notre langue à travers la rédaction d'un dictionnaire. Pour information, sachez que depuis sa fondation, en 1634, l'Académie n'a sorti que neuf éditions de son dictionnaire, c'est-à-dire un tous les quarante-trois ans ; quand les auteurs du présent ouvrage n'ont eu que trois ans pour écrire le leur.

Juste pour dire...

Affabuloscope

Le musée de l'Affabuloscope est situé quartier le Castera au Mas-d'Azil. Le code postal est 09290. Autant dire qu'on le trouve quelque part en Ariège. Si l'on veut se renseigner sur l'Affabuloscope, le mieux est de composer un numéro de portable, le 06 66 04 35 30.

(Vous aurez sans doute l'occasion de faire tous les griefs possibles au *Dictionnaire amoureux de l'Inutile*. Vous ne pourrez certainement pas lui reprocher de ne pas donner des renseignements concrets, précis, vérifiés et vérifiables.)

L'Affabuloscope est avant tout l'œuvre d'un homme, Claudius de Cap Blanc. Son truc, c'est la vulve[1]. L'artiste explique que, si le mouvement et le temps sont masculins, l'univers est féminin. Avec son burin et son marteau et à la peinture rouge, il fait apparaître des « clitoris-en-érection », des vulves, donc, « afin que quiconque les rencontre sache où il habite et d'où il vient. Qu'est-ce que le vulvolitique ? Une vision, un parfum, un acte de résistance et de célébration ».

L'Affabuloscope se trouve près de la grotte du Mas d'Azil, véritable curiosité géologique répertoriée parmi « les sites touristiques Ariège ». « L'immensité de ses cavités, la mise en lumière moderne et l'âme qui l'habite sont autant de points que la grotte du Mas-d'Azil vous invite à explorer. » Toujours est-il qu'en 2015, Claudius de Cap Blanc a été condamné à deux mois de prison avec sursis et soixante heures de travaux d'intérêt général parce que la justice a considéré qu'il n'y avait pas lieu de peindre, notamment des vulves, sur la passerelle qui mène à la grotte du Mas-d'Azil.

---

1. Afin d'enrichir les dictionnaires de citations, nous suggérons cette entrée inédite : « Son truc, c'est la vulve » (F. et V. Morel).

Âge

« Même les plus cons ont leur jour de gloire : leur anniversaire. »

François Cavanna.

Si le temps apporte expérience et sagesse, la comptabilité des années ne représente aucune espèce d'utilité. Mis à part pour l'enfant qui annonce crânement ses « six ans trois quarts » et l'ancêtre qui claironne ses « cent huit ans et demi », le commun ressent plutôt de l'aversion pour ce compte méthodique et inexorable, et, de plus en plus le temps passant, les cheveux et la barbe se couvrant de blanc, les marches de l'escalier se faisant, chaque fois, un peu plus hautes.

L'Homme se console en faisant des soirées, des restaurants avec ses proches, et à l'occasion d'un chiffre rond de grandes fêtes. Il mange beaucoup, boit plus que de raison, rigole fort, content d'être si bien entouré. Puis, passé une certaine heure, il se souvient, il est un peu ému, et se lève d'un coup pour aller danser sur la piste avec la fougue d'un jeune taureau.

S'il est bien un jour dans l'année où il faut faire particulièrement attention, c'est celui-là. Les exemples sont nombreux de personnes décédées le jour de leur anniversaire : Sidney Bechet, le peintre Raphaël, Henri Ier de Portugal, Georges Courteline, Ingrid Bergman, Dick Rivers, Léon Zitrone et Louis Nicollin.

Pas d'excès, donc. Préférez une soupe.

Aléatoire

— De toute façon, votre truc, c'est très aléatoire...
— Comment ça ?
— C'est relatif... Utile, pas utile, ça ne veut pas dire grand-chose...
— Ben si, quand même...
— Non, mais ce que je veux dire, c'est que c'est une notion personnelle. Un peigne, c'est inutile pour un chauve, un livre pour un analphabète, une boîte à outils pour un manchot... Dans le fond, votre truc, c'est un fourre-tout.
— Comment ça ?

Voir : Fourre-tout ; Pull ; Records ; Sourcil.

Aliments

« Vous aimez bien tout ce qui est bon ? C'est très mauvais ! » affirme la mère supérieure Marie Marquet à Big Moustache, Terry-Thomas dans *La Grande Vadrouille*.

Afin de survivre, il est indispensable de se procurer un certain nombre d'aliments : eau, miel, sel, sucre, blé, maïs séché, bicarbonate de soude, riz blanc, lait en poudre, haricots, orge, produits à base de bouillon... Bon appétit.

On est d'accord, l'andouille de Vire, le chocolat, l'andouillette, le pécharmant, la fougasse, le prosciutto, le serrano, le fouet catalan, le pouilly, le jambon de Luxeuil, le boudin blanc, le fromage de tête, la coppa, les chips, les croissants au beurre, le château-figeac, le médoc, le limoncello, le cognac, le calva, le bleu d'Auvergne, le comté, le chablis, le côte-rôtie, la poularde au vin jaune, le pont-l'évêque, le livarot, le camembert, la fourme de Montbrison (liste non exhaustive) sont des aliments superflus quand ils ne sont pas néfastes, qui n'apportent rien à l'organisme, si ce n'est du cholestérol, des problèmes cardio-vasculaires, des jambes lourdes, des infarctus, de l'hypertension, du diabète, des emmerdes de toutes sortes, et parfois même le regard lourdement culpabilisateur du médecin traitant.

On est d'accord.

Mais que serait la vie sans l'andouille de Vire, le chocolat, l'andouillette, le fouet catalan, le jambon de Luxeuil, le boudin blanc, le fromage de tête, la coppa, les chips, les croissants au beurre, le figeac, le médoc, le limoncello, le cognac, le calva, le bleu d'Auvergne, le comté, le chablis, le côte-rôtie, la poularde au vin jaune, le pont-l'évêque, le livarot, le camembert, la fourme de Montbrison (liste à compléter).

Angélus

Tant d'angélus
Ding
Qui résonne
Et si en plus
Ding
Y'a personne

Alain Souchon, « Et si en plus y'a personne[1] ».

« Dans les églises, il y a toujours quelque chose qui cloche », notait Jacques Prévert. Notamment, l'angélus. L'Angélus est la prière de l'ange, celle de l'église

1. « Et si en plus y'a personne » est une chanson écrite et interprétée par Alain Souchon et composée par Laurent Voulzy, sortie en 2005.

catholique et occidentale. On peut l'entendre trois fois par jour, à 6 heures, à midi et à 18 heures, ou encore à 7 heures, midi et 19 heures dans certaines régions plus lève-tard. En Champagne, l'angélus sonne encore à 14 heures pour la reprise du travail. Si l'angélus champenois n'indiquait pas 14 heures, les journées de labeur seraient singulièrement plus courtes.

L'angélus commémore l'ange du Seigneur apportant l'annonce à Marie (« *Angelus domini nuntiavit Mariae* »). Qui pense encore à cet ange Gabriel venu annoncer à une jeune fille juive de Judée qu'elle deviendrait du jour au lendemain mère de Dieu, ni plus ni moins ? Ce qui dans un CV est quand même une annotation assez marquante.

Les cloches de l'angélus, à 6 heures et 18 heures, sonnent depuis 1095 à Saintes, la bien nommée capitale du comté de

Saintonge. En 1318, on étend la pieuse coutume à l'église universelle. En 1472, Louis XI décide d'ajouter une sonnerie à midi. En 1476, l'officialisation des trois angélus est définitivement prescrite.

L'angélus a été immortalisé par Millet. Un couple de paysans, au milieu d'un champ, se recueillant et faisant sa prière tandis qu'au loin on entend sonner l'angélus au clocher de Chailly-en-Bière, près de Barbizon. L'œuvre visible aujourd'hui au musée d'Orsay était l'image la plus populaire au XXe siècle. Elle était partout, sur les murs, les coussins, les boîtes de sucre.

À Durfort, dans le département du Tarn, l'angélus a provoqué une querelle de clochers. Certaines personnes proches de l'église se plaignent de la longueur des sonneries des cloches. Les conseillers municipaux dufortois ont longuement débattu au sujet du nombre de coups de cloches. Que choisir ? Deux fois 12 ou 59 coups, ou les deux à la suite... ? Dix conseillers ont voté le *statu quo* et le maintien du nombre le plus élevé de coups de cloche. Un conseiller municipal, ne sachant à quel saint se vouer, s'est abstenu. On peut être à la fois bon chrétien et insomniaque.

(Par ailleurs, Langélus est un centurion du camp retranché romain de Babaorum dans le *Combat des chefs* de Goscinny et Uderzo, mais je crains que nous ne nous éloignions du sujet.)

Aujourd'hui, on ne prie plus guère. Jamais on ne voit dans les champs, dans les bureaux, dans les open-space, des couples de paysans, de bureaucrates ou de publicitaires arrêter leur travail pour se souvenir de Marie, de Jésus et de l'ange Gabriel.

L'angélus sonne toujours, à heure fixe, comme la réminiscence d'un passé lointain.

Apéritif

À quel moment dans l'histoire des hommes a-t-on commencé à entendre cette phrase, promesse de cordialité légèrement enivrée, « Passez donc prendre l'apéritif » ?

Bien sûr, les Assyriens, avant de passer à table, prenaient un petit vin de palme. Bien sûr, les Romains goûtaient le vin cuit. Bien sûr, les Allemands du XIIe siècle mélangeaient l'absinthe et le vin pour faire du *Wermut*, ancêtre du Vermouth. Bien sûr, au Moyen Âge, on buvait des boissons alcoolisées à vertus prétendument médicales, comme le clairé ou comme le vin de sauge. Bien sûr...

(Nous disons « bien sûr » pour faire nos malins, en réalité, nous sommes en train de recopier la page Wikipédia consacrée à l'apéritif.)

Louis XIV, croisant Le Nôtre dans les jardins de Versailles, ne lui a jamais dit : « André, quand vous aurez fini vos plantations, passez donc prendre l'apéro. J'ai un petit rivesaltes de derrière les fagots, vous m'en direz des nouvelles. »

Jamais un Mérovingien, un Carolingien un Capétien, un Valoisien n'a ouvert la bouteille de pastis surmontée de son fameux doseur en plastique.

L'apéritif, tel que nous le connaissons, avec cacahuètes, pistaches et la dernière petite rincette avant le départ, est arrivé plus tard.

C'est Mme Dubonnet qui en est à l'origine, oui, la femme de Joseph Dubonnet (« Dubo, Dubon, Dubonnet »). Joseph était chimiste. Il inventa une boisson pour lutter contre le paludisme, une sorte de vin de quinquina, au goût amer mais rehaussé par des saveurs épicées. Les légionnaires en Afrique du Nord, qui crapahutaient dans les marécages, se faisaient piquer par les moustiques, et ils en avaient fait leur médicament préféré. La femme de Joseph servit cette boisson à ses amis. « Ça change », convinrent-ils.

L'origine de l'apéro est peut-être aussi italienne. C'est possible. Quand une invention est dans l'air du temps, nombreux sont ceux qui peuvent la revendiquer. Toujours est-il que, depuis le début du XXe siècle, dans le monde entier on prend l'apéritif. Il s'est développé, précisé, enrichi, diversifié. Il peut être dînatoire ou sans alcool. Il peut être pris vite fait au comptoir entre collègues avant de rentrer chez soi ou s'attarder entre amis dans la douceur nocturne d'une première soirée de printemps.

Mme Dubonnet serait étonnée de la réussite internationale de son initiative. Même la reine d'Angleterre, selon Stéphane Bern, n'est pas la dernière à se servir un petit cocktail à son goût : un tiers de Dubonnet, deux tiers de gin.

Mme Dubonnet, peut-être, serait légèrement inquiète : « Vous bourrez pas de chips, Votre Altesse, vous allez rien manger après… »

Appendicite

Même si l'appendicite est inutile, il est difficile de la faire entrer directement dans un *Dictionnaire amoureux* sans une petite justification car à première vue une inflammation aiguë de l'appendice iléo-cæcal est peu encline à susciter la passion, l'ardeur, la flamme ; une appendicite est peu susceptible d'évoquer l'amour.

Cependant, quand on a onze ans et qu'en plein après-midi on souffre le martyre en cours de sciences de la vie et de la terre, quand on cherche en vain une position réconfortante, quand on voit le professeur, démuni, aller chercher le principal du collège qui appelle le portable des parents qui ne répond pas, quand on convoque les pompiers, quand une personne d'autorité déclare « Il faut l'emmener à l'hôpital », quand on est transporté sur un brancard, quand, le front brûlant, on adresse à ses amis un dernier sourire douloureux avant de partir dans l'ambulance qui s'éloigne dans un fantasme de gyrophare et de sirène, on touche au sublime, on atteint l'idéal, on flirte avec la métaphysique.

Et quand, quelques jours plus tard, on revient, apaisé, soulagé mais meurtri, quand on reprend sa place au troisième rang, tout près de la fenêtre, comme un brave, un héros, un surhomme, quand on apparaît comme un soldat revenu de la guerre, de loin, de l'au-delà, quand, aux yeux de tous ses camarades, on semble être un être auréolé de gloire, quelqu'un ayant approché l'indicible, le mystère de l'existence, quand on oppose juste un sourire navré à votre voisin qui s'écrie « Putain, ça doit faire drôle de se faire tripoter à l'intérieur des boyaux ! », on est alors entouré d'une sorte de halo de fascination et de respect, sinon jusqu'à la fin de la vie, au moins jusqu'aux vacances scolaires.

Oui, quoi qu'on en pense, l'appendicite a toute sa place dans un *Dictionnaire amoureux* !

Art autoroutier

Si jamais il vous arrive de prendre votre voiture et de quitter les embouteillages parisiens, grenoblois ou cornéliens (le dimanche matin quand c'est jour de messe à Saint-Cornier-des-Landes, c'est *un petit Paris*. Il faut dire que, parfois, il y a plus de huit voitures sur le parking de l'église), il se peut que vous ayez envie de goûter aux joies de la conduite sur autoroute. Si vous êtes un minimum attentif, vous remarquerez, au détour d'une courbe, une monumentale sculpture sur le bas-côté de la route. Fort probablement, puisque vous êtes au volant, vous vous agacerez de ces « sculptures de chiotte » qu'on impose à votre regard. « Une autoroute c'est fait pour la conduite, c'est pas un musée ! Sont pas obligés de nous foutre ça sous le nez... » Si.

Créée en 1951, la loi du 1 % artistique est « l'expression de la volonté publique de soutenir la création et de sensibiliser nos concitoyens à l'art de notre temps ». Elle impose, lors de la construction de bâtiments publics, de consacrer 1 % du coût total de construction à l'acquisition de biens culturels. Avec le développement des réseaux autoroutiers dans les années 80, de nombreuses commandes publiques sont passées pour « égayer » les aires et bords d'autoroutes. Le pourcentage alloué étant réduit à 1 pour 1 000, il reste tout de même une bonne enveloppe, un kilomètre d'autoroute coûtant environ 6,2 millions d'euros à la construction en France.

Fleurissent alors les sculptures discutables, les artistes ayant tous en commun un goût pour le gigantisme : *Woinic,* sur l'A34, est un incertain sanglier en acier haut de 8,50 mètres, long de 14, et pesant plus de 50 tonnes ; une effrayante tête de Charles Trenet, yeux écarquillés et toutes dents dehors, de 3 mètres de haut sur l'A9 ; un immense poulet de Bresse en tubes de fer sur l'A39 ; *Les Chevaliers cathares*, sorte de hauts bunkers de ciment de 13 mètres sur l'A61 (œuvre à propos de laquelle Francis Cabrel a écrit une acide chanson[1])... Il en existe un peu

1. *Les Chevaliers cathares*
Pleurent doucement
Au bord de l'autoroute quand le soir descend
Comme une dernière insulte
Comme un dernier tourment

plus de 70 dans le pays, vous vous êtes forcément déjà énervé devant l'une d'elles.

Le terme art d'autoroute est rapidement devenu un genre à part entière, marqué par son mauvais goût, équivalent physique à la musique d'ascenseur. Mais en réfléchissant bien, n'est-ce pas une bonne chose que ces œuvres soient sans intérêt aucun, qu'elles ne soulèvent pas de questionnements, qu'elles ne remuent rien d'essentiel, qu'elles n'aient aucune autre ambition que d'être le moins « artistique » possible ? Qui aimerait être embouti par un camionneur bouleversé dans son être profond par la contemplation d'une fresque sur le bord de la route ?

Nos technocrates pensent décidément à tout.

Autotamponneuse

L'autotamponneuse, pour être conduite, n'a pas besoin de permis.

C'est un avantage. Ce n'est pas le seul. L'autotamponneuse est moderne car elle est électrique. Elle est sûre car elle ne provoque jamais d'accidents graves. Elle est pratique, maniable, légère, elle ne vous fait jamais perdre votre temps quand vous devez vous garer. L'autotamponneuse est la voiture idéale.

Quand vous montez dans une auto normale, vous ne savez jamais très bien quand vous en sortirez. Quand vous vous installez dans une autotamponneuse, vous pouvez quasiment, à la seconde près, dire à quel moment vous la quitterez.

Au milieu du tumulte
En robe de ciment
(Paroles et musique de Francis Cabrel, 1983).

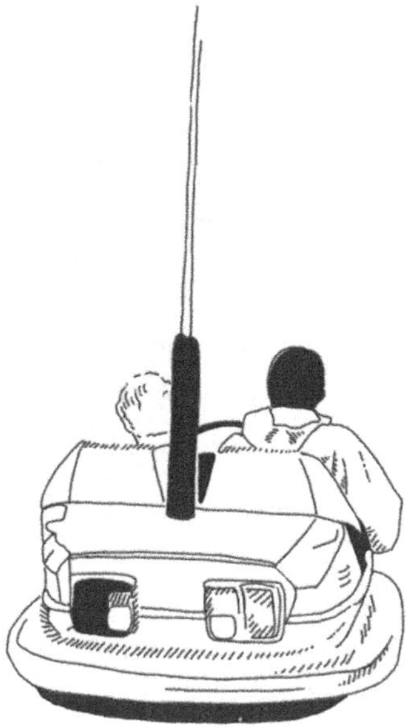

Aucune autotamponneuse n'a jamais écrasé d'enfants pauvres sur le parcours du Paris-Dakar, aucune autotamponneuse ne s'est retrouvée dans une compression de César, aucune autotamponneuse n'est jamais brûlée les soirs de réveillon.

Si nous étions au gouvernement (ce qui ne devrait pas tarder, de nombreux électeurs découvrant notre ouvrage diront illico : ce sont des gars comme ça qu'il faudrait à la tête de la France !), nous ferions remplacer tout le parc automobile français par des autotamponneuses. Les gens, quand ils se rentreraient dedans, place de la Concorde ou boulevard Magenta, rigoleraient à gorge déployée. Les embouteillages seraient des parties de plaisir, des moments de joie, d'hilarité partagée. Le monde, par enchantement, deviendrait serein (les autotamponneuses sont rarement équipées de klaxons).

Bien sûr, aux très jeunes enfants, aux vieillards et aux femmes enceintes, on déconseillerait l'utilisation des autotamponneuses qui peut, quand même, occasionner, ce serait malhonnête de ne pas le dire, des chocs légers. À toutes ces personnes fragiles, on conseillerait les rollers, patins à roulettes, trottinettes, skateboards, hoverboards, rockenskates, gyropodes, gyroroues que certains usagers particulièrement chanceux réussissent parfois à utiliser en ville pendant plusieurs minutes sans décéder.

Avion en papier

On a le droit de regretter que les enfants d'aujourd'hui, biberonnés aux écrans, ne sachent plus s'ennuyer comme ceux d'hier qui se contentaient de deux oranges et d'un sucre d'orge à Noël, et de faire voler des avions en papier pour se distraire, pendant les longues journées sans école. C'est un droit également de trouver que certains jeux vidéo sont d'une beauté et d'une poésie à vous couper le souffle, que les gamins d'aujourd'hui, pour peu qu'ils soient d'un tempérament curieux, ont facilement accès à mille fois plus de connaissances que leurs ancêtres, et que les avions en papier, qui ne volent jamais plus de trois secondes avant de s'écraser au sol, ont toujours été nécessairement décevants.

Dans un but de réconciliation entre anciens et modernes, nous souhaitons ici vous apprendre que la société PowerUp a commercialisé un système Bluetooth à clipser sur les avions en papier pour permettre de contrôler leur vol, faisant ainsi entrer avec éclat l'avion en papier dans le XXIe siècle. Une minihélice donne de la propulsion à l'appareil et un petit gouvernail manipulable par l'inclinaison du smartphone du lanceur permet de diriger l'avion, en intérieur ou en extérieur à une distance de 10 mètres.

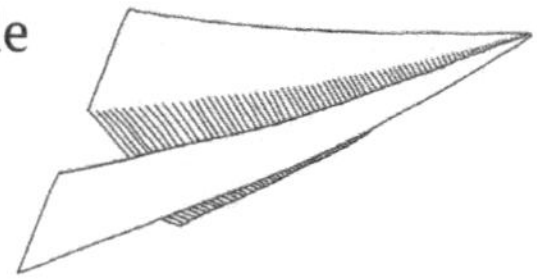

Les auteurs de ce dictionnaire ne sont pas allés jusqu'à acheter le gadget, qui coûte tout de même une cinquantaine d'euros, mais ils en accepteraient volontiers un en récompense de cette publicité gratuite mais pas forcément désintéressée.

D'autre part, il est nécessaire de savoir que, le 28 octobre 2010, Steve Daniels, Lester Haines et John Oates, astrophiles britanniques, ont lancé un avion en papier depuis l'espace. Pour rire, selon leurs dires. Ils en ont eu l'idée en entendant parler, en 2009, de l'envoi dans la stratosphère d'un morceau de cheddar par un producteur de fromage anglais.

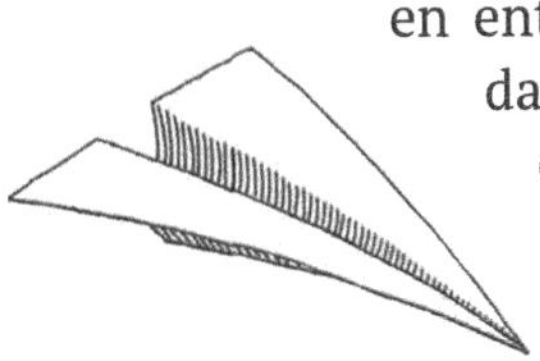

Paper Aircraft Released Into Space, dont l'acronyme fait référence à l'inutile starlette héritière des hôtelleries Hilton, est monté jusqu'à 27 kilomètres de la surface de la Terre accroché à un ballon à l'hélium. Arrivé à mi-stratosphère, l'avion, d'une envergure de 90 centimètres, et construit en fibres de papier, a été lâché pour regagner la Terre, qu'il a touchée en parfait état après environ une heure et demie de vol.

Depuis, ce record a été battu par deux fois, et il est aujourd'hui détenu par une association d'élèves de l'université de Kesgrave, dans le Suffolk, ayant lancé son avion de 35 000 mètres en 2015. Pas rancuniers, les trois amis, qui

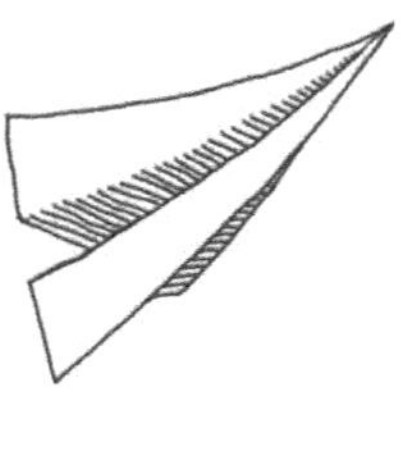

se savent à jamais les premiers, planchent sur leur nouveau projet, une fusée spatiale en papier nommée Lohan (Low Orbit Helium Assisted Navigator).

Baguette

La baguette de direction est utilisée par le chef d'orchestre pour indiquer aux musiciens le tempo, la mesure et l'attaque à donner aux notes. Elle est communément en bois, que l'on choisit souple ou rigide selon l'œuvre à exécuter, parfois agrémentée d'ivoire. Sa dimension varie entre 25 et 60 centimètres, mais il est indispensable de savoir que la plus grande baguette jamais utilisée mesure un peu plus de 3 mètres, ou encore que le chef russe Valery Gergiev conduit son ensemble à l'aide d'un cure-dents. Avant d'utiliser la baguette, on frappait le rythme au sol à l'aide d'un long bâton, comme le faisait Lully qui, on le sait, a attrapé la gangrène en s'en frappant le pied dans un accès de fureur en pleine répétition. Il en est mort. (Madame Lully mère avait-elle suffisamment signalé à son fils que la colère était mauvaise conseillère ?)

Un chef peut très bien se passer de baguette, son principal moyen d'expression étant le geste. Comme il ne produit pas de son et qu'il est placé dos au public, généralement les spectateurs ne comprennent rien à ce qu'il fait, il pourrait tout aussi bien chasser un moustique, ce serait pareil (à ce propos, lecteur, connais-tu le fameux sketch de Rowan Atkinson en chef d'orchestre ? Sinon, pose tout de suite ce livre et fonce sur YouTube). Cependant, quand le concert est un peu long, qu'il commence à faire chaud dans la salle et que votre voisin de droite se met à suer dans son smoking, il est parfois bien agréable de se distraire en regardant les gesticulations du chef, même si on n'y entrave que dalle.

Certains chefs peuvent aussi, parfois, se passer de gestes. Il existe, par exemple, un enregistrement vidéo de Leonard Bernstein qui dirige l'orchestre philarmonique de Vienne uniquement par le regard et les expressions du visage. Lors du dernier rappel d'un concert de 1983, alors que résonnent les premières notes du quatrième mouvement de la *Symphonie n° 88 en sol majeur* de Joseph Haydn, le célèbre chef et compositeur de soixante-cinq ans, d'habitude si agité, abaisse sa baguette et croise les bras. Derrière lui, pendant une dizaine de secondes, le public autrichien bruit d'incompréhension : le spectacle qui se joue devant ses yeux lui est inaccessible, réservé uniquement aux musiciens et, heureusement pour la postérité de Bernstein, aux deux caméras de télévision orientées vers lui. Diriger sans gestes, faire passer ses intentions par

l'expression de ses yeux pétillants, les plissures de son front, un rictus de sa bouche ne peut se faire qu'en ayant une infinie confiance en ses musiciens. Une forme de parfaite maîtrise fascinante d'économie. (Quand vous aurez fini de visionner Mr Bean sur YouTube, prenez le temps de regarder Bernstein.)

Il existe quelques chefs arrivés sur le tard à la direction d'orchestre. Généralement, ils ont obtenu ailleurs (dans la politique, la finance, les variétés) une reconnaissance médiatique qui leur permet de prendre plaisir à s'agiter en rythme devant des musiciens, quand ces derniers, pas fous, préfèrent observer le premier violon qu'ils considèrent, dans ces cas-là, comme leur véritable chef.

Baignoire

Il existe un journalier intitulé « Infos insolites et inutiles indispensables pour briller en société » (*Les Almaniaks*, 2018) qui nous apprend que la baignoire sabot dans laquelle trempait Marat, le 13 juillet 1793, alors qu'il soignait son eczéma et qu'il fut poignardé par Charlotte Corday, a été récupérée par le Musée Grévin qui expose toujours l'objet avec dedans un Marat en cire.

Cette baignoire, figurez-vous, fut retrouvée par la fille du général de Saint-Hilaire en 1858. Mais qu'est-ce qu'elle pouvait faire de la baignoire de l'ancien député montagnard ? D'autant que, une baignoire, elle en avait déjà une à Paris. Elle eut l'idée de la faire transporter dans le Morbihan sur une île charmante qu'on appelle l'île des Capitaines, l'île d'Arz, autant dire. La baignoire passa de mains en mains après la succession de la fille du général. On n'osait pas trop faire la toilette dans la baignoire d'un ancien révolutionnaire... On la rangea au grenier où elle prit la poussière. Un jour, ne nous demandez pas pourquoi, elle atterrit dans le grenier d'une dame qui en fit cadeau, on ignore pour quelle raison, au curé de Sarzeau sur la presqu'île de Rhuys qui, pour améliorer le denier du culte, la revendit en 1885 à Gabriel Thomas qui fut preneur au titre du Musée Grévin.

Comme quoi...

Bastille

À l'occasion de l'Exposition universelle de 1889 et du centenaire de la Révolution, M. Colibert, architecte spécialisé en reconstitutions, a eu un rêve fou et grandiose : pour les générations futures, reconstruire à l'identique, à l'échelle et en durable, la prison de la Bastille et la rue Saint-Antoine telles qu'elles étaient un siècle plus tôt.

Quand il commence à entrevoir son grand dessein, le 14 Juillet est redevenu une fête nationale depuis moins de dix ans, la France a été gouvernée par Napoléon III pendant vingt-deux ans et, après son exil, s'est vue dirigée par deux monarchistes : Adolphe Thiers et Mac Mahon. Les républicains ne sont de retour aux affaires que depuis 1879, et la classe politique de l'époque voit dans le projet de Colibert un moyen de raviver le souvenir antimonarchique et la ferveur républicaine d'une belle façon.

Malgré ce soutien politique, l'architecte ne parvient pas à avoir un emplacement réservé sur les 96 hectares de l'Exposition universelle. Le terrain dont il a besoin est trop grand pour tenir sur le Champ-de-Mars, au Trocadéro ou sur l'esplanade des Invalides. On peut également imaginer que les organisateurs n'ont pas voulu trop accentuer l'aspect commémoratif de la Révolution pour ne pas effrayer les monarchies invitées, qui, comme le Danemark ou la Grande-Bretagne, finiront par refuser d'envoyer des représentants. Colibert parvient à trouver une gigantesque concession de 6 000 mètres carrés, collée à la sortie du Palais des Machines, à côté du Champ-de-Mars. (Pour vous représenter aujourd'hui l'emplacement, il serait délimité, au nord par l'avenue de Suffren, au sud par la rue de Pondichéry, à l'est par l'avenue de la Motte-Picquet et à l'ouest par la rue Dupleix.)

L'architecte multiplie les recherches, consulte le cadastre de l'époque, les plans de la prison, étudie chaque façade, chaque mur, chaque moulure en ne sacrifiant rien à l'exactitude historique. Il veut que l'illusion soit parfaite, que le spectateur puisse se croire véritablement transporté dans le temps. Il y aura, bien sûr, la Bastille, sombre et menaçante avec ses pont-levis, son fossé plein d'eau, ses huit tourelles féodales aux murs de 5 pieds d'épaisseur, ses meurtrières, ses cachots et ses canons. Mais aussi la porte Saint-Antoine, édifiée sous Henri II, avec ses statues et ses bas-reliefs. On trouvera l'hôtel de Mayenne et l'église Sainte-Marie, comme on peut les voir encore aujourd'hui, et un tapissier, une auberge, un armurier, un potier, un parfumeur, bref, tous les petits magasins et échoppes tels qu'ils étaient sous Louis XVI.

Les ouvriers de terrassement donnent le premier coup de pioche le 5 avril 1887. On creuse les fossés de la prison monarchique, on coule le béton pour les fondations des diverses constructions. Très rapidement, commencent à se dresser les charpentes, murs et fenêtres, les menuisiers, serruriers et vitriers se relaient jour et nuit sur le chantier. Suivent ensuite les maçons, les couvreurs et les peintres. En un an, à peine, le chantier est terminé. Il aura coûté 12 millions de francs de l'époque, ce qui en fait le bâtiment le plus cher construit pour l'Exposition universelle.

L'inauguration de la Nouvelle Bastille a lieu le 9 mai 1888, en présence du ministre du Commerce, de députés, de conseillers municipaux, d'artistes, d'hommes de lettres. Dans la presse du lendemain, les journalistes qui ont pu passer les portes vantent la méticulosité de la reconstitution, le travail des patines sur les pierres et les murs, qui donnent l'illusion parfaite de l'ancien à cette rue créée de toutes pièces. Aucun détail n'a été oublié, et le succès que rencontrera l'attraction sera pleinement mérité.

Un an avant le début de l'Exposition universelle, les portes de la Bastille s'ouvrent donc aux Parisiens souhaitant la découvrir : 1 franc l'entrée, 2 les mercredis et vendredis, ouvert de 10 heures du matin à minuit. Dès les premiers jours, le succès est bien au rendez-vous : un flux continu de curieux se retrouve projeté cent ans dans le passé. Il faut dire que Colibert n'a pas fait les choses à moitié. Afin que l'illusion soit parfaite, des acteurs en costumes d'époque tiennent les rôles qui de la marchande de fleurs, qui du sabotier, qui du porteur à bras. Des spectacles sont organisés : une noce villageoise sous Louis XVI est donnée à l'église Sainte-Marie. Tous les jours, sous les yeux des visiteurs, le marquis de Latude rejoue son évasion de la prison, les Gardes françaises donnent de la musique, on présente des farces, etc. Dans l'enceinte de la prison, on peut voir la salle des supplices ou de sombres cachots dans lesquels se meuvent des prisonniers gémissants et décharnés, mais on peut aussi danser dans la cour centrale, sous une toile bleue aux fleurs de lys dorées.

Pendant un an, le succès ne se dément pas, et, le 5 mai 1889, commence l'Exposition universelle. Les foules se pressent avenue de Suffren, mais ce n'est pas la cohue que Colibert attendait. Il faut dire que la véritable star, celle vers laquelle convergent tous les regards, c'est cette tour de 300 mètres construite par Eiffel, à l'autre bout du Champ-de-Mars. Dans cette bataille de l'ancien contre le moderne, elle est en train de gagner haut la main.

En octobre, l'Exposition universelle ferme ses portes. Elle aura accueilli 32 millions de visiteurs sur six mois. C'est à partir de cette date qu'on ne retrouve plus de trace de la Nouvelle Bastille dans la presse de l'époque.

En décembre 1898 commence un grand chantier, au 80 *bis*, avenue de Suffren, l'emplacement où se trouvait la prison reconstruite. Les ouvriers montent un immense échafaudage. Il a été décidé de reconstituer un village traditionnel suisse juché sur une montagne artificielle au squelette d'acier, qui sera plantée de forêts de sapins et d'où coulera un ruisseau qui finira en une grande cascade.

Ainsi que le dit régulièrement oncle Gaston : « Y a pas à dire, fut un temps, on savait travailler. »

Bateau pirate

Deux frères écossais, Harry et Ollie Ferguson, adorables têtes blondes de cinq et huit ans, ont décidé de mettre à la mer leur bateau pirate Playmobil pour voir jusqu'où il arriverait à naviguer. Un jouet calqué sur les deux-mâts du XVIe siècle, d'une longueur de 66 cm, 56 cm de hauteur et 22 cm de largeur, totalement composé de plastique, excepté pour ses voiles faites de toile. Aidés par leurs parents, les deux bambins ont amélioré la flottaison de leur caravelle, ils l'ont rempli de polystyrène et y ont ajouté un contrepoids sous la coque pour éviter qu'elle ne se retourne sous l'effet de la houle. Avant de la mettre à l'eau, Ollie et Harry ont fixé Coco, petit singe en plastique, sur le bastingage et l'ont élevé au rang de capitaine, le rendant dorénavant seul maître à bord après Dieu. Surtout, les deux frères ont glissé, dans la cale de l'embarcation, un bocal hermétique en verre avec un papier plastifié roulé à l'intérieur. Intitulé « NOUS NAVIGONS SUR LES SEPT MERS », le mot donne le contact des Ferguson et le point de départ du bateau, et demande à qui le retrouve d'en informer Harry et Ollie avant de remettre l'embarcation à l'eau pour qu'elle continue son voyage.

Fin mai 2017, la petite famille est réunie sur une plage de Peterhead, tout au nord de l'Écosse, pour assister au départ de la caravelle rebaptisée *Adventure*. Le premier essai ne se passe pas comme prévu : les voiles, au lieu d'emmener le bateau au loin, le ramènent vers le rivage. À contrecœur, Ollie et Harry décident de les retirer et remettent le petit navire à l'eau, qui réussit, cette fois, à quitter les côtes pour explorer les mers infinies du monde.

Un mois et demi après son départ, le 17 juillet, deux promeneurs trouvent l'*Adventure* sur une plage du nord du Danemark entre Hanstholm et Klitmøller, à plus de 600 kilomètres de Peterhead, son point de départ. Si le bocal contenant le mot est toujours là, Coco le chimpanzé a disparu en mer. Le couple informe les Ferguson de leur découverte et, jugeant le bateau en état de repartir, le relance quelques jours plus tard, un matin de mer calme, à l'endroit exact où il a été trouvé.

Le 27 août 2017, l'*Adventure* est découvert sur une plage de Strömstad, tout au nord de la côte occidentale suédoise, par une navigatrice de plaisance, qui le recueille sur son bateau. Elle remet le jouet en état, notamment en lui fabriquant une sommaire voilure et en attachant au mât un long ruban rouge pour le rendre mieux visible, et l'*Adventure* reprend son voyage trois jours plus tard, cette fois en Norvège, dans le port de Fredrikstad.

Le bateau pirate navigue à peine une semaine avant d'être repéré par le *Christian Radich*, un centenaire et majestueux trois-mâts blanc de 73 mètres sous pavillon norvégien pouvant emmener en mer une petite centaine de croisiéristes. Le capitaine contacte les Ferguson et leur propose de faire découvrir d'autres mers à l'*Adventure* : le *Radich* est sur le point d'entamer une traversée pour la Mauritanie et il pourrait y emmener avec lui leur petite embarcation.

Pendant deux mois, les dix-huit personnes qui composent l'équipage du voilier norvégien sont aux petits soins pour le jouet des deux garçons. On le nettoie de fond en comble, une voilure aux normes professionnelles lui est cousue sur mesure et, surtout, on soude sur son pont une balise GPS flambant neuve offerte gracieusement par un sponsor écossais. Pour ce second départ, Ollie et Harry pourront suivre, deux fois par jour, la position et la vitesse de cette petite coquille de noix quand elle sera relâchée dans l'immense Atlantique.

Le 8 novembre à 12 h 23, le bateau pirate est largué à 160 kilomètres des côtes mauritaniennes. L'océan, enfin. Les dangers, les lames de vingt mètres, les requins, les tempêtes, la grande aventure... Sur un site créé par les marins pour l'occasion, une carte interactive permet de suivre la position du bateau pirate, que l'équipage norvégien a respectueusement renommé en

HMS Adventure pour *Her Majesty's Ship*. Quelques photos sont faites de la remise à l'eau, et les deux navires se séparent pour leurs destinées respectives, le *Christian Radich* remontant vers Oslo, le *HMS Adventure* partant vers là où les vents et les courants voudront bien l'emmener.

À partir de ce jour, tous les soirs en rentrant de l'école, Ollie et Harry regardent la progression de leur bateau : après avoir tourné sur lui-même entre le 11 et le 14 novembre sur une vingtaine de kilomètres carrés, l'*Adventure* semble finalement trouver un courant porteur et se dirige vers le sud-ouest, droit sur le Cap-Vert, qu'il atteint le 5 décembre. Avançant à une vitesse moyenne de 0,5 nœud, il lui faut une dizaine de jours pour traverser l'archipel, ce qui est fait le 14. À partir de là, plus aucune terre en vue jusqu'aux Amériques.

Pendant des mois, vaille que vaille, la minuscule embarcation a combattu l'immense océan. Lentement mais courageusement, sans jamais être emportée par le fond, retournée par une vague, la queue d'une baleine ou le rostre d'un dauphin curieux. À l'heure où nous écrivons ces lignes, le *HMS Adventure* navigue depuis presque un an, il a parcouru plus de 6 000 kilomètres et a quasiment atteint le continent américain. Après s'être approché très près du Venezuela, il a opportunément pris un courant marin chaud qui a dévié sa trajectoire et se dirige maintenant, comme par magie, vers les Caraïbes, terres de piraterie légendaire.

Certains journaux en ligne, séduits par l'aventure du petit bateau des Ferguson, ont relaté son histoire. Quelques habitués des espaces commentaires se plaignent que le bateau va alimenter l'un des deux monstrueux vortex qui se forment dans les océans Atlantique et Pacifique, ces immenses zones où les particules des multiples objets en plastique jetés et broyés dans la mer se regroupent, se confondant avec le plancton et tuant les malheureux animaux qui s'en nourrissent.

On ne peut forcer les gens ni à s'émerveiller, ni à s'indigner.

Bavardage

On sait que la conversation est un art depuis le XVIIe siècle tandis que la discussion, elle, est une menace. Quand votre supérieur hiérarchique, votre mère, votre père, votre professeur, votre précepteur, votre percepteur, votre maîtresse SM vous sollicite pour une « petite discussion », on est en droit de s'inquiéter. La conversation est mondaine, cultivée, brillante. Elle nécessite une acuité intellectuelle, une vélocité cérébrale, elle est par ailleurs un double fauteuil permettant de se parler en vis-à-vis. D'ailleurs, parfois, la conversation, comme un grand hall désert, doit être meublée.

Le bavardage, lui, n'est jamais artistique ou mondain, il ne nécessite aucun talent, aucune préparation. Il ne se soucie pas de cohérence, d'esthétisme ou de profondeur, il avance à la va-comme-je-te-pousse, il ne se monte pas du col, il n'a pas besoin d'être alimenté, il s'alimente tout seul. Il est incessant, continuel, intempestif, parfois creux, futile. Il est la marque de la détente, de la décontraction, du bien-être. On ne bavarderait pas avec quelqu'un qui vous ferait peur, du mal, grosse impression. Il est la hantise des maîtres d'école et des professeurs. Il parle pour ne rien dire. Il évoque la pluie, le beau temps, les soldes, les coupes de cheveux, le goût des crêpes, l'avantage du slip par rapport au caleçon, il parle de tout, de rien. Le bavardage est doux, frivole, léger, superficiel, vain, insignifiant, rarement sérieux, jamais pontifiant. Il est le sel des relations humaines.

Bébé à bord

Il est particulièrement inefficace de coller sur le hayon arrière de votre voiture l'autocollant « Bébé à bord » si vous souhaitez prier les automobilistes derrière vous de ne pas emboutir votre véhicule[1]. Principalement parce qu'il est relativement rare qu'un conducteur se réveille le matin avec l'irrépressible envie d'aller percuter violemment une voiture au hasard. Et si, par malchance, vous vous retrouviez avec un tel assassin dans le rétroviseur, il est peu probable que la lecture de votre message, pourtant d'une candeur sympathique et, en un sens, admirable, le fasse changer d'avis.

Big Mouth Billy Bass

On trouve sur Internet une vidéo publiée par l'INA où des jeunes de 1962 décrivent l'an 2000 tel qu'ils se l'imaginent, nous promettant voitures individuelles volantes, contrôle du climat, vêtements indestructibles et inusables, fin de la

1. Cet article vaut également pour les diverses déclinaisons (*Pépé, Toutou, Princesse et Connard à bord...*).

famine, du cancer et de la guerre. On peut constater que leurs prévisions ne se sont pas entièrement réalisées.

La véritable invention qui a marqué le passage à l'an 2000 est un poisson en caoutchouc peint, monté sur un squelette mécanique en plastique et nommé *Big Mouth Billy Bass*. À première vue, on croyait à un simple trophée de pêche, mais lorsqu'on passait devant, un capteur déclenchait le mécanisme, le poisson tournant la tête vers nous, battant la queue et se lançant dans une interprétation sirupeuse de « *Don't Worry, Be Happy* » de Bobby McFerrin ou de « *Take Me to the River* » de Al Green (qui révéla que cette version poissonnière lui avait rapporté plus de royalties que n'importe quelle autre reprise).

Pour fabriquer ce jouet-gag, de très sérieux ingénieurs américains et hongkongais ont uni leurs forces, des artistes et taxidermistes scrupuleux ont reproduit le plus minutieusement possible l'apparence du poisson, les vendeurs de la société Gemmy Industries ont inondé le marché américain et, finalement, mondial de leur animatronique.

Entre l'été 1999 et l'automne 2000, le succès a été fulgurant. La rumeur dit que le jouet a rapporté plus de 100 millions de dollars. George W. Bush l'a accroché dans le bureau Ovale, la reine Elizabeth au Balmoral Castle. Billy Bass, au départ un achigan à grande bouche, ou perche noire, a connu de nombreuses versions, du poisson-chat au homard en passant par tout un éventail d'animaux aquatiques interprétant tout ce que la musique pop américaine a pu offrir de plus chewing-gummesque.

Retour à la vidéo de 1962 : au milieu des enfants rêveurs apparaît une émouvante jeune fille au regard perdu et à la voix douce qui cherche ses mots, comme quand une pensée nous traverse pour la première fois : « L'an 2000, c'est irréel… Parce que… j'ai peur de devenir vieille et… j'aurai 54 ans à l'an 2000. Je n'espère pas les avoir… Mais si je les ai, j'essaierai de vivre avec mon temps. »

Nous ne savons pas si, devenue adulte, cette jeune fille a accroché un poisson chantant au mur de son salon. Pas plus si elle est, à la fin, parvenue à bien vivre dans son époque.

Quoi qu'il en soit, nous lui souhaitons tout le meilleur.

Bigorneaux

Sur France Inter, un humoriste d'État a cru bon en ce 1er novembre 2019 d'ironiser sur le lancer de bigorneaux qui a lieu chaque année en Bretagne, à Sibiril…

« "Mettre la langue dans le trou, et puis, quand on crache, s'aider du poids de son corps." »

Le sport, j'en conviens, n'est pas ma spécialité. Ma chronique de la semaine n'en sera pas moins sportive.

« Mettre la langue dans le trou, et puis, quand on crache, s'aider du poids de son corps. »

Je ne me lasserai jamais de dire cette phrase découverte dans *Ouest-France*, dont la lecture, parfois, est plus suggestive que celle de *Penthouse*, plus ensorcelante que celle de *Voluptuous*.

« Mettre la langue dans le trou et puis quand on crache, s'aider du poids de son corps. »

Dans l'édition Bretagne du plus grand quotidien régional du 5 août 2019, on découvre les conseils sportifs de

Stéphane Salomon qui, pour la troisième fois, participe au championnat du monde de Cracher de bigorneau. « Il faut choisir un bigorneau ni trop gros, ni trop petit. » Le trop gros bigorneau présente une lourdeur dans l'atmosphère qui ralentit sa propulsion. Le trop petit bigorneau n'a pas une capacité suffisante pour fendre l'air.

En 2019, à Sibiril (commune du Finistère située non loin de Roscoff), force est de constater que la gloire du plus grand cracheur de bigorneau du monde, Alain Jourden, n'a pas été entachée. Son record du monde (11,04 mètres, nous ne l'apprendrons à personne) reste indépassé. Le meilleur cracheur 2019 n'atteignit que les 9,90 mètres, la meilleure cracheuse que les 7,90 mètres.

Alain Jourden aujourd'hui n'est plus. Souvenons-nous de lui. C'était le plus grand. Chaque année, depuis 2001, c'était lui le vainqueur, l'éternel victorieux, le sempiternel triomphateur. Nous ne résistons pas à nous souvenir, non sans émotion, de ses exploits passés... 9,70 mètres en 2002, 10,40 en 2003, 10,11 en 2005, 10,41 en 2006, jusqu'à ce jour fameux de l'été 2011 où il fit exploser son record que nous rappelons avec admiration : 11,04 mètres.

Les vrais amateurs du cracher de bigorneau mesurent aussi la prouesse qui fut la sienne quand, en 2015, Alain Jourden réussit un lancer, certes de 8,80 mètres, mais par vent contraire.

Le cracher de bigorneau peut sembler être une activité inutile, mais pas plus que le lancer du poids, du disque, du javelot, du saut à la perche, du triple saut ou n'importe quelle autre activité sportive. Cet article qui s'intitule « Bigorneaux » aurait pu aussi bien s'appeler « Sport », « Athlétisme », « Championnat du monde ».

Blague Carambar

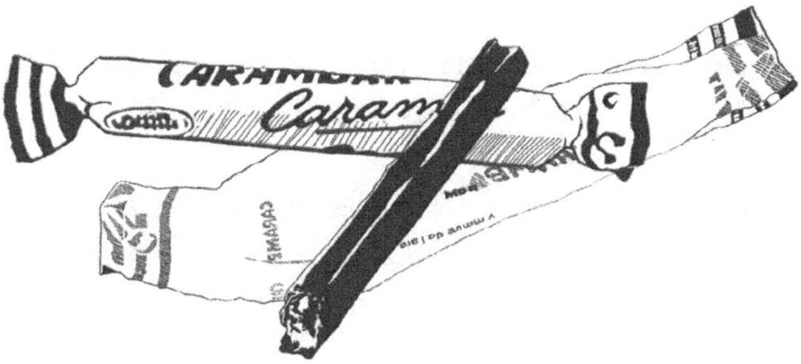

Le Carambar est né en 1954 à Marcq-en-Barœul. Il vécut un peu tristement dans son emballage rouge et jaune jusqu'en 1969 où son existence fut éclairé d'une invention qui allait lui redonner un second souffle, une vitalité nouvelle : la blague Carambar.

« Deux cygnes sont sur un lac. Comment reconnaît-on le mâle de la femelle ? C'est celui qui fait des petits cygnes à l'autre. »

« Je suis rose, de taille moyenne, et j'intéresse les jeunes filles de plus de 18 ans. Je suis... le permis de conduire ! »

« J'ai cru que Mozart était mort mais... mozzarella. »

« Un petit nuage se promène avec sa maman dans le ciel. Tout à coup, il s'arrête en se tortillant : J'ai envie de faire pluie-pluie, maman ! »

« Que se fait un Schtroumf quand il tombe ?
— Un bleu. »

« Quelle est la femelle du hamster ?
— Hamster-dame. »

« Pourquoi les pêcheurs sont-ils maigres ?
— Parce qu'ils surveillent leurs lignes. »

La blague Carambar fait rire essentiellement si on apprécie l'humour consternant.

Blanche, Francis

« Pour moi, une journée sans canular, c'est un gruyère sans trou. »

Francis Blanche.

Les histoires qui suivent sont connues mais Patrice Delbourg les raconte bien dans sa préface, pas du tout inutile, de *Mon oursin et moi*, de Francis Blanche (Le Castor Astral, 1972)...

« Toujours en démonstration, prêt à la provocation et à la gaudriole, les gags de Blanche, pour la malice de l'instant, font le tour du pays. Rapportons deux des plus célèbres, loin de tout micro et de toute caméra. Réalisés pour le seul plaisir d'épater le quidam.

« Francis Blanche arrive devant l'échoppe d'un garagiste, lui demande de bien vouloir l'aider à pousser jusqu'à la pompe sa grosse voiture américaine victime d'une panne sèche à quelques mètres de là. Celui-ci s'exécute et, la fastueuse limousine arrivée à destination, l'employé à salopette prononce la formule rituelle :

« “Du super ?” “Mais non, voyons, de l’eau ! Et de source, s’il vous plaît !” réplique l’acteur, scandalisé. Le pompiste croit à une plaisanterie mais devant l’indignation vite transformé en fureur de l’usager, il se plie au désir de celui-ci et commence à verser plusieurs dizaines d’aqua simplex dans le réservoir de la belle américaine, couleur pistache. Francis Blanche l’interrompt un instant dans sa tâche incongrue et jette quelques cachets d’aspirine dans le réservoir “pour que le carburant soit plus efficace”.

« Le plein terminé, Blanche le remercie, lui laisse une poignée de piécettes en guise de pourboire, monte au volant et démarre sans difficulté sous les yeux éberlués du personnel de la station-service. Plaisir de la mystification, nirvana de la fumisterie, il avait la veille fait monter un faux réservoir sous le châssis de sa belle américaine.

« Toujours au volant d'une de ses mirifiques torpédos, il se promène un jour dans les rues des beaux quartiers de Paris en compagnie de son ami Jean Carmet. Ne trouvant pas de place pour se garer, il s'arrête à la hauteur d'une vieille 4 CV délabrée. Jean Carmet saute de la belle voiture, faisant mine d'estimer l'éventualité d'un parking. Avisant le tacot, il crie à Francis Blanche, au beau milieu de la foule des passants : "Ici, c'est possible, Francis, il n'y a qu'une bagnole de prolo..."

« La réaction de l'acteur ne se fait pas attendre. Il manœuvre et encastre allègrement l'arrière-train de la Cadillac dans la carcasse de la vieille 4 CV, recommençant à plusieurs reprises, s'acharnant jusqu'à ce que la pauvre voiture prenne l'aspect d'une œuvre de César. Un attroupement se forme autour de la scène. Devant les badauds indignés, Jean Carmet ne perd rien de son légendaire flegme, en rajoute même en donnant des coups de pied dans la carlingue de l'épave : "Voiture de minable, véhicule de pauvre, médiocrité totale..."

« La police, avertie par les passants, débarque sur les lieux. La foule gronde. Francis Blanche s'offusque devant les représentants de l'ordre : "Eh bien quoi, messieurs, on n'a pas le droit de casser ses propres affaires ?" Il exhibe alors ses papiers : la 4 CV lui appartenait. Il l'avait achetée spécialement pour l'occasion ! Pour l'euphorie d'une boutade. »

Boîte inutile (la)

Une soirée libre ? Procurez-vous la Boîte inutile et amusez-vous. La Boîte inutile a été inventée en 1952 par Marvin Minsky et son supérieur Claude Shannon. Qui sont Minsky et Shannon ? Des pionniers de l'intelligence artificielle. Qu'est-ce que l'intelligence artificielle ? Demandez à Jean-François Copé, il a écrit un livre sur le sujet et a pas mal de temps à vous consacrer. Qui est Jean-François Copé ? Arrêtez de poser des questions.

La Boîte inutile est intrigante et un peu désespérante. « Il y a quelque chose d'indiciblement sinistre dans une machine qui ne fait rien – absolument rien – excepté s'éteindre elle-même », faisait remarquer Arthur C. Clarke, l'auteur du livre 2001 : *L'Odyssée de l'espace.*

Mais qu'est-ce que la Boîte inutile ? C'est une boîte surmontée d'un interrupteur. Quand on appuie sur l'interrupteur, la boîte s'ouvre et un doigt vient repousser l'interrupteur pour la refermer.

Vous avez compris ? Non. Le mieux est de regarder la vidéo :

https://www.youtube.com/watch?v=aqAUmgE3WyM

Vous voici intrigué. Vous avez envie de voir la version commerciale ? Qu'à cela ne tienne :

https://www.youtube.com/watch?v=9G71LqZXFu0

La version « chat chinois » vous intéresse ? La voici :

https://www.youtube.com/watch?v=tGCW8xftdOA

Une version japonaise occupera avantageusement vos nuits d'insomnie :

https://www.youtube.com/watch?v=ZYiwAnhULf8

Certains spécialistes non répertoriés de la Boîte inutile assurent qu'elle aurait permis au grand Sigmund Freud lui-même d'avoir une intuition essentielle concernant la pulsion de mort. Cette information est proprement incroyable si l'on se souvient que le grand neurologue autrichien est mort treize ans avant l'invention de la première Boîte inutile qui, à sa manière, exposait, de façon nette et palpable, le conflit éternel entre Eros et Thanatos dont l'apport à la psychanalyse est au moins aussi important que celui de Laurel et Hardy au cinéma burlesque.

Bouche-à-bouche

Certains secouristes sont tombés de haut. Si la vocation leur était apparue dans l'espoir de pratiquer un jour le bouche-à-bouche, quelle déconvenue, quelle déception ! *The Lancet,* revue scientifique et rabat-joie, a publié le 17 mars 2017 une étude de chercheurs japonais assurant que le bouche-à-bouche ne sauvait aucunement les personnes en arrêt cardiaque. Patatras. Désillusion. Désenchantement. Étant donné qu'on ne peut à la fois opérer un massage thoracique et ventiler par le bouche-à-bouche, cette dernière pratique est délaissée. Dans la chaîne de survie des arrêts cardiaques sur la voie publique, chaque minute compte. Il s'agit d'être rapide et efficace.

L'étude japonaise du SOS-Kanto Group réunissait huit hôpitaux universitaires de Tokyo, Saitama et Chiba. Elle reposait sur l'observation de 4 261 personnes ayant subi un arrêt cardiaque dans la rue : 2 917 n'ont pas croisé de secouristes ; 1 324 ont été ranimées, 434 par massage thoracique, 712 par massage thoracique et bouche-à-bouche. Les personnes réanimées par le seul massage s'en sortent mieux que celles qui ont eu droit aux deux gestes censés les sauver. En ce moment même, les massés viennent de prendre une douche après leur jogging et s'apprêtent pour l'apéritif entre amis. Les personnes ayant subi le bouche-à-bouche s'assoupissent mollement devant « Questions pour un Champion » (« *Shitsumon suru ta hitotsu Yuushou sha* », en japonais, ou quelque chose d'approchant).

Résultat des courses, on préfère appeler directement le Samu (le 15), les pompiers (le 18). Attention (et le docteur Pelloux, consulté par nos soins, le confirme), le bouche-à-bouche reste cependant un geste agréable, nécessaire, essentiel entre adultes consentants, mais dans une perspective non thérapeutique.

Boudin

Sébastien Lelarge est Mortagnais. Il a trente-sept ans. En 2018, lors de la 54e foire au boudin, à Mortagne-au-Perche, c'était un 18 mars, il fut sacré « le plus fort mangeur de boudin noir », comme on dit dans la confrérie, « le plus gros mangeur de boudin », comme on dit partout ailleurs. « Le plus gros » ou « le plus fort », quoi qu'il en soit, c'est un sacré coup de fourchette. En quinze minutes, il avala 1,145 kilo de boudin noir. Ce qui, naturellement, force le respect, soulève l'admiration, suscite l'enthousiasme.

Michel Julien, n'arrivant que deuxième, bien sûr, fut déçu car c'était lui le tenant du titre. Telle est la loi du sport et le destin des plus grands champions que d'être battus un jour par un plus vaillant, un plus vigoureux, un plus jeune. Michel Julien, ai-je besoin de le rappeler, engouffra en 2017 1,390 kilo de boudin en un quart d'heure et, en 2016, 1,233.

Mais comment ne pas évoquer sans émotion ce fameux dimanche de 1993, quand 2,170 kilos furent absorbés, avec, suivant le règlement, un unique verre d'eau ? Et comment ne pas se souvenir de ces athlètes du boudin, que furent Raymond Reine, Joseph Jourdain, le premier détrônant le second pourtant vainqueur du concours à huit reprises ?

L'ascension puis la chute, l'ambition puis le déclin, l'ombre et la lumière, voici les thèmes que l'on peut lire à travers les destinées successives des plus gros mangeurs de ces boudins composés de sang de porc bien frais, de gras, d'oignons émincés, de sel, de poivre et de crème, car on est en Normandie.

On peut justement s'étonner que personne n'ait encore eu l'idée de faire un remake de *All about Eve* dans le contexte de la foire au boudin de Mortagne-au-Perche, avec Joseph Jourdain et Raymond Reine comme avatars masculins et rustiques de Bette Davies et Anne Baxter.

Boules

Dans les cercueils, on dépose parfois des objets aimés par les disparus. Pour se rassurer, pour s'engager dans l'au-delà du bon pied, pour faciliter le deuil des proches, on peut demander dans son testament de partir avec un bibelot, un porte-bonheur, une peluche…

Une personne transsexuelle, sans doute sentimentale, peut-être nostalgique, ancien homme devenu femme, par ailleurs fan de pétanques a demandé qu'on l'enterre avec ses boules.

Boules à neige

Avant 1878, figurez-vous, les boules à neige n'avaient encore aucune réalité. On a du mal à le croire, c'est pourtant la vérité. Les boules à neige, produits phares de tous les magasins de souvenirs et de toutes les bibeloteries du monde, n'existaient pas. Les boules de neige, oui. Les boules à neige, non. Elles sont apparues lors de la fameuse Exposition universelle qui, cette année-là, couvrait 75 hectares et occupait le Champ-de-Mars et la butte de Chaillot. On se souviendra que pendant ces festivités (qui eurent lieu du 1er mai au 10 novembre 1878, c'est-à-dire entre la fête du Travail qui, selon la IIe Internationale ouvrière, ne sera adoptée comme journée internationale de revendication des travailleurs que huit ans plus tard, et la veille de l'armistice de 1914 qui, en 1878, était, il est vrai, peu célébrée) on présenta notamment la tête de la statue de la Liberté et un ballon captif de 25 000 mètres cubes piloté par un aérostier, qui fit voyager pas moins de 35 000 désireuses de s'envoyer en l'air. Pour nous, l'événement important de l'Exposition universelle de 1878 reste l'apparition des boules à neige.

Il s'agissait, à l'origine, de presse-papiers de verre soufflé, emplis d'eau. On y voyait un homme tenant un parapluie. Quand on retournait la boule, une poudre blanche évoquait la tempête de neige. Onze ans plus tard, lors de l'Exposition universelle de Paris, la tour Eiffel apparut dans le ciel de Paris et dans les boules à neige devenues souvenirs obligatoires.

Depuis ce temps, les boules à neige n'ont cessé d'évoluer. Elles sont passées du verre à la bakélite puis au plastique. Parfois, ce n'est plus de la neige qui tombe mais des paillettes dorées ou multicolores. Pour 22,80 euros, une annonce publicitaire nous indique que l'on peut obtenir la boule en verre « gravée avec Laser

en 3D (50 mm) avec Base LED 50 mm multicolore (Harley Quinn), l'image 3D est méticuleusement gravée dans une boule de Cristal Transparent, LA Base des lumières de couleur peut apporter un éblouissante Effet visuel. Idéal pour cadeau festive. Peut être un cadeau de Luxe pour les garçons et peut être utilisé comme lumière de nuit par les enfants. Grandioses cadeaux de Noël, cadeaux d'anniversaire, Grandes Options pour les Fans du film » (*sic*, re*sic* et rere*sic*).

Il existe des boules à neige qui englobent un toucan, un chausson de danse, une licorne, une Reine des neiges, un Petit Prince, un roi Grenouille, une danseuse étoile, un Père Noël, un flamant rose, une banane, Louis XIV, un dinosaure, un panda, un Donald Trump (quand même à 10 euros)...

La société Bruot, qui œuvre depuis quarante ans à la fabrication de boules à neige est située à Oyonnax dans le Jura. Elle a créé trois modèles à l'effigie d'Emmanuel Macron (grand succès !), qui l'ont obligée à recruter des intérimaires afin d'assurer les commandes. Sous la neige, le Président dans un phylactère déclare : « Et en même temps... » À Oyonnax, dans le Jura, on n'est pas ennemi de la rigolade.

La boule à neige, qui a commencé comme presse-papier et sert parfois de veilleuse, trouve sa véritable raison d'être dans sa parfaite inanité.

Bouquet de fleurs

« Le premier homme de la préhistoire qui composa un bouquet de fleurs fut le premier à quitter l'état animal ; il comprit l'utilité de l'inutile » (Okakura Kakuzô, *Le Livre du thé*).

Bréchet

Le bréchet est un os de la ceinture pectorale des oiseaux, poulets, chapons et dindes, que l'on appelle aussi la fourchette, la crête sternale, la quille du sternum, mais surtout l'os du bonheur, l'os à souhaits. En forme de V ou de Y, les enfants ont pour coutume de l'utiliser pour faire des vœux pendant les repas de famille : deux personnes, dont généralement le plus jeune de la tablée, prennent chacun une extrémité du bréchet entre leurs doigts et la tirent vers eux de manière à rompre l'os. Celui qui en obtiendra le plus long morceau verra son souhait se réaliser.

La coutume a été inventée, dit-on, par les Étrusques (400 avant J.-C.) avant d'être popularisée dans tout l'Empire romain, mais il a fallu attendre 2005 pour qu'une évolution soit apportée à l'os à souhait. Ken Ahroni, ingénieux cinquantenaire américain, remarquant qu'il n'était possible de ne briser qu'un seul os lors de ses dîners de famille nombreuse, a eu l'idée de génie qui l'a rendu millionnaire : il s'est mis en tête de fabriquer des bréchets en plastique pour permettre de multiplier les vœux autant que nécessaire. Étudiés pour se casser de la même façon que les véritables os, ces indispensables produits se vendent par lots de 4, 6, 8 ou 10. Si vous êtes intéressés par de plus grandes quantités, vous pouvez vous en procurer une boîte de 400 pour un peu moins de 200 dollars, les frais de port sont gracieusement offerts[1].

1. Aucun remboursement ne semble avoir été prévu en cas de non-accomplissement des souhaits.

But

Pas la peine de vous rappeler les faits, puisqu'on les a tous en tête. Lors de la 26e journée de la *Premier League*, on ne vous apprend rien, Shaqiri a marqué son premier but de la tête de la saison 2017-2018. Un beau but, franchement et qui faisait plaisir à voir. Cependant, résultat des courses, son équipe Stoke City s'est inclinée 2-1 face à Bournemouth. Patatras, défaite pour Stoke et son entraîneur Paul Lambert. Ça fait mal au cœur. Parce que, quand même, cette tête victorieuse sur un centre de la nouvelle recrue Badou Ndiaye, elle était jolie, elle faisait plaisir à voir. Surtout que, on vous rappelle (c'est histoire de dire, on sait bien que vous êtes au courant), c'était la première fois que Shaqiri (oui, on parle bien de Shaqiri et pas de Shakira, la chanteuse colombienne, celle qui chantait « *Whenever, Wherever* », et aussi « *Waka Waka* », qui sera choisie par la FIFA justement pour la Coupe du monde 2010, non, nous parlons bien de Shaqiri, l'international suisse qui est né à Gjilan dans un village yougoslave qui est devenu depuis une commune du Kosovo (enfin ça change tout le temps, le mieux, c'est de dire qu'il est suisse et international, comme ça, on ne risque pas de se tromper...), depuis qu'on a lu Philippe Jaenada, dont on conseille par ailleurs *La Serpe* qu'on a trouvé formidable (et tous ses autres livres), on a tendance à mettre des parenthèses dans les parenthèses))[1] réussissait à marquer de la tête depuis son départ du FC Bâle. C'était en 2012 si on ne se trompe pas. Dans un grand championnat, que ce soit la Bundesliga, la Série A, la Premier League, il faut reconnaître qu'il n'avait jamais réussi à marquer

1. Voir page 344 l'entrée « Parenthèse de Philippe Jaenada ».

de la tête. Bon, là, il l'a fait. Mais ça n'a servi à rien. Il l'a fait. Mais, il ne l'aurait pas fait, que ça n'aurait rien changé.

Quand même, c'est beau le football, disent les amateurs.

Cabane

Alors que ses parents s'échinent à travailler toute la semaine pour lui assurer une maison en dur avec le chauffage, la télévision et des biscuits dans le placard, l'enfant préfère généralement passer ses journées dans de minuscules cabanes en tissu, coussins et cartons qu'un souffle de vent suffirait à faire tomber, qui ne résisterait pas à une averse de deux minutes et où il n'y a même pas l'eau courante. Là-dedans, une serviette en guise de cape, il se rêve en roi dans son château de conte de fées, entouré de sa cour de peluches, et protégeant ses sujets des attaques d'un terrible et vrombissant dragon (en réalité un aspirateur dont on a négligé de nettoyer le filtre). Quelquefois, sa copine de classe vient jouer à être la belle princesse qu'il faut embrasser pour la libérer d'un sort maléfique. La mère de l'enfant aimerait mieux qu'il se fasse d'autres amis, les parents de la petite lui semblent un peu mauvais genre.

Le père de l'enfant, vu ce qu'elle lui a coûté, préférerait qu'il joue avec sa toute nouvelle Playstation, d'autant qu'il existe tout plein de jeux vidéo avec rois, châteaux et dragons qui permettent de s'amuser sans pour autant mettre le salon sens dessus dessous.

À Noël dernier, pour lui faire plaisir, le père et la mère de l'enfant lui ont acheté une belle maisonnette à sa taille, la « Grande Villa », en plastique soufflé, d'une résistance à toute épreuve, dimensions 113,0 × 85,9 × 53,3, deux portes battantes, deux fenêtres, une boîte aux lettres, une tablette de jeu, deux bancs et même deux petites lanternes factices. Le tout dans une esthétique de villa antique romaine tout à fait convaincante – 279 euros, tout de même, chez Toys'R'Us. L'enfant, indifférent, n'y a évidemment jamais mis un pied.

Il est parfois difficile de quitter son ressenti d'adulte pour se reconnecter aux impressions, aux enthousiasmes, aux plaisirs innocents et simples de l'enfance. L'âge avançant, il est plutôt rare que le damier du carrelage apparaisse comme un chemin tortueux slalomant au cœur de la lave, que le rebord du trottoir se transforme en falaise donnant sur le vide, ou que l'on ait l'idée, le soir en rentrant, de monter une tente dans le salon.

Dans son envoûtant documentaire *Disneyland, mon vieux pays natal*, Arnaud des Pallières, qui se filme, impassible, sur un grand huit en folie, s'interroge en voix *off* :

« Je ne sais pas ce que c'est que l'enfance. Je n'en ai aucun souvenir. Est-ce qu'on perd ses souvenirs une fois pour toutes ou est-ce qu'ils restent là, à l'affût, déguisés en neurones, métamorphosés en organes ou en muscles ? Est-ce qu'on retrouvera un jour l'enfance qui a été la nôtre cachée dans nos squelettes, gravée dans nos fibres ou nos cellules ? On retrouve bien des bactéries fossilisées dans des cailloux… Imaginons un adulte qui imagine son enfance : il ne cesse d'être adulte pour autant. Rien de l'enfance ne lui sera donc jamais accessible. L'enfant, lui, rêve du jour où, enfin adulte, il pourra dépenser son salaire entier en bonbons. Aujourd'hui je m'interroge :

si l'enfant que j'ai été a un jour fait ce rêve, pourquoi l'adulte que je suis n'a-t-il jamais trouvé le moyen d'acheter dix mille francs de bonbons ? Peut-être que l'enfance n'est pas une réalité. Du moins pour un adulte. »

Calembour

Si la conversation d'un dîner en ville arrive sur les calembours, vous pouvez bien sûr faire le gommeux en citant Victor Hugo : « Le calembour est la fiente de l'esprit qui vole. » Vous pouvez également citer Jésus-Christ qui n'était pas le dernier pour la rigolade : « Tu es Pierre et sur cette pierre je bâtirai mon église. »

Vous pouvez faire remarquer que le calembour a investi le journalisme. *Libération* en a fait une spécialité : « Mireille Mathieu, une certaine idée de la frange » ; « Sarkozy, à bobards toutes » ; « DSK, Waterbraguette » ; Même dans l'annonce mortuaire, *Libé* n'hésite pas à jouer sur les mots : « Charlie Hebdo refuse de se laisser abattre » ; « Claude François : a volté » ; « Lady dies » ; « C'était Jérôme » ; « Brassens casse sa pipe ».

Jean-Charles Loeb est cycliste amateur et a décidé de mettre le calembour en situation. Par ailleurs, il aime s'imposer des défis. Il avait envisagé de faire Troyes-Foix-Sète, mais aucune commune ne s'appelant Vingt-et-un, il préféra renoncer. Il décida, à la place, de partir de Parla, commune espagnole située à 16 kilomètres de Madrid pour rejoindre Montcuq, village du Lot. Parla-Montcuq, Google Map propose trois itinéraires. Il faut compter entre quarante-quatre et cinquante-cinq heures à pédaler pour effectuer entre 778 et 899 kilomètres. Pour réussir un tel exploit, non seulement la tête ne doit pas être malade, mais le mollet se doit d'être vaillant.

La maison Goscinny fut, jusqu'en 1977, une grande fournisseuse de calembours en tous genres disséminés dans *Astérix*, *Lucky Luke*, *Iznogoud*. Souvenons-nous par exemple de « Il ne faut jamais parler sèchement à un Numide » ou de Jules César affranchissant un esclave roux tandis qu'un spectateur dans l'arène s'exclame « Il affranchit le rubicond ».

On trouve également du calembour littéraire chez Éric Chevillard : « Tu ne fais pas ton nuage, tu parais pluvieux. » ou chez Raymond Queneau : « Je suis inculte parce que je n'en pratique aucun, et insecte parce que je me méfie de toutes ».

Aujourd'hui, Vincent Roca est un maître du jeu de mots. Il écrit des papiers bavards et sucre les phrases de sa verve inouïe. Il remarque que « la java venait toujours après la peine », croit en « l'envie éternelle », note qu'on ne choisit pas ses harengs, observe, mélancolique, que « la nuit, tous les chagrins sont gris » et partage ses interrogations, notamment celles-là : « Pourquoi les plombiers ne peuvent-ils être joints ? », « Jésus était-il astigmate ? », « Faut-il fermer les discours-tunnels ? », « Seringue, ma seringue, ne vois-tu rien venir ? ». Il va si loin dans le calembour qu'il frôle l'absurde, côtoie le non-sens, caresse la poésie. Il est l'auteur de la chanson « Larguez les amours », pour Elsa Gelly, et de plein de textes extravagants, formidables. Comme il n'a rien d'un ramenard, comme il a l'élégance de ne jamais se mettre en avant, il pourrait, à tort, se faire oublier.

Bien sûr, Bobby Lapointe, Raymond Devos, Pierre Dac, il suffit de se plonger dedans pour tomber sur des mines de calembours. Le plus récent, Michaël Hirsch, a pris calembour en première langue. Passant devant un MacDo, il chantonne « Voici venu le temps de l'huile aux enfants » ;

levant les yeux au ciel, si certains ne distinguent que désastres, lui, voit des étoiles dans les yeux.

La définition que donne le dictionnaire Larousse du calembour est particulièrement sobre : « Jeu de mots fondé sur la différence de sens entre des mots qui se prononcent de la même manière (par exemple personne alitée et personnalité). »

On ouvre le dictionnaire pour s'instruire, pas forcément pour rigoler.

Caméos d'Alfred

À partir de *Rebecca,* tourné en 1940, et jusqu'à son *Complot de famille* de 1976, Alfred Hitchcock est systématiquement apparu dans chacun de ses films. C'est un peu une sorte d'intrigue parallèle pour les spectateurs : s'amuser à repérer le réalisateur.

Déjà dans *Les Cheveux d'or* (*The Lodger*) qui date de 1926, il est visible dans un plan, de dos, devant la baie vitrée d'une salle de rédaction. À l'époque, on peut penser que sa présence à l'écran avait surtout un intérêt financier. Son apparition économisait le cachet d'une silhouette. Mais bientôt, il se prit au jeu. C'est ainsi qu'on put l'apercevoir en badaud, passant, photographe, c'est ainsi qu'on put le reconnaître assis dans le métro, circulant derrière un court de tennis, fumant une cigarette, postant une lettre, jouant aux cartes, sortant de l'ascenseur, montant dans un train (un étui de contrebasse à la main), remontant une pendule, assis dans un bus, ratant un bus, sortant d'une oisellerie, poussé dans un fauteuil roulant dont il se relève sans difficulté pour aller serrer la main d'un homme, puis, ultime caméo, apparaissant en ombre chinoise derrière la porte vitrée des « Certificats des naissances et des décès » alors que la maladie, dans la vie réelle, affaiblissait le réalisateur.

Relisons ce que disait Hitchcock à Truffaut en 1962 à propos de ces apparitions furtives : « C'était strictement utilitaire, il fallait meubler l'écran. Plus tard, c'est devenu une superstition, et ensuite c'est devenu un gag. Mais à présent c'est un gag assez encombrant, et pour permettre aux gens de regarder le film tranquillement, je prends soin de me montrer ostensiblement dans les cinq premières minutes du film. »

Des années avant la série *Où est Charlie ?* les spectateurs s'interrogeaient : « Où est Alfred ? », et donc, pour que ce jeu ne vienne pas perturber l'intrigue principale du film, Hitchcock prit l'habitude d'apparaître au tout début du film.

Lifeboat, film américain de 1944, était un huis clos qui réunissait neuf naufragés sur un canot de sauvetage. Le réalisateur trouva quand même le moyen d'apparaître, dans la publicité d'un journal pour les régimes amaigrissants, avant et après.

Carelman, Jacques (1929-2012)

Que serait la France sans le catalogue Manufrance ? Que serait Manufrance sans le *Catalogue d'objets introuvables* de Jacques Carelman ? Oui, que serait la France sans Jacques Carelman ?

Jacques Carelman, comme tout le monde, a commencé sa carrière en devenant dentiste. Il l'a poursuivie en tant que décorateur, illustrateur, peintre comme personne.

Il est né à Marseille en 1929, l'année de la crise, et installe son cabinet dentaire à Paris en 1956, l'année de la crise. De Suez notamment. Entre deux molaires à arracher, trois caries à soigner et quelques détartrages, Carelman adapte en BD le livre de Raymond Queneau *Zazie dans le métro*, écrit des contes, dessine la fameuse affiche du CRS brandissant une matraque, fait l'artiste et des décors de théâtre.

À force de feuilleter le catalogue Manufrance, il crée en 1969, l'année de la crise (au Mozambique, tiens, par exemple), son propre catalogue. Ce sera le *Catalogue d'objets introuvables*, qu'il dédie naturellement « aux auteurs anonymes de l'ancien *Catalogue de la Manufactures d'Armes et Cycles de Saint-Étienne* (Loire), qui m'a procuré mes premières et inoubliables émotions poétiques ».

Le catalogue s'ouvre ensuite sur un rectangle blanc au milieu d'une feuille blanche sur laquelle est inscrite cette légende : « Un couteau sans lame, auquel manque le manche. Georg-Christoph Lichtenberg. »

Les objets « libérés des contraintes de l'utilité, produits d'une société réfractaire à toute consommation autre que métaphysique », selon le préfacier René Clair, se dispersent dans cinq chapitres :

1. Le travail
2. La maison
3. Les loisirs
4. L'homme, la femme, l'enfant et l'animal
5. Divers

Dans Divers, on trouve aussi bien la télévision que les farces et attrapes ou les articles pour fumeurs.

Il faut tourner les pages et aller de découverte en découverte, rêver de ce monde drôle, absurde, poétique, parallèle où l'on admire l'étau pour ecclésiastique bricoleur, la machine à écrire pour égyptologue, le lavabo vertical, la bicyclette à neige, le masque de plongée muni d'un essuie-glace, le marteau à tête de verre dont la fragilité en fait l'outil idéal pour les travaux délicats ou encore le protège-parapluie qui se place instantanément au-dessus de n'importe quel parapluie et évite ainsi de le mouiller.

Améliorer la vie de tout un chacun en conciliant parfois l'inconciliable, voilà ce qui semble le but recherché par Carelman qui a par exemple conçu le manteau de chien en peau de chat dont il fait l'article avec conviction : « Avec ce vêtement, faites d'une pierre deux coups : d'abord, vous mettrez votre chien à l'abri du froid, ensuite vous aurez l'illusion de posséder un chat ! »

Le catalogue est par ailleurs émaillé de citations, toujours en accord avec l'objet représenté...

« Il y aura toujours une pelle au vent dans les sables du rêve », André Breton.

« L'œil belge a l'insolence du microscope », Charles Baudelaire.

« Un parapluie ouvert est un beau ciel fermé », Xavier Forneret.

« Ses chaussures lui vont comme un gant », Robert Benayoun.

On y trouve aussi une petite annonce de Pierre Dac : « Très grand violon pouvant servir de violoncelle. Petit violoncelle pouvant remplacer violon. »

Le véritable titre du *Catalogue des objets introuvables* est plus long. Profitons de l'inutilité du projet qui nous réunit pour le retranscrire *in extenso* : « Catalogue d'objets introuvables et cependant indispensables aux personnes telles que : acrobates, ajusteurs, amateurs d'art, alpinistes, amis des bêtes, amoureux, apiculteurs, arpenteurs, arpètes, artistes-peintres, astronomes, avaleurs de sabre, bacheliers, betteraviers, blanchisseuses, bonnes d'enfants, borgnes, boucheurs de cidre, bouquinistes, boulangers, brocanteurs, bureaucrates, camelots, casseurs de cailloux, charcutiers, chasseurs, coiffeurs pour dames, comédiens, cordonniers, cracheurs de feu, dessinateurs, dames-pipi, éboueurs, ecclésiastiques, électro-acousticiens, enfants des deux sexes, enseignants, équilibristes, érotomanes, esthéticiennes, faux-monnayeurs, femmes de ménage, ferblantiers, forains, forts des Halles, fraiseurs, fumeurs de pipe, gâte-sauce, garçons de café, géomètres, goûteurs d'eau, gymnastes, hommes de peine, horlogers, illusionnistes, infirmes divers, instituteurs, jardiniers, joueurs de cartes, kinésithérapeutes, laboureurs, lampistes, lavandières, leveurs de coude, linotypistes, maçons, maîtres d'école, maîtres d'hôtel, maîtres-queux, manucures, maraîchers, masochistes, mathématiciens, ménagères, menuisiers, mineurs de fond, musiciens, myopes, mystiques, neurologues, noceurs, obsédés sexuels, organistes, ordonnateurs de pompes funèbres, ouvreurs d'huîtres, patineurs, pâtissiers, pêcheurs en eau trouble, pédicures, pèlerins, péripatéticiennes, plongeurs sous-marins, pompiers, pyromanes, quadragénaires, raccommodeurs de faïence et de porcelaine, ramoneurs, ravaleurs de façades, rémouleurs, rempailleurs, sadomasochistes, saltimbanques, sommeliers, sportifs, structuralistes, taxidermistes, teinturiers, traiteurs, urbanistes, utopistes, végétariens, vélocipédistes, vidangeurs, vierges, vignerons, voyeurs, wattmen, xylographes, yogis, zingueurs et bricoleurs en tous genres... »

Notons que si Carelman oublie certaines catégories de personnes à qui s'adresse son ouvrage, notamment *les adulescents, les antispécistes, les bisseurs, les blacklistés, les boloss, les bombasses, les cacous, les cagoles, les chelous, les clubbers, les cougars, les djihadistes, les dronistes, les européistes, les europhobes, les flexitariens, les gameurs, les geeks, les hipsters, influenceurs, les kékés, les matinaliers, les mobinautes, les nonistes, les people, les professeurs des écoles, les rurbains, les vapoteurs, les vraies gens, les youtubeurs*, on ne peut pas lui reprocher d'être passé de mode. Tandis que le catalogue Manufrance est loin de son heure de gloire quand il diffusait notamment le fameux fusil Robust à double canon et la bicyclette modèle grand tourisme avec six vitesses rétro-directe et roue libre, le *Catalogue des objets introuvables* de Carelman reste toujours aussi indispensablement inutile.

Carmet, Jean (1920-1994)

Quand Pierre Richard raconte Jean Carmet, il le fait au présent. Comme si la mort de son ami ne pouvait être qu'un autre de ses inutiles mais nécessaires canulars :

« Je n'ai jamais vu un personnage aussi déroutant, aussi imprévisible que Jean. Après les quelques films que j'ai faits avec lui, il me stupéfie toujours. Avec lui, même le passé est imprévisible.

« J'ai connu Carmet, sur le tournage d'*Alexandre le Bienheureux*, qui était mon premier film. À l'époque nous jouions chacun dans un théâtre à Paris et nous retrouvions à minuit dans le dernier train pour Chartres. Tous les soirs, entre la fin de sa pièce et notre rendez-vous à la gare, Jean fonçait retrouver un ami à lui qui jouait dans un théâtre voisin et dont la pièce se terminait vingt minutes après la sienne, pour monter sur scène et saluer au milieu d'une troupe avec qui il n'avait pas joué. Et tout le public se disait : "Mais il était dans la pièce, Carmet ? »

« Dans le train pour Chartres, lui montait en première et moi je prenais un billet de seconde, n'ayant pas beaucoup d'argent à cette époque, mais je le rejoignais toujours dans son wagon qui, de toute façon, était vide. Un jour j'arrive devant le guichet, je demande à la dame un ticket pour la seconde classe et Jean arrive dans mon dos. "Ah, il dit qu'il prend une seconde mais il monte toujours en première avec moi." Alors évidemment, la caissière : "C'est vrai ça, monsieur ?", et moi : "Pas du tout, pas du tout..." Et là, les phrases typiquement Carmet : "Vous comprenez, madame, je vais vous dire, j'ai trop de respect pour la SNCF qui est une des grandes fiertés de la Nation pour que cet individu louche se permette de la voler." Finalement j'insiste, je prends ma seconde, lui sa première. Évidemment, je monte en première avec lui, et comme on n'avait jamais le temps d'être chez soi, dans cette vie, on avait retiré nos pantalons et on était tous les deux en caleçon dans ce train où il n'y avait personne[1]. Le seul arrêt avant Chartres c'était Rambouillet, à minuit et demi. Autant dire que jamais personne ne montait. Mais tout à coup, pour la première fois, le contrôleur arrive. Merde... Je mets mon billet dans la poche de ma veste et j'informe Carmet que je vais dire que je l'ai perdu. Le

1. En relisant l'entretien qu'on a eu avec Pierre Richard, on s'étonne de ne pas avoir demandé d'explications supplémentaires. Ce n'est quand même pas si courant d'enlever son pantalon dans un train sous prétexte « qu'on n'avait jamais le temps d'être chez soi ». On ne l'a pas fait. C'était un rêve de discuter avec Pierre Richard. Au réveil, on s'aperçoit que, sans rechigner, on a admis pendant le sommeil les incongruités les plus totales.

contrôleur fait, mine de rien, face à deux clients en caleçon : “Bonjour messieurs, vos billets.” Carmet s’excuse de se présenter dans cet état : “Ne croyez pas que ce soit un manque de considération pour votre uniforme pour lequel j’ai le plus grand respect, [etc.]” Le contrôleur fini par se retourner vers moi et me demander mon billet. Là, comme prévu, je fais mine de l’avoir perdu, Carmet ne me laisse pas finir : “Il dit qu’il l’a perdu mais il est dans sa poche.” J’en ai eu pour quarante francs. C’est comme ça que je l’ai connu. »

Voir : Maillot bleu ; Mariage ; Mime ; Œufs frais de la ferme ; Panoplie d’homosexuel ; Pets ; Pot de chambre ; Radinerie.

Carte de visite

La carte de visite, généralement, se donne, se range dans une poche, s’oublie, se retrouve par hasard et se jette. Bien sûr, du temps de Louis XIII, lorsque M. Georges Marceau, chapelier, à l’enseigne de l’Escharpe blanche, pont Notre-Dame à Paris, distribuait sa carte d’adresse, on la gardait précieusement, elle avait l’avantage d’être rare. Aujourd’hui qu’elle s’est démocratisée en même temps que multipliée, banalisée, standardisée, la carte de visite suscite peu d’intérêt. Sauf quand elle vaut le détour. Daniel Pennac, répondant à la suffisance de certaines professions médicales, inscrivit en dessous de son nom « Ancien malade des Hôpitaux de Paris ». Ce qui en impose. Un éditeur, écrivain, fit graver « Jean-Loup Chiflet, spécialiste ». Spécialiste en quoi ? Spécialiste.

Sur carton, bristol, kraft, plastique, domino, tissu, pièce de Lego, étiquette, caoutchouc, sachet de bonbons, biscuit, liège, ticket, bois, ballon, râpe à fromage, personnalisées, gaufrées, gravées, découpées, dorées sur tranche, nacrées, en PVC, cotonneuses, à plusieurs volets, émaillées, jaspées, contrecollées, rectangulaires, carrées, rondes, les cartes de visite font tout ce qu'elles peuvent pour attirer l'attention.

Nadine de Rothschild me charge de vous livrer quelques règles de savoir-vivre afin d'utiliser au mieux le fameux carton. Si l'on passe au domicile d'un ami malencontreusement absent, il est bienséant de déposer une carte cornée en haut à droite ou de la plier sur le côté. Cela indiquera que l'on s'est déplacé en personne. Si l'on déménage, si l'on part en vacances, on le signale sur la carte en écrivant PPC (pour prendre congé).

On a beau dire, le bristol a quand même plus de gueule qu'un texto.

Pour un Noël, l'un des auteurs avait offert à son père des cartes de visite sur boîtes d'allumettes ornées de l'inscription « Louis Morel, homme du Monde ». C'était essentiellement destiné à allumer des gitanes maïs et faire un peu rigoler ses collègues de la SNCF.

Carte postale

Au verso, une vue en couleur : le casino de Royan, les prés salés autour du Mont-Saint-Michel, un coucher de soleil sur Pornichet. Quelquefois, toute une ville concentrée dans des vignettes minuscules : la place des Cinq-Becs, la piscine du Hazé, le château, l'église Saint-Germain, l'église Saint-Jean, et vous aviez toute la ville de Flers rétrécie sur 10,5 × 14,8 cm. Parfois, un âne, une vache, un cochon portant un soutien-gorge avec une légende amusante « Bonne ânée ! » « Mort aux vaches ! » « Ben, mon cochon ».

À l'époque des mails, des tweets, des textos, les cartes postales sont des résurgences du passé. On aurait pu croire qu'elles allaient passer de mode, être boudées, méprisées, et puis, comme les disques vinyles, qu'elles allaient réapparaître dans un retour triomphal. Mais non, la carte postale n'est pas revenue car elle n'est jamais partie. Avant les réseaux sociaux, on communiquait déjà. « Bonjour du Lavandou », « Grosses bises de Laval », « Pensées de Paimpol ». Messieurs Jourdain de la communication, les vacanciers, sans le savoir, postaient, partageaient, se connectaient entre eux, se likaient entre followers.

Sur le côté droit de la partie écrite, l'heureux destinataire est distingué : Pierre Bellanger, 5, rue Aristide-Briand à Charenton, Madame Jeanine Hubert, 17 rue des Acacias à Paris 17e, Vanessa Boucicaut de La Celle-Saint-Cloud, Jean-Yves Crochemore de Bénodet... Enfin, on ne peut pas citer tout le monde.

La carte postale est généreuse, ouverte, elle n'a rien à cacher. Elle ne se dissimule pas, ne recèle aucun secret, elle est fanfaronne, prodigue, s'offrant à tous, elle s'expose au regard de chacun, sans pudeur, sans fausse honte. Quand il prenait l'escalier pour monter le courrier, le concierge d'Hubert Deschamps donnait les nouvelles en avant-première : « Paraît qu'il fait beau à Marseille. »

Généralement, pour rédiger les cartes postales, on profite d'une journée de pluie, au mieux d'un matin sans soleil.

On a sorti l'unique pull-over de sa valise. On refait du café, trouve un stylo qui marche. Par la fenêtre, on voit une paire de raquettes, un ballon qui prennent l'eau, annoncent le retour prochain à une vie plus sédentaire.

Quand on a réussi à s'en débarrasser dans une boîte jaune de La Poste, on est quitte de la corvée des cartes postales jusqu'à l'année prochaine. Parfois, après les vacances, dans son sac, dans sa valise, on en retrouve une que l'on n'a pas envoyée, parce que l'on n'avait pas trouvé de boîte postale en Roumanie, parce qu'on n'avait pas trouvé de timbres au Guatemala. La carte postale est alors un remords, celui de notre inorganisation, de notre inconséquence, de notre inaptitude à envoyer des mots de tendresse à ceux qu'on aime.

Les plus organisés gardent d'une année sur l'autre la liste des heureux récipiendaires. La liste est mouvante. On peut ajouter Josépha Magret qui a nourri les chats la deuxième quinzaine de juillet et retirer la famille Méthardier qui, partie trois longues semaines aux Baléares l'année dernière, n'avait donné aucun signe de vie.

Comme dans les romances, comme dans les opérettes de Francis Lopez, l'optimisme est de mise sur les cartes postales, la mer toujours bleue, le ciel toujours beau, les vacances toujours bonnes, quoique trop courtes. On ignore les insolations, les méduses, les moustiques, les attentes dans les aéroports, on tait les routes surchargées, le tunnel de Fourvière, le retard des trains, les locations décevantes, les grains de sable dans les chaussures et les fourmis dans la salade.

Pour décrire le bonheur de la villégiature, il faut cependant trouver l'inspiration. L'angoisse de la feuille blanche n'est rien comparée au tourment ressenti devant la vierge carte.

— Je ne sais pas quoi mettre pour madame Dalembert...

— T'as qu'à dire qu'il fait beau.

— Je te signale qu'il pleut comme vache qui pisse.

— Qu'est-ce qu'on s'en fout, elle est pas obligée de le savoir...

C'est vrai, après tout, qu'est-ce qu'on s'en fout ? Une carte postale, c'est juste un peu de rêve qui passe.

Catogan

La faute au catogan. Si, en 1989, Fignon n'a pas gagné le Tour de France, ce serait à cause de son catogan. Sur un circuit de 3 285 kilomètres composé de 21 étapes, tout compte, le moindre détail a son importance, et, cette année-là, Laurent Fignon n'a pas gagné à cause de huit malheureuses secondes qui le séparaient de Greg LeMond, huit dérisoires secondes qui font la différence entre le vainqueur et le second, huit secondes qui représentent le plus petit écart jamais enregistré entre le premier et le suivant dans un Tour de France. Huit secondes quand même suffisantes pour départager deux champions.

Honte au catogan de Fignon car il ne serait pas seulement inutile, mais néfaste, fatal, responsable de son échec en 1989 ! Les analystes en tous genres, les scientifiques de tout poil, ont tout étudié, tout épluché. Au peigne fin, ils ont passé le catogan. Si Fignon avait été chauve, sa force aérodynamique aurait été supérieure. Dira-t-on jamais assez combien un catogan apparemment inoffensif, faussement anodin, qui flotte légèrement dans le cou du coureur, peut être un ralentisseur, un poids mort, somme toute un criminel ?

Si, en plus, au lieu de lunettes, Fignon avait porté des lentilles de contact, Greg LeMond cette année-là aurait été relégué au rang de figurant.

Seulement, Fignon portait des lunettes et un catogan. C'est ainsi.

On ne peut pas refaire l'histoire. Laurent Fignon a gagné le tour en 1983 et 84, mais pas en 89. Il aura par ailleurs donné une autre image du coureur cycliste, pas seulement un type qui devant les caméras marmonnait « qu'il était très content mais qu'il espérait faire mieux la prochaine fois », mais un homme accompli, capable de se servir de son cerveau autant que de ses mollets.

Pour la nouvelle image donnée des pédaleurs, gloire à Fignon et son catogan !

Cercueil

Aujourd'hui que chaque centimètre carré de la planète a été passé au peigne fin, le véritable voyage vers l'inconnu ne pourra se faire qu'en cercueil.

Pour ceux de nos lecteurs qui ne le sauraient pas, le cercueil est un coffre dans lequel on met les cadavres avant de les enterrer dans le sol. Il est généralement composé de planches de bois de 22 centimètres d'épaisseur, et leur forme se décline en trois types : le cercueil « parisien » (six côtés, au couvercle plat), le cercueil « lyonnais » (quatre côtés formant un trapèze) et le cercueil « tombeau » (six côtés, au couvercle bombé). La loi française impose que le cercueil soit doté, *a minima*, de quatre poignées (permettant de le soulever et de le transporter), d'un fond étanche et d'une plaque gravée permettant l'identification du mort.

Boris Vian, qui avait le sens de la formule, voyait le costume comme un avant-projet de cercueil. Il est vrai que, s'il souhaite personnaliser, ou égayer un peu son austère dernière demeure, le trépassé n'a pas l'embarras du choix. Essences pour le bois des planches, poignées en laiton, cuivre ou aluminium, emblème religieux ou laïque apposé sur le couvercle, ou choix des tissus pour le capitonnage intérieur sont les seuls accessoires qu'il lui sera possible de choisir. Si ses convictions écologiques ne se sont pas éteintes en même temps que lui, ou tout bonnement s'il est pingre, le macchabée pourra troquer son lourd cercueil en bois pour un plus léger (et moins onéreux), en carton... C'est ainsi que le plus fantaisiste des hommes ou la plus gaie des femmes se retrouvera, pour l'éternité, dans un morne et sinistre cercueil qui ne lui fera pas honneur.

Au Ghana, dans la région d'Accra, le peuple Ga a pour tradition d'enterrer ses défunts lors de joyeuses cérémonies. Pour célébrer et révérer la vie passée du mort, une tradition née dans les années 30 veut que la famille fasse réaliser par de talentueux menuisiers (dont la renommée dépasse parfois les frontières du pays, comme Paa Joe, Ataa Oko Addo ou Kudjoe Affutu, nul doute que ces noms ne vous sont pas inconnus) une boîte représentant un élément saillant de l'existence du défunt. Le cercueil d'un pilote de ligne aura la forme d'un avion, celui d'un pêcheur représentera un gros rouget, Untel, fumeur invétéré, sera installé dans un paquet de Marlboro, un autre, fan des USA, se fera enterrer dans une bouteille de Coca géante, une Nike Air Jordan ou un délicieux hamburger.

Si le mort a envie que dans quelques centaines d'années on puisse garder une image précise de lui, il pourra demander à un artiste de lui tirer le portrait dans la meilleure tradition des peintres du Fayoum.

« S'ils mouraient de manière rapprochée, avait dit Raymond en souriant à Velva, ils devraient être enterrés ensemble dans le même cercueil. »

À deux, l'éternité semble moins longue. Quand Raymond est mort à quatre-vingt-dix-sept ans, Velva, quatre-vingt-seize ans, n'a survécu que trente heures. Leur plus longue séparation en soixante-dix-sept ans d'amour. C'est sans doute pourquoi ce couple australien, dans le même cercueil, à jamais se tient la main.

Cerf-volant

Sur la promenade de Dieppe, le vent sert à faire glousser les vieilles dames dont les bibis s'envolent, les jeunes filles dont les jupes se soulèvent, et à empêcher les vieux messieurs de lire tranquillement leur journal régional. Une semaine tous les deux ans, quand se tient le Festival international du cerf-volant, il s'amuse à faire virevolter dans le ciel des centaines de mobiles, tout un tas de dragons multicolores qui tournoient parmi les poissons volants, les crabes, les pieuvres et les méduses aux longs tentacules que les enfants, comme au manège, essaient d'attraper en riant. Un peu à l'écart des rugissements de leur progéniture, les parents font des projets silencieux et s'enlacent en regardant l'horizon bleu.

Quand ils regardent ce même horizon, les dirigeants de la société Éolienne en mer Dieppe-Le Tréport ne font pas les mêmes rêves. Quand ils voient tout ce vent gâché (les dirigeants de la société Éolienne en mer Dieppe-Le Tréport se distinguent par leur étonnante acuité), ils imaginent un champ d'éoliennes offshore (une bonne soixantaine, du modèle ADWEN 8MW, 210 mètres au-dessus de la Manche, espacées de deux kilomètres les unes des autres) que financera Engie, Energias et la Caisse des Dépôts. Des étoiles dans les yeux, ils se disent qu'avec un bon rendement elles pourront produire l'équivalent de la consommation électrique annuelle de près de 850 000 personnes. Alors, bien sûr, on les verra à une trentaine de kilomètres à la ronde, de Saint-Valéry-en-Caux à Veules-les-Roses pour aller jusqu'au parc naturel du Marquenterre... mais qui sait, peut-être que ça sera joli, le soir au coucher du soleil, toutes ces grandes pales blanches qui tourneront à l'infini.

Quelquefois, un cerf-volant se détache pour aller se perdre sur les falaises, là-haut, dans le petit cimetière de Varengeville-sur-Mer, où il s'accroche aux tombes de Braque ou de Porto-Riche. Là, certains visiteurs apprécient l'improductivité bienveillante du vent qui jusqu'à eux réussit à transporter un peu d'enfance et de poésie.

Cergy-Pontoise

15 août 1980.

Venus de la région, du pays, et même pour certains de l'étranger, deux mille personnes se retrouvent à Cergy-Pontoise dans un champ de choux derrière les barres d'immeubles de la cité de la Justice Mauve. Certains sont venus en train et se sont garés sur le chemin des Mérites qui sépare le champ de la déchetterie. D'autres ont pris le RER A flambant neuf, sont descendus à Cergy-Préfecture et ont traversé les immenses avenues interminables et venteuses, longé les bâtiments impersonnels et gigantesques pour aller jusqu'au bout de la ville, là où les brins d'herbe survivent à l'appétit du béton. Ils ont amené leurs sacs de couchage, leurs guitares, quelques joints et attendent, sur une petite butte. Certains se donnent la main et forment une grande ronde. On se recueille au pied des pylônes qui courent jusqu'à la centrale électrique, à quelques centaines de mètres. Tous regardent vers le ciel. FR3, Europe 1 et RMC sont là et questionnent ces doux illuminés qui, semble-t-il, attendent une apparition d'extraterrestres. La rencontre que l'humanité guette avec cette altérité venue d'ailleurs aurait lieu dans un champ de choux à Cergy-Pontoise…

Neuf mois plus tôt, le 26 novembre 1979, à 4 h 30 du matin, Franck Fontaine, dix-neuf ans, et Salomon N'Diaye, vingt-cinq ans, retrouvent en bas de chez lui Jean-Pierre Prévost, vingt-cinq ans également, dans le lotissement de la Justice Mauve situé à l'extrémité nord de la ville nouvelle. Au pied des tours endormies, dans le froid, ils chargent leur break de vêtements pas chers pour aller les vendre au marché de Gisors. Le vent souffle et les trois compères, mal réveillés, remarquent une traînée blanche et lumineuse qui descend rapidement du ciel en direction de la centrale électrique voisine. Salomon et Jean-Pierre remontent prendre un appareil photo et les dernières affaires à emporter, Franck, lui, se met au volant et se rapproche de la centrale pour voir le phénomène, l'étrange lumière, de plus près.

Quand Jean-Pierre et Salomon redescendent de l'appartement, le break s'est éloigné en contrebas. En s'approchant, ils remarquent une brume lumineuse, irréelle. Trois petites boules de lumière flottent autour du break. Comme les deux amis arrivent à quelques mètres, la lumière se résorbe en un cylindre et s'envole vers le ciel à une vitesse vertigineuse. À l'intérieur de la voiture qui tourne encore, Franck a disparu.

Salomon appelle le commissariat de Pontoise pour déclarer, sans trembler, que son ami a été enlevé par un ovni. Policiers et gendarmes viennent sur les lieux, font renifler la scène par les chiens, procèdent à des relevés radioactifs et magnétiques. Le commandant chargé de l'enquête contacte la base militaire de Taverny pour s'enquérir d'éventuelles activités anormales sur leurs radars. Rien n'apparaît. On fouille l'appartement de la mère de Franck, celui de ses deux amis et de quelques autres, mais le jeune homme ne s'y trouve pas. Rapidement, les policiers en viennent à soupçonner Salomon et Jean-Pierre d'avoir assassiné Franck, mais leur version de la disparition leur semble si peu crédible qu'il leur faudrait être des meurtriers extraordinairement mauvais pour oser monter un alibi pareil. Très vite, Jean-Pierre ayant prévenu la station RTL de l'enlèvement de son ami, des ufologues professionnels et amateurs, plus ou moins allumés, affluent dans le champ de choux et engagent une batterie de tests sur les lieux de la disparition.

Huit jours plus tard, le 3 décembre, Jean-Pierre est réveillé à 4 h 45 par la sonnette de son appartement. En pyjama, il va ouvrir la porte et se retrouve nez à nez avec Franck, son ami disparu, habillé comme il l'a quitté, un peu de barbe en plus. Le jeune homme a l'air perdu et semble dérouté quand Jean-Pierre lui tombe dans les bras. Pour Franck, c'est un choc quand son ami lui explique qu'il a disparu depuis plus d'une semaine : il a l'impression de ne s'être endormi qu'une quinzaine de minutes et qu'il vient seulement de se réveiller dans le champ, croyant s'être fait voler la voiture.

La gendarmerie est prévenue de la réapparition de Franck, et les trois amis sont interrogés l'après-midi même par le substitut du procureur de Pontoise, en présence du GEIPAN (Groupe d'études et d'information des phénomènes aérospatiaux non identifiés). Franck raconte les événements comme ils se sont passés : alors qu'il roulait vers la centrale, une boule blanche a semblé sauter sur le capot. Immédiatement, les vitres se sont embuées, et la lumière venue de la boule s'est accentuée. Il a essayé de sortir de la voiture mais les portes étaient bloquées. Ses yeux se sont mis à piquer, il a ressenti un brusque engourdissement et s'est endormi. Aucun souvenir ensuite jusqu'à son réveil huit jours plus tard.

L'affaire intéresse les médias qui rendent compte de l'enlèvement. France Inter, *Paris Match*, *Le Parisien libéré*, entre autres, relatent les faits, interviewent les protagonistes, qui semblent retrouver la mémoire à mesure qu'on leur tend le micro : Franck se souvient maintenant de s'être réveillé dans une sorte de laboratoire blanc plein de cadrans, sûrement à l'intérieur du vaisseau extraterrestre. Des survols d'ovnis apparaissent en Espagne, au Maroc dans les jours suivants, et la presse choisit de s'en faire l'écho, comme une preuve de plus en faveur de l'aventure des trois jeunes banlieusards.

Jimmy Guieu, un auteur de science-fiction et pionnier de l'ufologie française, voulant absolument prévenir ses contemporains de l'existence des ovnis et des « petits-gris » (extraterrestres qui dirigent la Terre en secret), se rapproche du trio et écrit avec eux un livre basé sur leurs témoignages. Un soir, sur TF1, alors que les trois amis sont les invités de l'émission « Temps X » d'Igor et Grichka Bogdanoff, jeunes, beaux et médiatiques vulgarisateurs scientifiques venus de l'Est, Jean-Pierre, sous transe hypnotique, annonce à une France médusée que les extraterrestres lui ont demandé de faire passer un message : ils reviendront le 15 août 1980 sur les lieux de l'enlèvement.

Arrive donc la date fatidique, mais aucun ovni, extraterrestre, petit-gris ou bonhomme vert ne se montre de la journée, ni même la nuit qui suit. Et, à l'aube, tout le monde rentre chez soi un peu déçu et fatigué, en RER ou en voiture.

Trois ans après les faits, après qu'est tombée la prescription pour outrage à magistrat, Jean-Pierre affirme que l'affaire de Cergy-Pontoise était bidon du début à la fin, qu'il en était le seul responsable, ayant tout organisé et fait loger Franck dans l'appartement d'un ami à Pontoise. « Comment peut-on imaginer des extraterrestres venant enlever un guignol comme ça ? » aurait-il ajouté.

Jusqu'à la fin de sa vie, Jimmy Guieu a continué à dire que l'enlèvement de Cergy avait bien eu lieu et que Jean-Pierre Prévost était un menteur. Il est mort d'un cancer fulgurant le 2 janvier 2000, et la légende, tenace sur Internet, veut qu'il ait été tué par une baguette de plutonium placée sous sa chaise de bureau par les services secrets.

Ainsi que le dit l'oncle Gaston au sujet de l'affaire Grégory : « On saura jamais la vérité… »

Cérumen

Le Coton-Tige n'est pas seulement inutile, il est dangereux. Le Coton-Tige est un ami qui vous veut du mal. Dans sa boîte plastique, sur les étagères de la salle de bains, il paraît inoffensif, doucettement hygiénique. Il faut s'en méfier. C'est un monstre. C'est un objet maléfique, ignoble et malveillant. C'est un scélérat. Insidieusement, sournoisement, l'air de ne pas y toucher, il aura, entre 1990 et 2010, blessé plus de 260 000 enfants américains ignominieusement, douloureusement meurtris. Perforation du tympan, irritation de la peau de l'oreille qui perd sa protection, tassage du cérumen, formation de bouchons, baisse de l'audition. Salaud de Coton-Tige.

Car le Coton-Tige, remarquez comme il semble patelin, discret, moutonneux, laisse penser (ah l'hypocrite ! ah le fourbe !) que le cérumen est sale, malfaisant, disgracieux. Pauvre cérumen. Il est la bonté même. Il protège et aseptise. Il épure et il assainit. C'est un bienfaiteur de l'humanité. Du jaune clair au noir, de Van Gogh à Soulages, il présente toutes les nuances, toutes les couleurs de la vie.

Le Coton-Tige n'a aucune raison d'être quand la poire, l'eau tiède et le spray nettoyant n'ont que vertus de salubrité, de providence, de délicatesse.

Ordure de Coton-Tige. Saloperie de Coton-Tige. Ignominie de Coton-Tige. Gloire au cérumen !

Cerveau

En 1980, le pédiatre et neurologue John Lorber, de l'université de Sheffield, reçoit dans son cabinet un étudiant en mathématiques ayant brillamment obtenu ses diplômes avec les meilleures mentions, parfaitement sociabilisé dans son environnement et doté d'un QI de 126. Le jeune homme le consulte, car il s'inquiète de la taille de son crâne, légèrement plus large que la moyenne, sans pour autant en ressentir ni douleurs ni effets négatifs. Moyennement intéressé par le cas du jeune homme, Lorber consent à lui faire un scanner et, après avoir passé la caboche aux rayons X, découvre, stupéfait, une boîte crânienne vide, aucun cerveau visible. Uniquement du fluide cérébrospinal.

Se rappelant que tout animal doté d'un axe antéro-postérieur possède un cerveau, et que son client n'est à l'évidence ni un oursin, ni une étoile de mer (aux systèmes neuronaux décentralisés sur le pourtour du corps), le docteur se remet à scanner, une deuxième fois, puis une troisième...

Enfin, Lorber finit par découvrir le cerveau du patient, sous forme de fine membrane d'un millimètre d'épaisseur contre le crâne. Le neurologue en a conclu qu'une poche de fluide s'était créée dans le cerveau du jeune homme et avait gonflé sous l'afflux anormal de ce liquide, à la manière d'un ballon, ce qui avait eu pour effet de compresser le cerveau entre cette poche et des os du crâne, sans pour autant empêcher son propriétaire de vivre tout à fait normalement.

Bien sûr, le cerveau n'est pas inutile puisque le jeune homme en possédait bien un. Ce qui est inutile, c'est d'avoir une forme de cerveau standard. On n'est pas obligé d'avoir le cerveau de tout le monde.

Ici comme ailleurs, ce n'est pas la taille qui compte.

Chaix

Qui se souvient du *Chaix*, l'indicateur des chemins de fer ? Il avait l'avantage de présenter l'intégralité des tableaux horaires des trains français. Inépuisable source de rêveries, il permettait de voyager de son fauteuil. En 1905, on pouvait imaginer que, en partant de la gare d'Orsay à 7 h 28, on passait prendre les voyageurs d'Austerlitz à 7 h 37 et que commençait l'aventure. À 10 h 08, à nous deux Lamotte-Beuvron ! À 11 h 48 apparaissait Issoudun tandis qu'à Châteauroux, à 12 h 14, on faisait coïncider votre entrée dans la ville avec un apéritif bien mérité.

Le nom de cet indicateur vient de Napoléon. Exactement : Napoléon Chaix, qui naquit à Châteauroux justement en 1807 dans la rue du Bombardon. La rue du Bombardon n'est devenue la rue Victor-Hugo que bien plus tard, mais en 1807 (le mesure-t-on ?) aucune rue, aucune avenue, aucune place, aucun boulevard, aucun square ne portait encore le nom de l'auteur des *Misérables* qui, il est vrai, à l'époque n'avait que cinq ans. Napoléon était apprenti imprimeur quand il est monté à Paris où il mourut en 1865 après avoir fondé, en 1845, l'Imprimerie centrale des chemins de fer qui chaque année sortait le fameux livret indicateur des horaires de train, appelé, comme de juste, le *Chaix*.

Aujourd'hui sur eBay, on peut acquérir l'indicateur de 1867 au prix de 729 euros. Celui paru le 31 mai 1970 se trouve à 67,50 euros, il comporte quand même 651 pages, ce qui justifie les 9 euros de frais de livraison.

On tourne les pages du *Chaix* et l'on voyage dans l'espace et le temps : « Pour aller sur les bords de la Méditerranée et la Côte d'azur, partez PLM », on tourne les pages du *Chaix* et, déjà, on est ballotté par les soubresauts de la locomotive, on passe la tête par la fenêtre ouverte du compartiment tout en se méfiant des escarbilles, et, tandis que les horaires défilent, on est déjà transporté... Laroche-Migennes, Saint-Pierre-des-Corps, Mézidon-Canon...

Chanson

À quoi sert une chanson si elle est désarmée ?
Me disaient des Chiliens, bras ouverts, poings serrés...

« Utile », la musique est de Julien Clerc. Les paroles d'Étienne Roda-Gil écrites en 1992 avaient été inspirées, paraît-il, par le récit que Juliette Gréco fit d'un voyage au Chili. C'était du temps de Pinochet, Juliette avait donné un récital devant des dignitaires du régime. Acclamée à son entrée en scène, elle avait interprété des chansons essentiellement antimilitaristes, semant peu à peu la consternation dans le public. « On m'a raccompagnée dans un silence de mort », raconte-t-elle.

Dans une émission de radio, on demandait à Maxime Le Forestier ce qu'était, selon lui, une bonne chanson. Voici sa réponse : « Une bonne chanson est une chanson qui remplit sa fonction. Si vous voulez dire à une femme que vous aimiez que vous la quittez, je pense *qu'*"Avec le temps" est la meilleure, mais s'il est 3 heures du matin dans une fête à la campagne et qu'on vous demande d'en pousser une, "Les Sardines", c'est mieux. Une chanson, ça sert à tout, ça peut servir à envoyer les gens à la guerre, à endormir un enfant, à dire des choses politiques, à faire vendre de l'espace publicitaire à des cerveaux disponibles... Ça dépend du destin que vous souhaitez pour votre chanson, l'appréciation qu'on peut en faire. »

Une mauvaise chanson serait donc celle qui ne servirait à rien, une inutile... Nous n'allons pas commencer à faire la liste des mauvaises chansons, ce serait long, fastidieux, sujet à caution.

Choisissons plutôt de parler de l'inutilité, telle qu'elle a été traitée par la chanson. Philippe Katerine a brillamment traité le sujet.

Quoi de plus difficile
Que d'être inutile
D'être du vent
De n'être rien
Et être tout
Avec du style
Le style avant tout[1]...

Maxime Le Forestier écrivit une chanson qui commence par un bel aphorisme : « Rien ne sert de courir quand on court après rien. »

Antoine Sahler, dans un esprit à la Pérec, a écrit une chanson, « Trucs inutiles ». Il propose une liste non exhaustive de « Tous ces trucs inutiles qu'on a dans le cerveau, toutes ces choses futiles, tous ces détails idiots » : « La date de naissance d'Adamo (1er novembre 1943), la taille du général de Gaulle (1,96 mètre), le plat préféré d'Helmut Kohl (le rôti de bœuf mariné) ». La chanson « Truc inutiles » n'hésite pas à évoquer la politique quand elle cite Edgar Faure : « L'immobilisme est en marche et rien de ne peut l'arrêter. » Elle ne craint pas de révéler les détails les plus intimes : la pointure de sa tante Gisèle (47), le code pour entrer au 17, rue Rodier (42B23) qui cependant, et c'est bien d'en tenir compte, est susceptible de changement.

1. « Inutile », chanson (paroles et musique) de Philippe Katerine, sortie en 2002.

Daniel Darc, qui, nous rappelons, n'a jamais été parolier ni pour Carlos ni pour Annie Cordy, s'interroge douloureusement dans son album *Crèvecœur* :

Suis-je inutile et hors d'usage ?
Ou peut-être un peu trop amer ?
Sans perle, simple coquillage
Jeté sur le bord de la mer
Déjà en moi je sens l'automne
Qui doucement ronge mon corps
L'affreuse angoisse m'emprisonne
Combien de temps jusqu'à la mort[1] *?*

On n'entend plus beaucoup Henri Tachan. Il a écrit un tas de chansons révoltées, poétiques, insolentes... Il a chanté la chasse, les z'hommes, les jeux Olympiques, sa femme, les amis... Il a aussi écrit « Pas vieillir, pas mourir ».

C'est beau. Ça parle de quoi ? De la vie, inutile et précieuse.

À l'occasion, écoutez-la. En attendant, nous vous retranscrivons, car vous nous êtes sympathique, le début du texte...

Je veux avoir le temps d'apprivoiser les mouches,
Je veux l'Éternité pour apprendre ta bouche,
Je veux voir les saisons minute par minute,
Brindille par brindille tout le bois de ma hutte.
Je veux, chaque seconde, connaître une habitude,
Comme un chien familier, comme la solitude,
Je veux me coucher là et n'être pas rentable,
Je veux vivre la vie d'une pierre, d'une table,

1. « Inutile et hors d'usage », chanson interprétée par Daniel Darc, paroles Daniel Darc, musique Frédéric Lo, sortie en 2004

Sans suspense, sans destin, sans crainte, sans
[dénouement,
Je veux avoir le temps de perdre tout mon temps[1]...

Plus loin, Tachan chante encore...

Je veux avoir le temps de faire vingt ans de taule,
Cent ans de poésie, mille ans sur ton épaule,
Je veux avoir le temps d'être ni vieux ni sage,
Je veux avoir le temps d'être Idiot du Village[2]...

Un texte magnifique, qu'on n'entend plus beaucoup... Pas inutile mais précieux de réécouter Henri Tachan.

La chanson, veut toujours être utile... à vivre et à rêver.

Comme une langue ancienne
Qu'on voudrait massacrer

À ceux qui m'aimeront
Et à ceux qui m'aimaient
Je veux être utile
À vivre et à aimer
Ah la, la, la
La, la
La, la, la, la, la, la
La, la, la, la, la, la[3].

---

1. « Pas vieillir, pas mourir », chanson d'Henri Tachan (paroles et musique), sortie en 1973.
2. *Idem.*
3. « Utile », chanson interprétée par Julien Clerc, paroles Étienne Roda-Gil, musique Julien Clerc, sortie en 1992.

Chapisme

« Hello, nice day, isn't it ? »

Cri de ralliement des chapistes.

Certains combats semblent tellement perdus d'avance qu'il paraît bien dérisoire de s'échiner à les mener. Gustav Temple, anarcho-dandy britannique, ne s'embarrasse pas d'un quelconque défaitisme lorsqu'il est question de lutter contre la vulgarité de notre époque. Il a créé un mouvement pour une « révolution par le tweed », le chapisme, voué à convertir, par l'exemple, l'entièreté de ses contemporains aux bonnes manières, à la courtoisie et à l'élégance d'antan. Le chap doit donc, du matin au soir, tous les jours de l'année, être d'une tenue irréprochable (tant morale que vestimentaire). Le chap se reconnaît à ce qu'il porte costume trois-pièces, chapeau melon, pipe et monocle, quand la chappette arbore tailleur, gants et porte-cigarette. Tant que faire se peut, les chapistes mènent des *actions sporadiques de courtoisie ordinaire* consistant à commander un Martini dry au McDonald's, demander à parler au maître tailleur chez Gap ou appeler le boy turc pour allumer votre cigare dans un bar PMU.

Chaque année, le chap se rend à des *Olympiades* où il retrouve ses semblables pour s'y adonner gaiement à des épreuves non sportives aussi indispensables et réjouissantes que :

— *The Tea Pursuit* : un relais cycliste où les coureurs se passent une tasse de thé, la quantité de liquide restant dans la tasse déterminant le vainqueur ;
— *The French Connection* : un jeu d'adresse où les participants tentent de faire tomber des morceaux de

fromage français posés sur des poteaux en lançant une baguette de pain ;

— *The Umbrella Jousting* : une joute à parapluie, deux concurrents tentant de se faire tomber de leurs bicyclettes à l'aide d'un parapluie ;

— Un fameux concours de lancer de sandwich au concombre ;

— Le record du monde du plus grand nombre de personnes fumant la pipe.

Les évolutions politiques seront ce qu'elles seront dans les années et les siècles à venir, quoi qu'il en soit, profitons de la tribune qui nous est laissée dans ces pages pour exprimer à nos amis anglais, qu'ils en veuillent ou non, notre admiration respectueuse et réaffirmer la place qu'ils occuperont à jamais dans notre cœur.

Charabia

Le charabia était d'abord le patois auvergnat. Il est devenu moins spécifiquement régional pour devenir synonyme de baragouin qui, lui, serait d'origine bretonne. Le charabia permet de parler mais pas de se faire comprendre. Une de ses expressions les plus célèbres a été inventée par Charlie Chaplin dans la chanson « Titine » (« *The Nonsense Song* ») du film *Les Temps modernes* dont nous vous rappelons les premières amphigouriques paroles…

Se bella ciu satore
Je notre so cafore
Je notre si cavore
Je la tu, la ti, la tua

La spinash o la busho
Cigaretto porta bello
Ce rakish spagaletto
Si la tu, la ti, la tua

Châteaux de sable

Depuis qu'il existe des enfants, du sable et des châteaux-forts, les enfants font des châteaux de sable. Avant le Moyen Âge, on suppute que les petits Égyptiens, Grecs et Gaulois faisaient des pyramides, des temples et des dolmens de sable, quand les mômes du paléolithique, lamentables arriérés, avaient coutume de creuser des trous dans le sable pour figurer les grottes de leur temps.

L'invention du seau, d'abord en bois, puis en tôle galvanisée, en aluminium soudé et, finalement, en plastique moulé a bien sûr été une bénédiction pour les architectes de plage. Auparavant, ces derniers en étaient réduits à ériger d'informes monticules avec leurs mains, quand aujourd'hui les récipients ont un fond étudié pour figurer les créneaux et mâchicoulis des constructions de nos ancêtres.

Il faut évidemment différencier le château du pâté de sable, principalement destiné à être frénétiquement écrabouillé par les pieds de son propre créateur, quand le premier, façonné avec méticulosité et patience, permet aux enfants d'appréhender l'éphémère des choses face aux inéluctables vagues du temps.

Daniel Bonn, physicien spécialisé dans le domaine des sables mouvants et glissements de terrain au Laboratoire de physique statistique de l'École normale supérieure de Paris, a réalisé, en 2012, une étude scientifique dans la revue *Nature* pour apprendre à construire le château de sable le plus haut possible : après une introduction nous expliquant le phénomène de capillarité permettant au sable humide de supporter son propre poids, grâce à la création de ponts pendulaires constitués de grains attirés entre eux sous l'effet de l'eau, Bonn présente sa méthode de recherche permettant de trouver le point de stabilité ultime avant rupture pour une colonne de sable humide. S'aidant de la solution analytique, bien connue dans le génie civil, qui veut que :

$$h_{crit} = \left(\frac{9J^2_{(-1/3)}}{16} \frac{GR^2}{pg} \right)^{1/3}$$ [1]

Bonn parvient ainsi à obtenir des données expérimentales et des prévisions théoriques de hauteurs maximales en fonction de différents rayons. En mettant en rapport ces chiffres avec le module de cisaillement élastique (calculé en fonction de la fraction volumique de l'eau pour une quantité de sable donnée), le scientifique parvient à créer une colonne de sable de plage (avec des grains ayant un rayon moyen de 100 μma) d'un diamètre de 7 centimètres pour une hauteur de 60 centimètres, validant ainsi ses données prévisionnelles.

1. Ici, comme vous le savez sûrement déjà, G est le module d'élasticité, R le rayon de la colonne, ρ est la densité, g l'accélération gravitationnelle et J ≈ 1.8663 est la plus petite racine positive de la fonction de Bessel du premier type d'ordre −1/3.

Lors de votre prochaine sortie à la plage, si vous voulez impressionner vos voisins de serviette, vous pourrez vous référer au tableau que nous vous reproduisons ici. Afin de bien le lire, sachez que la ligne en trait plein est la théorie sans aucun paramètre ajustable utilisant $G = 0{,}054\ a^{-1/3}\ E^{2/3}\ \gamma^{1/3}$, où $a = 100\ \mu m$, $E = 30\ \ GPa$, $\gamma = 70\ \ mN / m$ et que la densité du sable est $\rho = 2{,}6\ g / cm$.

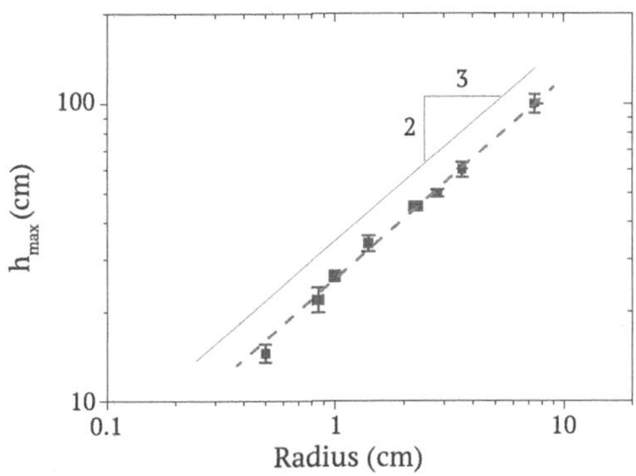

Ne nous remerciez pas, ça nous fait plaisir[1].

Si les mathématiques vous désarçonnent, prenez le temps de vous consoler avec Joe Dassin.

On construit parfois comme les enfants
Comme tous les enfants
Un château de sable et de vent

1. Les auteurs souhaitent ici rendre grâce à la communauté scientifique dont les membres, par leurs opportunes recherches et expériences, ont indirectement, et sans le vouloir, grandement contribués à la rédaction de ce *Dictionnaire amoureux de l'Inutile.*

Un château de sable qu'on bâtit pour l'éternité
Mais les tout premiers flots vont l'emporter[1]*...*

1. « Le château de sable », chanson interprétée par Joe Dassin, paroles de Joe Dassin et Claude Lemesle, musique d'Yvon Ouazana, sortie en 1977.

Chaton

La chatte et le chaton ont pris le pouvoir sur Internet, autrement dit la pornographie et la mièvrerie.

Le chaton est devenu une vedette, une véritable star. Fatso, ce félin mélomane qui joue prétendument du piano, a été vu à ce jour presque 50 millions de fois. Le chaton s'expose, le chaton explose. Il est mis en scène, magnifié, célébré. Lascif ou joueur, espiègle ou agressif, il est présenté dans toutes les positions, toutes les situations. Sur le ventre, sur le dos, au bord du précipice, dans la cuvette des toilettes, dans une baignoire, sur un tapis roulant, il a tous les talents, musicien, funambule, équilibriste, acrobate, chef d'orchestre. Parfois, le chaton a besoin d'accessoires, un tapis roulant, un jouet, une voiture d'enfant, une tranche de pain de mie, un aspirateur. Le mouton craint l'aspirateur, pas le chaton.

L'application SnapCat permet au chaton de se prendre lui-même en photo. Un point rouge s'affiche, le chaton, intrigué, pose sa patte dessus et fait son selfie. On n'arrête pas le progrès, comme dit l'autre.

« Mon chat m'aime-t-il ? » interroge un site en manque d'amour et de réconfort.

« Je parie 300 000 dollars que tu vas rire », promet un autre site bien présomptueux qui met en ligne uniquement des vidéos de chats.

Quand il sera définitivement interdit de rire des Blancs, des Noirs, des femmes, des hommes, des homosexuels, des Juifs, des Arabes, des Corses, des Bretons, des jeunes, des vieux, il restera les chatons pour rire benoîtement d'un rire lénifiant, inoffensif, consternant...

Cheval, facteur (1836-1924)

Le facteur Cheval, de son vivant, était regardé par ses contemporains avec la plus grande perplexité. On disait de lui qu'il avait une araignée au plafond, une abeille dans le chapeau, comme diraient les Anglais, des chauves-souris dans le beffroi, un géranium dans le crâne... Plutôt que labourer sa terre, cultiver des haricots, des poireaux, des pommes de terre, le facteur entassait des pierres.

« À quoi ça sert ? » s'interrogeaient ses voisins de Hauterives, les yeux en l'air.

À rien.

Cheval poursuivait un rêve, créer son palais idéal.

Un quignon de pain dans la besace, un oignon, une gousse d'ail, et le voilà qui partait pour sa tournée. De temps en temps, sur le chemin, on lui offrait un café, un verre de vin mélangé à un peu d'eau, et on tentait d'en savoir plus...

« Ça vous sert à quoi de transporter toutes ces pierrailles, à part vous casser le dos ?

— C'est mon plaisir », disait Cheval.

On ne cherchait plus à comprendre.

Les Allemands diraient qu'il n'avait pas toutes les tasses dans l'armoire, tous les plots dans le sac, qu'il avait un coup de feu dans l'optique, un petit homme dans l'oreille, un dégât dans le toit...

Cheval, lui, tentait de matérialiser un rêve qu'il faisait dans son petit lit, situé près de la cheminée, en travers, sur le sol en terre battue. Un songe de paysan poète qui nécessitait des truelles, des ciseaux, une brouette, des burins...

Parfois, on trouvait que la tournée du facteur laissait à désirer... Aux gamins du pays, il demandait d'aller déposer ce courrier chez la mère Martin, ce colis chez le père

Margaron... : « C'est quasiment sur ta route, moi c'est pas le tout, j'ai du mortier à gâcher... »

Les Espagnols auraient dit qu'il était comme un arrosoir, comme une chèvre, qu'il avait des oiseaux dans la tête, qu'il lui manquait une vis...

Et le père Cheval, la nuit, parfois à 2 heures du matin, partait avec sa brouette charger des tas de pierres qu'il avait ramassées au bord de la route sans goudron à 4 ou 5 kilomètres de chez lui, parfois 10.

Les Belges diraient qu'il n'a pas toutes les frites dans le même paquet. Les Portugais diraient qu'il a des petits singes dans le grenier.

Les Roumains qu'il a bu du pétrole, qu'il avait des petits papillons sur la cervelle...

Et pendant ce temps-là, le rêve du facteur Cheval se construisait. Un bassin, une cascade, un monument égyptien, quatre colonnes, deux momies, trois géants, une tour de Barbarie, une mosquée, un temple hindou, un temple de la nature, des animaux, un cerf, des pélicans, un crocodile, un musée antédiluvien, un escalier, un balcon, une fontaine, un belvédère... Une façade est et une façade ouest de 26 mètres de longueur chacune, une façade nord de 14 mètres, une façade sud de 10 mètres. Des inscriptions gravées dans la pierre : « Pour les hommes de bien, tous les peuples sont frères. Notre devise à nous est de les aimer tous », « Le faible comme le fort sont égaux devant la mort », « Sur la route de la vie, j'ai lutté avec courage, seul, dans le travail, j'ai trouvé la vraie gloire ».

« Mais pour quoi faire, père Cheval ? Pour quoi faire ? »

Pour rien. Simplement, donner de la matière à un songe.

Les Canadiens diraient qu'il avait une craque, des bibittes dans la tête, des neurones de travers...

André Malraux, contre l'avis de la plupart des fonctionnaires de son ministère, a permis de classer le palais au titre de monument historique. Aujourd'hui, venus de tous les coins de France, d'Angleterre, d'Allemagne, d'Espagne, de Belgique, du Portugal, de Roumanie, du Canada et de tous les pays du monde, les touristes se pressent d'admirer l'œuvre d'un facteur, d'un paysan, d'un poète qui pensait que l'enfant venait en cette vie les mains pleines d'avenir et que, s'il savait s'en servir, il les laisserait remplies de souvenirs...

Une araignée au plafond, on vous dit.

Chien méchant

D'abord, quelqu'un a bricolé une pancarte, a écrit dessus « Chien méchant », puis l'a posée sur sa barrière, quelqu'un qui avait envie de défendre sa propriété et de dissuader les voleurs, cambrioleurs d'entrer chez lui. Ça a donné l'idée à des petits artisans, puis à des plus gros, de fabriquer des plaques aussi dissuasives mais plus manufacturées : « Attention au chien », « Chien méchant », « Attention chien méchant ».

Et puis ça a donné l'idée à d'autres artisans de fabriquer de nouvelles plaques qui tentaient d'allier la dissuasion à l'humour : « Chien lunatique », « Chien fort susceptible », « Attention, mon chien court le 400 mètres en 10 secondes, si tu ne fais pas mieux reste au portail », « Y a-t-il une vie après la mort. Entrez et vous saurez », « Attention au chien, le chat n'est pas fiable non plus », « Sonnez et courez, le chien a besoin d'exercice », « Attention, notre chien est génétiquement modifié et notre chat fait du karaté ».

L'imagination des meilleurs amis du chien est, on le voit, illimitée.

D'autres fabricants de plaques ont ainsi perdu de vue le caractère utilitaire de l'objet et laissent aux visiteurs le soin d'apprécier le niveau d'humour : « Chien gentil, maître bizarre », « Chien gentil mais attention à ma femme », « Attention, chien rêveur », « Attention, chien léchant », « Chien snob », « Attention, poisson méchant », « Qui mange un chien chie ouah ouah ».

Cigarette

Faire de sa vie une aventure.

Guy-Môquet, La-Fourche, Place-de-Clichy, Liège, Saint-Lazare, Miromesnil... Parfois, dans vos draps, pour trouver le sommeil, au lieu de compter les moutons, vous égrenez les arrêts de la ligne 13, celle que vous prenez pour aller au bureau. Invalides, Varenne, Saint-François-Xavier, Duroc... Dans ces moments, il arrive qu'une petite idée, désagréable et insidieuse, se loge dans votre tête, sans que vous arriviez à l'en faire sortir. Elle est là aussi le soir, quand vous sortez votre barquette surgelée du micro-ondes, ou au travail, quand vous sauvegardez votre énième fichier Excel. Au fond de vous, vous le savez, il manque quelque chose. Vous rêvez de rebondissements renversants, de dangers inattendus, de climax, d'adrénaline...

Oubliez vos plans de tour du monde, de transes en Amazonie, de sauts en parachute, ou de rapports sexuels non protégés. Fumez ! Des cigarettes, des cibiches, des sèches, des tiges, des cousues main, des clous de cercueil. Bien sûr, le prix est toujours plus prohibitif, mais que valent 10 euros par rapport à ce que vous y gagnerez ? Au-delà de la prestance de séducteur que vous aurez en allumant une cigarette et du suspens inhérent à la date de votre cancer, il arrivera forcément un jour où, par inadvertance, vous oublierez de bien éteindre votre mégot. On le sait, il ne faut pas se fier à l'absence de rougeoiement ou de fumée au bout de votre clope, le feu couve parfois sous les braises. L'incendie est assuré. Ce moment arrivera, c'est signé, seulement vous ne savez pas pour quand. Comme si vous passiez un contrat sur votre propre tête avec le plus compétent des tueurs à gages.

L'un des auteurs, un soir, après avoir rangé son appartement, est parti vers 21 heures manger une raclette avec des amis. De retour, il a trouvé sa rue barrée, les gyrophares bleus des pompiers et policiers, les voisins dans la cour, et le camion rouge avec la grande échelle. Cette grande échelle qui montait de la rue jusqu'à la fenêtre ouverte de sa chambre. Quel bonheur, enfin de l'action ! Le rythme cardiaque qui s'accélère. Les yeux qui se tournent tous vers vous quand vous annoncez votre qualité de locataire. Être le seul à avoir le droit de monter les escaliers, accompagné de trois policiers. L'odeur de brûlé de plus en plus forte. Enjamber les circonvolutions de la lance à incendie. Trouver son appartement ouvert et trois pompiers en armures ignifugées à l'intérieur à cause d'une clope mal éteinte jetée dans un sac plastique cinq heures plus tôt et laissé négligemment sur la paillasse de la cuisine. Cuisine maintenant pleine de cendres, mais miraculeusement intacte.

Les conséquences ne sont évidemment pas toujours aussi minimes, comme se plaisait à le rappeler l'un des auteurs de ce dictionnaire à son fils, peu de temps après l'incident cité précédemment : « 1966 : Julien Carette, acteur français devenu impotent des suites de l'arthrose, laisse échapper la cigarette qu'il venait d'allumer sur la couverture posée sur ses jambes, qui prend feu, suivie en cela par le reste de l'appartement. Il meurt peu après à l'hôpital de Saint-Germain-en-Laye. »

Notez que ce même auteur a un positionnement nettement moins amoureux que le second vis-à-vis de la cigarette, ne comprenant pas que l'on puisse se détruire les poumons pour le simple plaisir de regarder s'envoler les volutes.

Cioran, Emil (1911-1995)

Cioran a su développer dans son œuvre l'inutilité de la vie, de Dieu, des hommes, de l'écriture, de la liberté, de tout, de rien.

Petit florilège...

« Être libre, c'est s'exercer à n'être rien. »

« Le verbe est né de la douleur. Mais il lui fut inutile. Et la douleur perpétue son propre manque de fondement... »

« « Le fait que j'existe prouve que le monde n'a pas de sens. »

« Ce qui n'est pas déchirant est superflu, en musique tout au moins. »

« On n'écrit pas parce qu'on a quelque chose à dire mais parce qu'on a envie de dire quelque chose. »

« Donnez un but précis à la vie : elle perd instantanément son attrait. »

« Pourquoi nous retirer et abandonner la partie, quand il nous reste tant d'êtres à décevoir ? »

« Tout sans Dieu est néant ; et Dieu n'est que le néant suprême. »

« Un livre est un suicide différé. »

« Rater sa vie, c'est accéder à la poésie – sans le support du talent. »

« Chercher un sens à quoi que ce soit est moins le fait d'un naïf que d'un masochiste. »

« Pour entrevoir l'essentiel, il ne faut exercer aucun métier. Rester toute la journée allongé, et gémir... »

« Tout absolu – personnel ou abstrait – est une façon d'escamoter les problèmes. »

« La seule utilité des enterrements, c'est de nous permettre de nous réconcilier avec nos ennemis. »

« Par peur d'être quelconque, j'ai fini par n'être rien. »

« Noir c'est noir, il n'y a plus d'espoir » (ah non, ça c'est Georges Aber pour Johnny Hallyday).

Circonflexe (accent)

Cette notion de l'inutile, si belle, si poétique, si fraîche, si sensible, si universelle et si humaine, qui nous renvoie à notre raison d'être sur la terre, à la position des étoiles dans le ciel, à l'eau des rivières qui sans savoir pourquoi s'écoule et se jette dans les fleuves et les mers et les océans, au vol des oiseaux qui sans raison traversent les nuages, à la pluie qui survient, au rayon de soleil qui vient se poser sur le visage innocent d'un nourrisson qui dans son berceau sourit, à la feuille qui tombe, au jour qui se lève, à la vie qui naît, cette notion si humaine, si précieuse, si finalement associée au sens même de l'existence et de toutes choses, a pris un sale coup dans la gueule quand, le 6 décembre 1990, le Conseil supérieur français de la langue française fit publier dans les documents administratifs du *Journal officiel* de la République française un rapport dans lequel on décida de la mort de l'accent circonflexe.

Pas de la mort, nous exagérons, de sa disparition sur le i et le u quand il n'apparaît pas nécessaire afin de permettre une distinction entre deux homonymes. Mais qui serait suffisamment stupide pour ne pas comprendre le sens de la phrase « Un homme mûr, faisant un jeûne, revenait des mûres, quand il rencontra un jeune homme assis sur un mur » ? Quel roi des cons mériterait assez son titre pour se troubler devant la phrase « Il est sûr et certain que les mûres sur le mur étaient sures. »

La vocation de l'accent circonflexe, c'est d'être simplement là pour la décoration, pour rien, ou simplement rendre la langue un peu joueuse, malicieuse, espiègle, imagée, évoquer la pique de la piqûre, le toit de la maison où brûle la bûche, une ultime protection sur la boîte.

Les linguistes de 1990 n'ont conservé l'accent circonflexe qu'en cas d'ambiguïté quand, pour le plaisir des mots, on aimerait garder et l'accent circonflexe et l'ambiguïté.

Classements

Pour faire la conversation, on peut dire que vous n'êtes pas le dernier. Sur certains sujets, vous saurez même vous montrer prolixe, inarrêtable. D'aucuns diraient relou.

Qu'un collègue s'entretienne avec vous du résultat de la dernière élection présidentielle et vous lui réciterez dans l'ordre les scores des petits candidats depuis 1959. Si on cause de tel joueur de tennis, vous ne perdrez pas une occasion de rappeler sa position dans le dernier classement ATP. Que quelqu'un ait le malheur de vous dire « Tiens, il fait chaud aujourd'hui », et vous vous ferez un plaisir de lui lister les années les plus suffocantes depuis la création du thermomètre, par hasard les plus récentes.

Parmi tout un tas d'autres choses, vous savez que Bèze, en Côte-d'Or, était le 10e village préféré des Français en 2017, que l'Argentin Delio Onnis est le meilleur buteur de tous les temps du Championnat de France de foot (299 buts en 449 matchs), ou encore que GDF Suez est l'entreprise la plus polluante de France (157,9 millions de tonnes de CO_2 émis en 2012, par exemple). Si on devait résumer, on pourrait dire, sans trop se mouiller, que vous aimez les classements de toutes sortes, quand tout est en ordre, bien rangé, et qu'on n'a plus à y penser.

Il y a des discussions, par contre, qui vous sont plus difficiles. Vous évitez, par exemple, de causer littérature française, faute de statistiques tangibles. Comment savoir qui est le meilleur entre Rimbaud et Verlaine, Sartre et Beauvoir, Musso et Lévy ?

D'autant que tout cela est très subjectif. Les goûts, les couleurs…

Aucune inquiétude ! Grâce à l'Internet, il est aujourd'hui possible de connaître le classement de la cote de popularité des écrivains en langue française en se basant sur les données fournies par le site Babelio, qui agrège les différentes notes données par les lecteurs/internautes à leur auteurs préférés ou honnis. Par exemple, *Denis16* n'est pas tendre avec Voltaire. Il met une étoile sur cinq à *Candide* (« C'est le premier Voltaire que je lis, et bien le dernier, entre les récits gores et le parcours désespéré du personnage, on s'ennuis [*sic*]. »), sa note vient s'ajouter à celle de tinkerbelisreadings (« Je ne suis pas une grande fan des classiques, autant vous dire que je partais donc d'un mauvais pied. Cependant *Candide* passa plutôt bien, car il n'était pas si difficile à comprendre au niveau compréhension. »)

Voltaire a des défauts, c'est vrai, mais il sait faire des efforts en n'étant pas si difficile à comprendre au niveau compréhension.

Pour vous permettre de briller en société, même en compagnie de littéraires, nous vous avons ici bricolé une liste d'auteurs arbitrairement choisis parmi les classiques nécessaires, les indispensables contemporains, ainsi que d'autres, plus oubliables. Pour une meilleure lisibilité, et afin de mieux discerner les écarts, les notes, sur 5 au départ, ont été ramenées sur 20, comme à l'école. Dans la catégorie « Ensemble très satisfaisant, continuez ainsi », on trouve notamment Arthur, Marcel et Stéphane. Jean Racine et Pierre Ménès sont au coude à coude. Ils doivent poursuivre les efforts s'ils veulent atteindre l'excellence.

Arthur Rimbaud	17,36 /20
Marcel Proust	17,00 /20
Stéphane Bern	16,04 /20
Émile Zola	15,84 /20
Albert Camus	15,76 /20
Jean-Pierre Pernaut	15,72 /20
Jules Verne	15,40 /20
Guy de Maupassant	15,40 /20
Énora Malagré	15,32 /20
Guillaume Apollinaire	15,32 /20
Laëtitia Milot	15,12 /20
Jean-Paul Sartre	15,12 /20
Jean Racine	15,00 /20
Pierre Ménès	14,40 /20
Voltaire	14,36 /20
Lorànt Deutsch	14,32 /20
Jean d'Ormesson	14,24 /20
Georges Simenon	14,24 /20
Nabilla Benattia	14,20 /20
Françoise Sagan	14,20 /20
Stéphane Plaza	14,00 /20
Katherine Pancol	13,84 /20
Amélie Nothomb	13,84 /20
Loana Petrucciani	13,68 /20
Donatien François de Sade	13,44 /20
Jeremstar	13,12 /20

Philippe Sollers	12,92 /20
Mimie Mathy	12,56 /20
Christine Angot	11,16 /20

Si la liste n'est aucunement exhaustive, elle a le mérite de poser des bases solides. Après l'avoir consultée, vous pourrez soutenir, preuve à l'appui, que Loana Petrucciani du « Loft 1 » n'est pas encore du niveau de Nabila Benattia mais tient la dragée haute au marquis de Sade, que Philippe Sollers s'est donné beaucoup de mal à écrire sans atteindre la réputation d'un Jean-Pierre Pernaut, que Mimie Mathy et Christine Angot se tiennent dans un mouchoir de poche.

Col

Du temps où la chemise était considérée comme un sous-vêtement, le col apparu au XVe siècle indiquait la sobriété de celui qui le laissait voir, un dévot, un savant, un lettré, un protestant.

Au XVIIe siècle, le col devient signe extérieur de richesse. De dentelle il est agrémenté. C'est un col rabattu.

Aux États-Unis, le col obtient son indépendance. Il est dissocié du corps de la chemise, ce qui permet de le laver à part.

Le col marque sa position sociale. Le col blanc qui travaille dans les bureaux veut se distinguer du col bleu qui est un ouvrier.

Le col Claudine évoque Colette et la lavallière, Villani. Le col Mao réveille la mémoire du Grand Timonier et de Jack Lang.

Le col, quand il est fermé, supporte la cravate et le nœud papillon.

La cravate et le nœud papillon n'étant pas nécessaires, le col ne l'est pas non plus.

Attention, ne pas confondre l'école Boulle avec les cols boules (quand ils sont amples avec plusieurs replis de tissu).

Petit détail pratique : quand vous jouez au polo, surtout, choisissez le col fermé avec adjonction de deux petits boutons. Vous seriez embêté si votre col se relevait au vent.

Comic Sans MS

Depuis le milieu des années 2000 et une véritable cabale menée par des graphistes, journalistes et différents prescripteurs engagés, il est devenu de très mauvais goût d'utiliser la police de caractère Comic Sans MS tant elle est jugée laide, puérile et synonyme de ringardise façon « Internet des 90's ». Tout au plus, il est possible de l'imprimer sur une affichette pour indiquer que « LA MACHINE À CAFÉ EST EN PANNE », ou qu'il faut « LAISSER CET ENDROIT DANS L'ÉTAT OÙ VOUS AURIEZ AIMÉ LE TROUVER EN ENTRANT », mais c'est déjà limite.

Peu importe aux snobinards de tout poil que cette police ait été créée à l'intention des enfants afin de leur rendre l'informatique plus accessible, qu'il ait été prouvé qu'elle facilite la mémorisation des informations, ou encore la lecture chez les personnes dyslexiques, la haine est profonde, tenace et répandue. Quand, en juillet 2012, le CERN présente au public la découverte du Boson de Higgs en utilisant la police honnie, nombreux sont ceux qui s'empressent de passer sur la découverte du siècle pour jeter une volée de bois vert aux chercheurs et crier au scandale devant tant d'amateurisme.

Si, donc, à force de pressions, le Comic Sans MS est devenu inutilisable, il est tout de même possible de contourner l'interdit en adoptant un positionnement ironique du plus bel effet qui évitera toutes brimades, comme l'ont fait les rusées sœurs Sammarcelli : éditrices/artistes réunies sous le nom *L'Indéprimeuse*, elles ont commercialisé *La Volonté de puissance* (le Nietzsche falsifié intentionnellement par sa sœur nazie) en utilisant uniquement la typographie mal-aimée dans l'espoir, selon leur site Internet, « que la raillerie sur la forme appellera le lecteur à une lecture critique, et rieuse, une lecture digne du *Gai savoir* ».

Pour preuve que l'exercice est tout à fait concluant, cette entrée de notre dictionnaire qui, une fois affublée de cette police, fait immédiatement passer ses auteurs pour d'infâmes pisse-copie (ce qui n'est évidemment pas le cas).

Communes

Le Groupement des communes de France aux noms burlesques et chantants fut fondé en 2003 par Patrick Lasseube (ancien maire de Saint-Lys, commune dans laquelle vous trouverez un hameau dont le nom vient de l'occitan Mingecèbos et qui se traduit par « mange tes oignons »). Il invite à un tour de France de la bonne humeur.

« Prendre le parti d'en rire, profiter de son nom pour se faire un nom, aller à la découverte des produits authentiques de nos terroirs, de notre patrimoine culturel et gastronomique, voilà ce qui anime les maires des communes adhérentes. »

Citons justement quelques communes adhérentes : Andouillé, Arnac, Arnac-la-Poste, Ballots, Beaufou, Bellebrune, Latronche, Folles...

Trécon (en Champagne) serait aux dernières nouvelles le 39e adhérent au groupement. Dans la page Wikipédia consacrée à Trécon, la section « Personnalités liées à la commune » est vide. Y aurait-il une honte à être de Trécon ?

Régulièrement, les communes organisent des grands rassemblements où les visiteurs viennent par milliers. En 2016, à Marans, plus de 10 000 visiteurs vinrent se marrer. On avait fait les choses en grand. Sept cent cinquante représentants de 26 délégations se réunirent. Les maires, ceux de Longcochon, de Bouzillé ou de Cocumont furent mis à contribution. Être maire de Paris, de New York ou de Singapour n'est sans doute pas de tout repos, mais quand on est maire de Ballots, de Bourgougnague ou de Saint-Pompon, on peut être sollicité pour sculpter une Marianne en terre glaise ou construire une mairie miniature avec des planches et des clous.

Sous l'impulsion de Nicole Eymard, qui, de 2001 à 2014, fut maire PS de Mariol dans l'Allier devait être organisée l'édition 2014 du Rassemblement des communes aux noms burlesques et chantants. En mars de la même année, nouvelles élections municipales et, patatras, annulation de la participation au Groupement des communes de France. Il n'était plus question que le rassemblement ait lieu à Mariol, le nouveau maire, Gérard Marsoni, divers droite, n'appartenant pas aux brigades du rire, souhaita donner à sa commune une image de sérieux. Les habitants de Mariol, qu'on se le dise, sont des Mariolais et non des Marioles.

L'événement, cette année-là, eut lieu à Beaufou, dont le maire, également divers droite, est peut-être plus enclin à la rigolade.

On remarque avec étonnement que Montcuq, popularisé en son temps par le délicieux Daniel Prévost, ne fait pas partie de l'association. On constate avec stupéfaction que Condom, également appelé Condom-sur-Baïse (rarement un tréma aura été aussi mal venu) n'en fait pas non plus partie. Existe-t-il une hiérarchie, une rivalité, une concurrence, un esprit de compétition au sein des communes aux noms burlesques ? En existe-t-il qui préfèrent jouer perso ? Aux yeux de certains, le potentiel comique du Déluge, de Chantemerle-sur-la Soie, de Grateloup-Saint-Gayrand laisseraient-ils à désirer ? Il faudrait tout un *Dictionnaire amoureux des Communes aux noms burlesques* pour répondre à ces questions.

Avec délectation, on le feuillerait à Poil (Nièvre).

Voir : Routes.

Communiqué

Fin janvier 2019, le nord des États-Unis a été touché par un terrible froid polaire. Le mercure est tombé à –45 degrés dans la région des Grands Lacs, du jamais vu depuis vingt-cinq ans en cet endroit du monde.

Parmi les milliers de dispensables témoignages amateurs ou journalistiques, le département de police de Noblesville, dans l'Indiana, a publié sur sa page Facebook un utile et désarmant communiqué à l'adresse des voleurs et autres bandits de sa circonscription :

« En raison des températures extrêmement froides des prochains jours, et dans le but de garder les citoyens et les agents à l'écart des éléments autant que possible : Tous les crimes et les activités illégales à Noblesville et dans les environs seront interdits jusqu'à nouvel ordre. Si vous ne respectez pas cet avis, vous risquez une amende, voire une peine d'emprisonnement. [...] Cependant, lorsque la météo s'améliorera, nous vous enverrons une notification officielle par courrier certifié lorsque les activités illégales pourront reprendre. Si vous ne recevez pas votre mise en demeure, vous ne pouvez participer à aucune entreprise criminelle. Nous apprécions votre coopération lors de ces conditions météorologiques extrêmes. »

Concombre de mer

« À la méduse
Le concombre de mer
Confie son amertume. »

Mizuhara Shūōshi (1892-1981).

Bien sûr, il n'y a aucun animal inutile, chaque bête, quelle qu'elle soit, prend sa place dans l'équilibre complexe de la chaîne alimentaire et garantit, par sa seule présence, la survie de toutes les autres espèces. Ou quelque chose comme ça, en gros (excepté l'*Homo sapiens*, il va sans dire, qui tue pour sa propre distraction). D'accord, très bien, mais tout de même : le concombre de mer.

L'holothurie, comme on l'appelle de son nom savant, est classé dans la famille des échinodermes, tout comme l'étoile de mer, dont elle est une sorte de cousine moche. C'est un gros boudin flasque sans squelette de 10 à 30 centimètres de long avec une bouche à l'avant et un anus à l'arrière, et au milieu, rien d'autre que de la peau molle formant un tube gonflé d'eau.

Certains concombres de mer sont capables de rester au même endroit pendant deux ans, sans se déplacer d'un iota, se contentant d'ouvrir grand la bouche pour attraper le pauvre plancton ayant le malheur de passer par là.

Quand il se décide à bouger, le concombre de mer est d'une considérable lenteur : il se déplace à une vitesse de 15 à 20 centimètres à l'heure, ce qui, vous en conviendrez, rendrait fou le client Uber le plus patient en train de suivre l'avancée du livreur en temps réel sur son téléphone. Notez que le concombre le plus rapide ayant été recensé, le Usain Bolt des holothuries, a réussi un jour à parcourir un mètre en un quart d'heure.

Tout comme l'huître, l'oursin, l'éponge ou le candidat de télé-réalité, le concombre de mer n'a pas de cerveau, ce qui lui rend impossible de terminer ne serait-ce qu'un sudoku de niveau 1, ou de comprendre un programme électoral (par chance, ni holothurie, ni huître, oursin ou éponge n'ont le droit de vote).

Certains types de concombres ont développé une véritable dentition autour de leur anus afin d'empêcher les poissons attaqués par des prédateurs d'y entrer pour se protéger à l'intérieur de leur rectum. En plus d'être moche, mou et bête, le concombre de mer n'est donc pas bien généreux, ni très concerné par le sort d'autrui. Vous fermeriez la porte à un homme pourchassé, vous ?

Comme on ne peut avoir que des défauts, le concombre de mer se rachète totalement à nos yeux grâce à une extraordinaire particularité, un fascinant talent, une caractéristique unique : il aspire l'eau environnante par son fondement, à l'intérieur duquel se trouvent de petites alvéoles qui lui permettent de capter l'oxygène contenu dans l'eau, avant de l'expulser en chemin inverse. On peut dire qu'il respire par l'anus, ce qui n'est pas donné à tout le monde.

Ni tout à fait noir, ni tout à fait blanc, le concombre de mer est un être de nuances dont la présence dans ce dictionnaire, nous en convenons, n'est pas si justifiée que ça.

Concorde

Souvenir du début des années 2000 :

Lorsqu'elles venaient passer les fêtes dans le Val-d'Oise, les grands-mères normandes, chaque matin sur les coups de 10 h 35 et toutes affaires cessantes, couraient dans le jardin pour regarder passer le Concorde, bruyante vitrine de l'excellence française[1] qui s'annonçait dans un vacarme assourdissant. L'enfant insouciant et moqueur des années 90 s'amusait de l'éclat de fierté et de contentement qu'il lisait dans les yeux de ses aïeules, lui qui ne voyait pas bien l'intérêt de lever les yeux au ciel pour observer cet avion qui reliait Paris à New York en un peu moins de quatre heures.

---

1. (et britannique).

Vingt ans plus tard, alors que le Concorde et l'enfance ont disparu, l'adulte envie parfois la confiance qu'avaient ses grands-mères dans leur pays et dans le progrès.

Condoléances

Les condoléances sont toujours « les plus sincères ». Quand elles sont les moins sincères, elles se taisent.

Incontestablement, les condoléances ne font pas revenir les morts. Les condoléances n'effacent pas le chagrin. Alors, ça sert à quoi ces « pensées », ces « bons souvenirs en cette période difficile », toute cette « sympathie en ces moments douloureux » ?

À rien, bien sûr, à rien du tout. Sauf à dire notre attachement à ceux qui restent, sauf à dire notre amour, notre amitié, notre affection, sauf à exprimer notre tendresse, notre lien indéfectible à la communauté humaine.

S'ils avaient appris à lire et à écrire, sans doute enverraient-ils des messages de consolation, ces éléphants qui sont capables de partir en expédition pour aller se recueillir sur les squelettes de leurs disparus. Ils se déplacent, lentement, cérémonieusement, à travers un cimetière sans sépultures mais non sans sentiments. Parfois, de leurs trompes humides, ils caressent les ossements de leurs chers disparus. Ces expéditions qui témoignent de la perception que se font les éléphants de leur destinée, de leurs besoins de rituels, de leurs capacités à ressentir de l'empathie, de se souvenir de leurs morts, sont bien sûr aussi inutiles que ces petits cartons envoyés après la mort d'un ami. Aussi indispensables.

Connologie

Les cons, toujours, ont inspiré. Les connologues, adeptes de la connologie, science de la connerie, peuvent se plonger dans les œuvres de nombreux auteurs, lesquels, chacun à sa manière, ont traité le sujet.

Michel Audiard : « Les cons, ça ose tout. C'est même à ça qu'on les reconnaît. » Classique.

Yvan Audouard : « Être traité de con par un autre con ne prouve pas que vous n'en soyez pas un. » Subtil.

Jean-Loup Dabadie : « C'est drôle les cons ! ça repose ; C'est comme le feuillage au milieu des roses. » Poétique.

Georges Brassens :
Le pluriel ne vaut rien à l'homme et sitôt qu'on
Est plus de quatre on est une bande de cons
(« Le Pluriel »)

Il y a peu de chance qu'on
Détrône le roi des cons
Le temps ne fait rien à l'affaire
Quand on est con on est con.
(« Le temps ne fait rien à l'affaire »)

Patrimonial.

Et Raymond Queneau, classique, subtil, poétique :

J'connaîtrai jamais le bonheur sur terre
je suis bien trop con
Tout me fait souffrir et tout est misère
pour moi pauvre con
Tout ce qui commenc' va trop mal finir
toujours pour les cons
Tout plaisir s'efface après, c'est bien pire
du moins pour les cons
L'angoisse m'étreint m'étrangle et j'empire
de plus en plus con
Je ne sais que faire ou pleurer ou rire
comme font les cons
Quelquefois c'est bleu puis c'est noir de suie
la couleur des cons
On voudrait chanter mais voilà la pluie
qui arroz' les cons
On veut espérer mais surgit l'ennui
qui teinte les cons
On voudrait danser – le sol est de boue
pataugent les cons

Nous sommes idiots bouffant la gadoue
nous sommes des cons
L'amour se balade en un autogyre
au-dessus des cons
Qui lèvent le nez 'vec un doux sourire
sourire de cons
Attendant encor la belle aventure
illusion de cons
Car ils sont réduits à leur seul' nature
nature de cons
Les roses les fleurs et les clairs de lune
c'est pas pour les cons
Les cons ils y croient mais c'est pour des prunes
aliment de cons[1].

De l'aveu même de son plus brillant spécialiste, Jean-François Marmion, « la connologie [...] est une science scrupuleusement inexacte qui s'interdit tout à fait la certitude ». Dans l'introduction de son livre *Psychologie de la connerie*[2], il décline la même idée : « Devant l'immensité du chantier, et du désastre, prétendre explorer la connerie par ce livre ne s'avère guère qu'une connerie de plus. » Pas con. Même si l'étude de la connerie est forcément vouée à l'échec, les propos de Jean-François Marmion sont si réjouissants lorsque, par exemple, ils prônent la relativité, qu'on aurait tort de s'en passer : « Voici cinquante ans des esprits très doctes et respectés présentaient de Gaulle comme un grand con, Mao comme un saint homme et la pédophilie comme une aventure esthétique. Il y a un siècle, au panthéon de la connerie auraient facilement figuré les pacifistes, les suffragettes,

1. Raymond Queneau, « Complainte », 1948.
2. Jean-François Mamion, *Psychologie de la connerie*, Sciences Humaines, 2018.

les dreyfusards et les cubistes entichés d'"art nègre". Nous verrons avec quelle sévérité la postérité jugera nos goûts et nos valeurs. »

On se demande parfois de quand date la connerie. On se doute qu'elle n'est pas née de la dernière pluie, qui en Bretagne, selon Olivier de Kersauson « n'arrose que les cons ». Les amoureux de Vialatte auront tendance à penser que la connerie existe « depuis la plus haute Antiquité ». Marmion situe sa naissance bien avant : « Le néolithique serait un prétendu intéressant. Avant lui, sur plusieurs centaines d'ossements humains retrouvés, on ne relève en tout et pour tout qu'une dizaine de traces de blessures par arme, et visiblement les blessés n'étaient pas achevés. C'est avec le développement de la sédentarisation et de l'économie de production que la violence, sur fond d'expansion démographique et d'inégalités, explose. Méfiance tout de même : "la" connerie n'est malheureusement pas un bloc monolithique dont on pourrait trouver l'émergence au carbone 14, elle est tentaculaire et protéiforme, depuis l'erreur logique jusqu'au fondamentalisme religieux. En un mot, il est téméraire de lui assigner une date de naissance, même emblématique. Et il nous faudra nous munir d'une certaine patience avant de graver son épitaphe. À moins qu'elle ne disparaisse avec nous tous, puisque notre planète ressemble furieusement à un *Titanic* sabordé par ses propres passagers, qui se rassurent en bricolant des radeaux de sauvetage. "L'histoire est écrite par des crétins qui ne savent pas ce qu'ils font", selon l'historien Yuval Noah Harari... »

Ces propos sont tirés d'une interview donnée au journaliste du *Monde* Jean-François de Montvalon (nous ne nous sommes pas donné la peine de nous taper intégralement le livre de Marmion, nous ne sommes pas si cons) qui pose la question suivante : « Pouvez-vous conseiller sinon un vaccin, tout au moins un remède contre la connerie ? »

Réponse de Marmion : « Oh, mais on les connaît depuis belle lurette ! Je n'ai pas de scoop. Le doute, la nuance, la prudence, la tolérance, la capacité à changer d'avis... Ce que les sages de tout poil prêchent depuis vingt-cinq siècles avec le succès que l'on sait. L'autodérision me paraît, à moi, l'antidote le plus salutaire et le plus agréable. Mais on reconnaît les bons conseils au fait que personne ne les suit. Surtout pas les cons ! »

Conquérant

Né au pied des Alpes, Lionel Terray, montagnard, a écrit un livre qui est le livre d'une vie : *Conquérants de l'inutile*. Son père avait d'autres ambitions pour son fils. Alors, il rouspète, il conteste, il proteste, il tempête. À quoi bon escalader les montagnes ?

« On ne trouve pas seulement un billet de cent francs au sommet. » L'alpiniste écrivain oppose la gratuité du jeu, l'éloge de l'inutile.

Participant, avec Maurice Herzog, Louis Lachenal et Gaston Rébuffat notamment, à l'expédition française à l'Annapurna, se hissant sur les plus hautes montagnes du Pérou, de l'Alaska, de l'Himalaya, Terray conclut ainsi son histoire : « Si vraiment aucune pierre, aucun sérac, aucune crevasse ne m'attend quelque part dans le monde pour arrêter ma course, un jour viendra où, vieux et las, je saurai trouver la paix parmi les animaux et les fleurs. Le cercle sera fermé, enfin je serai le simple pâtre qu'enfant je rêvais de devenir... »

Consignes de sécurité

Que fait le philosophe Raphaël Enthoven ? Il philosophe et, sans le savoir, clés en main, nous fournit un article.

« Grâce aux consignes de sécurité dans un avion, on pourrait planer avant même le décollage... car ce cérémonial met face à face des gens qui ne réfléchissent plus aux gestes qu'ils accomplissent et des spectateurs qui ne les regardent pas. C'est quand les choses deviennent inutiles qu'elles deviennent passionnantes parce que l'attention qu'on leur porte dépasse le calcul de notre intérêt... la beauté d'un geste est en général recouverte par le sens qu'on lui donne !

« Alors qu'un geste inutile se donne à voir pour lui-même, pour ce qu'il montre et non plus bêtement pour ce qu'il dit, or quand on regarde de cette manière le cérémonial des consignes de sécurité dans un avion, ce n'est plus une obligation légale fastidieuse que l'on contemple... mais c'est un rite, une danse, un haka !!! La chorégraphie qu'un automate offre à un aveugle en signe de bienvenue[1] !!! »

Consonne affriquée

En phonétique articulatoire, une consonne affriquée est une consonne composée d'une phrase occlusive où le flux d'air est bloqué, suivie par une étape fricative où l'air retenu est relâché pour passer par une ouverture plutôt étroite[2].

1. Europe 1, « Le fin mot », le 25 mai 2018.
2. Cf. Wikipédia.

À titre d'exemple, pour essayer de clarifier l'affaire, lorsque vous soupirez de dépit en lisant les quelques lignes ci-dessus (*Pffffff*... on vous voit !), vous faites, tel Monsieur Jourdain, sans le savoir une affrication de consonne : d'abord, en faisant le « p », votre bouche bloque l'air derrière vos dents, air qui est ensuite quasi immédiatement expulsé lorsque vous produisez le son « f ». Le même phénomène s'entend dans les mots *tsar*, *psy* ou le prénom *Tsilla*.

Si le sujet vous captive (ce dont nous ne doutons pas), vous pourrez creuser le sujet en découvrant les différentes affrications utilisées de par le monde (bilabiales, alvéolo-palatales, rétroflexes, épiglottales, etc.).

S'il est une affrication que chérissent les auteurs de ce dictionnaire, c'est celle des consonnes « t » et « d » que l'on retrouve dans le français parlé à Québec. Cette particularité phonétique qui leur fait prononcer :

— un petit « s » après un « t » quand celui-ci est suivi d'un « i » (par exemple : « *J'ai mangé une petssite poutssine* ») ;

— un petit « s » après un « t » quand celui-ci est suivi d'un « u » (par exemple : « *Es-tssu habitssué à manger la poutssine ?* ») ;

— un petit « z » après un « d » quand celui-ci est suivi d'un « i » (par exemple : « *J'ai fait de la poutssine pour dzzimanche midzzi !* ») ;

— un petit « z » après un « d » quand celui-ci est suivi d'un « u » (par exemple : « *J'aurais pas dzzu manger tant de poutssine hier...* »).

On se demande bien l'intérêt qu'ont les Québécois à rajouter des « s » et des « z » partout dans leurs phrases, mais nous devons bien avouer que cette diction si particulière fait beaucoup pour leur image de sympathiques cousins venus du froid.

Corrélations fallacieuses

« La statistique est la première des sciences inexactes. »

Frères Goncourt.

Ce qui est formidable dans notre société *big-dataisée*, c'est l'accès facilité à des infinités de statistiques qui nous permettent de mieux comprendre le monde. Sur un site Internet portant son nom, Tyler Vigen rapproche des études chiffrées qui n'ont rien à voir entre elles selon la similitude de leurs courbes graphiques. Grâce à ce travail de recherche empirique, il est désormais possible de tisser des liens de causalité entre des événements qui, auparavant, ne semblaient devoir communiquer.

Apprenez donc que le taux de mariages en Alabama est proportionnel à la consommation de lait entier par habitant aux USA, que le nombre de films avec Nicolas Cage sortis par année est lié à l'ensoleillement dans le New Jersey, que l'augmentation des dépenses des États-Unis dans les domaines des sciences, de l'espace et de la technologie provoque l'augmentation des suicides par pendaison, étranglement et suffocation, que le taux de divorce dans le Maine est en baisse à cause de la diminution de la consommation de margarine aux États-Unis, qu'aux USA, plus la production de miel d'abeilles est élevée dans une région moins les mineurs sont arrêtés pour possession de cannabis, ou encore que plus la population américaine mange de mozzarella plus sont décernés les doctorats en génie civil.

On peut regretter que ce travail si nécessaire à l'augmentation de la connaissance ne concerne que nos voisins américains. Nous attendons avec impatience qu'un pataphysicien du chiffre français s'attaque aux statistiques de notre pays afin que, nous aussi, nous puissions mieux appréhender notre proche contemporain.

Costumes de radio

« Le tribunal des flagrants délires » était sur France Inter une émission de radio, de divertissement et d'anthologie. Elle eut lieu en costumes et en public. Au début des années 80, longtemps avant la radio filmée, avant Dailymotion et YouTube, Claude Villers, le président du tribunal, Luis Rego, l'avocat de la défense et Pierre Desproges, le procureur de la République, portaient les costumes de leurs fonctions et habillaient plus ou moins chaudement pour l'hiver des accusés, prévenus consentants et hilares. L'huissier de justice, Bernard Pilot, et le pianiste, Georges Rabol (qui, précisait Pierre Desproges, « à l'intention des auditeurs qui n'auraient pas la chance d'avoir la couleur, est presque aussi nègre que pianiste »), brigadier puis brigadier-chef, étaient également déguisés pour une émission de radio qui se présentait comme un spectacle, bien sûr, pour ceux qui à la Maison de la radio venaient assister à l'émission, mais également pour les auditeurs qui, près de leurs transistors, imaginaient ce qu'ils ne pouvaient voir. « La radio est supérieure à la télévision, note Claude Villers. La radio, c'est l'art de la suggestion. »

Ordinairement, les enregistrements des feuilletons ou des pièces radiophoniques sont interprétés par des acteurs jouant en costume de ville. Là, s'amusant de la dramaturgie, de la pompe des tribunaux, le présentateur, les humoristes, le musicien, les assistants portaient des costumes qui sûrement ont participé à l'ambiance particulièrement joyeuse d'une émission devenue culte. L'idée de porter un costume pour une émission de radio pouvait en effet sembler paradoxale. Elle est née dans l'esprit inventif de Claude Villers, avec lequel nous nous sommes entrenus par téléphone pour la rédaction de ce présent dictionnaire.

« Tous les deux ans, raconte Claude Villers, j'avais pris l'habitude de changer d'émission. Avant l'été 80, Pierre Wiehn, l'excellent directeur de France Inter de l'époque, me demande ce que je voulais faire à la rentrée. Je lui réponds que je souhaiterais présenter une émission d'interview. Ah, tu veux faire du Chancel ! me dit-il. Pas du tout ! je lui réponds. Je gamberge… Je me souviens de mes débuts dans la profession de journaliste quand je faisais ce qu'on appelle "les chiens écrasés"… Je fréquentais souvent les salles d'audiences, j'assistais aux flagrants délits, j'étais impressionné par le décorum, la pompe, la rapidité avec laquelle souvent les petits malfrats étaient jugés à la chaîne… Je me suis souvenu par ailleurs d'une émission que j'écoutais quand j'étais petit sur Radio Luxembourg, l'ancêtre de RTL, qui chaque dimanche diffusait une émission intitulée "Le tribunal". Pierre Destailles chaque semaine jouait le rôle du président tandis que Yves Deniaud jouait celui de l'accusé systématique, le lampiste Leguignon. C'était une émission enregistrée en studio et sans public. J'en parle à Monique Desbarbat, ma plus proche collaboratrice, et nous mettons au point le projet : un tribunal fantaisiste en public. Il me fallait donc un procureur et un avocat de la défense. Je connaissais Luis Rego, qui était un ami, et lui propose d'être l'avocat. Je contacte Pierre Desproges que je ne connais pas mais que je lisais dans le journal *L'Aurore* et dont j'appréciais les brèves, c'est ce qu'il y a de plus difficile à faire ! Nous avons déjeuné ensemble dans un italien qui a disparu depuis... Je me souviens que j'ai eu beaucoup de mal à le convaincre de mettre le costume de l'avocat, mais j'ai bien fait d'insister...

« Le premier mois, l'émission a eu un peu de mal à décoller, et puis, au bout de quelques semaines, Léo Ferré y est venu chanter "Que reste-t-il de nos amours", le bouche à oreille a fonctionné. Très vite, tous les sièges du studio 105 étaient occupés par des auditeurs venus assister à un véritable spectacle. »

Claude Villers est intarissable quand on le branche sur « Le tribunal des flagrants délires ». Il se souvient de Jean-Marie Le Pen qui, de rire, perdit son œil de verre pendant une émission qui avait commencé de façon plus tendue et qui avait même risqué ne pas avoir lieu, Claude Villers refusant que le patron du FN soit accompagné par des gardes du corps portant des armes. Il se souvient aussi des détails marquants : « J'ai cherché moi-même la sonnette et ne voulais surtout pas d'un maillet qui existe dans les tribunaux américains et qu'on voit dans les séries américaines mais pas dans les tribunaux français. »

Le diable est dans les détails, la réussite d'une émission devenue culte également.

En supplément de programme, juste pour le plaisir, un extrait d'une plaidoirie signée Pierre Desproges.

« Jacques Séguéla est-il un con ? Et la question restant posée, il ne nous reste plus qu'à poser la réponse. Jacques Séguéla est-il un con ? De deux choses l'une : ou bien Jacques Séguéla est un con et ça m'étonnerait quand même un peu, ou bien Jacques Séguéla n'est pas un con, et ça m'étonnerait quand même beaucoup. »

D

Dandysme

Brummell portait des cravates noires afin de ne pas être obligé de passer chez le blanchisseur. Pour Barbey d'Aurevilly, le dandysme naissait de l'« état de lutte entre la convenance et l'ennui ». Le dandysme a flirté avec le stalinisme, le rock'n roll, la littérature et la musique électronique. Demandez à Aragon, Bryan Ferry, Scott Fitzgerald et Stromae. Pour Baudelaire, esthète ennemi de la démocratie : « Le dandysme est un soleil couchant ; comme l'astre qui décline, il est superbe, sans chaleur et plein de mélancolie. Mais, hélas ! la marée montante de la démocratie, qui envahit tout et qui nivelle tout, noie jour à jour ces derniers représentants de l'orgueil humain et verse des flots d'oubli sur les traces de ces prodigieux myrmidons. »

Plus prodigieux que myrmidon, notre chouchou Guy Marchand, dans le numéro 27 de la revue *Schnock*, développe le thème avec inspiration.

« Le dandysme est un comportement romantique assez désespéré. George Brummell s'habillait en fonction des feuilles de son jardin.

« Le dandysme, ce n'est pas le fait d'acheter des trucs clinquants. Beaucoup de gens se croient élégants alors qu'ils sont des nazes. Le dandysme, c'est un besoin d'archaïsme, d'avoir une seconde peau qui vous fait rêver. Un ami anglais me disait qu'un vrai dandy, un gentleman, ne porte jamais de lunettes de soleil. Un gentleman cligne des yeux. Quand je jouais au polo à Bordeaux, la marquise du Vivier me disait que j'étais très fringant. Elle pouvait déjeuner avec quelqu'un qui avait collaboré avec les Allemands, mais jamais avec quelqu'un qui avait une cravate assortie à sa pochette.

« Petit, j'étais souvent fourré aux puces de Saint-Ouen. Ma jeunesse a l'odeur de pisse du boulevard extérieur. On s'habillait avec des trucs qu'on trouvait là-bas, mais qui étaient chapardés par les grands couturiers. Mon grand-père avait beau travailler dans les mines de

Neuville-Saint-Rémy, près de Roubaix, il s'était fait faire des chaussures sur mesure, à Londres. Ma grand-mère me disait toujours : "Quand on fait des économies sur les draps, on les paye deux fois." À l'âge de 9 ans, on m'avait offert un costume rayé, croisé. J'étais toujours habillé comme un monsieur, et petit à petit, ce côté désespéré du dandysme s'est installé en moi. »

Le désespoir est mâtiné d'un certain sens du confort chez Guy Marchand qui, paraît-il, avait refusé un rôle au grand Giorgio Strehler sous prétexte qu'il n'existait pas de parking sous le théâtre du Châtelet.

Départements

Nos grands-parents, nos arrière-grands-parents plus sûrement, connaissaient par cœur leurs départements avec leurs chefs-lieux. Pas nous. On en sait quelques-uns, bien sûr. Paris : 75, les Bouches-du-Rhône : 13. l'Orne : 61, que l'on connaît essentiellement si on y est né.

Un site sur Internet indique 95 moyens mnémotechniques pour se souvenir de chaque département.

Parfois, c'est convaincant (l'Ain, 01, comme son nom l'indique).

Parfois, c'est un peu convaincant (Calvados, 14, le son CA de Calvados se prononce comme le son QUA de quatorze.)

Parfois, ce n'est pas du tout, mais alors pas du tout convaincant (l'Aude, 11, on fait du camping sauvage et onze lave à l'Aude source... L'Eure-et-Loir, 28, entre 20 heures et 8 heures, je dors comme un loir... Le Loir-et-Cher, 41, Ali Baba et les 40 voleurs dorment comme des loirs, ils vont prendre cher.) On ne va pas tout citer mais le site devrait donner des moyens mnémotechniques pour se souvenir des moyens mnémotechniques proposés par le site.

Sans chercher à vexer ou salir la mémoire de nos grands-parents et arrière-grands-parents qui obtinrent jadis avec succès leur certificat d'étude, c'est bien de situer les Corbières, le Perche et la Picardie, ce n'est pas si indispensable d'associer un numéro à un département alors que dans la plupart des agendas de poche on en trouve la liste.

Dans les voitures, papa et maman sont à l'avant, Paul et Charlotte à l'arrière. L'adulte passager lance un numéro, les enfants, l'adulte au volant tente de trouver le département. Ça peut faire une animation sur 50 kilomètres.

Développement personnel

Pour quelqu'un cherchant à se perfectionner un peu plus chaque jour, chaque minute, chaque instant, mais qui ne saurait pas trop par où commencer, ni quelle méthode employer, les livres de développement personnel sont, on le sait, une mine d'or à ne pas négliger. Vous y trouverez de tout, pour chaque tare, chaque problème, vous n'aurez qu'à lire pour vous améliorer, vous élever vers des sommets de réussite et trouver le chemin du bonheur. Si vous manquez de confiance en vous, une dizaine d'experts sauront comment vous faire gagner en assurance. Pareil si vous voulez maîtriser la communication non verbale, ou cuisiner comme un chef étoilé. Vous souhaitez devenir riche en dix leçons ? Arrêter de fumer, faire un régime, réaménager votre intérieur, briller en société, devenir une bête de sexe ? Vous aimeriez « agir et penser comme un chat[1] » ? Il y a de tout, y a qu'à se pencher, on vous dit.

Parmi tous ces ouvrages indispensables, il en est un qui nous semble particulièrement nécessaire. Sorti en première édition en 1751, il est une sorte d'ancêtre de tous ces ouvrages qui fleurissent dans nos rayons, mais son âge et son format d'à peine cent pages n'altèrent en rien la pertinence et la puissance du propos. L'auteur est Pierre-Thomas-Nicolas Hurtaut, contemporain de Voltaire, et le titre complet de l'ouvrage dit déjà tout son intérêt : *L'Art de Péter. Essai théori-physique et méthodique à l'usage des personnes constipées, des personnages graves et austères, des dames mélancoliques, et de tous ceux qui sont esclaves du préjugé.*

Dans l'ouvrage, le pet est considéré dans sa définition exhaustive. Du plénivocal, ou grand pet, au diphtongue, petit pet ou semi-vocal, qui peut être clair, aspiré ou moyen, inodore ou pestilentiel, aimable ou guerrier. L'auteur répond à la nécessaire question de la musicalité du pet, de son utilité pour l'humain comme pour la société et de ses bienfaits en général. On y apprend qu'en enfermant un bon vent dans un récipient, puis en le distillant par condensation, il est possible d'en tirer une quintessence merveilleuse qui permet d'effacer les taches de rousseur et de blanchir le teint.

Une fois le livre terminé, vous saurez comment tirer profit d'un pet bien placé, en matière de séduction, ou en affaires, ou comment vous tirer d'une situation gênante lors d'une vesse en compagnie de personnes encore

1. N'ayant pas acheté ce livre, nous ne savons pas concrètement ce qu'il propose, mais les ventes semblent témoigner d'un attrait certain du public…

emplies de préjugés négatifs sur les flatulences. Vous serez définitivement un expert et pourrez disserter sur les pets de province (*pas si falsifiés que ceux de Paris, où l'on raffine sur tout*), ceux de pucelles (*d'un goût délicieux et fort recherché*), de maîtres d'armes (*si terribles qu'il ne faut les approcher que fleuret à la main*), de femmes mariées (*qui n'ont de goût que pour les amants*), de paysannes (*très beaux et très bien faits*), de bourgeoises (*dont on peut très bien se contenter*), de vieilles (*si désagréables qu'on ne trouve point de marchand pour les négocier*), de boulangers (*qui se tiennent comme des panetons*), de tailleurs (*qui ont un goût de prune*) ou encore de géographes (*qui tournent à tous les vents*).

Dictionnaire amoureux de l'Inutile

Parmi les entrées du *Dictionnaire amoureux de l'Inutile*, il fallait une entrée « Dictionnaire amoureux de l'Inutile ».

Le *Dictionnaire amoureux de l'Inutile* fait partie d'une déjà longue collection d'ouvrages initiée par un certain Jean-Claude Simoën, amateur professionnel et spécialiste en tout. La collection traite notamment de la Chine, de l'humour, du Québec, de Proust, du rugby et de la Rome antique, de la Bible et du rock'n roll. Les deux plus grands succès de la collection ont été ceux consacrés aux chats et au vin. (Il serait judicieux que le *Dictionnaire amoureux de l'Inutile* comporte des entrées dédiées aux chats et au vin si l'on veut qu'il obtienne un minimum de succès.)

Le *Dictionnaire amoureux de l'Inutile* a été écrit par un fils et son père. Ils ont donc choisi l'un et l'autre un sujet illimité puisqu'on peut considérer le monde, les planètes, l'homme, la vie, les choux à la crème comme des entités parfaitement inutiles. Ils avaient ainsi l'embarras du choix pour traiter exactement de ce qu'ils voulaient, de ce qui leur passait par la tête.

Le père et son fils se donnèrent pour seule consigne d'écrire chacun, avec la régularité d'un métronome, cinq articles tous les mois pendant trois ans[1] qu'ils enverraient à trois récipiendaires : Jean-Claude Simoën, Grégory Berthier-Saudrais et Jean-Loup Chiflet, graphologue fou qui publie un ouvrage à peu près tous les quatre matins.

Le *Dictionnaire amoureux de l'Inutile*, s'adressant à tous et à chacun, concernant n'importe qui s'étant un jour amusé à faire voler un avion en papier ou à tenter de faire des ricochets au-dessus d'une rivière, n'ayant besoin pour être lu d'aucune connaissance particulière préalable, pourrait devenir, au cas où les éditeurs, les représentants, les libraires feraient correctement leur travail, le nouveau plus grand succès de la collection, raflant les prix, bénéficiant de nombreuses traductions dans le monde entier, y compris le Liechtenstein, et donnant lieu à des adaptations nombreuses et radieuses pour le cinéma, le jeu vidéo, la comédie musicale...

1. Comme le lecteur est tatillon, il fait des calculs $5 \times 2 \times 12 \times 3 = 360$. Or, il remarque que l'ouvrage ne contient que 270 entrées. Et alors quoi ? Ce serait inutile pour les rédacteurs de ce dictionnaire de prendre de temps de temps des vacances ?

Dire

De l'inutilité de dire, mais de l'intérêt de répéter : « Tout a été dit mais comme personne n'écoute, il faut toujours répéter » (André Gide).

Discours

Il existe des déclarations politiques qui ne font pas forcément avancer les dossiers, les mentalités, les idées, mais qui peuvent amuser.

Il faut se mettre à la place du responsable politique (bien qu'on ne soit pas obligé), à tout bout de champ, il doit prendre la parole : inaugurations, cérémonies, investitures, décorations, harangues, allocutions, proclamations... Parfois, il n'a rien à dire. Rien du tout.

« Que d'eau ! Que d'eau », déclara Mac Mahon dans la nuit du 23 au 24 juin 1875, lors des inondations de la Garonne qui dévastèrent de nombreux villages et villes. « Et encore, ajouta justement le préfet du département, vous ne voyez que le dessus... »

« Je vous ai compris ! », « Vive le Québec libre ! ». Voici deux des grands succès discursifs du Général. Parfois, ses déclarations laissaient plus à désirer. À Fécamp : « Je salue Fécamp, port de mer et qui entend le rester. » Le Général a-t-il imaginé qu'un beau jour Fécamp, auréolée de brumes, se lèverait avec l'intention inouïe de quitter les voiles et les morues, les goélettes et les terre-neuviers pour se transformer en petit village aux ravissants chalets perché sur un sommet des Alpes ?

« Je puis vous assurer que la Loire continuera à couler dans son lit », déclara également le Général dans la ville d'Orléans. A-t-il pensé que la Loire, indépendante et fantasque, infidèle et rebelle, quitterait un jour son lit pour se lover dans les bras d'une mer de passage, irait coucher dans le lit du Rhône ou de la Seine ?

À Lyon, le Général a dit : « Lyon n'a jamais été aussi lyonnaise », affirmation indéfectible, déclinable à l'infini ; « Paris n'a jamais été aussi parisienne », « Marseille n'a jamais été aussi marseillaise », « Montluçon n'a jamais été aussi montluçonnaise », « Montcuq n'a jamais été aussi du poulet ».

Don Quichotte

Lui, c'est le champion de l'inutile. Il s'appelle Alonso Quichano, chevalier errant, devenu par la grâce de son imagination Don Quichotte de la Manche, chevalier errant à travers l'Espagne sur son vieux cheval Rossinante.

Il est accompagné de son écuyer, le brave Sancho Panza, rondouillard et naïf, qui regarde son maître avec admiration et désarroi. Comment peut-on être si lyrique, si courageux, si imaginatif ? Comment être assez fou, comment être assez sage pour faire d'une paysanne une fille de roi, pour transformer des moulins à vent en de dangereux géants envoyés par quelques maléfiques magiciens ?

Nuccio Ordine enseigne la littérature à l'université de Calabre. Il est l'auteur notamment de *L'Utilité de l'inutile* et considère Don Quichotte comme « le héros par excellence de l'inutilité qui, nourri de romans de chevalerie, décide de forcer la réalité corrompue de son époque ».

Pour beaucoup de Belges et de Français, Don Quichotte a le visage de Jacques Brel dans *L'Homme de la Manche*, comédie musicale qu'il avait adaptée de l'américain.

Rêver un impossible rêve
Porter le chagrin des départs
Brûler d'une possible fièvre
Partir où personne ne part[1].

Dans cette version, le rôle de Sancho Panza était à l'origine tenu par Dario Moreno (qui, ça n'a rien à voir, lors d'un Festival de Cannes avait été giflé par Alain Cuny : « Vous n'êtes qu'un clown ! » Alain Cuny fut un acteur claudélien qui joua le rôle de Mario dans *Emmanuelle*, le film érotique de Just Jaeckin avec Sylvia Kristel) mais Dario mourut le 1er décembre 1968 et fut remplacé, au pied levé, une semaine plus tard par Robert Manuel.

Le personnage à la triste figure aurait pu avoir celle de Jean Rochefort si le destin n'en avait décidé autrement. *Lost in la Mancha* est le making-of d'un film qui n'existe pas[2]. Quel plus bel hommage, après tout, au personnage de Cervantès ?

Parce que c'est vous, et en supplément de programme, nous sommes heureux de vous retranscrire ici *Don Quichotte*, œuvre de Julio Iglesias.

Avant moi Cervantès a écrit mon histoire,
Et pourtant je reviens te la mettre en mémoire :

---

1. « La Quête » in *L'Homme de la Mancha*, (adaptation de *The Man Of The Mancha*, comédie musicale américaine) © Sony/ATV Music Publishing LLC, paroles Joe Darion, musique Mitchell Leigh.

2. D'un film qui en réalité existera plus tard, mais avec une autre distribution : *L'homme qui tua Don Quichotte*, réalisé par Terry Gilliam en 2018, avec Jonathan Pryce, est dédié à Jean Rochefort, également à John Hurt, pressenti pour jouer le rôle avant qu'un cancer du pancréas ne l'en empêche.

Don Quichotte est mon nom, l'espérance est ma vie,
J'ai des rêves trop grands et le cœur trop petit…
Mais il n'est pas question que je baisse le bras.
L'impossible est possible aussitôt qu'on y croit !
L'aventure est partout et partout je l'attends…
Je suis prêt à mourir pour un moulin à vent !
Pauvre Don Quichotte, au cœur un peu fou,
Je suivrai mon rêve jusqu'au bout…
Un jour dans les yeux de ma Dulcinée,
Je vais finir par trouver
L'amour et la liberté.
Moi je suis capitaine et le seul maître à bord
D'un voilier qui toujours est resté dans le port ;
Mais les gens ne voient pas tout ce que je devine,
Car les choses ne sont que ce qu'on imagine[1].

Dormir au cinéma

S'il ne devait plus rester qu'un dernier, mais, selon-nous, définitif, argument en faveur des cinémas face aux plateformes de vidéo à la demande, ce serait celui de pouvoir s'endormir dans les salles obscures. Quoi de plus triste, banal, quoi de plus ordinaire que de faire un somme en regardant un film dans le canapé ? Alors que sortir de chez soi, prendre la voiture, le bus ou le métro et payer sa place pour dormir pendant une séance, dans la pénombre parmi les cinéphiles, les couples amoureux ou les avaleurs de pop-corn, pardon, mais c'est autre chose. Peut-être est-ce une réminiscence de la sieste en petite

1. *Ma vie, mes plus grands succès*, 1998, compositeurs et auteurs : Manuel de la Calva Diego, Ramón Arcusa Alcón, Julio Iglesias de la Cueva, Giovanni Belfiore ; adaptateur : Michel Jourdan.

section de maternelle qui fait qu'il est si plaisant de s'endormir parmi ses semblables. Se laisser bercer au son des enceintes Dolby poussées à plein volume, glisser dans les profondeurs insoupçonnées de ce fauteuil rouge passé, mêler ses rêveries à celles du réalisateur et s'inviter sur l'écran en tant que cow-boy, don juan ou superhéros, voilà quelque chose qui mérite le prix d'entrée. Si le film est mauvais, l'endormissement peut être une forme de contestation tout à fait bienvenue, bien plus que de grommeler sur son fauteuil ou de commenter à voix haute. Si, par bonheur, le film est bon, on peut alors en confiance se laisser glisser dans les bras de Morphée.

Dormir au cinéma, c'est l'assurance de passer une bonne soirée, à condition que l'on fréquente de ces amis rares et précieux qui ne ressentent pas le besoin de commenter les films immédiatement après les avoir vus.

Dormir au théâtre

Dormir devant une pièce de théâtre permet d'atteindre une grande acuité mentale. À la Comédie-Française, une critique réputée s'était endormie dès le début du premier acte pour se réveiller peu de temps avant la fin du spectacle. Dans son compte rendu, elle avait noté : « C'est un spectacle très dérangeant. »

Duralex

Dans les cantines scolaires, depuis toujours, enfin, à partir du 6 juin 1945, quand la marque d'objets en verre trempé a été déposée, on boit dans des verres Duralex.

Au fond du verre de type Gigogne, lancé en 1946, il y a un chiffre. N'importe quel pensionnaire, demi-pensionnaire ou inscrit dans une colonie de vacances vous le dira, ce chiffre indique l'âge de celui qui boit.

L'ingénieur de chez Duralex aura une explication plus terre à terre mais aussi mystérieuse : « Le chiffre correspond au numéro du moule. Il suffit de regarder le numéro afin de savoir le matériel à changer sur la machine... » Est-il nécessaire de savoir le matériel à changer sur une machine quand il s'agit juste de se désaltérer avec de l'eau du robinet, quelquefois rehaussé d'un sirop à la menthe ?

Faut-il choisir la poésie de l'enfance ou la science du technicien, l'invention fantaisiste ou l'explication du spécialiste ? Faut-il croire l'ingénieur ou l'écolier ?

Évidemment, l'écolier qui, comparant son âge avec celui de son voisin, s'interroge en s'amusant sur le temps qui passe.

L'ingénieur vous dira qu'il n'existe que 50 moules servant à la fabrication des verres, qu'ainsi 50 verres sont produits sur des presses composées de deux tables dotées de 50 moules chacune... L'écolier sera étonné qu'on puisse atteindre un âge aussi élevé, aussi lointain, aussi inatteignable que 50 ans.

Si à 50 ans, on n'a pas bu dans du Duralex, on a raté sa vie.

E

Un lipogramme est une figure de style qui consiste à écrire en se passant volontairement de certaines lettres de l'alphabet. Ainsi, cette entrée de dictionnaire est un lipogramme[1] puisque nous avons délibérément évincé une certaine lettre que l'on trouve quand on veut multiplier un chou, un genou, un pou, voire un hibou.

Évidemment, en l'occurrence, ce n'est pas trop compliqué. Il suffit de prendre des tailles de slip plus grandes que L et de regarder un film de cul plutôt qu'un film associé à la vingt-quatrième lettre de l'alphabet.

Georges Pérec a sans doute écrit en français le plus long lipogramme du monde. Il s'agit de *La Disparition*, roman dans lequel la lettre *e* est totalement bannie. On pourrait donc penser que le *e*, même s'il n'est pas tout à fait inutile (notamment dans les locutions suivantes « Passe-moi le sel », « Quelle heure est-il ? » « Tiens, mémère a encore oublié au dressing sa panoplie de Blanche Neige », et nous avons à votre disposition un nombre infini d'autres phrases possibles), est quand même superflu.

---

1. Lipogramme imparfait à son bout.

Oui, superflu puisque Perec, en nous montrant qu'on peut se passer du *e* dans un roman de plus de 300 pages, prouve qu'on peut s'en passer tout le temps. Pourtant, la lettre *e* dans la langue française est la plus utilisée. On peut vivre sans *e* comme on réussit à vivre sans un père mort au combat, une mère morte à Auschwitz.

Perec interroge sur l'utilité du *e*, de ses parents, de l'amour des siens. Ce qui est vraiment inutile serait de vivre sans le souvenir et l'amour des autres, de ce qu'on aime, qu'on a aimé, de vivre sans *e*, de vivre sans eux.

« *E pericoloso sporgersi* »

« *E pericoloso sporgersi* » est une phrase devenue inutile. Il n'est plus question de se pencher par la fenêtre quand on voyage dans des trains claustrés à l'air conditionné. Les trains sont devenus des espaces hermétiques mais la phrase italienne est restée avec ses rêves d'Italie, de Venise, de Sicile, de Chianti, de pâtes *alle vongole*, d'Abruzzes et d'Amarone, de soleil et de Vespa...

En français, on pouvait lire : « Ne pas se pencher au-dehors ». Ça ne rigolait pas. Précis, autoritaire, l'infinitif se faisait impératif.

En italien « *E pericoloso sporgersi* » choisissait la suggestion, la rieuse recommandation. Elle n'interdisait pas, ne proscrivait rien, non, elle indiquait simplement qu'il pouvait être dangereux de se pencher. Elle ne donnait pas d'ordre, se permettait d'être prévenante, attentionnée comme parfois le sont les pauvres gens, « ne rentre pas trop tard, surtout ne prend pas froid... ».

« Les Italiens sont des Français de bonne humeur », disait Cocteau. Comment voulez-vous que les Français ne deviennent pas des Italiens qui font la gueule, si on leur cause mal, si au lieu de s'adresser à eux avec le charme d'un chanteur de bel canto, on leur parle avec le ton pète-sec d'un lieutenant-colonel de gendarmerie en retraite ?

« *E pericoloso sporgersi* », comme une douce invitation à la prudence…

D'ailleurs, pourquoi se penchait-on ? Pour dire au revoir, pour dire adieu. Un mouchoir, une larme, un signe de la main, et l'on se quittait vraiment. C'est-à-dire que, pendant plusieurs heures, plusieurs jours, parfois plusieurs semaines, on ne pouvait plus être en contact avec l'autre qui ne connaissait rien des textos, des smileys et des coups de fil pour un oui, pour un non. Et si la séparation attisait le désir, renforçait la relation, incitait à l'amour ? Mais sans doute est-il aussi inutile de se pencher par la fenêtre que sur un passé définitivement disparu.

Eau en poudre

Roland Dubillard a analysé l'eau en poudre. À moins que ce ne soit Gaston Bachelard. Beaucoup de grands esprits, quoi qu'il en soit, ont été fascinés par l'eau en poudre, invention indispensable et pourtant géniale de simplicité puisqu'il suffit de rajouter de l'eau à la poudre pour obtenir de l'eau. Avouez que c'est bien pratique. Vous êtes dans votre voiture. Il fait chaud. Vous avez oublié de vous munir d'une petite bouteille qui, dans les embouteillages, saurait vous désaltérer. Aucun problème, vous avez pensé, car vous êtes prévoyant, à prendre de l'eau en poudre. Hop, une petite pincée diluée dans un gobelet et le tour est joué !

Vous êtes dans le désert, promis à la déshydratation, autant dire à une agonie lente et une mort certaine. Heureusement, car vous êtes inspiré, vous avez pensé à vous munir d'eau en poudre. Vous êtes sauvé. Merci l'eau en poudre.

L'eau en poudre a sauvé, sauve et sauvera. Ne vous déplacez jamais sans un peu d'eau en poudre.

(Si vraiment le sujet vous intéresse, que vous avez envie de l'approfondir, sachez que d'éminents physiciens ont travaillé sur la question, que l'eau en poudre, mise au point par les pucerons, a de réelles vertus valorisées par l'industrie pharmaceutique et cosmétique, le transport des produits dangereux. Volontairement, nous vous laissons le soin de faire ces recherches. Nous préférons nous amuser.)

Écho

« Taïaut, taïaut ! Ferme ta gueule, répondit l'écho. »

« Le duc de Bordeaux »,
chanson paillarde.

L'écho, lui, ne ferme jamais sa gueule, mais, pour exister, il doit répondre à un certain nombre de données extrêmement précises : la discontinuité rencontrée dans le médium de propagation (ne nous demandez pas de développer), une température ambiante d'environ 25 degrés centigrade, l'objet réfléchissant devant se situer à plus de 17,2 mètres de la source sonore.

L'écho est un phénomène acoustique qui permet de passer le temps lorsqu'on fait une petite pause sur les chemins de grande randonnée.

Les enfants qui crient devant les falaises, devant les montagnes, retrouvent peut-être des sensations déjà anciennes quand ils étaient fœtus et qu'ils entendaient le son de leurs agissements se propager contre les parois de l'utérus de leur maman. Les enfants, devant les falaises, devant les montagnes, s'étonnent que l'écho soit capable de tout répéter, même les mots les plus grossiers, même les expressions les plus salaces.

L'écho est scrupuleux, mais contrairement aux parents, il ne fait pas la morale, il ne censure rien, ne filtre rien. Scrupuleusement, fidèlement, il répète. L'écho, mine de rien, met les enfants face à leurs responsabilités. Ce qui est dit est immédiatement répété, proféré par quelque chose plus grand que soi.

Et, au bout d'un moment, les enfants qui, rapidement, s'ennuient de toujours jouer au même jeu, espèrent secrètement que l'écho prenne son indépendance, qu'il dise autre chose, ce qui lui passe par la tête et que, tout d'un coup, il entre en conversation avec eux, si petits, en bas des falaises, en bas des montagnes.

Écran tricolore

La télévision couleur fut jadis considérée comme un produit de luxe. Quand on regardait « La Piste aux étoiles » ou « Le Palmarès des chansons », c'était en noir et blanc. On ne savait pas, mais on pouvait deviner, pour peu que l'on soit un peu perspicace, quelle était la couleur du costume de Raymond Marcillac (gris), de la robe de Denise Glaser (blanche), des lunettes de Léon Zitrone (noires). Heureusement, est apparu à la fin des années 60 un objet magique, uniquement vendu par correspondance, qui permettait, à un prix défiant toute concurrence, de jouir de la télévision couleur quand on avait seulement un écran noir et blanc. Il s'agissait d'une vitre de Plexiglas à poser sur le téléviseur. Le haut de la vitre était bleu comme le ciel quand il fait beau, le bas était vert comme un pré en Normandie, et au milieu, une zone vaguement orangée, rosée, qui pouvait permettre de donner à un visage quand il était filmé en gros plan des nuances rubicondes.

Objet parfaitement idiot, le sur-écran offrait l'avantage de présenter le général de Gaulle, lors de ses conférences de presse, avec une tête bleue, un costume rose-orangé, déblatérant devant des journalistes entièrement verts.

Que sont devenus ces écrans tricolores que je n'ai jamais connus *de visu*, mais toujours photographiés dans des catalogues bon marché ? Un lecteur de ce *Dictionnaire amoureux de l'Inutile* aurait-il conservé cet objet dans un coin de son grenier, de sa mémoire ? Qu'il se fasse connaître.

Émoticônes et points d'intonation

Disons-le tout net : les points d'intonation n'ont jamais rencontré le succès escompté. L'auteur de *Vipère au poing*, celui qui, pendant des années fut président de l'Académie Goncourt, Hervé Bazin, s'est plus fait remarquer par sa coiffure de séminariste que par ses inventions de signes typographiques. Pourtant, dans un ouvrage, paru en 1966, *Plumons l'oiseau*, il propose un certain nombre de points dits « d'intonation » qui, avouons-le, n'ont pas suscité la même adhésion que le point d'exclamation ou les points de suspension :

conviction

— Le point d'ironie (qui dès le XIXe siècle faisait l'objet de débats hautement littéraires quand Marcellin Jobard, qui sans doute n'en était pas un, le promouvait, défendu par le grand Alphonse Allais)

— Le point de doute (qui serait dans nos jours incertains d'une grande utilité)

amour

— Le point de certitude (que de nombreux imbéciles utiliseraient à foison)

acclamation

— Le point d'acclamation (qui serait utile dans les meetings, les concerts, les messes noires)

— Le point d'amour (qu'on voudrait voir écrit partout)

— Le point d'autorité (qui ne transigerait pas).

ironie

(Petit exercice, vous prenez une phrase au hasard, par exemple « Mais quelle merveille d'humour, d'invention et de culture que ce magnifique *Dictionnaire amoureux de l'Inutile* », et vous la ponctuez avec les points de certitude, d'exclamation, d'amour et d'autorité. Nous vous dispensons d'utiliser les points de doute et d'ironie.)

autorité

Comment Hervé Bazin aurait réagi au triomphe de ces émoticônes qui se glissent partout, dans nos mails, nos textos, nos échanges virtuels ? Aurait-il regardé de haut ces rigolards et modernes hiéroglyphes ? Se serait-il fait un point d'honneur de ne pas les employer ? Leur aurait-il reproché leur puérilité, leur manque de sérieux, cette volonté farouche et complaisante de chercher à tout prix la connivence, la complicité de l'autre ? Aurait-il considéré l'afflux des émoticônes comme un recul du langage, un refus de la complexité du discours et de la pensée ? Aurait-il détesté la trivialité simpliste de ces grosses bouilles rondes aux expressions basiques ? On ne sait pas, on ne saura jamais. Hervé Bazin n'apportera pas de réponses à ces questions ni de révélation posthume au sujet de sa coiffure singulière.

Le point d'ironie ne s'est donc jamais imposé dans les écrits. La preuve : il n'apparaît sur aucun clavier d'ordinateur ou de téléphone portable. Mais faut-il le regretter ? Tout le sel de l'ironie n'est-il pas de mettre à l'épreuve l'intelligence de l'autre sans avoir besoin de surligner ses propres intentions ? Quitte à être incompris, mal jugé, quitte à provoquer la fâcherie, les critiques, les reproches. La véritable ironie est risquée, le contraire d'un inoffensif smiley qui rigole en clignant de l'œil.

Enfants

Laurence Pernoud (1918-2009) a basé toute sa carrière littéraire sur un postulat, généralement admis par tous : j'élève mon enfant puisque j'en ai un et qu'il faut bien, même si c'est difficile, même si c'est pas marrant, même si c'est impossible, en faire quelque chose...

Robert Benchley (1889-1945) n'entre pas directement en concurrence avec Laurence Pernoud. Il est sans doute l'un des premiers écrivains à poser la question de l'utilité des enfants. Son livre *Les enfants, pour quoi faire ?* est paru aux Nouvelles Éditions Wombat, en 2011 puis en 2017, ce qui veut dire que de nombreux parents ont déjà acquis ce qui reste la référence en matière de manuel d'antiéducation.

Robert Benchley n'hésite pas à répondre à de nombreuses questions, notamment celles qui ne se posent pas. Il permet également de faciliter la vie de tous ceux qui, étant parents, sont bien obligés de se retrouver en contact avec des enfants.

Robert Benchley, le non-sens près de chez vous.

Comment doit-on peser un enfant ?

Posez l'enfant sur la balance. Le père doit alors s'asseoir sur l'enfant pour le maintenir en place. Pesez le père et l'enfant ensemble. Puis ôtez le poids du père de la masse globale obtenue : le résultat vous donnera le poids de l'enfant.

Quels sont les aliments à déconseiller pour un enfant ?

Les olives pimentées.

Lequel des parents doit se lever pour aller préparer le premier biberon du matin ?

Le moins doué pour faire semblant de dormir.

Épée d'académicien

Depuis l'avènement des M16, AK-47, lance-missiles, chars d'assaut et autres bombes atomiques, il apparaît aujourd'hui bien légitime de questionner l'utilité des vénérables épées de nos ancêtres tant elles nous apparaissent quasiment inoffensives en regard de leur efficace et impitoyable descendance. Et ce d'autant lorsqu'elles arment la taille de nos intellectuels, et trop souvent cacochymes, académiciens.

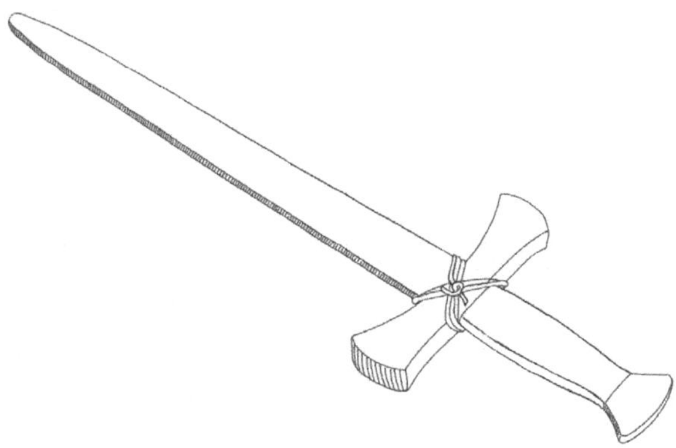

À notre connaissance, Valéry Giscard d'Estaing n'a jamais frappé d'estoc, Hélène Carrère d'Encausse est incapable de tenir sa garde ou de faire une parade et Erik Orsenna, paraît-il, ne sait toujours pas différencier une quarte d'une quinte, un une-deux d'un redoublement, ou encore, et c'est un comble, une banderole d'une remise. Jusqu'à preuve du contraire, Alain Finkielkraut n'a jamais sorti l'épée de son fourreau pour se défendre de la plèbe injurieuse, Jean d'Ormesson, de son vivant, n'a trucidé aucun mauvais coucheur et Jean-Loup Dabadie préférait utiliser un bête couteau quand il découpait le gigot dominical pour Vincent, François, Paul et les autres. Notons tout de même que le chercheur en médecine Alain-Jacques Valleron, doté d'un fort esprit pratique, se servait de son épée de polytechnicien pour faire griller les saucisses au barbecue. On ne sait malheureusement pas, aujourd'hui qu'il est entré à l'Académie des sciences, s'il continue de le faire avec sa nouvelle épée.

Conçue par les maisons Arthus-Bertrand, Boucheron, Cartier, ou des artistes renommés, l'épée, qui peut coûter jusqu'à 100 000 euros, est généralement offerte au nouvel immortel par ses amis ou admirateurs grâce à l'ouverture d'une souscription. Ce qui permet, et ce n'est pas rien, à l'académicien de quantifier l'estime de ses proches à l'aune de ce qu'ils auront déboursé. Ainsi, il est possible de constater que les amis d'Andreï Makine sont de haute qualité et qu'ils tiennent fort à lui (le pommeau de son épée, fait de quartz, d'or et d'argent, renferme, dans un écrin de saphir, une « grenouille de conte de fées » sertie d'émeraudes et de diamants) quand ceux de Dany Laferrière, le pauvre, le laissent se taper la honte dans les salons de l'Institut avec une rustique et dérisoire épée en acier trempé.

Épitaphe

Parmi toutes les traditions inutiles attachées à la mort (parce qu'on a beau dire, les gerbes de fleurs, les messes, les prières ne font pas revenir à la vie), il existe l'habitude ancestrale pour le jeune mort de laisser sur sa tombe quelques ultimes paroles...

Florilège des plus belles épitaphes :

« Ci-gît Allais – sans retour » (Alphonse Allais)[1].

« Enfin seul ! » (Arman).

« *Fontes amicos uxorem dilexit* » (« Il a aimé les sources, ses amis et sa femme », Marcel Pagnol citant Virgile).

« Laissez-moi dormir j'étais fait pour ça » (Francis Blanche qui a utilisé les deux derniers vers d'un de ses poèmes, « Mon oursin et moi », qui démentent un peu sa réputation de joyeux drille : *J'ai rêvé ma vie / Les yeux grands ouverts / Me suis réveillé / Quand c'était l'hiver / La neige était là / Le ciel était gris / Le vent était froid / Je n'ai pas compris/ Mes beaux soirs d'avril / Que j'avais rêvés / Où donc étaient-ils / J'en aurais pleuré / Faites-moi plaisir / Continuez sans moi / Laissez-moi dormir / J'étais fait pour ça*).

« *I'm a writer but then nobody's perfect* » (Billy Wilder).

Devant la tombe de Dean Martin, on doit avoir tendance à fredonner « *Everybody loves somebody sometimes* ».

Alfred de Musset et Georges Brassens ont rêvé d'une éternité à l'ombre d'un grand arbre.

L'un a écrit : *Mes chers amis, quand je mourrai, / Plantez un saule au cimetière. / J'aime son feuillage éploré ; / La pâleur m'en est douce et chère / Et son ombre sera légère / À la terre où je dormirai.* » (« Lucie »).

L'autre a chanté : *Est-ce trop demander, sur mon petit lopin / Plantez je vous prie une espèce de pin / Pin parasol de préférence* (« Supplique pour être enterré sur la place de Sète »). Un pin a été planté tout près de la tombe de Brassens à Sète tandis que Musset, depuis 1857, repose sous son saule. En réalité, Brassens n'a pas rêvé d'un vedettariat morbide dans le cimetière du Py, à Sète, et n'a jamais sérieusement réclamé un pin près de sa dépouille : « Mes chansons contiennent plus que ce que je dis, c'est elles

1. De son vivant, Alphonse Allais traversait un cimetière. Fatigué de lire partout « Ici repose », il s'écria : « Il n'y a que moi qui travaille ! »

qu'il faut interroger en les écoutant mieux. Elles sont travaillées, je suis tout entier là-dedans. Montré et caché. »

Sur des tombes anonymes, on peut lire des épitaphes qui savent égayer les promenades dans les cimetières : « Laissez tomber les fleurs. Apportez-moi plutôt une bière » ; « Sa mort fut un manque total de savoir-vivre » ; « Ci-gît ma femme : ho ! qu'elle est bien ! Pour son repos et pour le mien » ; « Ils étaient bons ces champignons » ; « Ci-gît un pêcheur à la ligne, qui doit trouver un plaisir extrême car depuis qu'il repose ici, il fait ses asticots lui-même ».

Un couple de conducteurs américains, Katharine Phelps Brown Ivison et Sterling Hollinshead Ivison Jr ont fait inscrire sur leurs tombes « *We finally found a place in Georgetown !* » (« Nous avons finalement trouvé une place à Georgetown ! »).

Un vétéran du Vietnam, américain et homosexuel, a fait inscrire : « *When I was in the military, they gave me a medal for killing two men and a discharge for loving one* » (« Quand j'étais à l'armée, on m'a donné une médaille pour avoir tué deux hommes et renvoyé pour en avoir aimé un »).

Certains ont imaginé une épitaphe, mais qui ne figure que dans leurs écrits ou leur imagination... Marilyn Monroe : « Ici repose Marilyn Monroe, 97-62-92. » Groucho Marx : « Je vous l'avais bien dit que j'étais malade. »

En 1998, à la demande de Jérôme Garcin pour *Le Nouvel Observateur*, une romancière rédigea avec une douce autodérision : « Françoise Sagan fit son apparition en 1954, avec un mince roman, *Bonjour tristesse*, qui fut un scandale mondial. Sa disparition, après une vie et une œuvre également agréables et bâclées, ne fut un scandale que pour elle-même. »

Épouvantail

Depuis qu'il existe des épouvantails, les oiseaux, qui ne sont pas des cons[1], s'amusent à virevolter sous leurs bras raides et immobiles, à venir piquer leur paille pour s'en faire un nid, ou à viser la tête dans d'épiques et joyeuses compétitions de déféquage de précision. Si l'identification fonctionne modestement chez le volatile, il n'est pas rare qu'elle marche à tout crin chez l'être humain qui, lorsqu'il le croise au détour d'un champ et le voit solitaire, livré aux bourrasques et aux intempéries, se sent gagné d'une bienveillante empathie et ressent l'irrépressible besoin de lui donner son veston, cet imbécile.

Il en existe toutes sortes de par le monde, grands en Hollande, petits au Japon, larges dans les quartiers pauvres, fins dans les pages mode des magazines. L'épouvantail est toujours fait de paille, on ne saurait le tolérer en caoutchouc ou en bidons plastiques, du moins dans les livres d'enfants. Il s'habille toujours d'une salopette et d'un chapeau à large bord qu'il peut porter à longueur d'année sans contrariétés puisque le chanceux ne transpire jamais. Parfois, il quitte son champ et accompagne Dorothy sur la route de brique jaune qui mène à la cité d'émeraude, mais c'est rare, tellement qu'on en fait des films à Hollywood.

De nos jours, l'épouvantail est regardé comme un ancêtre caduc par les technologiques et arrogants effaroucheurs à ultrasons, canons à propane, systèmes laser et autres répulsifs électroniques, qui, cependant, ne sont pas beaucoup plus efficaces puisque les oiseaux

1. Quoi qu'en dise Chaval.

s'habituent rapidement et reviennent après quelques heures.

Profitons de ces pages pour adresser un solide remerciement à ceux qui continuent d'installer ces hommes de paille, perpétuent la tradition en implantant un peu de poésie branlante et bariolée dans nos productivistes campagnes.

Espéranto

Esperanto estas tre bela lingvo.

Ludwik Zamenhof kreis ĝin en julio 1887 por konstrui ponton inter popoloj. Leono Toltoi fanfaronis, ke li lernis ĝin en du horoj. Se Esperanto estas pli facile lernebla ol Volapuko, bedaŭrinde neniu parolas ĉi tiun lingvon. La pruvon, vi tajpis ĉi tiun tekston en la interreto por provi trovi tradukon.

Se vi ne bezonis ĝin, gratulon ! Donaco atendas vin ĉe la sidejo de Plon, avenuo de Francio. La akceptistoj estas trejnitaj pri Esperanto kaj petos vin mallongan babilejon por kontroli viajn kapablojn antaŭ ol liveri la donacon. Tamen evitu mencii ĉi tiun vortaron kiam vi estas en la ricevo.

Esperluette

L'esperluette est sans doute l'un des plus jolis mots de la langue française. D'ailleurs, & est le quatrième album de Julien Doré.

Esperluette, ça commence comme une perspective heureuse, ça finit comme un grain de raisin au fond de la bouche. Pourtant, l'esperluette est hésitante. Elle tergiverse sur sa propre dénomination. Elle balance... Parfois, elle s'écrit esperluète, quand ce n'est pas perluette ou perluète. Elle se cherche encore. Elle se demande, au fond, si c'est bien utile de convoquer plusieurs lettres alors que sa destinée est justement de simplifier, de raccourcir, d'aller au plus vite.

Par ailleurs, « *&* » est le 29e single de Ayumi Hamasaki.

L'esperluette, donc, désigne ce logogramme & que Tiron, secrétaire de Cicéron, inventa, à moins que ce ne soit Alde Manuce, imprimeur vénitien. L'esperluette, on vous le disait, est hésitante.

On oublie parfois que & en japonais se dit :

アンパサンド

L'esperluette résulte de la ligature du *e* et du *t*. Il s'agit d'une ligature esthétique, elle n'est donc pas obligatoire. Héritée de l'époque mérovingienne, l'esperluette est présente sur les claviers AZERTY sur la touche 1. Elle est d'hier et d'aujourd'hui, d'ici et d'ailleurs.

Esprit d'escalier

Il y a l'esprit de corps, l'esprit de famille, l'esprit de contradiction. Il y a surtout l'esprit d'escalier. Après un débat, une discussion, on reste coi devant la mauvaise foi, les énormités de son interlocuteur, et puis, aussitôt rentré chez soi, dans sa voiture, juste en sortant de l'ascenseur, on a la réplique idéale, le mot qui tue, la fulgurance suprême.

L'expression est essentiellement française. Pour traduire la même idée, en espagnol on dit « être plus court que les manches d'un gilet » (« *ser mas corto que las mangas de un chaleco* »), en flamand, on dit « rester la bouche pleine de dents » (« *met de mond vol tanden staan* »), en grec « avoir la mèche trop longue » (« *eho makry fitili* »).

C'est Diderot, dans son ouvrage *Paradoxe sur le comédien*, qui l'évoque : « … l'homme sensible comme moi, tout entier à ce qu'on lui objecte, perd la tête et ne se retrouve qu'au bas de l'escalier. »

Avoir l'esprit d'escalier, c'est avoir le sens de la repartie, mais le lendemain. C'est le contraire de l'arrogance, du tac au tac, de l'effronterie professionnelle, c'est la délicatesse des timides, des effarouchés, de ceux qui ressassent, qui remâchent, qui ruminent.

L'esprit d'escalier est forcément décevant, par exemple si cette entrée de dictionnaire avait été rédigée ce soir, demain, la semaine prochaine, elle aurait été particulièrement brillante.

Éthylotest

Le sens de l'humour est parfois une notion aléatoire.

Prenons un exemple. Il semblerait que le tribunal de Blois n'a pas le même sens de l'humour que cet ex-chauffeur qui demanda à deux enfants de souffler à sa place dans l'éthylotest antidémarrage du bus scolaire. Le chauffeur avait évoqué la plaisanterie pour justifier son geste. Le tribunal de Blois ne l'a pas goûtée.

Ça se passait à Bracieux, dans le Loir-et-Cher. L'affaire a été relatée par la presse régionale, *La Nouvelle République*, *Le Dauphiné*... Un homme a comparu. Ce n'était pas lui le conducteur habituel. Le car ne démarre que si le taux d'alcoolémie du conducteur est inférieur à 0,2 gramme d'alcool par litre de sang. L'homme soutient qu'il n'avait pas bu. À moins, évidemment, qu'on ne cherche la petite bête en considérant que la bière est une boisson alcoolisée... Pour ne pas prendre le risque de rester au point mort, il demande à un gamin de souffler dans l'éthylotest. Pas assez de souffle. Il demande à un autre gamin de souffler, le frère du précédent. Le car démarre. Bravo, petit gars ! L'ex-chauffeur klaxonne de façon intempestive, roule au-delà de la vitesse réglementaire, lâche le volant pour impressionner, fait semblant de manquer un arrêt. Le sens de l'humour, nous le disions, est essentiellement subjectif.

Ce n'est que plus tard qu'il a appris que les deux enfants souffleurs étaient fils de gendarme.

Étoiles

Les étoiles, si elles sont bien jolies quand elles brillent dans la nuit, n'apportent que très peu de lumière, pas plus de chaleur, et sont bien trop lointaines pour qu'on puisse songer à aller les visiter. Autrefois, avant boussoles, sextants et GPS, les valeureux qui arpentaient le monde, navigateurs, aventuriers et autres Rois mages, s'en servaient pour se repérer et guider leurs pas dans les espaces inconnus. De nos jours, il est de pauvres humains attirés par la lumière des villes qui peuvent passer une vie entière sans jamais voir les astres et parviennent tout de même à survivre, semble-t-il.

Dans notre numérique quotidien, d'autres types d'étoiles ont remplacé, en importance, celles du ciel nocturne. Visibles sur tous les écrans de smartphones, de tablettes connectées, d'ordinateurs portables, elles sont bien utiles pour distinguer les bons ouvriers, qui méritent toute la reconnaissance qui leur est due, des mauvais, qui n'ont qu'à fermer boutique et brûler dans les flammes éternelles de l'enfer. Bien utile. Les boulangers, les livreurs et chauffeurs ubérisés, les coiffeurs, tous vivent dans la terreur, la hantise de la mauvaise note, de la baguette molle, de la course trop lente, de la permanente foirée. Chaque client, s'il le souhaite, peut se transformer en critique gastronomique assassin pour un sourire du serveur jugé pas assez franc, une fourchette pas tout à fait nette, ou un pli sur la nappe.

Sur Google Maps, il est possible de tout noter. Chaque lieu accessible sur la planète peut être classé en un nuancier selon le nombre d'étoiles qu'il possède, du plus minable au plus prodigieux : l'auto-école du quartier, le collège des enfants, l'aire de repos sur la route des vacances, la forêt de Meudon ou la chapelle Sixtine. Notons ici que, à l'heure où nous écrivons ces lignes, l'océan Atlantique est noté 3,8 étoiles, ce qui est franchement moyen. Gageons que cette note le fera réagir.

Existence humaine

Un Indien de vingt-sept ans a intenté un recours judiciaire contre ses parents pour lui avoir donné naissance sans son consentement.

« L'humanité n'a pas de but. Tant de gens souffrent. Si l'humanité s'éteint, la Terre et les animaux seraient plus heureux. Ils seront certainement mieux lotis. Aussi, aucun être humain ne souffrira alors. L'existence humaine est totalement inutile. »

C'est vrai que lorsqu'on donne la vie, on donne la mort en même temps. Ce n'est pas un aspect que l'on met spécialement en avant lorsqu'on s'enthousiasme devant les premiers babillages du nourrisson.

Si l'on est adepte de la philosophie antinataliste, si l'on pense qu'il est immoral de mettre au monde des enfants qui ne connaîtront que la misère et la souffrance, qu'en est-il de la souffrance animale ? Les hommes ne sont tout de même pas les seuls responsables des tourments que vivent les animaux, obligés de se manger entre eux pour survivre, constamment à la merci de féroces prédateurs.

La vie des animaux, après la disparition des hommes sur la planète, restera difficile, cruelle, impitoyable, ne sera pas une promenade de santé. N'est-il pas inhumain d'abandonner les animaux à leur triste sort ?

La vie de la Terre, après la disparition des hommes, sera un peu plus tranquille. Il restera cependant des cataclysmes, des catastrophes, des bouleversements, des volcans en éruption, des cyclones, des ouragans, des raz-de-marée, des tsunamis. Ne faudrait-il pas, par souci humanitaire, militer pour la disparition de la Terre ? Oui, l'homme a déjà pris le dossier en main...

En attendant, nous sommes curieux de l'issue du procès intenté par ce jeune Indien contre ses parents, tous les deux avocats, qui tout en remarquant justement que le consentement à naître est difficile à obtenir auprès des personnes qui ne sont pas encore nées, saluent la témérité de leur fils. Être procédurier donnerait-il un sens à l'existence humaine ?

Extracteur d'œuf

Monsieur Crochemore, de Douarnenez, a bien voulu attirer notre attention sur l'existence de l'extracteur d'œuf, objet parfaitement inutile selon lui que l'on peut trouver dans les cuisines les plus équipées. « On appuie sur une poire jaune, explique-t-il, après avoir enfoncé le tube dans un œuf préalablement cassé dans un bol. Quand on relâche la poire, le jaune seul remonte dans la partie transparente, et là, on peut l'expulser en appuyant à nouveau. Tout cela peut se faire sans cet appareil, mais c'est plus court. »

L'extracteur d'œuf peut servir à lancer une première conversation entre copains à l'occasion d'un apéritif improvisé...

— C'est quoi ton truc, là ?

— Ça, c'est un extracteur d'œuf.

— Ah bon, et ça marche comment ?

Démonstration de M. Crochemore (de Douarnenez) : « C'est facile. On appuie sur une poire jaune après avoir enfoncé le tube dans un œuf préalablement cassé dans un bol... »

Faits divers

« Jean Quette, l'ancien policier, est décédé. »
« Le perroquet fugue pendant 4 ans et revient en parlant espagnol. »
« Ardèche : L'Asiatique voleur de slips et saucissons avait sept identités. »

Dans un journal, les faits divers ne sont pas forcément les mieux placés pour traduire la complexité de notre époque, les enjeux internationaux, la complexité du monde. Quoique. À leur manière, ils soulignent l'évolution d'une société.

« Un pingouin rate sa migration et s'installe à Sète. »
« Brest. Pour impressionner, le braqueur coupe une baguette de pain. »
« Il est convaincu d'avoir vu le visage de Freddie Mercury dans une côtelette de porc. »

Adrien Gingold, vigilant lecteur de la presse nationale et régionale, collectionne les titres de journaux les plus surréalistes, drôles et décalés pour les compiler, avec son coauteur Frédéric Martin, dans une série de livres nommés les *Tout va bien*.

« Il conduisait nu pour ne pas froisser son pantalon. »
« Anderlecht : tué par les fientes de pigeon. »
« Gard : 350 brebis devant la préfecture
pour protester contre le loup. »
« Après 35 ans de mariage et 9 enfants,
il apprend qu'il est stérile. »

Feuilles mortes

Monsieur Prévert, demeurant cité Véron, Paris 18e, veut bien attirer notre attention sur le fait que, selon lui, les feuilles mortes se ramassent à la pelle. Sans vouloir entrer dans une vaine polémique, nous aimerions lui faire remarquer que les feuilles mortes se ramassent également et avantageusement à l'aspirateur mobile essence 5-100 m^3 qui peut être fixé sur une remorque ou des ridelles arrière d'un camion équipé de grilles de protection latérales. L'avantage de l'aspirateur mobile essence 5-100 m^3, c'est qu'il est capable de broyer les divers déchets urbains que sont les plastiques, les canettes, les aluminiums qui parfois jonchent les trottoirs, ce que serait bien incapable d'accomplir une pelle, quelle qu'elle soit.

Encore une fois, cette mise au point n'a pas vocation à chercher la controverse vis-à-vis de monsieur Prévert, contre qui évidemment nous ne ressentons aucune animosité, mais ce résident du 18e arrondissement de Paris insiste en assurant que les souvenirs et les regrets, de la même façon que les feuilles mortes, se ramasseraient à la pelle.

Non, monsieur Prévert, non !

Nous nous inscrivons en faux. Dans le ramassage des souvenirs et des regrets, force est de constater que la pelle, en métal ou en polyfibre, à manche ou à main, ronde ou carrée, droite ou pointue, à neige ou à pizza, à poussière ou à charbon, à tarte ou à gâteau, reste très largement inopérante.

Flûte à bec

On n'aura aucun mal à trouver tous les griefs, tous les reproches, toutes les moqueries pour humilier la flûte à bec de nos enfances.

En plastique noir et blanc, elle avait le bec mâchonné, se remplissait de bave au bout de trente secondes. On l'oubliait au fond de son cartable dès la fin du cours de musique et on la ressortait une semaine plus tard, pleine de moutons de poussière et de miettes de pain. Parfois, dans la cour de récréation, elle se transformait en une épée magique et menaçante qui tournoyait au-dessus des petites têtes blondes.

Avec cette flûte à bec, tous les répertoires classique ou moderne, religieux ou profane ont été massacrés. De « La pêche aux moules » jusqu'au *Boléro* de Ravel, de *Jésus que ma joie demeure* jusqu'au « Curé de Camaret ».

Sincèrement, quelqu'un connaît-il au monde une seule personne qui, grâce aux cours de musique du collège, aurait décidé de se lancer dans une carrière de flûtiste à bec[1] ?

1. Certains esprits férus de contradiction, toujours prêts à raisonner, à ratiociner, à tout discuter, pourraient rétorquer que la flûte à bec a sa pleine et entière place comme instrument d'orchestre au conservatoire et qu'il existe bien des compositeurs et des musiciens reconnus, comme Edgar Hunt ou Frans Brüggen qui ont su la magnifier. Cela ne sert pas notre point de vue, nous ne relèverons donc pas.

À cause de sa sonorité médiocre et criarde, combien de dépressions chez les professeurs de musique ? Combien de passions musicales réfrénées ou tuées dans l'œuf chez les écoliers ? Si les premiers pas dans l'apprentissage de l'instrument sont relativement aisés, la flûte nécessite ensuite beaucoup d'efforts pour savoir bien en maîtriser le souffle, le doigté et la rythmique. Vu qu'il faut des trésors d'entraînement et que les exercices de flûte étaient les seuls que vos parents oubliaient de vous faire travailler le soir (on se demande bien pourquoi), vous avez toujours gardé un niveau sensiblement proche du médiocre, tout comme la totalité de vos camarades de classe.

À la rentrée 2014, l'Éducation nationale, ayant enfin pris conscience des méfaits de l'instrument, a décidé de la retirer de ses programmes scolaires, où son enseignement était obligatoire depuis la fin de la Seconde Guerre mondiale.

Dès sa disparition, la machine à nostalgie s'est mise en route et les esprits de contradiction, cités dans la note de bas de page, à nouveau se firent entendre :

« La flûte à bec est l'instrument démocratique par excellence. Elle ne coûte pas cher, on la trouve partout, notamment dans les papèteries où l'on aurait plus de mal à trouver une épinette ou un saxophone. »

Certes. Surtout, si la flûte à bec a toute sa place dans ces pages, c'est parce que c'est le seul instrument de musique que l'on peut jouer par le nez, ce qui est vachement utile pour faire rigoler les copains.

Forgeard, Benoît

Luc Lagier, le créateur de *Blow Up* (excellente pastille cinéphile diffusée sur YouTube et le web-magazine d'Arte), a donné carte blanche au réalisateur Benoît Forgeard afin qu'il présente des sujets d'analyse cinématographique de son choix.

Forgeard a donc livré quatre courtes vidéos tournant chacune autour d'un auteur emblématique du cinéma français : Éric Rohmer, Bertrand Tavernier, Maurice Pialat et Luc Besson. Forgeard, en voix *off*, fait le lien entre des extraits thématiques de chacun des réalisateurs traités. Rien que de plus ordinaire, nous direz-vous...

Ce serait vite passer sur le fait que Benoît Forgeard, homme sophistiqué mais réalisateur néanmoins loufoque, est un notoire adepte du non-sens et de l'absurde. Il faut voir son délicieux et inquiétant *Gaz de France*, où Philippe Katerine, chanteur politicien, est élu président de la République après une campagne électorale portée par une unique mais dansante ritournelle, « La Rigueur en chantant ».

Dans sa carte blanche, Forgeard repousse avec la plus grande vigueur l'esprit de sérieux qui habite, bien souvent, nos penseurs du septième art et choisit d'axer ses analyses autour de thèmes tout à fait insignifiants de l'œuvre des cinéastes qu'il traite. Le ton sera sérieux et le sujet d'étude microscopique, laissant de l'espace pour toutes sortes d'éclairantes digressions. Seront donc mis en lumière l'Acier chez Rohmer, le Cuir chez Pialat, le Cheveu chez Tavernier et la Laine chez Besson.

Nous reproduisons ici quelques extraits éclairants de ces vidéos, tout en vous invitant à aller y voir par vous-même.

L'acier chez Rohmer :

« D'abord ce constat : contrairement aux idées reçues, l'acier n'est pas si important dans le cinéma de Rohmer. [...] On pourrait même affirmer, sans trop de risque de se tromper, que Rohmer n'est pas le cinéaste de l'acier, au contraire d'un Cronenberg ou d'un Cameron. »

Ensuite, à propos de « l'une de ces grilles qu'on ne trouve qu'à Paris, et dont la fonction vague semble être de contenir les racines des arbres sous terre », que l'on trouve en arrière-plan dans une scène entre Bernard Verley et Daniel Ceccaldi dans *L'Amour l'après-midi* (1972) :

« D'emblée, on est saisi par le raffinement du cinéaste. À une époque, le milieu des années 70, où l'acier est roi, on ne peut pas dire que Rohmer en fasse un argument promotionnel. L'acier est contenu dans une portion congrue du cadre, presque étouffé, comme s'il était lui-même cette racine que la grille cherche à dissimuler au regard. Tout est dit du cinéma de Rohmer à travers le traitement qu'il réserve à l'acier. Ici, nulle démonstration de force, le premier rôle ne sera pas dévolu au clinquant, ni au puissant. »

Le cuir chez Pialat :

« C'est parce que le cuir est un atout redoutable que le comédien ambitieux doit s'efforcer de réclamer du cuir au moment des essayages. C'est souvent la garantie d'un rôle de premier plan. »

« Pour se livrer à une analyse honnête, il est nécessaire de bien redéfinir ce qu'est le cuir et ce qu'est Maurice Pialat : le cuir, on le connaît. C'est un matériau, souvent luxueux, issu de la peau de certains mammifères et qui sert à revêtir meubles ou vêtements. Maurice Pialat, c'est tout à fait autre chose. Car quand bien même on aurait pu faire du cuir à partir de Maurice Pialat, l'inverse paraît plus improbable. »

« Le cuir protège autant qu'il agresse. Le cuir est menace. Car celui ou celle qui s'en habille signifie qu'il a choisi de sentir l'animal et que les mots ne seront pas forcément son truc. [...] Les cinéastes aguerris savent qu'un blouson de cuir viendra facilement compenser la faiblesse d'un personnage trop rapidement esquissé. Aussi le cuir permet-il de véritables économies sur le temps d'écriture. »

Le cheveu chez Tavernier :

« En quoi son usage du cheveu distingue-t-il Bertrand Tavernier de ses confrères ? D'abord, remarquons qu'en installant ses films dans des époques et des genres variés, il propose un catalogue d'une richesse n'ayant rien à envier à celle d'un Dessange ou d'un Jean-Louis David. »

« Une erreur communément commise par les cinéastes débutants est de shampouiner excessivement leurs comédiens avant la prise. C'est pêcher par un soin inopportun : aussi paradoxal que cela puisse paraître, des cheveux sales pourront donner de très belles séquences. »

« On réalise que, lorsqu'on maîtrise à ce point le cheveu, il serait tentant de se passer de comédiens. Heureusement, peu de cinéastes passent à l'acte. »

« Le diable est dans les détails. Si, comme Bertrand Tavernier, c'est à sa maîtrise du cheveu que l'on reconnaît un grand cinéaste, c'est, *a contrario* à son emploi excessif d'acteurs chauves qu'on saura distinguer sans risque le metteur en scène de seconde zone. »

La laine chez Besson :

« Première observation de simple bon sens : les films de Besson sont des pulls. Chandail amoureusement tricoté par mamie, couverture sous laquelle on se blottit un samedi soir de junkfood, plaisir inavoué du cinéphile, rien ne sert de regarder un Besson froidement, il faut s'y lover, suspendre le jugement, s'y cacher au chaud, bien au chaud, tels ses personnages, souvent amenés à se protéger des méchancetés du monde sous de multiples couches d'isolant. »

« [Dans *Le Grand Bleu*], le camaïeu de l'océan n'est qu'une couverture plus épaisse sous laquelle rien d'adulte ne viendra mettre un terme à l'enfance. »

« Cette laine de l'enfance, expression d'une mélancolie jamais recousue, c'est celle qui compose le slip de bain du petit Jacques Maillol, [...] le tricot de l'innocent dont la nudité ne tient qu'à un fil. Six années plus tard, le même objet connaît une seconde vie. Sur le crâne aride de Jean Réno, le maillot de l'enfant est devenu le bonnet de l'assassin. Observez bien sa petitesse. C'est un capuchon oublié là par une maman craintive des frimats. [...] En fabriquant le bonnet de l'adulte à partir du maillot de l'enfant, Besson, devenu entre-temps producteur, ne fait pas seulement une petite économie. Il nous parle de lui. L'innocent, nous dit-il, s'est transformé en un véritable killer... »

Fossette

Dans la plupart des articles qui lui ont été consacrés, notamment au moment de sa disparition le 5 février 2020, Kirk Douglas était désigné par une périphrase : « l'homme à la fossette ».

Ça tombe bien, le site Santé Plus consacre un article à la fossette : « Selon les sondages et contrairement aux idées reçues, la plupart des personnes interrogées reconnaissent que cette fossette est plutôt attirante. »

« Selon les sondages et contrairement aux idées reçues... » Il y aurait donc eu des sondages consacrés à la fossette. Nous regrettons de ne pas les avoir consultés.

Nous ignorions que la fossette était attirante « contrairement aux idées reçues ». Flaubert a eu tort de ne pas l'évoquer dans son dictionnaire. « Fossette. Repoussante infirmité qui fait la honte de ceux qui la porte. »

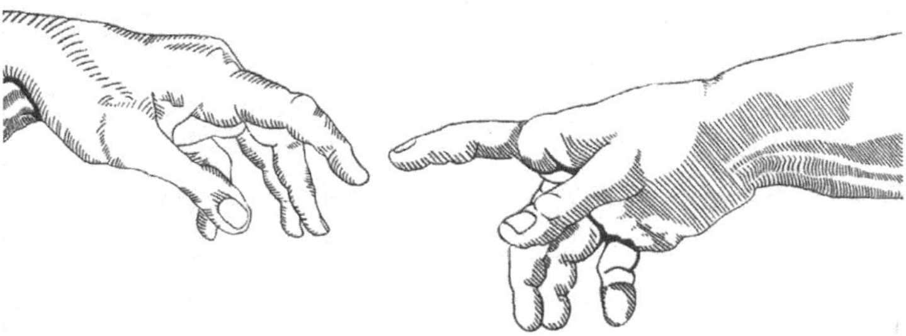

Dans la catégorie « stars à fossettes », on notera Simon Baker, Sandra Bullock, Russell Crowe, John Travolta, Jessica Simpson.

Si l'on veut, à tout prix, la chirurgie esthétique n'étant pas bon marché, se débarrasser de sa fossette, on la remplira avec un soupçon d'acide hyaluronique, voire un rien de toxine botulique, ce qui occupe avantageusement les journées désœuvrées.

En Angleterre, on soutient que la fossette serait la trace visible du doigt de Dieu. La physiognomonie, science approximative et légèrement dépréciée depuis qu'elle a été mise en avant par les nazis, affirme que la fossette du menton serait un témoignage de bonté.

La fossette au menton peut être due au patrimoine génétique, même si Michael Douglas, qui n'a rien touché des 61 millions de dollars de l'argent de son père, n'aura pas non plus hérité de sa fossette.

Fourre-tout

— Dans le fond, votre truc, c'est un fourre-tout...

— Comment ça ?

— Ben, dans un *Dictionnaire de l'Inutile*, on peut tout mettre ou rien. Des trucs objectivement inutiles, comme un avion en papier ou un slip en bonbons...

— Encore que...

— Quoi ?

— Un avion en papier, ça ne sert à rien en soi, mais si dessus tu inscris les résultats d'un exercice d'algèbre et que tu l'envoies à un copain qui n'a pas spécialement la bosse des maths, ça peut lui être extrêmement utile. Quant au slip en bonbons, de nombreuses enquêtes d'opinions indiquent que ça peut relancer la libido d'un couple...

— C'est exactement ce que je voulais dire. Tout est inutile. Rien n'est inutile. L'homme, la Terre, l'espace, ça peut faire des entrées pour votre dictionnaire...

— L'histoire universelle, la vie, la reproduction, l'*Homo sapiens*...

— Voilà. Tout. Rien. Un fourre-tout je te dis...

— Pas faux.

— À propos ?

— Quoi ?

— Dans votre dictionnaire, vous allez parler du concours du pull le plus moche ?

— Non, je ne pense pas...

Voir : Aléatoire ; Pull ; Records ; Sourcil.

France sous la neige (la)

Ce matin, la France s'est réveillée sous la neige. Quand son radio-alarme a sonné, sur les coups de 5 h 55, ça tombait encore à gros flocons.

Elle a mis un peu plus de temps que d'habitude à sortir du lit, pour affronter le froid glacial de la chambre. À dire vrai, en ce moment, elle n'a pas trop le moral, la France. Dès qu'elle se réveille, elle est assaillie par des pensées mortifères. Elle se voit dépassée et ringarde, personne ne s'intéresse plus à elle si ce n'est pour se moquer, elle se sent vieille et fatiguée, sans avenir. Ses amis ont beau lui dire qu'elle est toujours respectée, écoutée et désirable, ils n'arrivent plus à la convaincre, elle trouve que leurs discours sonnent faux. Elle se dit qu'il faudrait qu'elle aille voir un psy, sans jamais trouver le courage de le faire. « Pas le temps, trop de trucs prévus. Et puis, ça fait cher la séance, en ce moment c'est un peu juste, je verrai si je peux le mois prochain. » Elle se trouve toujours des excuses, la France. Elle est comme ça.

Pour une fois, ce matin, comme les monstres disparaissent à la lumière de l'ampoule, les idées noires se sont envolées à peine les volets ouverts : de la neige ! Partout ! Dans le jardin, sur la pelouse, sur les branches nues des arbres, sur la table de ping-pong que la France a oublié de ranger le week-end dernier après que les voisins sont repartis. Du blanc à perte de vue : sur les toits des maisons, les voitures, la colline au loin. Un émerveillement !

Même si le journal de la veille l'avait prévenue que des températures polaires venues des steppes allaient déferler sur elle, la France était surprise, elle avait du mal à y croire. Ça faisait bien cinq ans qu'elle n'avait pas vu la neige.

Dernièrement, elle s'était même demandé si le réchauffement climatique n'avait pas définitivement eu raison d'elle, si elle la reverrait un jour. Mais non, elle était bien là, revenue sans un bruit pendant la nuit, discrète. La France la retrouvait comme une vieille amie que l'on revoit après des lustres avec la douce impression de l'avoir quittée la veille, sans qu'il n'y ait d'excuses à donner pour les années d'absence.

Après avoir pris sa douche, la France est descendue à la cuisine se faire un café et, machinalement, a allumé la radio. Pour une fois, on n'y disait pas de mal d'elle. Les journalistes avaient abandonné leurs sempiternelles complaintes et semblaient, pour l'heure, revenus en enfance, s'émerveillant sur la beauté de l'Hexagone sous son blanc manteau. Et le rose est monté aux joues de la France.

Elle s'est servi un bol pendant que le poste lui conseillait de ne prendre ni sa voiture, ni les transports en commun, bus et trains étant à l'arrêt forcé, bref, de rester à la maison et de favoriser le télétravail. Après avoir envoyé un SMS à son patron et appelé l'école pour vérifier qu'elle était bien fermée, la France est montée dans la chambre des enfants, qui étaient déjà réveillés. Surexcités, Corentin et Zoé se bagarraient pour savoir qui avait vu la neige le premier, quand la petite Agathe, quatre ans et demi, debout devant la fenêtre, pleurait en découvrant le spectacle nouveau qui se déroulait sous ses yeux.

— Ça sert à quoi la neige, maman ?

— À rien... À faire des bonshommes, des batailles de boules, de la luge, à se rouler dedans, à la mettre dans sa bouche quand elle est encore toute fraîche... Il faut en profiter. C'est joli et ça ne dure pas longtemps.

Elle a retenu du bout des lèvres un « comme la vie », que les enfants n'auraient pas pu comprendre. Tant qu'ils se savent immortels, on ne doit pas les contrarier.

Frédérique, André (1915-1957)

L'intérêt principal d'un canular, c'est de voir la réaction de ses victimes. André Frédérique était poète, pharmacien, librettiste pour les Branquignols, inventeur du mot « ringard » et friand de canulars. Avec son ami Carmet, comme tout le monde, ils aimaient visiter les bordels déguisés en évêques.

Mais Frédérique a poussé le canular jusqu'à l'absurde, jusqu'au non-sens intégral, plus intégral qu'un nu sur les plages du Cap d'Agde. Il est l'auteur du canular définitif.

Un matin du mois de mai 1957 (le gouvernement Mollet bat de l'aile, Michel Cymes pousse ses premiers vagissements, Philippe Clay passe en vedette à l'Olympia, autant d'informations n'ayant aucun rapport avec l'histoire qui va suivre, mais que serait un *Dictionnaire amoureux de l'Inutile* s'il ne se permettait pas les incursions dans le stérile ?), un matin du mois de mai 1957 (à Monaco, on prépare le Grand prix, en Amérique, on pleure la mort d'Eliot Ness, au Festival de Cannes Jean Cocteau est président d'honneur), un matin du mois de mai 1957, disions-nous, un fleuriste, à l'adresse d'André Frédérique, vient apporter des fleurs. C'est la concierge qui ouvre. « C'est à quel sujet ? – Au sujet de la mort de monsieur Frédérique ! répond le fleuriste. – Vous vous trompez, s'insurge la concierge, monsieur Frédérique n'est pas mort. Je l'ai encore vu hier soir… » Une demi-heure plus tard, on sonne encore. La concierge, qui faisait son repassage, maugrée. « On ne peut jamais être tranquille… » À la porte, un nouveau fleuriste, avec un nouveau bouquet. « Je viens pour le décès de monsieur Frédérique… – Je vous ai déjà dit que monsieur Frédérique n'était pas mort ! » réplique la concierge qui n'était pas physionomiste. Une demi-heure plus tard, rebelote. Un troisième fleuriste, un troisième bouquet. Puis un quatrième, un cinquième… Circonspection de la concierge qui décide quand même de monter jusqu'à l'appartement de monsieur Frédérique. Elle frappe à la porte. Pas de réponse. Elle tambourine. Silence de mort. Justement, monsieur Frédérique, dans la nuit, s'était suicidé.

Toute la matinée, des fleuristes arrivèrent avec des bouquets et différentes gerbes et couronnes mortuaires que le pharmacien poète et farceur morbide s'était fait livrer.

Le repassage de la concierge, ce matin-là, comme de juste, était resté en plan.

Funambule

À une dizaine de mètres au-dessus du sol, entre les derniers étages de deux immeubles, on a tendu un fil.

Aucun vêtement n'y sèche au soleil, on n'y a accroché aucun fanion pour le 14 Juillet, ni aucune étoile scintillante pour les décorations de Noël. On n'y voit pas de panier en osier pour faire passer au voisin d'en face le sel ou la farine qui lui manque, ce bouquin qui devrait lui plaire ou le bébé qu'il a promis de garder pour la soirée. Aucun amant ne s'en sert pour rejoindre la fenêtre de sa belle dont le mari garde la porte. Aux deux extrémités, les enfants amoureux n'y ont pas ajouté de pots de yaourt vides pour s'en faire un téléphone de fortune où l'on se chuchote des mots doux.

Un homme apparaît tout là-haut, sur une corniche, au bord du vide. Immobile, rien ne semble pouvoir l'atteindre. Il n'entend pas le marteau-piqueur sur le chantier d'en bas. Les engueulades entre automobilistes ne l'atteignent pas plus. Les hurlements de gamins capricieux n'existent que pour les autres. Quelques curieux lèvent la tête, s'arrêtent et dégainent leur application caméra à l'affût de la chute. L'homme prend dans ses mains un long balancier, remplit profondément ses poumons et pose un pied sur le long câble qui oscille doucement dans le vent. On s'étonne : il n'a pas de mousqueton de sécurité ? Mais s'il tombait ?

L'homme ne tombe pas. Un premier pas. Puis deux. Ses enjambées sont lentes mais sûres, sa tête est levée, son buste droit. Trois, quatre pas. Sa silhouette se détache sur le bleu du ciel. Les travaux sur le chantier cessent, les klaxons se taisent, les mioches itou. Une petite foule s'est assemblée, au hasard de l'instant. Tout le monde regarde là-haut, incrédule, un homme qui danse sur le vide.

Au milieu du fil, il s'arrête, semble chercher son équilibre, se plie à gauche, à droite, luttant contre le vent. Quelques cris en bas. Mais il se redresse et reprend sa lente progression. Un soupir de soulagement parcourt la rue, qui s'était figée l'espace d'un instant. L'ouvrier tape dans le dos de son chef de chantier, le fou du volant pardonne à la mamie sa lenteur et l'enfant promet de ranger sa chambre. L'homme est déjà à deux pas de l'immeuble d'en face. En bas, aux fenêtres, dans toute la rue, on lui réclame un demi-tour, un peu de rab, un rappel, quelque chose... Mais le funambule pose le pied sur la balustrade, disparaît, et la vie, en bas, reprend son cours un peu à contrecœur.

Parfois, traverser la rue sur un passage piéton semble aussi périlleux mais tellement moins onirique.

Furet

Pour peu qu'on veuille se la jouer iconoclaste, ou que l'on se moque de santé publique, il est possible d'envisager la pratique sportive dans son ensemble comme quelque chose de relativement dénuée d'intérêt, que l'on coure derrière une balle pour la mettre dans un panier, un but, derrière une ligne ou un filet. Constatons cependant qu'il est des activités plus bêtes que d'autres (formidable jeu de mots, vous allez voir tout de suite). Le *Ferret-Legging* est une pratique consistant à s'introduire, pour le sport, un furet dans le pantalon et à résister le plus longtemps possible aux assauts du rongeur sur notre anatomie. Si les règles sont simples, il faut cependant respecter trois interdits :

— le compétiteur ne doit porter aucun sous-vêtement ;

— le compétiteur ne doit, en aucun cas, être sous l'emprise de l'alcool ou autre substance. Le furet non plus ;

— l'animal doit posséder sa dentition complète (la réciproque ne semble pas impérative pour le compétiteur).

Hérité de la culture du braconnage en Angleterre, le *Ferret-Legging* est, paraît-il, assez populaire outre-Manche où, depuis les années 70, on organise des compétitions officielles où sont relevées les durées records. En 1981 est apparu le grand champion que les amateurs attendaient : Reg Mellor, soixante-douze ans, longue moustache et tatouages aux bras, une résistance hors du commun. À la fête annuelle du village de Holmfirth, venu vêtu d'un pantalon blanc pour laisser apparaître les effusions de sang à travers la toile, cet ancien mineur du Yorkshire a explosé le record de quatre-vingt-onze minutes en tenant cinq heures vingt-trois avec un furet dans le pantalon, et même un second introduit à sa demande pour les trente dernières minutes.

Cinq ans plus tard, Reg Mellor a tenté de battre son propre record devant une foule de 2 500 personnes réunies pour l'occasion et a annoncé qu'il comptait dépasser la barre symbolique des six heures. On ne sait s'il avait organisé des festivités en complément de sa performance, toujours est-il que le public, enthousiaste au départ, a fini par s'ennuyer du spectacle et à partir. Au bout de cinq heures, Mellor, resté quasiment seul, son furet toujours dans le jogging et son objectif de plus en plus proche, a vu arriver des employés municipaux qui ont commencé à démonter la scène sur laquelle il se produisait encore. Le champion du monde a eu beau protester, tenter d'expliquer son projet aux ouvriers, il a été obligé, furieux et dépité, de renoncer à battre son record et, vexé sûrement (on le serait à moins), s'est retiré de toute compétition depuis lors.

Gardien de phare

Ces temps-ci, au phare de Cordouan, dernier habité de France, le gardien n'est plus taciturne et renfrogné, n'a plus de pipe, ni de vareuse ou de casquette négligemment posée sur ses cheveux grisonnants et salés par les embruns.

Il n'allume plus le feu depuis que les lampes 250 watts sont automatisées, ne secourt plus les bateaux en détresse et n'est coupé du monde que très rarement, en cas de forte tempête.

Dorénavant, il est souriant, amical, chaleureux et présente bien, puisqu'il fait l'accueil et la visite pour les touristes qui se pressent sitôt la marée basse. Et il passe le balai, cire les planchers, fait les poussières et les cuivres une fois la mer remontée.

Peut-être le gardien de phare ne charrie-t-il plus aujourd'hui tout à fait le même héroïsme. Peut-être a-t-il un peu perdu de sa superbe.

De ses ancêtres, cependant, il a gardé les musculeux mollets, parfaitement sculptés par les centaines de marches qu'il gravit quotidiennement, ce qui lui permet encore de susciter l'admiration de son entourage et des visiteurs qui le suivent dans l'escalier.

Courdimanche, le 20 mai 1987, pas loin des tours grises de Cergy-Pontoise, on inaugure en grande pompe un parc d'attraction démesuré, un gigantesque espace de loisir chimérique, un royaume bariolé et presque irréel, nommé *Mirapolis*.

Un beau soleil vient égayer les allées de bitume où une unique grappe d'impétueux journalistes circule d'attraction en attraction, passant d'un rêve l'autre sans même s'en émouvoir. Au milieu de ce grouillant essaim, protégés par leurs gardes du corps, Jacques Chirac, Pierre Méhaignerie et Philippe de Villiers, respectivement Premier ministre, ministre du Logement et secrétaire d'État à la Culture, sont venus constater l'aboutissement des deux années de travaux qui ont permis de sortir de terre, pour l'équivalent de 47 millions d'euros, celui qu'on présente déjà dans les médias comme le « premier grand parc d'attractions français ».

Le projet, conduit et imaginé par l'architecte Anne Fourcade, veut offrir à ses contemporains un lieu de rêverie et d'amusement autour des fables et romans des grands auteurs français, de Rabelais à Alexandre Dumas, de La Fontaine à Chrétien de Troyes, et compte 29 attractions réparties sur 47 hectares. Les enfants et leurs parents pourront s'émerveiller ensemble du parcours scénique de la ville d'Ys, de la forêt de Brocéliande où se déroulent des joutes de chevaliers, du palais de Dame Tartine, du labyrinthe médiéval, des montagnes russes du dragon des sortilèges, de la guinguette des impressionnistes. L'utile à l'agréable, l'apprentissage et l'amusement, distraction et culture, fond et forme.

Assis au bord d'un lac artificiel, les deux jambes écartées à peine pliées aux genoux, un immense Gargantua vêtu d'un pourpoint et de hauts-de-chausse bleu ciel et or, de collants blancs rayés de gris, d'une chemise, d'une fraise blanche et d'un bonnet rouge, couve le parc de son regard bienveillant. Haut de 35 mètres (il en ferait 77 s'il était debout), le géant, fait d'armatures en métal, de polystyrène et de résine polyester, est la deuxième plus grande statue creuse au monde après la statue de la Liberté à New York et, il en va de soi, est l'emblème triomphant du parc d'attractions. Dans une main, Gargantua tient un énorme verre de vin rouge, dans l'autre, une fourchette où est embrochée une vache entière qui paraît toute petite vue du sol. Des deux pieds du géant entrent et sortent, par deux grands trous, les visiteurs, qui peuvent, à l'intérieur de la statue, manger dans le restaurant panoramique aménagé dans la fraise, mais aussi monter dans un manège qui traverse et présente tout le système digestif de Gargantua, permettant aux enfants de se familiariser avec le fonctionnement du corps humain.

On le sait, souvent les bonnes intentions s'écrasent contre l'implacable mur du réel : dès le lendemain de l'inauguration, jour de l'ouverture au public sous un temps gris et un vent glaçant, alors que paradent des intermittents du spectacle en costumes de poulets tricolores, de tortues à tricorne ou d'ours déguisé en page, Marcel Campion, qui se rêvera plus tard maire de Paris, malgré une conception toute particulière du dialogue social, rameute une cinquantaine de forains aux gros bras, matraques et barres de fer pour dénoncer la concurrence déloyale que leur fait le parc. Ils mettent à sac plusieurs installations, affrontent le service d'ordre du parc et blessent gravement dix personnes avant l'arrivée des gendarmes et policiers. L'information passe dans les médias et, dès le lendemain, un quart des 2 000 scolaires prévus se désistent, et seulement 300 courageux viennent prendre un ticket. Quelques jours plus tard, 1 500 personnes se présentent aux guichets avec de fausses invitations, distribuées par les forains qui, conjointement, jettent des clous sur la bretelle d'autoroute permettant l'accès aux parkings.

L'exploitation sera à l'avenant de ces débuts catastrophiques : le mois de juillet, censé être le plus rentable, sera décevant à cause du mauvais temps (il fera une moyenne particulièrement basse de 15 °C). Les visiteurs se plaignent du manque de finitions des décors et attractions, des arbres rachitiques et du manque général de végétation, de la taille disproportionnée du parc qui les force à marcher longtemps entre les manèges, ou encore de la difficulté à arriver par les transports en commun (la gare de Cergy-le-Haut, reliant le nord de Cergy à Paris par le RER A, censée être en service à l'ouverture du parc, ne sera opérationnelle qu'en 1994). Annie Fratellini, qui avait installé son école de cirque dans un grand chapiteau à l'ombre de Gargantua, se retire du projet.

Après la première saison d'exploitation, on dénombre 20 millions de francs de pertes. Le Club Méditerranée prend le contrôle et remercie Anne Fourcade. On installe quelques nouvelles attractions, dont le Miralooping, montagnes russes aux huit boucles de 23 millions de francs, et surtout, on s'adjoint une seconde mascotte, après le Gargantua, le chanteur Carlos, présentant l'avantage d'habiter justement Courdimanche, de passer tous les jours aux « Grosses Têtes » et d'être légèrement moins encombrant que le géant. (Si, quand même.)

Rien n'y fera. Au bout d'une unique année d'exploitation, le club revend le parc à un groupement de forains présidé par Marcel Campion (tiens donc ?!), qui augmente immédiatement le prix d'entrée, ajoute une grande roue et dix autres attractions sensationnelles, invite Johnny à vanter les boucles du Miralooping devant les caméras de télévision, organise un combat de boxe entre l'Ougandais John Mugabi et le champion du monde français René Jacquot, qui se blesse au bout de quelques secondes de combat. Tous ces efforts seront vains, les entrées ne décollent pas et le déficit se fait toujours plus grand.

Le 20 octobre 1991, quatre ans à peine après l'inauguration, on referme les grilles de Mirapolis pour ne plus jamais les rouvrir. On oubliera bien vite ce parc, remplacé dès avril 1992 à Marne-la-Vallée par celui de la souris aux grandes oreilles. Les manèges sont vendus à la découpe et disséminés dans des parcs aux quatre coins de l'Europe, ne reste plus que l'immense statue de Gargantua, incongrue, assise au milieu des champs, regardant dans le vide, là où, autrefois, défilaient les gamins excités ou apeurés.

Avant d'être détruit à la dynamite, dans l'indifférence générale en 1995, le géant est resté pendant des années inutile, inquiétant, à quelques encablures de l'autoroute, fascinant un enfant quand il l'apercevait de la banquette arrière rouge de la Clio familiale.

Gaston

Si l'Inutile était un royaume, son prince serait Gaston, Gaston Lagaffe, créature merveilleuse de Franquin et employé du journal de Spirou. Il ne sert à rien, il rate tout, et tout ce qu'il entreprend échoue, tout ce qu'il essaye débouche sur une catastrophe. Parfaitement inutile, Gaston ? D'accord, mais toujours avec bonne volonté, sans méchanceté, sans agressivité, sans désir de vaincre. Gaston, l'antihéros par excellence.

Il est l'inventeur d'un marteau électrique permettant d'enfoncer un clou plus facilement, mais ce marteau électrique a un inconvénient : il se fixe lui-même avec deux clous. Il a déposé de nombreux brevets : une lampe de poche à énergie solaire qui n'a qu'un seul défaut, elle ne fonctionne qu'en plein soleil, une valise à roulettes et moteur électrique dont les piles et le moteur occupent quasiment tout l'espace de la valise, un ballon à retenir les gaz d'échappement qui asphyxient toutes les personnes au moment où l'on doit vider le sac, il est également l'inventeur de toutes sortes d'appeaux à taupes, à moustiques, à plombier-zingueur, à policiers.

La musique est une source d'inspiration pour Gaston, l'inventeur reconnu d'une trompette branchée sur échappement d'une moto ou sur une bouteille d'air comprimé, d'un trombone à coulisse électrique, d'un bus-accordéon ne jouant que dans les virages et, naturellement, d'un gaffophone (que Fantasio propose de baptiser « brontosaurophone »), « mammouthesque instrument de musique qui serait à la valse musette ce que le char Leclerc est au tourisme vert ». On ne peut pas mieux dire.

Gaston a infusé son anarchisme jusque dans la numérotation des albums[1].

Quand il apparaît dans le *Spirou* numéro 990, il répond à deux questions : « Qui êtes-vous ? Qu'est-ce que vous faites ici ? » Il répond « Gaston » à la première, « J'attends » à la seconde. C'est rare de se définir par son prénom, c'est révélateur de penser que Gaston, par son attitude, rejoint les plus grands penseurs de l'humanité et les personnages de Samuel Beckett.

1. L'album *Garre aux gaffes*, sorti en 1966, porte le numéro 1, alors qu'il est en fait le cinquième album de Gaston Lagaffe. L'album *Gaston*, datant de 1960 et ne portant pas de numéro, est en réalité le premier album de Gaston. Le *Gala de gaffes*, datant de 1963, serait bien le deuxième album mais est sorti trois ans avant le premier album. Vous avez compris ? Non ? Ça n'a aucune importance.

Gaston est un cousin de Pierre Richard, un petit-neveu de Stan Laurel. Héritier du slapstick, du cinéma burlesque, il ne s'exprime jamais aussi bien qu'avec six vignettes.

Les aventures de Gaston se goûtent comme autant d'haïkus comiques.

Gentillesse

« Sagesse, beauté et gentillesse ne font bouillir aucun chaudron », dit un proverbe de chez nous.

Si les sages du Conseil constitutionnel et les mannequins de l'agence Élite rient sous cape, les gentils, qui, eux, n'ont jamais réussi à faire un métier de leur trait de personnalité, ne savent trop quoi rétorquer. Et, en fait, les gentils s'en foutent, merci pour eux, ils ne sont pas susceptibles ; on peut dire devant eux que leur vertu est celle des faibles, des perdants, des minables, ils s'en tamponnent et gardent le sourire, toujours sympathiques et attentionnés. La fameuse réplique « Je n'aime pas dire du mal des gens, mais effectivement elle est gentille », continue de les faire rire de bon cœur lorsque quelqu'un la sort pour la énième fois devant eux, c'est dire s'ils sont conciliants.

On reconnaît les gentils à ce qu'ils prêtent volontiers leur parapluie quand il pleut, ne sont jamais avares en compliments rarement retournés et qu'ils saluent toujours les gens en les nommant par leur prénom. Ils envoient des fleurs pour les anniversaires, sourient aux enfants, rendent visite aux anciens et continuent d'écouter les hommes politiques en campagne.

Il arrive parfois que les gentils, pour une petite contrariété de rien du tout, un incident futile, un désagrément minime, entrent dans une rage folle. Alors, ils renversent la table, mordent une vieille dame, égorgent un chien et violent un policier.

« Il faut se méfier de l'eau qui dort », dit un autre proverbe de chez nous.

Girafe

Dans tous les pays il existe une jolie façon de dire que l'on n'en fout pas une rame : le Grec fait un trou dans l'eau, l'Américain visse une tornade, l'Allemand vole du temps au bon Dieu, l'Italien laboure la mer, le Roumain amène du bois en forêt et de l'eau à la fontaine, le Brésilien pince la fumée ou fait un nœud à une goutte d'eau.

En France, on peigne la girafe depuis Charles X, quand le bel animal fut offert au roi par le pacha d'Égypte, Méhémet Ali. C'était la première fois qu'une girafe foulait le sol français. Ça fit du bruit. La girafe fut l'objet de toutes les attentions, elle débarqua à Marseille en avril 1827 puis prit la route, accompagnée d'une escorte, pour arriver à Paris le 30 juin 1827. Le roi trépignait. Il voulait voir la girafe. « Pas question, fit Madame Royale, sa nièce, fille de Louis XVI, et qui ne rigolait pas avec le protocole, c'est à la girafe de se déplacer, pas à toi, tonton, t'es roi, quand même je te rappelle... » Le 9 juillet, la rencontre eut enfin lieu entre le roi et la girafe. La girafe portait un manteau brodé d'armoiries et était couronnée de fleurs. Elle happa quelques pétales de roses dans la main royale. Après la cérémonie, elle s'installa au Jardin des Plantes où pas moins de 600 000 visiteurs vinrent l'admirer.

La girafe devint tendance. Les femmes se coiffèrent à la girafe, les hommes nouèrent leurs cravates à la girafe.

Un gardien personnel fut attaché à cette girafe. Il n'avait rien d'autre à faire que garder la girafe. Quand ses supérieurs hiérarchiques soulignèrent que son travail était celui d'une grosse feignasse payée à rien foutre, le gardien répondit qu'il était occupé à peigner la girafe. L'expression est restée.

Alain Rey, dans son *Dictionnaire historique de la langue française*, ne confirme pas cette histoire : « La locution peigner la girafe équivaut à "faire un travail inutile ou fastidieux" ou "à ne rien faire". Son origine a été expliquée anecdotiquement mais elle provient plutôt d'une image érotique de masturbation, avec l'idée courante de *branler*, *glander*, ne rien faire. »

Associer l'image du cou de la girafe à la représentation de la masturbation devrait vous inciter à consulter dans ce présent dictionnaire l'article « Zizi (taille de) ».

Ainsi que l'écrivit Boris Vian dans *Vercoquin et le plancton* : « J'ai tellement peigné ma girafe qu'elle en est morte. »

La girafe de Charles X, elle, a été ravie à l'affection intéressée de son branleur de gardien le 12 janvier 1845.

Giscard

On se ramène les cheveux
Vers l'avant en les lavant
Pour que tout soit un peu
Comme avant

Alain Souchon,
« On s'ramène les cheveux », 2019.

Qu'y a-t-il de plus horrible que de perdre ses cheveux ?

[...]

Nous vous laissons quelques secondes de réflexion pour répondre à la question et déjà vous nous jugez hors-sol et dressez la liste de toutes les catastrophes que l'actualité nous a réservées ces derniers temps...

Bien sûr. Admettez cependant que si les tsunamis, les pandémies sont circonscrites dans le temps, la chute des cheveux, catastrophe intime, à portée de peigne, est inexorable.

Heureux ceux qui n'auront jamais à connaître la sensation qui prend au ventre la première fois qu'un ami, négligemment, vous fait remarquer que votre front a grandi depuis la dernière fois. Boum ! Explosion, onde de choc, blast. Lésions irréparables, et le Samu n'y peut rien. Jusque-là, on se l'était caché, on n'avait pas remarqué, on n'avait pas voulu voir, mais la réalité nous rattrape d'un coup : tôt ou tard, il vous faudra faire le deuil de cette arrogante crinière qui fait votre fierté, qui fascine le sexe opposé et que jalouse la concurrence. Puis, rapidement, monte l'angoisse... Quels seront vos atouts, désormais ?

Face à ce bouleversement, on réagit comme on peut : les radicaux devancent l'irrévocable et se rasent dare-dare le crâne, les dissimulateurs s'achètent légion de perruques et couvre-chefs, les fortunés se font faire des implants quand les poètes et les fauchés laissent négligemment faire, à la va-comme-je-te-pousse. Parmi cet éventail de possibilités données aux déplumés, il en est une qui mérite que l'on s'attarde dessus : le *comb-over* (dont la traduction littérale serait le « peigner par-dessus »), mot n'ayant pas de véritable équivalent en français mais que l'on nomme communément du nom de son plus célèbre représentant, ce qui donne « coiffure à la Giscard ».

Breveté en 1977 par Donald J. Smith, coiffeur floridien, et son père Frank, mais utilisé depuis des temps immémoriaux, le *comb-over* est un type de coiffure qui consiste à laisser des longueurs de cheveux sur un côté de la tête afin de les peigner de façon à répartir les mèches par-dessus la calvitie. L'effet peut être efficace dans un premier temps, mais devient risible quand les cheveux se font plus rares et que le crâne apparaît derrière les quelques lignes capillaires restantes. Le plus dur, pour le porteur de *comb-over*, est de se rendre compte de la limite, du moment où la coiffure devient ridicule. Car, jusqu'à quel point est-on capable de se mentir ?

Remarquons que de nombreux hommes politiques ont adopté cette coiffure, bien conscients que les foules ne se déplacent pas pour élire un homme chauve : Donald Trump, Bouteflika, le prince Charles d'Angleterre et Alexandre Loukachenko, président de la Biélorussie, entre autres... Si vous notez que ces hommes sont des conservateurs, attachés à un passé glorieux, un âge d'or qui semble leur filer, chaque jour un peu plus, entre les doigts, et que vous souhaitez faire un parallèle, libre à vous.

Glachaud

Gérard Mordillat est connu comme écrivain et cinéaste. Sa vraie passion, c'est la recherche. Il est ainsi l'inventeur du « glachaud », qui n'est autre qu'un glaçon permettant de réchauffer la soupe.

Graffiti

Comment faire passer ses idées quand on n'a pas son rond de serviette réservé à la tablée médiatique ? Facile. L'homme moderne s'exprime sur Internet. À travers des posts Facebook ou Instagram, des commentaires sur les journaux en ligne ou des tweets en 280 caractères. Cependant, ici et là résistent encore et toujours quelques irréductibles vandales qui, bravant l'interdit et le prix de l'amende, préfèrent aux murs virtuels ceux, concrets, de la rue.

Le graffiteur n'est pas nécessairement ce bas du front qui recopie partout son pseudo illisible comme le labrador marque son territoire. La page Tumblr *Graffitivre* permet à ses visiteurs d'imaginer un nuancier de portraits à travers les pensées décalées, salutaires souvent, laissées à même la pierre de nos villes. Voici un petit florilège de ces inventions murales souvent réjouissantes :

Un graffitteur qui sans doute préfère les plantes alimentaires au parti d'extrême droite est allé ajouter quelques lettres opportunes à un *Vive le FN* pour le transformer en un pacifiste *Vive le FeNouil.* Même technique pour un partisan de la restauration rapide qui a métamorphosé un graffiti nationaliste radical en un FLuNCh peut-être moins anxiogène mais plus cholestérolique.

Un mélomane, ennemi des vulgarités gratuites, précise (le groupe) après avoir écrit NTM.

Un gourmet zoophile suppose que *Vache qui rit, vache à moitié dans ton lit.*

Un homme a senti le besoin de célébrer un instant marquant de son vécu : *C'est exactement ici que j'ai appris que j'avais pas gagné au loto.*

Un anar contemporain met un slogan au goût du jour : *Ni Dieudonné, ni maître Gims.*

Un parent tête en l'air, qui peut-être a oublié de racheter des Post-It, écrit sur le muret face à la fenêtre de la cuisine : *Il y a des lasagnes dans le frigo.*

Un gérontophile refoulé indique qu'il ne *faut pas pousser Mémé dans les orgies.*

On trouve encore des propos d'un propagateur de fake new *: La ministre de la culture mange des grecs à châtelet* ; d'un inventif créateur d'insulte : *Ta mère elle boit l'eau des pâtes* ; d'une féministe ressentant le caractère éphémère du passage sur Terre : *La vie est trop courte pour s'épiler la chatte* ; d'une personne âgée en colère : *Rendez-nous Julien Lepers !* ; d'un électeur anachronique : *Giscard 2022* ; celui d'un ambitieux qui aurait presque réussi à écrire *Anticonstitutionnellement,* si hélas il n'avait pas oublier de doubler le l.

Mention spéciale pour un graffiteur, certes un peu familier, mais tellement bon fond : *Hollande, on t'en veut pas, tkt gros.*

Grasse matinée

Si le sommeil est la moitié de la santé, point trop n'en faut, semblerait-il : Christopher Depner, chercheur à l'université du Colorado et, à n'en pas douter, membre émérite de la déprimante conjuration des rabat-joie ascétiques, croit bon de dévoiler les résultats particulièrement contre-intuitifs de son étude sur le sommeil. Menée sur 36 adultes pendant 9 nuits, l'étude consiste à séparer les cobayes en trois groupes, un premier échantillon dormant 9 heures par nuit du lundi au dimanche, un second 5 heures et un troisième 5 heures du lundi au vendredi, et autant d'heures qu'il le souhaite les deux nuits du week-end. Tout content de ses résultats, le fâcheux Depner souhaite nous apprendre que les grasses matinées n'ont aucun impact positif sur le métabolisme et ne compensent en rien un manque de sommeil accumulé pendant la semaine. Et il ne s'arrête pas là ! Ne reculant devant aucun sacrilège, le déplaisant continue en affirmant que les longues plages de sommeil, en plus, donc, d'être inutiles, seraient dangereuses pour l'organisme puisqu'elles provoqueraient un décalage de l'horloge biologique qui entraînerait une augmentation de la présence de glucose dans le sang. Les grasses matinées mènent au diabète, donc à la mort.

Pour notre part, quitte à vivre en kamikazes, en têtes brûlées du quotidien, nous continuerons à nous accorder du rab sous la couette, des croissants au beurre pleins de cholestérol et de grands bols de café pour soigner notre tachycardie. Héroïques autant que courageux puisque informés.

Grenade

Un ami, récemment, dans le silence d'un bel après-midi provençal et en dehors de tout contexte, posa une question qui laissa son épouse confondue : « Sais-tu que chaque grenade contient le même nombre de grains ? »

Elle ne savait pas.

L'ami insista, sûr de son fait. « Oui, chaque grenade contient, exactement, le même nombre de grains. Pas un de plus, pas un de moins. »

C'est une information qui tout d'un coup permet de voir la vie autrement, qui, en pays gardois, certainement n'est pas anodine, bouleverse la tiédeur paresseuse d'une journée de printemps, qui fait rêver, qui laisse pantois, en bouche un coin.

On ne le savait pas. On le sait à présent : chaque grenade contient le même nombre de grains.

Seulement, quel est ce nombre ? C'est la question.

Certains pensent qu'il y aurait 365 grains dans une grenade, autant que de jours dans l'année. Dans ce cas-là, quelqu'un s'est-il donné la peine de vérifier que, les années bissextiles, les grenades renferment bien 366 grains ?

D'autres, des kabbalistes, soutiennent qu'il y en aurait précisément 613, le nombre des injonctions de Dieu à Moïse dans l'ensemble des cinq premiers livres de la Bible, autrement dit le Pentateuque.

La grenade contiendrait le même nombre de grains que ses semblables, seulement voilà, on n'est pas d'accord sur le nombre de grains.

Un jour de pluie ou de disponibilité ou de vacuité ou de soif de connaissance ou de refus de l'ignorance ou de passion pour le savoir ou de total désœuvrement ou de complicité amoureuse ou de confinement, notre couple ami de Provence s'est promis de se lancer dans ce projet fou, parfaitement inutile pour beaucoup, mais qui se propose de tordre le cou aux doctrines approximatives, aux on-dit, aux rumeurs rurales : acheter des grenades, les éplucher puis, laborieusement, sérieusement, effectivement, compter les grains des grenades afin de vérifier ou de contester cette phrase si poétique, si incongrue, si étonnante, prononcée un beau jour en région Occitanie, dans un mas provençal, et qui ouvre des perspectives infinies : « Sais-tu que chaque grenade contient le même nombre de grains ? »

Grosse bouteille (la)

Il doit être content Robert, on lui a conservé sa bouteille. Pas n'importe laquelle, celle qu'il avait prise en photo, il y a de cela soixante ans sur le boulevard Richard-Lenoir.

La grosse bouteille est toujours là, elle n'est plus recouverte d'appel à boire du Picon, elle est devenue toute rouge, mais elle est toujours là.

Il a été question qu'elle disparaisse, figurez-vous. On restructurait le quartier, on réaménageait le secteur.

Où est passé Paris ma Rose, chantait Henri Gougaud, *Paris sur Seine la bouclée / Sont partis emportant la clé / Les nonchalants du long des quais / Paris ma rose...*

Les écolos sont montés au créneau. Quand même marrant, paradoxal si vous préférez, de penser que ce sont ceux qui, généralement s'opposent aux publicités, notamment quand elles sont monumentales qui ont défendu la grosse bouteille. Ah, l'apéritif Picon ! Toute une époque ! C'est ce que Pagnol faisait servir à César-Raimu, au bar de La Marine. Petit cours de Picon-citron-curaçao : « Approche-toi, tu mets d'abord un tiers de curaçao. Fais attention un tout petit tiers. Bon. Maintenant, un tiers de citron. Un peu plus gros. Bon. Ensuite, un bon tiers de Picon. Regarde la couleur. Regarde comme c'est joli. Et à la fin, un grand tiers d'eau… – Et ça fait quatre tiers, s'étonne Marius. Dans un verre, il n'y a que trois tiers. – Mais imbécile, répond César, l'impérial, de Marseille, ça dépend de la grosseur des tiers. »

Et le Picon, c'est aussi *Un singe en hiver* et les beuveries de Gabin, Belmondo face à Paul Frankeur, récalcitrant patron du bistrot : « Si la connerie n'est pas remboursée par les assurances, vous finirez sur la paille. » Picon, c'est de la gentiane et du quinquina, c'est du macéré dans l'alcool et le caramel, c'est du trempé dans le Paris des faubourgs, des grisettes et des cheminots, c'est imbibé de mélancolie.

Deux mètres de haut, pile à l'angle de la rue Moufle et du boulevard Richard-Lenoir, repeinte, mais toujours un repère, un emblème, un totem, la grosse bouteille. La preuve ? Une pétition initiée par Frédéric Winter, Emmanuelle Colboc, Jérôme Nicot, Myriam Szwarc, a été signée par 5 561 personnes, envoyée au maire du 11e arrondissement. « Monsieur le Maire, gardez-nous un morceau de notre mémoire du quartier. Cette grosse enseigne, c'est un petit peu de Las-Vegas-sur-Seine, un peu de pittoresque, une respiration urbaine sur une jolie avenue aux alignements stricts. »

« Un petit peu de Las-Vegas-sur-Seine », c'est peut-être exagéré, mais le maire du 11e arrondissement a donné satisfaction aux pétitionnaires. C'est pas tous les jours, quand on est aux responsabilités, de pouvoir calmer des forts en gueule. Augmenter le pouvoir d'achat, diminuer les impôts, c'est pas trop possible, mais sauver la grosse bouteille, c'est dans l'ordre de l'envisageable.

La grosse bouteille, à nouveau, pourra dominer de sa superbe, quelque part dans le quartier, peut-être dans le futur jardin, on verra...

En revanche, le bar qui était en dessous sera détruit. Fini le temps pour les habitués du quartier d'aller boire un Picon-bière au zinc de La Grosse Bouteille. Terminé, on ferme. Par ailleurs, Starbucks, qui comptait 124 établissements en 2016, vise les 250 établissements en 2020.

Dans le fond, il ne doit pas être si content le Doisneau, Robert de son prénom, même si on lui a conservé sa bouteille...

Où est passé Paris que j'aime ?
Paris que j'aime et qui n'est plus[1].

1. « Paris ma rose » d'Henri Gougaud.

Guichard, Olivier (1920-2004)

Olivier Guichard, grand officier de la Légion d'honneur, médaillé de guerre, Croix de guerre 1939-1945, chef de cabinet du général de Gaulle, plusieurs fois ministre d'État, député de la 7e circonscription de la Loire-Atlantique, président du conseil régional des Pays de la Loire, baron du gaullisme, maire de La Baule, taillé comme un menhir et grand admirateur des albums de la Comtesse, confia au journaliste Louis-Marie Horeau du *Canard enchaîné* que dans chacun de ses discours, notamment ceux qu'il fit en tant que garde des Sceaux, il glissait une contrepèterie, formule pour nous encoller.

Jolie réminiscence d'un esprit espiègle, farceur, dernière résurgence d'une effronterie joyeuse derrière le costume croisé d'un monsieur officiel, décoré, respectable.

À l'occasion d'étés pluvieux, de sombres soirées, de retraites esseulées, penser à relire tous les discours d'Olivier Guichard afin d'y débusquer sa part de malicieuse enfance.

Guitare de Tino (la)

Certes, Tino Rossi ne jouait pas de la guitare comme Django ou Narciso Yepes.

Certes.

Une oreille à peine éduquée trouverait facilement des différences entre le doigté d'Eric Clapton et celui de Tino qui ignorait tout du picking, des indications *upstroke* et *downstroke*, de la figure rythmique du sextolet.

Certes.

Tino jouait de la guitare comme on époussette son ventre après un bon repas, distraitement, machinalement, indolemment.

La guitare de Tino, surtout, donnait une contenance au créateur du « Plus beau tango du monde », lui permettait de ne pas avoir les bras ballants. Tino, jamais, n'a inclus de cascade dans son jeu de scène. L'exubérance n'était pas sa signature.

Quand on lui demandait quelles étaient les qualités indispensables pour devenir chanteur, le roucouleur d'Ajaccio répondait : « Soit il faut beaucoup travailler, comme Yves Montand, soit il faut avoir le don, comme moi. »

Tino n'avait pas exagérément travaillé sa guitare. Pourquoi se compliquer la vie ? Pourquoi, à quatorze heures chercher midi ? Alors que le ciel est bleu, que la mer est belle, que les filles sont bronzées, la Corse magnifique et courte la vie.

C'est le temps des beaux jours
Oui, oui, oui
C'est le temps des guitares
Le temps des filles et de l'amour[1].

---

1. « Le temps des guitares », interprétée par Tino Rossi, paroles de Raymond Vincy, musique de Francis Lopez (© Les Nouvelles Éditions Meridian – 1963).

Harpo

« Ce serait même inutile de vous dire à quoi je ressemble ; de toute façon, vous ne me reconnaîtriez point », Harpo Marx, *Harpo et moi*.

Hésitation

Difficulté de rédiger un ouvrage comme celui que vous tenez entre les mains. Vous tombez sur une phrase de Peter Sellers : « La conversation et la télévision se placent au même niveau que la lune de miel, c'est inutile. »

Vous vous dites que, naturellement, cette citation a toute sa place dans ce dictionnaire. Seulement sous quelle entrée ? Conversation ? Télévision ? Lune de miel ? Sellers Peter ?

Vous hésitez...

Heure miroir

Nous sommes tous devenus des employés des chemins de fer. Jadis, quand on vous demandait l'heure, vous répondiez « Huit heures et des brouettes, trois heures et des poussières, presque minuit ». Aujourd'hui, à l'heure du numérique et des téléphones portables, on répond « Huit heures zéro deux, quinze heures trois, vingt-trois heures cinquante-neuf ».

C'est ainsi qu'à notre ponctuelle époque est apparue l'heure miroir. Une heure miroir est une heure dont les chiffres reviennent deux fois. Vous cherchiez la liste exhaustive des heures miroir ? Votre dictionnaire préféré vous en fait cadeau, sans supplément pécuniaire. La voici : 01 h 01, 02 h 02, 03 h 03, 04 h 04, 05 h 05, 06 h 06, 07 h 07, 08 h 08, 09 h 09, 10 h 10, 11 h 11, 12 h 12, 13 h 13, 14 h 14, 15 h 15, 16 h 16, 17 h 17, 18 h 18, 19 h 19, 20 h 20, 21 h 21, 22 h 22[1], 23 h 23, 00 h 00.

Voir apparaître une de ces heures sur l'écran de son téléphone tient du hasard. Il n'en fallait pas plus pour que tous les escadrons d'ésotériques en tous genres cherchent des significations diverses.

Nous ne vous apprendrons rien en vous disant que nous avons tous un ange gardien qui volette derrière l'épaule et qui veille sur nous. Il communique généralement à travers les rêves mais aussi grâce à l'heure miroir.

À 00 h 00, votre ange gardien vous dit que « vous avez la chance de recommencer de zéro » (en effet une nouvelle journée débute), et que « vous devez faire un choix » (rester dans ce bar borgne ou rentrer chez vous, car il serait temps).

---

1. Par ailleurs, le titre d'un spectacle chanté réunissant Lucrèce Sassella, Antoine Sahler et Guillaume Lantonnet.

À 01 h 01, l'ange gardien vous dit qu'« une personne de votre entourage vous aime ». (Une seule personne qui vous aime dans votre entourage... C'est pas beaucoup. C'est déjà ça. Vous reprenez un verre.)

À 02 h 02, « une ou plusieurs personnes de votre entourage vous cachent quelque chose ». (Ce quelque chose est la clef de votre voiture car, selon votre copain de boisson, vous n'allez quand même pas conduire dans un état pareil.)

À 03 h 03, l'ange gardien vous prévient : « Une personne de votre entourage a un problème avec vous, voire vous hait. » (Peut-être, et votre ange n'en fait pas mention, avez-vous eu tort de fracasser une bouteille de whisky sur la tête de cet ami qui tentait civiquement de vous empêcher de prendre le volant.)

À 04 h 04, votre ange gardien vous conseille la vigilance. Selon lui, « un danger vous guette ». (Vous avez en effet réussi à récupérer la clef auprès de votre ami qui souffre d'un traumatisme crânien. Vous tombez dans un coma éthylique.)

À 05 h 05, « ne vous posez plus de question, cette personne à qui vous pensez vous aime ». (Cette personne est un médecin urgentiste, elle vous a apporté les premiers soins et vous accompagne au plus proche hôpital.)

À 06 h 06, votre ange gardien sait trouver les mots consolateurs : « Vous comptez beaucoup pour un être. » (Un moustique qui a réussi à entrer dans votre chambre d'hôpital vous observe avec gourmandise.)

À 07 h 07, « vous êtes aimé de l'être avec qui vous êtes ». (Vous êtes en effet aimé de ce moustique qui s'est concentré sur votre oreille gauche.)

À 08 h 08, selon votre ange gardien, « vous devez vous méfier ». (La personne frappée par une bouteille de whisky vient de se réveiller, assez marrie de votre attitude.)

À 09 h 09, votre ange gardien vous promet « une grande amitié qui se profile à l'horizon ». (Le moustique, tranquillement, sur votre oreiller, marche en direction de votre oreille droite.)

À 10 h 10, « un être vivant semble tomber amoureux de vous ». (Le moustique, repu, a dû mal à se déplacer tant vous l'avez rassasié. Ah moustique, quand tu nous tiens !)

À 11 h 11, « vous l'aimez trop, vous êtes trop dépendant affectivement », susurre votre ange gardien. (Vous pensez en effet à votre penchant pour l'alcool.)

À 12 h 12, « c'est le moment de faire un vœu, il va se réaliser ». (Quitter cet hôpital.)

À 13 h 13, « vous pouvez avoir confiance, votre souhait va se réaliser », annonce votre ange gardien. (Oui, mais quand ?)

À 14 h 14, « n'abandonnez pas, persévérez », vous encourage votre ange gardien. (Ainsi que l'infirmière qui a glissé sous votre siège un bassin de lit avec poignée.)

À 15 h 15, « il ressent encore quelque chose pour vous ». (Après une sieste réparatrice, le moustique amoureux revient vers vous.)

À 16 h 16, « une personne que vous ne soupçonnez pas vous aime en cachette ». (L'amour n'est pas toujours réciproque. Vous écrasez ce moustique.)

À 17 h 17, « vous avez un problème à régler avec qui vous vous êtes disputé ». (Vous repensez à cet ami dont vous regrettez déjà [vous n'êtes pas méchant bougre] d'avoir fracassé le crâne avec une bouteille de Johnny Walker.)

À 18 h 18, « votre vœu va se réaliser ». (Vous allumez le téléviseur pour regarder « Questions pour un champion ». On vient vous prévenir assez brutalement qu'il faudrait libérer votre lit, *fissa*. Ce n'est pas ce que vous vouliez ?)

À 19 h 19, « ayez plus de confiance », vous dit votre ange gardien. (Encore un peu groggy, vous rejoignez votre domicile.)

À 20 h 20, « quelqu'un pense à vous », vous chuchote à l'oreille votre ange gardien. (Vous en déduisez que votre copain avec qui vous avez eu un différend n'est pas décédé.)

À 21 h 21, « n'hésitez pas à faire le premier pas », conseille l'ange gardien. (Vous laissez un message sur le répondeur de l'ami de bistrot « Je m'excuse ».)

À 22 h 22, « la personne à qui vous pensez va vous appeler ». (Votre ami, au crâne fracturé, vous demande de le rejoindre dans le bar borgne où vous vous étiez donné rendez-vous la veille.)

À 23 h 23, « une personne a besoin de vous. » (Votre ami a mal à la tête, par ailleurs, il a oublié son portefeuille. C'est du donnant-donnant et l'occasion d'effacer le malentendu de la nuit précédente. Vous payez votre tournée.)

À 00 h 00, votre ange gardien vous dit que « vous avez la chance de recommencer de zéro » (en effet, une nouvelle journée débute), et que « vous devez faire un choix » (rester dans ce bar borgne ou rentrer chez vous, car il serait temps).

...

Histoires drôles

L'humanité est divisée en deux catégories : ceux qui connaissent des histoires drôles et ceux qui n'en connaissent pas.

En réalité, ceux qui n'en connaissent pas, en cherchant un petit peu, se souviennent d'une seule histoire qu'ils racontent jusqu'à épuisement.

L'humanité est donc divisée en deux catégories : ceux qui nous épuisent à raconter des histoires drôles et ceux qui nous fatiguent en racontant toujours la même.

Contrairement à l'*Iliade* et l'*Odyssée*, les histoires drôles ne sont pas fondatrices de la littérature grecque antique. L'histoire du monsieur fan de cunnilingus mais qui n'a que cinq euros en poche, celle du couple de Belges qui veut être accompagné sur les pistes par le même moniteur de ski que l'année précédente, celle du Français, de l'Anglais et de l'Américain qui se retrouvent dans un avion en flammes ne présentent pas à proprement parler des abymes de profondeur, cependant elles questionnent, elles interrogent, elles fascinent : comment naissent-elles ? Qui les invente ? Qui les propage à la vitesse de l'éclair ?

Un écrivain fameux, appelons-le Daniel P., rêva un temps d'écrire une pièce de théâtre qui raconterait la vie d'une fabrique d'histoires drôles remplie d'employés en blouses grises ayant chacun sa fonction, sa spécialité, celui qui les démarrerait, celui qui les déploierait, celui qui les alimenterait, celui qui apporterait les mille détails qui vont la crédibiliser, la rendre plus originale... Au bout de la chaîne, il y aurait celui considéré comme l'aristocrate de la profession, le poète, l'inventeur, celui qui réussit à donner tout son sel, tout son sens à l'histoire drôle, celui vers qui le travail de tous les autres se tend : le chutiste.

Le chutiste aurait été l'inventeur de répliques définitives : « Mais monsieur, ici, c'est une boucherie ! » ; « C'est pour mieux se coucher dans les virages ! » ; « C'est le seul qui donne des graines aux avions ! ».

Le chutiste, on le voit, ferait une grande consommation de points d'exclamation.

L'écrivain illustre, appelons-le D. Pennac, n'a toujours pas mis son projet théâtral à exécution, mais, régulièrement, divertit ses amis en l'évoquant.

L'histoire drôle rassure. Elle a tendance à nous faire passer pour plus malin, plus généreux, plus cultivé que nous ne le sommes. Au détriment des blondes, des Belges, des Écossais, des Américains... Les histoires drôles se soucient assez peu de l'évolution des mentalités, parient peu sur un changement de société. Généralement, les hommes ne pensent qu'à boire des bières et à faire l'amour, les femmes à faire des emplettes et se maquiller.

Mais parmi les histoires drôles, il y a les « histoires à bides », les meilleures, les plus belles, les plus ahurissantes, les plus singulières, celles qui émerveillent à force d'être navrantes, celles qui étonnent à force d'être affligeantes, celles qui soudent les vrais amis.

Voici un exemple d'histoire à bide...

« C'est un petit cirque qui un beau jour s'installe en banlieue de Paris. Parmi les artistes, il y a deux sœurs siamoises, Micheline et Madeleine. Après le spectacle, pour s'amuser un peu, elles montent à la capitale. Elles vont au Moulin Rouge puis après le spectacle décident d'aller boire un verre dans une boîte de nuit. Là, un homme aborde Micheline. Le courant passe entre eux. L'homme, appelons-le Jean-Claude, est beau, cultivé, passionnant, Micheline est sous le charme. Au bout de plusieurs danses, tandis que Madeleine, bien obligée, suit le mouvement, un peu à contrecœur, Micheline lui dit : “Il voudrait m'emmener chez lui. Je suis un peu gênée vis-à-vis de toi, qu'est-ce que je fais ?” Madeleine, bonne fille, lui dit : “Je t'en prie, fais-toi plaisir, ne t'occupe pas de moi.” Jean-Claude emmène Micheline, et par conséquent Madeleine, chez lui. Toute la nuit, Micheline et Jean-Claude font l'amour, tandis que Madeleine, pour se désennuyer un peu, attrape un magazine, commence par faire les mots-fléchés, puis saisit un cor de chasse posé par hasard sur la descente de lit et se met à souffler dedans de toutes ses forces, jusqu'au bout de la nuit d'amour de Micheline et Jean-Claude.

« Quelques années plus tard, le même cirque repassant dans la région parisienne, les deux sœurs décident d'aller se promener à Paris.

« Par hasard, elles se retrouvent devant l'appartement de Jean-Claude… L'une dit à l'autre : "Et si on allait lui dire bonjour ?"

« L'autre répond : "Tu crois qu'il se souviendra de nous ?" »

Horoscope

Pour se souvenir du passé, il suffit de lire des livres d'histoire ou simplement d'ouvrir le journal de la veille. Pour connaître l'avenir, on peut avoir recours à la boule de cristal si l'on est voyant, au marc de café si l'on est adepte de la cafédomancie, à l'horoscope si l'on est lecteur de ces magazines qui ne font pas exagérément mal à la tête.

Aujourd'hui, par exemple, l'aspect de Mars influe comme ce n'est pas permis sur les natifs des Gémeaux. « La passion est au rendez-vous provoquant un regain d'enthousiasme, mais entraînant aussi un certain risque de disputes. » L'horoscope est malin, il ménage et la chèvre et le chou, la chèvre remariée et le chou célibataire, la chèvre délaissée et le chou en instance de divorce, la chèvre amoureuse et le chou au cœur d'artichaut.

L'horoscope est généralement de bon conseil. Il dit par exemple de ne pas jeter de l'huile sur le feu, ce qui, tout le monde en convient, est toujours périlleux. Il invite à ne pas jeter le bébé avec l'eau du bain. Il n'a pas tort, l'infanticide étant encore sévèrement condamné dans pas mal de régions du monde.

L'horoscope tente de rassurer. « Ne vous tracassez pas pour votre santé, dit-il. C'est de repos que vous avez le plus grand besoin actuellement. » L'horoscope sait être généraliste et abscons. « Le secteur argent pourra subir quelques influences astrales ambiguës. »

Voilà bien, en quelques mots choisis, le rapport de chacun à l'argent : des influences astrales ambiguës, notamment en période de soldes.

Concernant le travail, il pense que l'efficacité sera bien vue et appréciée des supérieurs, si le terrain est bien préparé. On n'est pas loin de penser que l'horoscope pourrait suggérer que l'inefficacité, la paresse, la torpeur seraient à même de déplaire aux supérieurs hiérarchiques, quelle que soit, d'ailleurs, la façon dont le terrain aura été préparé.

L'horoscope n'est pas seulement merveilleux pour prévoir l'avenir. Il permet de se rappeler comment, hier, l'avenir était envisagé, cet avenir qui au bout d'un moment, comme par enchantement, est devenu du présent, puis du passé.

Les prédictions 2017 déposées le 5 janvier 2017 par un fameux voyant, Ethan Maure, détaillent la présidentielle à venir. Manuel Valls fera une campagne qui sera classique sans être exceptionnelle. Il profitera des maladresses de ses concurrents pour accéder à l'Élysée tandis que l'émulation autour d'Emmanuel Macron retombera comme un soufflé. C'est ce qu'on appelle « avoir le nez fin ».

Élizabeth Tessier, que le président Mitterrand consultait, notamment, pour ses vertus d'astrologue, prévoyait que 2011 serait pour DSK « une année géniale et qu'à 62 ans, c'était l'année de sa vie ». On peut dire que 2011 a été l'année de la vie de DSK puisque ce fut celle du Sofitel de New York, de sa rencontre avec Nafissatou Diallo, des menottes, de son séjour à la prison de Rikers Island, de son inculpation de sept chefs d'accusation, de son placement en résidence surveillée, de son bracelet électronique, des transactions financières et de son éviction de la présidentielle 2012, mais c'est difficile de soutenir que cette année fut « géniale ».

L'horoscope est une source permanente d'hilarité, pour les sceptiques.

Humanity Star

Pour peu qu'on ne soit pas gérant d'un Hyper U, il est fort agréable de constater la nette diminution des immenses panneaux publicitaires aux entrées des villes et sur nos routes de campagne[1]. Si les marchands ont perdu une bataille, ils n'ont pas perdu la guerre, et il existe bien d'autres arènes à explorer.

En 1993, la société américaine Space Marketing a proposée de lancer en orbite terrestre basse un panneau luminescent d'un kilomètre carré sur lequel des marques pourraient faire apparaître leur logo, moyennant finances, dans le ciel étoilé. Imagine-t-on le nombre de potentiels clients exposés à une pub en lévitation autour de la Terre ? Alerté par la teneur du projet, un député du Massachussets, Ed Markey, a fait passer une loi pour interdire toute publicité importune, c'est-à-dire « capable d'être reconnue par un être humain depuis la surface de la Terre sans l'aide d'un télescope ou autre outil technologique ». La notion de publicité *importune* étant, comme dans toute loi bien faite, suffisamment floue pour laisser place à interprétations et détournements, les publicitaires et marchands en tous genres en ont pris leur parti.

1. Grâce, notamment, à l'association Paysages de France qui mérite remerciements et soutien.

Depuis quelques années, se développe une nouvelle forme de publicité qui consiste à envoyer son logo dans l'espace pour réussir à en saturer un autre, médiatique celui-ci. Des marques sponsorisent fusées, vaisseaux spatiaux et vêtements d'astronautes en échange de logos bien visibles, Redbull fait sauter un homme de la stratosphère, Elon Musk envoie sa voiture Tesla se balader dans les étoiles, Alain Ducasse et Thierry Marx concoctent des plats pour les soirs de fête de Thomas Pesquet à bord de l'ISS, la start-up japonaise ispace veut même installer un panneau publicitaire sur la Lune.

Un soir d'été, quand il fera bon, vous prendrez votre vélo Decathlon et, votre être aimé sur le guidon, vous quitterez la ville et ses lumières. Il faudra faire une bonne dizaine de kilomètres, traverser la banlieue. Vous passerez par la zone commerciale, le Auchan, le Burger King, le Babou, Alinéa. Puis, à droite, la RN 324, c'est une jolie route bordée d'arbres, et, trois kilomètres après la station Total, vous laisserez votre vélo sur le bas-côté. Vous allumerez la lampe torche sur votre iPhone et vous enfoncerez dans les bois, main dans la main. Au bout du sentier, il y aura une clairière aux herbes argentées par la lune. Plus de bruit, hors le vent dans les arbres et les oiseaux de nuit. Dans l'obscurité, vous étendrez une couverture pour contempler les étoiles. Avec un peu de chance, vous pourrez voir passer l'*Humanity Star*, une boule à facettes géante qui tourne et scintille tout autour de la Terre, lancée par la société néo-zélandaise Rocket Lab pour se faire de la publicité.

Satellite's gone up to the skies
Things like that drive me out of my mind
I watched it for a little while
I like to watch things on TV

Satellite of love
Satellite of love
Satellite of love
Satellite of[1]...

La modernité apporte parfois ses moments de grâce, il suffit de chercher.

1. Lou Reed (paroles et musique), « Satellite of Love », Emi Music Publishing France.

Idiot du village

Hier, dans chaque village, il existait un maire, un curé, un instituteur, un boulanger, un boucher, un bedeau, un sacristain, des citoyens de toutes sortes, des jeunes filles à marier, des garçons en bonne santé, quelques anciens combattants et un idiot du village.

L'idiot du village riait bêtement. Il se mettait les doigts dans le nez, parfois se masturbait un petit peu à côté du lavoir. Il était connu de tous. Les enfants, les jours de désœuvrement, lui jetaient des pierres. Parfois, pour les foins ou les vendanges, il donnait un coup de main. On l'appelait Jeannot, Nunu, Jojo, Popaul... Il servait surtout à montrer la fragilité de la nature humaine. On n'avait pas l'idée de mettre en avant le droit à la différence puisque la différence était sous nos yeux, évidente comme un reproche, honteuse comme un péché, obsédante comme la mauvaise conscience. L'idiot était là pour garder la part d'enfance, la folie, quelques rêves, le handicap que chacun peut ressentir face au bonheur de vivre.

Un idiot du village vivant seul à l'écart du bourg dans une maison sans frigidaire, sans congélateur, s'était levé un jour avec l'idée d'acheter une trentaine de kilos de viande chez le boucher afin de passer l'été. Sans discuter, le boucher qui lui avait vendu la bidoche avait fait une bonne affaire ce matin-là. Croyez-vous que le joli temps passé était plus clément aux innocents ?

Ig Nobel

Non. Vraiment. La table de Mendeleïev ne s'achète ni chez Ikea, ni à La Redoute, ni nulle part ailleurs. Et un photon n'est vraiment pas un poisson de contrebande. Arrêtez d'insister, vous êtes ridicule.

Avouez-le, les sciences, ça n'a jamais trop été votre truc. Bien trop absconses, trop cadrées et rigides pour votre esprit rêveur. Les équations, les formules chimiques, la structure de l'ADN, tout ça, ça vous passe loin au-dessus.

Le sujet d'étude qui vous intéressait, en classe, c'était plutôt les fesses de Sophie, la poitrine de Julie, la bouche de Leila[1]. Une fois ou deux, le prof de SVT vous a bien sorti de vos contemplations, le temps d'ouvrir le ventre de quelques grenouilles, mais vous vous rendiez vite compte que l'anatomie des amphibiens était bien moins admirable que celle de vos camarades, et vous retourniez à vos prospections.

Les scientifiques, parfois, ont un humour désolant qui ne fait rire qu'eux. Ils ressemblent en cela aux animateurs de la télévision. Il faut les voir, lorsqu'ils se croisent en blouses blanches dans leurs congrès d'un ennui mortel, se piquer d'en raconter une pour tenter d'ambiancer le

1. Ou, si vous préférez, les biceps de Kevin, les cuisses de Romain, le savant négligé de Bertrand...

coin. « Combien faut-il de mathématiciens constructivistes pour changer une ampoule ? Aucun. Ils ne croient pas aux rotations infinitésimales. » Lol.

Un lecteur qui n'aurait connu ni Sophie, ni Julie, ni Leila[1]*, qui rigolerait de bon cœur aux blagues de matheux ou qui se passionnerait pour les entrailles de grenouilles pourrait trouver ce texte un peu déplacé, hors sujet, ou même partial. Ne passez pas tout de suite à l'article suivant, ne brûlez pas ce livre, arrive l'antithèse :*

De grâce, détrompez-vous ! La science aussi peut être accueillante et drôle. Poésie, loufoquerie existent bel et bien chez le scientifique, le laborantin, le professeur ou le chercheur. Pour preuve, le prix Ig Nobel, une cérémonie qui a lieu au Sanders Theatre de l'université de Harvard et qui récompense, dans dix domaines variés et fluctuants, les études, publications ou expériences scientifiques les plus insolites ou, oserons-nous dire, les plus inutiles de l'année.

Quelques-uns des lauréats depuis la première cérémonie de 1991 :

Un *prix de Psychologie* est décerné, en 1995, à S. Watanabe, J. Sakamoto et M. Wakita, de l'université de Keio (Japon), après qu'ils eurent appris à des pigeons à différencier l'art de Picasso et celui de Monet.

K. Kruszelnicki, auteur et animateur télévisé scientifique australien, reçoit, en 2002, un *prix de la Recherche interdisciplinaire* pour son enquête fouillée sur les poils de nombril.

En 2004, S. Stack et J. Gundlach (USA) sont récompensés d'un *prix de Médecine* pour leur rapport publié sur *L'Effet de la musique country sur le suicide*, quand B. Wilson (Canada), L. Dill (Canada), R. Batty (Écosse), M. Wahlberg

1. Ni Kevin, ni Romain, ni Bertrand.

(Danemark) et H. Westenberg (Suède), reçoivent le *prix de Biologie* grâce à leur démonstration de la communication des harengs au moyen de pets.

V. Benno Meyer-Rochow, de l'université de Brême (Allemagne) et J. Gal, de l'université Loránd Eötvös (Hongrie), après avoir évalué la pression à l'intérieur des manchots pendant la défécation, reçoivent le *prix de Dynamique des fluides* en 2005.

Un *prix de Chimie* est attribué en 2007 à M. Yamamoto, de l'International Medical Center of Japan, pour avoir développé une méthode d'extraction de la vanilline (arôme et parfum de vanille) à partir de bouse de vache.

En 2016, A. Shafik (Égypte) reçoit le *prix de Reproduction* pour son étude des effets bénéfiques ou non du port de pantalon en polyester, coton ou laine sur la vie sexuelle du rat et de l'Homme.

T. Persson, G. Sauciuc et E. Madsen, sont récompensés en 2018 d'un *prix d'Anthropologie* après qu'ils ont montré que, dans un zoo, les chimpanzés imitent les humains presque aussi bien et souvent que les humains imitent les chimpanzés.

Un *prix d'Anatomie* est décerné en 2019 à R. Mieusset et B. Bengoudifa, pour leur étude comparée de la température des testicules chez les postiers et chauffeurs de bus français.

Certains lauréats ont été discrédités par la communauté scientifique, comme Jacques Benveniste et sa théorie de la mémoire de l'eau. On a le droit, par contre, de regretter que d'autres n'aient pas plus été pris au sérieux. En 2009, E. Bodnar, R. Lee et S. Marijan ont reçu un *prix de la Santé publique* pour avoir inventé un soutien-gorge pouvant rapidement être converti en masque protecteur aux normes FFP2.

Imprimante 3D

Selon certains, l'apparition de l'imprimante 3D est vouée à changer la face du monde, au même titre que la roue, l'ampoule électrique et le climatiseur, puisqu'elle permettra potentiellement à tout un chacun de fabriquer et reproduire, seul, n'importe quel objet avec une précision de qualité industrielle.

Bien sûr, son prix trop élevé l'empêche aujourd'hui de véritablement se démocratiser, mais il est déjà possible de découvrir les travaux des premiers éclaireurs, défricheurs et pionniers de ce nouveau monde qui nous est promis un jour ou l'autre :

Sur son site *Unnecessaryinventions.com*, Matt Benedetto présente les objets qu'il a créés avec son imprimante 3D pour le mieux-être de l'humanité. Il est possible d'y découvrir, pêle-mêle, des minicasques de chantier pour gros doigt de pied (afin d'éviter les chocs quand on marche pieds nus), un rideau qui se place devant la bouche quand on mange et qui s'attache en le clipsant dans le nez (pour ne pas être inconvenant si vous mangez la bouche ouverte), un extenseur de doigt en plastique et silicone qui se place au bout du doigt (et permet avantageusement d'en tripler la longueur pour divers usages), un rouleau à poils de chien à passer sur vos vêtements (pour faire croire à vos amis que vous avez un animal de compagnie), un cadran alphabétique rotatif à brancher au téléphone (pour écrire ses textos comme dans les années 60), une paire de lunettes à triple prisme permettant de regarder derrière soi, ou encore de magnifiques minidérouleurs à papier-toilette montés en boucles d'oreilles (pour les pleureurs assidus).

On ne peut pas dire que l'avenir ne s'annonce pas radieux.

Incipit

L'incipit est la ou les premières phrases d'un roman. Celles qui donneront le ton, la direction, c'est le premier coup de pédale du voyage, celles qui doivent donner envie au lecteur. « Longtemps je me suis couché de bonne heure », « J'avais vingt ans. Je ne laisserai personne dire que c'est le plus bel âge de la vie », « Aujourd'hui maman est morte. Ou peut-être hier, je ne sais pas », « Ça a débuté comme ça », « Doukipudonktan, se demanda Gabriel excédé », « Au commencement, Dieu créa le ciel et la terre ». On en connaît de fameuses, il en existe d'autres.

Scott Rice, universitaire américain pas trop débordé, semble-t-il, s'est mis en tête de découvrir l'auteur qui avait, le premier, écrit en ouverture de son roman : « C'était par une nuit sombre et orageuse. » Reprise et popularisée par le Snoopy de Charlie Schulz, la phrase est devenue un cliché de l'écriture débutante, naïve et infantile.

Après de laborieuses recherches dans les bibliothèques universitaires du pays, Rice a retrouvé, selon lui, la plus ancienne occurrence de cette phrase dans le roman *Paul Clifford*, paru en 1830 et écrit par l'auteur anglais Edward George Bulwer-Lytton – que nous vous traduisons ici : « C'était par une nuit sombre et orageuse ; la pluie tombait à torrents – excepté pendant d'occasionnels intervalles, quand elle était contenue par une violente rafale de vent qui balayait les rues [car c'est à Londres que notre scène se déroule], vibrant le long des toits, et agitant violemment les vacillantes flammes des lampes qui luttaient contre l'obscurité. »

Malheureusement pour la renommée de Bulwer-Lytton (qui, dit-on, avait plus de succès, de son vivant, que son contemporain Charles Dickens), l'université de San José, en Californie, a décidé de créer un concours récompensant le plus mauvais incipit de roman ou de nouvelle de l'année, et a choisi de nommer son concours en l'honneur de l'écrivain victorien.

Depuis 1983 se tient donc, tous les ans, le *Bulwer-Lytton Fiction Contest*, qui récompense les débuts de romans les plus alambiqués, aux métaphores les plus douteuses ou acrobatiques, aux clichés les plus éculés, tournures de phrases labyrinthiques et rythmes inopinés. Le concours se divise en différentes catégories selon le genre du roman (western, à l'eau de rose, science-fiction), et d'un grand prix qui, selon le site Internet, est récompensé, « en accord avec la gravité, le sérieux et la générosité du concours », par une « somme dérisoire (et le droit de se vanter) ».

Voici les derniers incipits récompensés :

« À la réflexion, Angela percevait que sa relation avec Tom avait toujours été mouvementée, pas tout à fait comme un tour de montagnes russes, mais plus comme quand le rouleau de papier toilette devient un peu écrasé et qu'il se bloque de traviole dans le distributeur et qu'à chaque fois que vous en retirez une feuille, vous pouvez entendre le reste cogner contre le tenant, jusqu'à ce que vous deveniez fou et remettiez le rouleau en forme, un degré de contrariété qu'Angela avait maintenant presque atteint » (Rephah Berg).

« Ils n'avaient qu'une dernière nuit ensemble, alors ils s'embrassèrent aussi étroitement que ce fromage bi-goût à effilocher, qui est orange et blanc-jaunâtre, l'orange étant probablement du cheddar fade et le blanc... de la mozzarella, même si ça pourrait être du provolone ou tout simplement du fromage américain, vu qu'il n'a pas un goût différent du orange, même s'ils essaient de vous le faire croire en le colorant différemment » (Mariann Simms).

« Gerald a commencé – mais a été interrompu par un sifflement qui lui a coûté 10 % de son audition permanente, de même que pour tout le monde dans un rayon de dix miles de l'éruption, sans que ce soit d'une grande importance parce que pour eux "permanente" signifiait les dix prochaines minutes, ou plutôt jusqu'à l'enterrement par la lave brûlante ou l'étouffement par des cendres étouffantes – à faire pipi » (Jim Gleeson).

« L'esprit de Cheryl tournait comme les girouettes d'une turbine à vent, coupant ses pensées en morceaux sanglants qui tombaient en un tas croissant de souvenirs oubliés » (Sue Fondrie).

« Comme il lui a dit qu'il l'aimait, elle l'a regardé dans les yeux, se demandant, alors qu'elle notait une infestation d'acariens dans ses cils, les minuscules démodex s'enfouissant dans ses follicules pour y manger le sébum gras, chaque femelle pond 25 œufs dans un seul follicule, provoquant une inflammation, si les yeux étaient vraiment les fenêtres de l'âme ; et, dans ce cas, si son âme avait besoin de se racheter » (Cathy Bryant).

« Le premier mois de l'aventure entre Ricardo et Félicity, ils se sont quittés à chaque rendez-vous volé avec un baiser – un long baiser vorace, Ricardo lapant et suçant la bouche de Félicity comme si elle était une gourde géante fixée à une cage et lui la gerbille la plus assoiffée du monde » (Molly Ringle).

« En fixant son ample poitrine, il rêvait des deux carburateurs Stromberg de son Triumph Spitfire vintage, hautement fonctionnel mais aux formes agréables, perchés en évidence sur le dessus du collecteur d'admission, une douleur pour les mains expérimentées, les petits bouchons moletés des amortisseurs à huile inspecté et ajusté comme décrit au chapitre sept du manuel de l'atelier » (Dan McKay).

Notez que les éditions Penguin Books ont publié une collection de livres qui compile les meilleurs textes primés depuis le début du concours[1].

« Intervilles »

Pendant des siècles, quand était venu le temps de trancher la question de la supériorité des habitants d'Yssingeaux sur ceux de Montmorillon, lorsqu'il fallait décider, de façon définitive, qui étaient les meilleurs entre les braves du Grau-du-Roi et les valeureux de Port-Barcarès, si l'on voulait savoir qui, des Montois ou des Cadurciens, avait la plus notable anatomie, il était de coutume d'affûter haches et épées, de revêtir cottes de mailles et armures pour aller gaiement se foutre sur la gueule avec ses semblables dans de sanguinolents affrontements où il n'était pas rare de perdre un bras, de se faire arracher la tête, ou de finir écrasé sous les talons des barbares de la ville d'à côté.

Remercions donc Guy Lux et Claude Savarit d'avoir créé, en 1962, le fameux « Intervilles », qui, en déplaçant les chauvinistes affrontements municipaux sur de plus innocents terrains faits d'armes en mousse, de tapis roulants savonneux et de vachettes aux cornes emboulées, ont permis d'améliorer sensiblement l'espérance de vie française.

---

1. *Dark and Stormy Rides Again: The Best (?) from the Bulwer-Lytton Fiction Contest*, Penguin Books, 1996.

Peu importe, donc, les moqueries que recevaient les candidats lorsqu'ils se prenaient une lamentable gamelle en direct. Oublions les costumes criards et imbéciles qui étaient leur ordinaire. Faisons fi des Tex, Laffont, Lepers, Courbet, de Ménibus, Monfort et autres Candeloro qui se succédèrent à l'animation. Et, surtout, n'en tenons pas rigueur au délicieux Gérard Louvin, producteur de l'émission pendant vingt ans, qui a avoué, une dizaine d'années après la fin de celle-ci, une triche constante organisée par la production pour ménager suspense, audimat et ego des édiles locaux.

C'est à ce prix que se construit une société apaisée.

Introuvable (l')

Marcel Mariën, figure du surréalisme belge, a créé en 1937 une lunette dénommée « l'introuvable » et constituée de deux branches mais d'un seul verre. Il conçut cet objet après avoir cassé sa paire de lunettes. La lunette à un seul verre est particulièrement adaptée pour nos amis les cyclopes. Notons à propos que les études de marché montrent que les cyclopes forment une population peu ciblée par le marketing.

Jansen, Theo

Ce sont des animaux de plastique et de voile qui se déplacent à la force du vent. Ce sont des créatures imaginaires qui semblent avoir leur indépendance. Elles sont en liberté. Ce sont des grands squelettes qui se meuvent et ressemblent à des millepattes gigantesques qui sont comme un rêve en action sur les grandes plages du Nord...

Mais il est inutile de tenter de décrire ces drôles de bêtes effrayantes, fascinantes, impressionnantes. Il faut aller voir (ne nous dites pas que vous n'avez pas Internet) des images de ces mobiles nés dans la tête d'un technicien lyrique.

Car Theo Jansen est le créateur. Il est physicien et sculpteur, ingénieur et artiste, inventeur et poète.

Jeux de mains

L'essentiel est d'occuper ses mains. Avec ce que vous voudrez : yo-yo, hand spinner, Rubik's Cube, il faut tripoter, triturer, malaxer, palper... Céline Lemercier, qui est chercheuse en psychologie cognitive à l'université

Toulouse 2, l'explique au *Télégramme* du 31 décembre 2017 : « Se concentrer sur un objet qui tourne comme un hand spinner ou un stylo en excluant donc les situations où l'on manipule ces objets en parallèle d'une autre tâche peut nous aider à nous focaliser sur le présent et ainsi nous déstresser. Un peu comme le fait la méditation dite de pleine conscience, qui vise aussi à se concentrer sur le maintenant et le ici. » Autrement dit, le yo-yo, c'est du yoga. André Tricot relativise : « Le seul fait d'être convaincu que jouer avec un gadget déstresse et accroît la concentration pourrait induire cet effet-là. »

Quand même, le yo-yo rendrait moins con. Se déconnecter quelques minutes avant de reprendre sa tâche, se distraire avant de faire un choix, pourrait augmenter nos prouesses intellectuelles. L'équipe néerlandaise d'Ap Dijksterhuis a montré que se distraire juste avant de prendre une décision permettait de faire de meilleurs choix.

Jeux de mains, jeux de malins.

Jeux TGV

Les voyages en TGV peuvent être longs. Comment occuper son temps ?

En jouant. En faisant des paris.

Au début du voyage, le contrôleur fait une annonce pour signaler qu'il va faire un premier passage et que c'est le moment de s'adresser à lui au cas où l'on aurait oublié de composter son billet. Premier pari : le contrôleur porte-t-il une moustache ou pas. Oui ? Non ? Un point par bonne réponse.

Ensuite, deuxième annonce : on apprend que le bar en voiture 4 ou voiture 14 est ouvert, « qu'on y propose un large choix de repas et de petites douceurs sucrées pour satisfaire toutes vos faims, au bar TGV ou à emporter à votre place... ». L'occasion de jouer la deuxième manche : le barman, favoris ou pas ?

Une troisième manche peut être jouée quand le conducteur du train prend la parole en fin de parcours pour signaler que le TGV a récupéré son retard et que le train va arriver en gare à l'heure prévue. Dans ce cas-là, il suffit de bien observer la pilosité du conducteur au moment de passer devant la cabine de conduite.

Au cas où la voix est féminine, il est préférable d'adapter la question : lunettes ou pas lunettes.

Nous sommes d'accord avec vous. Pour un voyage un peu long, il est quand-même adroit de se munir d'un livre ou d'un journal.

John Hamon

Quand on est jeune, on peut tenir des propos violents sur Mireille Mathieu ou Céline Dion. En vieillissant, on a tendance à reconnaître que, après tout, elles ne font de mal à personne. John Hamon est de cette catégorie de gens qui ne font de mal à personne. Et peut-être encore moins que Mireille Mathieu ou Céline Dion puisque John Hamon ne chante pas. Du moins, s'il chante, on peut supposer qu'il chante moins fort que Mireille Mathieu et Céline Dion.

John Hamon ne dit rien, ne produit rien, ne publie rien. John Hamon est célèbre et inconnu, anonyme et familier, notoire et secret. John Hamon est une énigme.

Son visage est apparu en 2001. Une tête d'étudiant sympathique, des cheveux ébouriffés, des petites lunettes, un gentil sourire, une allure juvénile. John Hamon sans doute aujourd'hui ne ressemble même plus à John Hamon. John Hamon avait dix-neuf ans au moment du cliché. En 2020, John Hamon approche de la quarantaine. Même si son portrait est inchangé, il est comme les copains, il ne rajeunit pas. Ses cheveux, peut-être, ont blanchi, se sont raréfiés, sont tombés. Peut-être, aujourd'hui, porte-t-il des lentilles de contact. Peut-être aujourd'hui, John Hamon n'a plus du tout la tête de John Hamon (ce qui expliquerait, alors, le paradoxe voulant que l'homme qui expose son visage sur tous les murs de la ville préfère se dissimuler sous une cagoule lorsqu'il donne une interview).

À propos, John Hamon s'appelle-t-il vraiment John Hamon ? Qui pourrait le dire ? Quand il est apparu, il n'avait pas de nom. On voyait juste une photo d'identité immense collée sur les murs de Paris et, curieux, intrigué, on attendait la suite... S'agissait-il d'une campagne publicitaire à épisodes ? Allait-on connaître la raison de ce placardage ? Non, quelques années plus tard, l'ancien étudiant, simplement, révéla son nom, John Hamon. On était bien avancé.

« C'est la promotion qui fait l'artiste ou le degré zéro de l'art. » Retenez-bien cette phrase, elle résume toute la pensée de John Hamon, toute sa position, toute sa démarche artistique.

Les affiches de John Hamon ont été collées des milliers de fois, en France, à l'étranger, dans plus de 33 pays et 77 villes.

En 2006, au journal *20 Minutes*, un publicitaire affirmait être derrière « cette pure création » de John Hamon avec deux amis. John Hamon a démenti. « Cette personne s'est fait passer pour moi. Je suis le seul. » Seul est John Hamon, comme vous et moi.

John Hamon n'en n'a pas fini avec John Hamon. John Hamon a beaucoup de projets pour John Hamon. Après les affichages sur les murs, John Hamon propose des projections sur des monuments d'architecture (le Louvre, Notre-Dame, le Palais de Tokyo...), des soirées événementielles, des véhicules publicitaires, puis une bande dessinée, des jeux vidéo, des clips, un film... John Hamon est en passe de devenir une mascotte qui va bientôt se mouvoir physiquement. On piaffe d'impatience.

Bien sûr, on peut se moquer de John Hamon, trouver vaine sa démarche. On peut penser, après tout, que John Hamon n'est pas tellement pire que pas mal d'artistes contemporains présentés dans les plus grands musées du monde.

Le monde bouge. La terre prend feu. La catastrophe se rapproche. John Hamon, imperturbablement, arbore un doux sourire, un regard confiant.

Aux élections, John Hamon ferait-il mieux que Benoît Hamon ? En longévité, John Hamon dépassera-t-il Marcel Amont ? On ne sait pas. On ne sait rien. John Hamon est la plus discrète des personnalités qui s'affichent.

Journée mondiale

Le 21 décembre est la date de naissance du président Macron *en même temps* que la journée internationale de l'orgasme. C'est par ailleurs la journée la plus courte de l'année, par conséquent la nuit la plus longue qui peut être occupée le plus plaisamment possible.

Le 3 novembre, on peut profiter de la journée mondiale de la gentillesse pour rappeler désagréablement à l'ordre tous les connards qui manqueraient de prévenance.

On ignore de quelle manière est célébrée la journée internationale des toilettes qui a lieu le 19 novembre, d'une manière différente sans doute du 25 octobre qui est la journée sans papier.

Le 16 octobre est la journée internationale du pain, le 17 octobre celle du refus de la misère, dite encore du pain sur la planche.

Le 22 octobre est la journée internationale du bégaiement. Il est bon de prévoir un pliant si l'on décide d'écouter dans leur intégralité les discours qui seront prononcés à cette occasion.

Le 15 décembre est l'Internacia Tago de l'espéranto.

Le 12 mars étant à la fois la journée de la censure sur Internet et de la courtoisie au volant, on ne saurait trop vous conseiller de proférer vos insultes « va donc eh pauvre con », « t'as trouvé ton permis dans une pochette surprise », « blaireau », « bâtard », « abruti », « putain », « fils de pute », directement sur le Net.

Le 21 mars, les forestier, poète, marionnettiste, discriminé racialement, trisomique, travailleur social, amateur raffiné de Marin Marais et de viole de gambe ne savent plus où donner de la commémoration vu que la journée est particulièrement embouteillée par toutes sortes de causes : la forêt, la poésie, la marionnette, l'élimination de la discrimination raciale, la trisomie, le travail social et la musique ancienne.

Le 25 mars est la journée de la procrastination, mais on peut très bien ne la célébrer que le lendemain.

On ne sait pas pourquoi le 7 mai est à la fois la journée mondiale du rire et des orphelins du sida. Nous défions quiconque d'ajouter un commentaire amusant à ce rapprochement.

Le 9 mai est la journée de l'Europe. Le 11 mai, pareil : journée des espèces menacées.

Il est dommage que la journée du bricolage (le 24 mai) soit si éloignée de la journée des premiers secours (le 9 septembre).

Le 10 juin, jour de naissance d'un des deux auteurs de cet ouvrage, dont la grand-mère était garde-barrière, correspond à la journée mondiale de sensibilisation aux passages à niveau.

Le 26 octobre, jour de naissance d'un des deux auteurs de ce livre dont l'arrière-grand-mère était garde-barrière, ne correspond encore à aucune journée internationale. Tiens, pendant qu'on y est, pourquoi ne pas la consacrer au souvenir des gardes-barrières ?

Kamikaze

Le kamikaze qui effectue une mission suicide, décide de piquer sur un porte-avions, un navire, un destroyer, a le cœur bien accroché. Le kamikaze qui, délibérément, plonge au péril de sa vie contre l'ennemi a un mental bien spécifique.

Le kamikaze qui se fait exploser dans une frappe forcément mortelle porte un casque.

Oui, un casque, un *kabuto*, comme quelqu'un qui craindrait le danger, comme quelqu'un qui tiendrait à la vie...

Pourquoi le kamikaze porte-t-il un casque ? C'est un mystère. Un mystère insondable. Un mystère abyssal.

À quoi pense-t-il quand il prend son dernier verre de saké ? À quoi pense-t-il quand il fait allégeance à l'empereur ? A-t-il encore un peu d'espoir ? Croit-il au miracle ? Pense-t-il qu'il est plus élégant d'entrer casqué dans la mort ?

On ne sait pas. On ne sait rien. On s'interroge.

On ne trouve pas la solution. Parce que, enfin, de quoi veut-il se protéger, le kamikaze qui met son casque ? À quoi pense-t-il, le samouraï volant pour son dernier voyage ? À qui ? À son père qui l'obligeait de mettre ses protège-genoux quand petit il faisait du patin à roulettes sur les trottoirs de Kagoshima ? À sa mère qui lui demandait de mettre une écharpe pour se protéger du froid les petits matins d'hiver quand il partait pêcher sur le lac Kasumigaura ?

On ne sait pas. On ne saura sans doute jamais. Toutes les études neuropsychologiques sur le cerveau et ses secrets n'expliqueront sans doute jamais pourquoi le kamikaze, avant le grand saut, met un casque.

Klaxon d'avion

Comme les voitures, certains avions sont équipés de klaxons. Ils servent, prioritairement, à avertir le personnel au sol quand l'avion roule sur le tarmac. Dommage, on rêverait d'entendre dans le ciel un concert de klaxons d'avion au moment où un Boeing 737 vient de griller la priorité à un Airbus 320.

Lavater portatif

> « Dieu préserve ceux qu'il chérit de lectures inutiles ! »
>
> Johann Kaspar Lavater, *Journal*, 1796.

Il n'est pas rare que l'homme honnête et naïf, porté par sa foi en l'âme humaine, enclin à reconnaître dans le regard qui lui fait face la bonne nature qui est la sienne, se fasse berner, mystifier, leurrer, blouser, rouler, arnaquer, pigeonner, carotter, bananer, ou toute autre façon de dire qui vous conviendra, par son prochain. Toujours il se fie de bonne foi à une voix mélodieuse, à un regard fraternel, à un discours chaleureux. L'honnête naïf n'apprend pas de ses erreurs, fait toujours confiance à la nature humaine et continue incessamment de se faire embabouiner.

Qu'il se réjouisse, nous allons présenter ici un ouvrage dont nous faisons usage quotidien depuis que nous l'avons découvert, une bible qui dorénavant nous empêche de nous tromper sur le tempérament ou la personnalité d'un inconnu rencontré dans l'instant et nous permet de savoir à quoi nous en tenir. C'est précieux, vous en conviendrez.

À une époque où l'on savait éditer de bons livres, Johann Kaspar Lavater, penseur suisse de langue allemande admiré par Diderot et Rousseau, a écrit son ouvrage de référence sur la science de la physiognomonie, *L'Art de connaître les hommes par la physionomie (1775-1778)*, réédité après sa mort en une version poche d'avant l'heure, le *Lavater portatif.* Si, au vu du titre de l'ouvrage, vous n'avez pas saisi son propos, nous rappelons ici que la physiognomonie est une méthode fondée selon l'idée que l'apparence physique d'une personne est en corrélation avec ses traits de caractère ou de personnalité, qu'il existe un déterminisme contenu et exprimé dans l'anatomie d'un visage.

Le *Lavater portatif*, qu'il est possible, comme son nom l'indique, d'emmener en toute circonstance par-devers soi, permet donc, à l'aide de trente-trois planches « dessinées et gravées avec soin », de reconnaître un traître, un colérique ou un lymphatique quand il se présente. Entre autres vérités millénaires, vous y apprendrez qu'un « front doucement arqué et n'offrant aucun angle annonce la douceur », mais souvent également « un esprit dénué d'énergie ». S'il est « rempli de nœuds et de protubérances irrégulières », il caractérise le « tempérament colérique ». Des sourcils « placés fort haut dénotent presque toujours un esprit incapable de réflexion ». Un nez aquilin annonce « un caractère impérieux, des passions ardentes », tandis qu'un nez dont l'épine est large promet des « qualités supérieures ». Les petites narines décèlent « un esprit timide ». En ce qui concerne la bouche, lorsque la lèvre inférieure déborde, elle annonce une « froide bonhomie ». Si les lèvres sont « grosses, prononcées et bien proportionnées », elles désignent « un caractère incompatible avec la fausseté, la méchanceté et la bassesse, mais enclin à la volupté ». Lorsque l'on remarquera sur des joues « un certain enfoncement triangulaire » ce sera un « signe infaillible d'envie et de jalousie », si apparaissent des « sillons grossiers », on a affaire à une personne rude et brutale.

Enfin, sachez que « des cheveux courts, noirs, rudes, crépus, supposent un caractère peu irritable, souvent dénué de sensibilité », que des cheveux « blonds et doux annoncent le contraire » et dénotent presque toujours de la bonté. Un « contraste frappant entre la couleur des cheveux et celle des sourcils doit inspirer la défiance ».

Une gravure au revers de la couverture nous permet de remarquer que Johann Kaspar Lavater avait les yeux globuleux et hypocrites, le nez long et sournois, les lèvres fines et perfides. Une vraie gueule d'empeigne.

Lierre

Il n'est pas permis d'affirmer devant Noémie Vialard, spécialiste des plantes, que le lierre est une espèce inutile qui étouffe et envahit tout, qui n'est pas seulement persistante, mais coriace, qui porte des baies toxiques pour les hommes et autres mammifères, qu'elle est hypocrite, faisant semblant de protéger quand elle attaque, donnant l'impression d'étreindre, d'embrasser, d'enlacer quand elle oppresse, étrangle, asphyxie.

Noémie, immédiatement, devient toute rouge, monte au créneau, devient la Pasionaria de la liane arbustive. Sa chevelure écarlate de sauvageonne jardinière s'embrase illico, ses yeux verts lancent des éclairs.

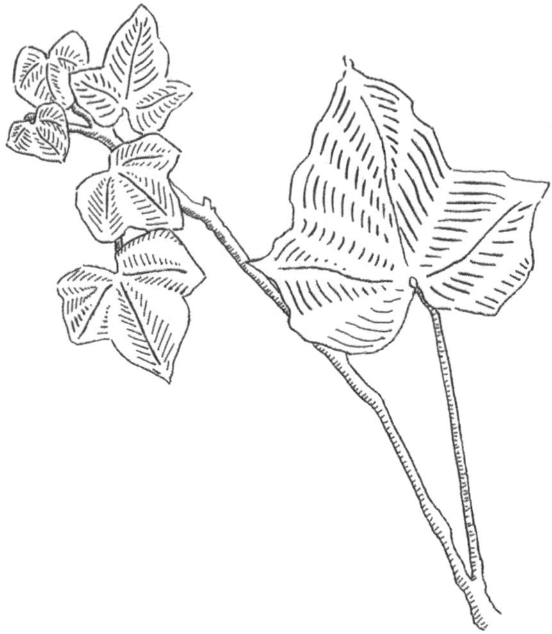

« Le lierre est indispensable ! Il sert de gîte et de couvert pour les petits oiseaux qui, l'hiver, s'y nichent et se gavent de baies. Le lierre a la politesse de ne fleurir que de fin septembre à novembre, c'est-à-dire après la floraison des autres plantes, ce qui permet à nombre d'abeilles et d'insectes de se nourrir à une période où les fleurs deviennent rares. Le lierre n'est certainement pas un parasite, c'est au contraire un organisme mutualiste, c'est-à-dire une plante qui fait profiter la plante dont elle profite. Le lierre, c'est du donnant-donnant ! On devrait tous prendre exemple sur le lierre qui sait s'adapter à tous les climats, qui supporte toutes les expositions, qui se plaît aussi bien en extérieur qu'en intérieur. Le lierre est décoratif, en longues lianes courant sur les dessus de cheminée, s'entortillant sur les rambardes d'escalier, à Noël, s'acoquinant avec les branches de baies rouges, il se décline en chemins de table, en couronnes, en gerbes diverses. Un jardin sans lierre ? Impossible lorsque l'on aime la nature et la vie, quand on aime l'échange et la solidarité ! Et l'on fait de si jolis bouquets avec le lierre qui, en décoction dans un bain éloigne la cellulite, supprime les cors et les durillons. Je pourrais vous parler pendant trois heures de tous les bienfaits du lierre ! Si vous évoquez le lierre dans votre dico de l'Inutile, c'est simple, je ne vous parle plus ! »

Elle est comme ça, Noémie, directe, impulsive mais, dans le fond, elle rejoint Victor Hugo pour qui le lierre ressemble à l'amour. « La nature vient au secours de tous les abandons ; là où tout manque, elle se redonne tout entière ; elle refleurit et reverdit sur tous les écroulements ; elle a le lierre pour les pierres et l'amour pour les hommes. »

Liseron

Il est inutile de dire à Noémie Vialard, spécialiste des plantes et des vins naturels, que le liseron est une espèce inutile, juste bonne à faire perdre du temps aux jardiniers consciencieux qui passent leurs temps à désherber leurs plates-bandes. Pour Noémie, les mauvaises herbes n'existent pas, sauf dans la chanson de Brassens.

Je suis la mauvaise herbe, braves gens braves gens
C'est pas moi qu'on rumine et c'est pas moi qu'on
[met en gerbe[1]*...*

1. Georges Brassens, « La mauvaise herbe » (Warner Chappell Music France pour les paroles), 1954.

Noémie est facilement diserte quand il s'agit de défendre une plante vilipendée : « Bien sûr que le liseron est utile ! Comme toutes les plantes ! C'est une plante qui peut être pénible quand elle s'immisce dans les cultures je suis d'accord, mais elle est ravissante sur une barrière au fond du jardin. Elle est par ailleurs mellifère et les abeilles l'adorent ! Elle indique aussi que le sol est riche en azote ! Elle est très utile dans un compost en apportant divers oligo-éléments. Le liseron est une plante médicinale aux vertus nombreuses : c'est un laxatif et un purgatif, elle soigne les furoncles, la constipation et la jaunisse. Qui dit mieux ? Le liseron, si mal aimé, attire le sphinx du liseron, beau papillon du crépuscule ; le liseron, si décrié, se trouve chez les artistes de la période Art déco et même chez Lamartine ! »

En effet, il s'est joliment insinué dans les parterres de Lamartine (« Le liseron ») :

Dans les blés mûrs, un soir de fête,
La jeune fille me cueillit ;
Dans ses cheveux noirs, sur sa tête.
Ma blanche étoile rejaillit.
Fleur domestique et familière,
Je m'y collais, comme le lierre
Se colle au front du dahlia ;
Sa joue en fut tout embellie ;
Puis j'en tombai froide et pâlie :
Son pied distrait me balaya.
[...]
Et quelquefois les jeunes filles
Me fauchent avec leurs faucilles,
Pour faire un nuage à leur front :
Je nais pâle et toute fanée,
Je suis le lierre d'une année.
Foulez les pauvres liserons !

D'accord Noémie, d'accord ! Admets cependant qu'on puisse trouver le liseron un tout petit peu moins indispensable que, par exemple, l'espèce de plante herbacée dite *Solanum tuberosum*[1] dont les tubercules comestibles s'apprécient en frites, en purée et en hachis Parmentier.

Et déjà, Noémie s'éloigne, rousse, hiératique, vexée.

1. Plus communément appelée *pomme de terre.*

Liste

Lorsqu'on entreprend l'écriture d'un *Dictionnaire de l'Inutile*, on commence par dresser une liste. Une liste même pas alphabétique de toutes les entrées possibles…

« Pléonasme, point-virgule, Manneken-Pis, prothèse mammaire, sondages, gourou, ménagère de moins de 50 ans, barbare, biographe, bourreau, chasteté, jugement dernier… »

On en parle autour de soi, à ses amis, à ses relations, à ses éditeurs, et la liste s'allonge… « Langues mortes, Légion d'honneur, médailles, monarchie, nudiste, opinion publique, sénat, panthéon, soldat inconnu, tolérance, vice, pourboire, préjugé, plagiat, prière, sacrifice, condoléance, jury, violence, statistiques… »

Ça devient une obsession, une monomanie. Chaque objet, chaque fonction, chaque monument, chaque principe est interrogé. « Migraines, isoloir, imprésario, bip sonore, confession, circoncision, coronavirus, jarretière, Joconde… »

Oui, mais voilà : on se souvient que ce dictionnaire doit être amoureux. Saurait-on être amoureux de la chasteté, de la Légion d'honneur, des statistiques ?… Tomberait-on en amour pour un bip sonore ?

Pas forcément.

Alors, on déchire la liste inutile de l'inutile, ou, mieux, on la recopie, par plaisir.

Livi

C'est une petite satisfaction de spectateur, plus vraisemblablement de téléspectateur. Dans *Le Salaire de la peur*, de Clouzot, Yves Montand joue le rôle de Mario. Subrepticement, dans un plan rapide, on voit la carte d'identité sur laquelle est inscrit le patronyme de Mario : Livi, le véritable nom de Montand. Ce n'est, certes, pas une anecdote qui peut occuper toute une soirée, voire un voyage Paris-Chartres en tandem. On ne pourra sans doute pas écrire de conférence sur le sujet. C'est justement parce que son inanité est manifeste que sa présence ici est justifiée.

Voir : Ticket de métro.

Lois

Quand on entend « nul n'est censé ignorer la loi », on pense que c'est un adage contraignant et impossible à suivre tant les réglementations, décrets, circulaires sont souvent contradictoires et nombreux. Il y aurait actuellement et à la louche 318 000 articles législatifs et réglementaires en France. En réalité, si les juristes mettent en avant ce principe, c'est pour faire rigoler les citoyens. Connaître la loi permet de s'en payer une bonne tranche.

Ainsi, tout Français doit avoir chez lui une botte de foin pour le cheval du roi, au cas où celui-ci viendrait frapper à votre porte.

Un éleveur n'a pas le droit d'appeler l'un de ses cochons Napoléon.

Une femme voulant s'habiller en homme doit en demander l'autorisation préalable à la préfecture de police munie d'un certificat visé par un officier de santé.

Aucun extraterrestre n'a le droit de survoler ou de poser son ovni à Châteauneuf-du-Pape.

Il est interdit de s'embrasser sur les rails du chemin de fer sous peine d'amende[1].

Aux États-Unis, les lois ne sont pas moins rigolotes qu'en France.

En Alabama, il est interdit d'arborer une fausse moustache qui pourrait faire rire les gens dans une église.

En Californie, les chiens ne peuvent s'accoupler à moins de 500 mètres d'une église ou d'une école, il est illégal de tirer au fusil sur quoi que ce soit depuis sa voiture, sauf si c'est une baleine, de monter un piège à souris sans un permis de chasse et de pleurer à la barre des témoins au tribunal de Los Angeles.

Il est interdit d'éternuer dans les rues d'Ashville, en Caroline du Nord.

Dans le Dakota du Nord, il est interdit de dormir avec ses chaussures.

En Floride, il est interdit de chanter en maillot de bain.

En Géorgie, il est illégal d'attacher une girafe à un poteau de téléphone ou à un lampadaire de la ville d'Atlanta.

En Iowa, un homme moustachu ne doit jamais embrasser une femme en public.

Au Kentucky, une femme ne peut s'acheter un chapeau sans le consentement de son mari.

En Oklahoma, toute personne peut être condamnée à une amende, voire à la prison, pour avoir fait des grimaces à un chien.

1. Notons qu'en période de confinement il est également interdit de s'embrasser le long des voies de chemin de fer et partout ailleurs.

Au Tennessee, il est illégal, pour les crapauds, de croasser après 11 heures du soir.

Au Texas, il est interdit de boire plus de trois gorgées de bière sans s'asseoir.

En Virginie de l'Ouest, il est interdit aux hommes d'avoir des rapports sexuels avec des animaux de plus de 20 kilos.

À Washington, il est interdit de prétendre que ses parents sont riches.

Au Royaume-Uni, il est illégal de mourir dans l'enceinte du Parlement, sous peine d'être arrêté.

En Thaïlande, il est illégal de sortir de chez soi sans sous-vêtements.

En Italie, à Milan précisément, il est obligatoire de présenter un visage souriant en toutes circonstances, excepté pour obsèques et visites à l'hôpital.

Ce serait dommage d'ignorer la loi pour qui n'est pas ennemi de s'amuser un peu.

Loto bouse

Le principe du loto bouse nous est enseigné par la ferme du Combot, pas loin de Landivisiau et de Saint-Thégonnec.

Cinq vaches dans 1 000 cases. Une vache fait une bouse dans une case qui correspond à un numéro de ticket d'entrée.

Une première vache bouse, sous les vivats de la foule, et c'est le troisième lot qui s'annonce : un repas pour deux, d'une valeur de 100 euros, au Grand Hôtel des Bains de Locquirec (15 *bis*, rue de l'Église, 29241 Locquirec), saumon fumé, filet de bœuf à la sauce bordelaise, soufflé au Grand Marnier.

Joie, liesse, ravissement : une deuxième bouse apparaît en même temps que le deuxième lot : un bon d'achat de 200 euros pour une traversée avec la Brittany Ferries.

Paroxysme dans l'enchantement quand survient la troisième bouse, c'est-à-dire le premier lot : 500 euros. Par ici les pépettes.

Le terrain est délimité en cases de 1,20 mètre, 32 mètres sur 32, clôturé par un fil électrique à 30 centimètres des cases. Le public est réparti autour du terrain à 9 mètres des cases. Les cases des angles sont supprimées.

Au moins cinq vaches seront dans une parcelle proche. Celles qui bousent avant le coup d'envoi ou sur le trajet seront écartées. C'est normal. La précipitation, qui n'est pas la vitesse, ne doit pas être encouragée.

De même et afin de permettre aux vaches de bien se répartir dans le terrain, la vache trop impatiente qui bousera dans les 30 premières secondes sera immédiatement déclarée hors jeu et aussitôt échangée par une autre vache assise tranquillement sur le banc des remplaçants.

Si la bouse est bien à cheval sur la ligne entre deux cases, les gagnants se répartiront le gain.

Si la bouse touche la ligne de 2, 3 ou 4 cases, c'est le centre ou l'endroit de la plus grande quantité de la bouse qui détermine la case gagnante.

Parfois, la vache folâtre, tête en l'air, bouse en marchant. Ce n'est pas toujours facile de déterminer le gagnant. On décide que c'est celui qui aura la case avec la plus grosse partie.

En cas de force majeure, vaches échappées, très mauvais temps, lignes effacées par fortes pluies, un tirage au sort des billets sera effectué pour désigner les gagnants. Autant le dire, c'est moins marrant.

Le prix du billet est de 2 euros, numérotés de 1 à 1 000. Pas de ventes aux mineurs. C'est prudent. La jeunesse a vite fait de tomber dans l'enfer du jeu et l'argent facilement gagné tandis que d'autres se font chier.

Le loto bouse n'est pas plus ou moins inutile que le Loto de la Française des jeux, il nous a semblé plus plaisant à décrire.

Le gouvernement français, en décembre 2017, a amorcé la privatisation de la Française des jeux, donc du Loto, du Loto du patrimoine et des différents jeux de grattage et autres paris sportifs sous la supervision du groupe BNP Paribas.

Notons que le loto bouse ne devrait subir aucune évolution particulière à cette occasion. Pour le moment, monsieur Bruno Le Maire, ministre de l'Économie, des Finances et de la Relance, ne semble pas vouloir envisager l'introduction du loto bouse en Bourse.

Lourdes

Les vendeurs de statuettes de la Vierge sont en crise : la fréquentation à Lourdes est en baisse depuis de nombreuses années. De 800 000 pèlerins en 2010, ils n'étaient plus que 450 000 en 2018. Les fidèles ne croiraient-ils plus aux miracles ? Les chiffres sont cruels pour la foi : sur les 8 312 597 pèlerins venus se recueillir dans la fameuse grotte entre 2004 et 2012, on a dénombré à peu près 550 000 malades, dont un seul et unique a été touché par une guérison dite miraculeuse.

La sœur Bernadette Moriau, venue de Bresles, dans l'Oise, a fait le pèlerinage en février 2008, espérant une guérison de son syndrome de la queue de cheval (une atteinte pluriradiculaire des racines lombaires et sacrées – en gros, elle avait le bassin complètement foutu depuis des lustres). Cinq mois après avoir visité la cité pyrénéenne, elle se réveilla un matin totalement et inexplicablement guérie.

Le miracle a été officialisé dix ans plus tard, après que son comité diocésain de référence eut vérifié l'authenticité et l'incurabilité, par quelque traitement que ce soit, de la maladie préalable à la guérison, ainsi que la rémission totale et complète du sujet, sans convalescence ni rechute. Sans oublier un examen de la moralité du sujet, qui doit être croyant et, c'est un minimum, catholique.

Sans doute, nous direz-vous, que d'autres cas sont en train d'être authentifiés, la période entre 2004 et 2012 est trop proche de nous pour pouvoir en tirer des conclusions définitives. Soit. Notez tout de même qu'une étude a été menée sur cent vingt-huit ans et rendue publique en 1993. Elle nous apprend que le nombre de guérisons inexpliquées à la suite d'un pèlerinage à Lourdes serait du même ordre de grandeur que celui constaté dans le milieu hospitalier.

Peut-être que les marchands de souvenirs devraient déménager et se recycler dans de nouveaux types de bibelots. « Boules à neige de Cochin, cartes postales de La Timone, cuillères de l'hôpital Henri-Mondor... »

M

Mail (vieux mail)

Parfois, tandis que vous travaillez sur votre ordinateur, tout se bloque. Un message apparaît, on vous prévient que votre disque dur est plein. Vous décidez, contraint, de faire un peu de ménage, et notamment de supprimer des mails. Vous avez 18 856 messages à supprimer. Ça prend un certain temps...

Et voici que du passé surgissent des messages que vous n'avez pas envie de voir disparaître à jamais, notamment ceux d'un chanteur à la gueule de métèque, de juif errant, de pâtre grec...

Des dessins parfois... Le croquis d'une infirmière dont je fais remarquer que la blouse n'est pas réglementaire. « Et l'imagination ? » répond le vieux chanteur, dessinateur amateur et observateur amoureux des femmes. Des silhouettes, des traits, des esquisses. « Cocteau, il nous a tout piqué à Nougaro et moi », rigolait Moustaki.

Le vendredi 20 avril 2012, tandis que sur France Inter le chroniqueur rappelle un de ses surnoms : « Monsieur 1 volt 5 », Georges adresse un mail sibyllin, affectueusement réprobateur : « Attention, je t'écoute »...

Le 30 juin 2011, le nonchalant qui passe (autre de ses surnoms) écrit : « J'ai retrouvé à la cafète le barman de La Boule d'or. C'était une brasserie de la place Saint-Michel qui tenait lieu de coulisses et de fumoir pour les artistes de l'Écluse. Il s'appelle Maurice, il y a travaillé pendant 38 ans, il a gardé en mémoire tous les personnages de l'époque et c'était un régal de l'entendre ranimer les souvenirs de ce lieu. C'est là que Barbara recevait ses amis, ses amants, ses auteurs. Il parle de tous avec une nostalgie affectueuse. XXX est le seul qu'il n'apprécie pas. Peut-être XXX aussi. Il était très précis dans son évocation des "stars" et des patrons, de la pianiste de la maison, compagne de Lama[1], morte dans un accident de voiture qui lui a endommagé sa jambe. Barbara qu'elle accompagnait lui avait dédié

1. Liliane Benelli.

"Une petite cantate". Tu aurais bien aimé l'écouter car il donne une vision particulière du monde des cabarets des années 60. »

La jambe de Lama au milieu de l'évocation de son amoureuse est un peu curieuse mais c'est aussi le plaisir du mail, écrire vite, comme on parle, sans effet, sans recherche, comme dans une amicale conversation.

Maillot bleu

Quand Pierre Richard raconte Jean Carmet, il le fait au présent. Comme si la mort de son ami ne pouvait être qu'un canular.

« Jean a une petite piscine. Un jour je vais me baigner chez lui, mais je viens sans maillot. Il m'en prête un, un bleu. Je me baigne, me sèche au soleil, je me rhabille et je m'en vais. Huit jours après, il me rappelle et il me dit : "Pierre, tu es parti avec mon maillot bleu, oublie pas de me le rendre, s'il te plaît." Je m'excuse et je n'y pense plus. Trois semaines après, il m'envoie un petit mot pour ne pas que j'oublie de lui rapporter son maillot bleu. Un jour je suis en voiture, j'ouvre le poste de radio et je l'entends en interview, il parlait de son prochain film et il dit : "Je profite d'être sur vos ondes pour rappeler à Pierre Richard qu'il me doit toujours un maillot bleu pour lequel j'ai le plus grand attachement car c'était un maillot que m'avait offert une femme pour qui j'avais la plus grande tendresse." Cette histoire a duré des mois, il m'envoyait des sommations écrites, et un jour j'étais à Bruxelles, je me promenais avec Mireille Darc, je passe devant un magasin, je rentre et achète un maillot bleu que je lui ai envoyé par la poste. Il me l'a renvoyé en me disant : “Ce n'est pas le mien !” »

Voir : Carmet, Jean ; Mariage ; Mime ; Œufs frais de la ferme ; Panoplie d'homosexuel ; Pets ; Pot de chambre ; Radinerie.

Mamelon masculin

L'écriture d'un *Dictionnaire amoureux de l'Inutile* peut pousser ses auteurs à se pencher sur des sujets qui jamais auparavant ne les avaient intéressés (bien qu'ils soient dotés d'esprits naturellement éveillés et curieux).

À quoi servent les tétons des hommes ? Pourquoi deux cercles rosés sur ces torses velus ? Pour les femmes, c'est entendu, nous ne vous apprendrons rien en expliquant ici le processus de l'allaitement. Mais pour l'homme ?

Posons d'abord les bases, pour ceux de nos lecteurs qui ont quitté les cours de biologie depuis trop longtemps : il existe deux chromosomes sexuels chez l'être humain, le chromosome X féminin et le Y masculin. Lors des six premières semaines de la vie du fœtus, alors que l'embryon se développe, seul s'exprime le chromosome X, même chez les embryons qui deviendront mâles. Le genre de l'embryon n'est alors pas défini jusqu'à ce qu'un second chromosome se développe, soit X, soit Y, qui différenciera alors le sexe du futur bébé et permettra la formation des organes reproducteurs masculins et féminins. C'est ici que la Nature, habituellement si parfaite, semble d'un coup mettre la charrue avant les bœufs : comme la poussée des tétons chez l'embryon se produit avant l'apparition du second chromosome, ces derniers restent, rachitiques et inutiles, sur le torse du futur garçonnet, quand ceux des filles, une quinzaine d'années plus tard, s'étalent crânement sur de douces et moelleuses protubérances.

Outre son évident intérêt pour le plaisir sexuel (puisqu'il est, comme chez la femme, une zone érogène), il semblerait qu'il soit possible que les hommes soient capables de créer du lait paternel. Ayant naturellement les appareils d'organes nécessaires à la création du lait (tétines, glandes mammaires et hypophyse), il leur serait possible de les activer grâce à un traitement hormonal à la prolactine. La découverte n'est pas tout à fait nouvelle, et la création de lait avait déjà été constatée chez les hommes de la tribu pygmée des Akas d'Afrique centrale, qui donnent quotidiennement le sein aux nourrissons, ou encore, comme le relevait l'AFP en 2002, chez un Sri Lankais dont la femme était morte en couches et qui avait donné son sein au nouveau-né pour calmer ses cris.

En définitive, le téton masculin, comme à peu près toutes les autres entrées de cet ouvrage, aurait plus sa place dans un *Dictionnaire amoureux de l'Indispensable*.

Marguerites

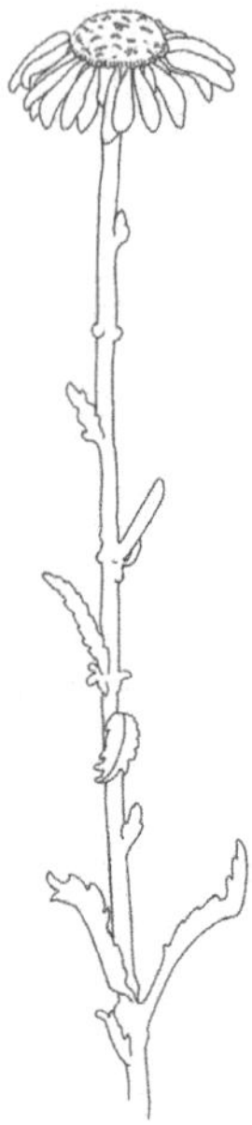

Un jour que, derrière le Moulin Rouge, cité Véron, l'éditeur Jean-Claude Simoën rendait visite à Jacques Prévert, celui-ci était occupé dans son bureau à dessiner une petite fleur dans son carnet-répertoire de noms et adresses. Lui demandant le pourquoi de ce petit dessin fleuri, Prévert répondit qu'il venait d'apprendre la mort d'un proche et, plutôt que de barrer d'un trait macabre l'adresse et le nom du défunt, il préférait dessiner une petite fleur.

« À l'âge où je suis rendu, ajouta-t-il, mon répertoire ne sera bientôt plus qu'un vaste champ de marguerites... »

Voir : Numéros des disparus.

Mariage

Quand Pierre Richard raconte Jean Carmet, il le fait au présent.

« Un jour, on rentre de tournage à 2 heures du matin en taxi, il habite à Marne-la-Coquette, et il sonne, sa femme hurle, il lui fait "oh, tu m'emmerdes", il se retourne et remonte dans le taxi. Là, il me dépose et j'apprends le lendemain qu'au lieu de rentrer chez lui il est parti jusqu'à Tours dans ce taxi, ils sont tombés sur un mariage à 5 heures du matin à l'Hôtel de la Gare. Tout comme le taxi, je pense que les gens du mariage étaient ravis que monsieur Carmet soit là. Il a terminé la noce avec la famille et le taxi, et le lendemain il est rentré. »

Voir : Carmet, Jean ; Maillot bleu ; Mime ; Œufs frais de la ferme ; Panoplie d'homosexuel ; Pets ; Pot de chambre ; Radinerie.

Mariage des prêtres

Monseigneur Planet, évêque de Carcassonne, estime inutile le mariage des prêtres. Monseigneur Planet a des lettres, il cite Louise de Vilmorin : « Aujourd'hui, il n'y a que les curés et les homos qui veulent se marier. »

Sauf que Louise de Vilmorin, dans cette citation célèbre, n'avait jamais évoqué les homos. Elle avait simplement dit, ni plus ni moins : « Aujourd'hui, il n'y a que les prêtres qui veulent se marier. » Elle n'avait pas parlé des homos. Comment se fait-il que l'évêque de Carcassonne, quand on lui parle du mariage des prêtres, évoque les homos ? Monseigneur Planet pense par ailleurs que la vie de couple accaparerait le temps des prêtres. La lecture récente des journaux a montré que le temps de nombreux prêtres a parfois été accaparé par la pédophilie. Qu'est-ce qui prouve à monseigneur Planet qu'une relation matrimoniale serait plus chronophage qu'une relation dissimulée ?

Monseigneur Planet préfère sourire et citer, à peu près, Louise de Vilmorin.

Marque-page

Quand, le 8 mai 1794, on vint chercher Antoine Lavoisier afin de le guillotiner, le philosophe-chimiste lisait un livre. Déjà, dans cette situation, de nombreux lecteurs auraient renoncé à la lecture : à quoi bon lire quand on sait que dans quelques jours, quelques heures, quelques minutes, on va disparaître à jamais ? À quoi bon lire quand la mort est si proche et que les connaissances acquises pendant ces derniers instants de la vie semblent vaines et dérisoires. Pourtant, dans son cachot, Lavoisier lisait.

Et au dernier moment, avant de monter sur l'échafaud, Lavoisier fit ce geste, si insolite et si naturel, si minuscule et si grandiose : il marqua d'un signet la page du livre où il avait arrêté sa lecture.

Dans *Tu montreras ma tête au peuple*, François-Henri Désérable conclut son chapitre sur le plus grand esprit français du siècle dernier de la façon suivante : « Voilà, Monsieur, comment on meurt avec élégance. »

Martien

Attention, nous ne disons pas que le Martien est inutile. N'écartons pas le fait qu'il pourrait être susceptible. Il n'est pas dans nos intentions de vexer qui que ce soit, fût-il de Mars. En revanche, peut-être vaines sont les tentatives d'entrer en communication avec lui. Le Martien est sans doute taciturne. Il est discret, il est taiseux, il n'a pas spécialement envie de discuter. Il a envie qu'on le laisse tranquille. Le Martien, sur sa planète, a accroché un écriteau : « Ne pas déranger. »

Pourtant, le poète et scientifique Charles Cros dans la revue *Cosmos* publia un mémoire sur la façon d'entrer en contact avec la planète Mars. À l'aide de signaux optiques, il suffisait de dessiner en grand, avec des ampoules extrêmement puissantes, la figure du théorème du carré de l'hypoténuse dans le Sahara. Pourquoi dans le Sahara ? Parce que la vue est dégagée, pas de maisons, pas d'immeubles, pas de châtaigniers en fleurs qui auraient risqué de boucher la vue aux Martiens.

L'idée ne fut pas réalisée mais inspira les humoristes. Hervé Lauwick, dans son livre *Parlez-moi d'humour*, raconte cette histoire :

« Les savants de la terre virent un beau jour sur Mars luire une lumière brillante... Ils virent des signaux, qui formaient certainement des lettres, mais ils avaient peine à les lire. Aussitôt, ils obtinrent du gouvernement une somme considérable, ils se précipitèrent au milieu du Sahara et ils étalèrent, composé avec des miroirs, le simple mot "Quoi ?"

« Onze ans, trois mois et six jours se passèrent, et l'on vit s'écrire de nouveau sur Mars, cette fois d'une manière bien lisible ce mot paisible : "Rien."

« Les savants furent consternés. Ils se réunirent, s'agitèrent vivement, obtinrent de nouveaux crédits ; et ils affichèrent sur le Sahara : "Alors, pourquoi nous faites-vous des signes ?"

« Onze ans, trois mois et six jours se passèrent, et de nouveau un signal étincela sur Mars. Il disait en toutes lettres :

« "Fichez-nous la paix, ce n'est pas à vous que nous parlons. C'est à des amis sur la planète Saturne !" »

Mathématiques

Le philosophe Luc Ferry estime que, « dans la vie quotidienne, les maths ne servent strictement à rien », foulant aux pieds Galilée et Einstein qui malheureusement n'ont pas cru bon se rendre disponibles pour lui apporter la contradiction.

Heureusement, Michel Serres a pris le temps de lui répondre. « Le paradoxe extraordinaire est dans le fait que les mathématiques sont inventées abstraitement par l'homme et que, tout à coup, on ne sait pas pourquoi, elles sont les lois du monde. Et si elles sont les lois du monde, cela permet précisément d'intervenir sur lui, non seulement de le comprendre, mais aussi d'agir, de fabriquer des outils, et ainsi de suite. Par conséquent, le comble de l'utilité, c'est justement les mathématiques[1]. »

Matin

Selon Jean-Jacques Goldman, un matin ça ne sert à rien. L'assertion peut surprendre et être sujette à caution. Cependant (et nous sommes surpris que la phrase n'ait pas suscité plus de polémiques et de débats contradictoires, comme s'il était communément admis qu'un matin ne servait à rien), le chanteur l'a dit, l'a affirmé, l'a soutenu, l'a chanté, même, et plus souvent qu'à son tour, notamment dans l'album *Positif* qui date de 1984 et dans toute une série de concerts qui l'ont suivi.

1. Avec une totale mauvaise foi, les deux auteurs aussi nuls l'un que l'autre en maths ne semblent citer Michel Serres que pour le plaisir de contredire Luc Ferry.

Citons ses propos car nous ne voudrions pas nous lancer dans une vaine controverse sans solides arguments :

Un matin, ça ne sert à rien.
Un matin, sans un coup de main.
Ce matin, c'est le mien, c'est le tien.
Un matin de rien pour en faire
Un rêve plus loin[1].

Notons que si l'artiste semble développer son sujet, il n'apporte aucun argument concret capable de justifier la phrase initiale « Un matin ça ne sert à rien. »

Comment peut-on affirmer sans coup férir qu'un matin ne sert à rien ? Si un matin ne sert à rien, monsieur Goldman, que dire de l'après-midi, de la soirée, voire de la nuit qui, pour des raisons diverses, peuvent également sembler assez superflus, dans certaines occasions ou occurrences variées qu'il resterait à définir.

N'aurait-il pas été plus loyal de juste préciser, monsieur Goldman que vous n'étiez pas du matin, que vous aviez des réveils difficiles, qu'il valait mieux vous contacter en début d'après-midi, ou carrément à l'heure de l'apéro vespéral si on voulait faire affaire avec vous ? C'est possible. Dans ce cas-là, n'est-il pas exagéré de soutenir que le matin ne sert à rien quand par d'autres il peut être utilisé à bon escient et de manière avantageuse ?

Nous regrettons de devoir mettre au jour de si déplaisants différends, mais n'est-ce pas le prix de l'honnêteté de cet ouvrage qui n'hésite pas, et de façon concomitante, à secouer les plumes du cocotier tout en donnant un coup de pied dans la fourmilière ?

1. Jean-Jacques Goldman, « Encore un matin », *Positif*, Lyrics © Universal Music Publishing Group, 1984.

Menhir

Obélix ne taille pas seulement les menhirs, il les livre. Autant dire qu'il s'occupe non seulement de la production mais également de la distribution. Obélix n'est pas seulement un artisan, il est un autoentrepreneur. Il travaille seul, sans associé, sans manutentionnaire, sans commis. Ce n'est pas pour critiquer Idéfix, mais s'il fait acte de beaucoup de présence auprès d'Obélix, son aide est toute relative.

À quoi sert un menhir ? Ce n'est pas la question. Ce qu'il faut savoir, et c'est extrêmement rassurant en cas de besoin, c'est qu'Obélix en porte toujours un sur son dos. Au cas où.

Il est 19 heures, vous avez besoin d'un menhir, pour la soirée, pour la nuit, Obélix est prêt à intervenir. *Illico*. Samedi, fin de matinée, vous êtes en train de faire votre grand ménage de la semaine, et tout d'un coup vous vous apercevez, défait, déconfit, dépité, que vous n'avez plus un seul menhir. Qu'est-ce qui s'est passé ? Le beau-frère est-il venu vous en emprunter un sans que vous en ayez gardé le souvenir ? Les enfants l'auraient-ils involontairement cassé en jouant avec ?

Toujours est-il que la réalité est cruelle, terrible, impitoyable : vous n'avez plus un seul menhir à la maison. Heureusement, Obélix, le sauveur, est là pour vous sortir de cette mauvaise passe.

Des spécialistes pointilleux feront remarquer que, au temps des Gaulois, les alignements de Carnac étaient déjà vieux de plusieurs milliers d'années. Peut-être. Sans doute. Nous ne discutons pas ici des détails de l'histoire. Mais, comment savoir si les menhirs étaient moins utiles à l'époque d'Astérix qu'à celle du néolithique ?

Merde

Merde ! C'est ce qu'on dit les jours de première, au théâtre. Merde ! Ça s'écrit sur des petits cartons, des cartes postales, des paquets cadeaux. Merde ! C'est pour se dire bonne chance, qu'on a confiance, qu'on est ensemble, qu'on doit rester groupés. Merde ! C'est pour se réconforter, parce qu'on est tous dans la même inquiétude, le même désir, la même fatigue, le même bateau… Merde ! C'est pour se dire que l'on s'aime.

Merde ! Si, un jour de première, personne ne le disait, on se sentirait tellement démuni, isolé, frustré. On se dirait : « Merde… »

Merde ! Toutes les actrices, tous les acteurs l'ont entendu, les bons, les mauvais, les grands, les petits, les intellos, les rigolos, ceux qui font des bides, ceux qui font des triomphes... Merde ! Merde ! Merde !

La tradition, dit-on, remonte au XIXe siècle, quand le public arrivait en calèche. Les chevaux déféquaient devant les lieux de spectacle. Plus la merde était abondante, plus le succès était patent.

La merde comme synonyme d'espoir, de félicité, de succès.

Météo marine

Il nous arrive de prendre le bateau mais rarement le gouvernail, et encore, sous un soleil rassurant, non loin de la côte, et seulement le temps que le capitaine puisse remettre la main sur sa casquette ou décapsuler une canette de bière. Médiocres moussaillons, marins d'eau douce, piètres mariniers, nous n'avons aucune nécessité d'écouter la météo marine.

Cependant, dans le confort de ses pénates, comme il est bon d'entendre parler de rafales et d'échelles de Beaufort, d'apprendre qu'à Rochebonne, Cantabrico et Finisterre, on subit la tempête, de s'imaginer sous le coup de vent apparu à Antifer, Ouessant, Iroise et Pazenn, d'entendre « Nord à Nord-Est 5 à 7 temporairement 8 au début, mer agitée à forte », de regretter que, sur la terre ferme, l'adverbe « passagèrement » soit si peu employé, de savoir qu'une violente tempête est en cours pour Yeu, de s'étonner qu'une mer puisse s'atténuer le matin, d'écouter, perplexe, ces messages mystérieux aussi codés que ceux de Radio-Londres : « En situation normale, les rafales peuvent être supérieures de 40 % au vent moyen et les vagues maximales atteindre deux fois la hauteur significative. Mer : significative totale... », de s'interroger : mais qui sont donc ces Forties et ces Cromarty, Forth, Tyne et Dogger ?

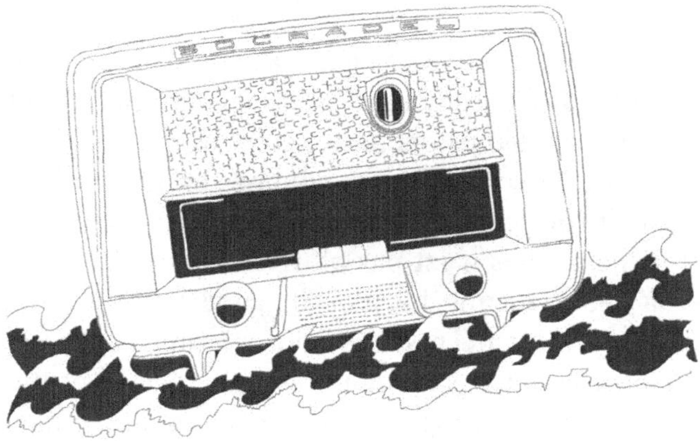

Être dans sa cuisine, préparer une soupe au potiron, somnoler sous sa couette, prendre son bain, conduire sa voiture, fumer une cigarette sur le balcon dans le soir finissant et, tout d'un coup, se retrouver au large en Méditerranée, sous un coup de vent à fort coup de vent en cours ou prévu pour Lion, Provence, Ligure, Corse, Elbe, face au vent, près du bastingage puis sous la rafale, débarquer, fourbu, trempé chez l'Empereur exilé pour un rendez-vous secret...

La météo marine est une invitation au voyage.

Micro-État

Il existe encore aujourd'hui un cliché tenace sur les fous qui se prennent pour Napoléon, entonnoir ou papier replié sur la tête figurant un tricorne et main posée sur le ventre.

En 1840, année où l'on a ramené le cercueil de Bonaparte à Paris, on a recensé l'entrée de quatorze « empereurs » à l'asile de Bicêtre, et de nombreux autres ont suivi jusqu'au début du XXe siècle. Ils ont, paraît-il, disparu de nos jours.

En 1996, Frank Samson, sérieux avocat spécialisé dans la défense des automobilistes et inconditionnel admirateur de Napoléon Bonaparte, crée un micro-État pour pouvoir régner sur des terres comme son idole avant lui. Partant du principe qu'une décision prise par des milliers de personnes n'est pas plus valable qu'une décision prise à deux (aucune loi n'ayant jamais fixé le nombre exact d'individus nécessaires pour exprimer une volonté nationale), Frank et sa femme Delphine déclarent l'indépendance de leur propriété d'un hectare située dans la commune de Saint-Thual en Ille-et-Vilaine.

Ils rédigent et adoptent immédiatement une Constitution dont le premier article confie à Frank Samson, qui prendra pour nom de règne Frank-Marc Ier, le soin de gouverner ce tout nouvel « Empire de la Basse Chesnaie ». L'aigle impérial devient son emblème, et le drapeau est frappé d'un F majuscule sur fond doré. Si l'empire est soumis à la législation française, les lois de l'empereur dérogent à celles de la République. Pour créer son gouvernement, il nomme parmi ses amis un ministre du Budget et des Folles dépenses, un ministre de l'Amabilité, de la Bienséance et du Savoir-vivre, un ministre de la Prudence et du Nunchaku, un ministre aux Sport et au Champagne, enfin, un ministre du 7e Ciel.

De grands travaux sont décidés sur le territoire national. Des ouvriers viennent de toutes les régions limitrophes pour accomplir les glorieux dessins de l'empereur. Chantier pharaonique, la construction d'une piscine prendra plus d'un an.

Le sacre de Frank-Marc Ier se fait en présence de nombreuses personnalités des Arts et de l'Industrie, de chefs d'État du monde entier et de milliers de spectateurs en délire[1].

Mais que serait un empereur sans conquêtes, sans hauts faits militaires ? Le 11 août 2008, la Basse Chesnaie envahit les îles Glénan. L'attaque est fulgurante et prend au dépourvu les troupes des autorités locales qui n'ont pas le temps de réagir. L'empereur et son armée ne voient pas même un soldat ennemi, et leur annexion se fait sans heurts. Débarqués à 13 h 10 par le bateau de liaison régulier, les soldats sont en contrôle du territoire à 13 h 30. Avant de repartir, un drapeau national est planté dans le sable de la plage de l'île Saint-Nicolas, instaurée capitale du nouveau royaume annexé, et un vice-roi est nommé, chargé de surveiller les îles en l'absence de Sa Majesté impériale[2].

Quand il n'est pas sur les champs de bataille, l'empereur s'intéresse à la renommée que le sport peut apporter à son illustre nation. Il crée en janvier 2009 la LISBAC, Ligue impériale sportive de la Basse Chesnaie, qui compte, outre une équipe de football, deux champions de body-building dont les slips sont frappés du sceau de l'empereur.

Pour ceux de nos lecteurs qui le souhaiteraient, il est possible, sur la page d'accueil du site de l'empire, de demander la nationalité beauchaisnoise en remplissant simplement un formulaire, comme l'on fait 333 citoyens à l'heure de l'écriture de ce dictionnaire.

1. Nous prenons ici nos informations sur le site officiel du ministère de l'Information impériale. Comment pourrions-nous les mettre en doute ?

2. Notons que la plupart des habitants des îles Glénan n'ont, semble-t-il, pas été mis au courant de cette soudaine invasion qui n'a en rien changé leur mode de vie.

Mime

Quand Pierre Richard raconte Jean Carmet, etc.

« Il n'aime pas Marceau, il n'aime pas le mime. Un jour j'ai deux places, je lui en propose une, il me dit qu'il n'aime pas, mais comme ça m'emmerde d'y aller seul j'insiste et il vient. On est au quatrième rang, Marceau arrive sur scène et à peine il commence que Carmet se lève et gueule : "Plus fort, on n'entend rien !" Ce qui a plus ou moins fait rire l'assemblée. Il voulait aller voir Marceau à la fin du spectacle, j'ai refusé et on a filé. »

Voir : Carmet, Jean ; Maillot bleu ; Mariage ; Œufs frais de la ferme ; Panoplie d'homosexuel ; Pets ; Pot de chambre ; Radinerie.

Miroir déformant

Les miroirs déformants dans les palais des glaces sont concaves ou convexes. Dans les fêtes foraines ou les parcs d'attractions, ils amusent les enfants. Les petits deviennent grands et les grands tout petits. Les gros, par enchantement, deviennent maigres comme des clous, et les clous sont énormes. Autant dire qu'on s'amuse. On perd la mesure de tout devant un miroir déformant. On rit de soi. On rit sans arrière-pensée, sans méchanceté. On rit de bon cœur comme des enfants perdus.

Pieter Stuyvesant qui ne découvrit pas la cigarette blonde mais, lors d'une de ses visites en France, la magnifique galerie des Glaces au château de Versailles, traversa l'Atlantique pour proposer en tant que directeur général de la Nouvelle-Néerlande envoyé par la Compagnie néerlandaise des Indes occidentales, une version plus festive et moins solennelle afin d'amuser ceux qui, quelques années plus tard, deviendraient des New-Yorkais.

Avant la 3D, les traitements numériques et les effets spéciaux, Charlie Chaplin dans *Le Cirque,* Orson Welles dans *La Dame de Shanghai*, Woody Allen dans *Meurtre mystérieux à Manhattan*, Yolande Moreau dans *Henri*[1], surent avec un grand sens de la mise en abyme introduire cet archaïque palais des illusions dans ce nouveau palais des mirages appelé cinéma.

Moncrabeau

Nous ne vous apprendrons rien en écrivant ici que les Gascons, qu'ils viennent de Pau, de Bayonne, de Dax, de la Teste-de-Buch, de Lourdes évidemment, ou d'ailleurs, sont des menteurs. Tous sont de splendides hâbleurs, de mirifiques fabulateurs, d'enthousiasmants conteurs, assurément, mais des menteurs quand même. Nos lecteurs du Sud-Ouest ne nous en voudront pas de rappeler ces faits tant ils sont conscients que leur renommée n'est plus à faire (l'expression « faire une promesse de Gascon » n'est-elle pas passée, depuis des lustres, dans le langage courant ?).

Les habitants de Moncrabeau, un petit village du pays d'Albret, se targuent d'être les plus menteurs de tous les

1. Il est vrai, le film de Yolande date de bien après l'invention de la retouche numérique, mais ça nous faisait plaisir de la citer à côté de Chaplin, Welles et Allen.

Gascons. Pires que les Bordelais, plus baratineurs que les Auscitains, encore moins sincères que les plus fourbes des Tarbais, les 700 âmes de la commune portent fièrement leur réputation en étendard : si un jour vous arpentez leurs charmantes ruelles, vous pourrez apercevoir, ici, une plaque commémorant la naissance de Fujiyo Lapuce, l'informaticien du roi Louis XV de 1748 à 1792, là, le crâne d'Henri IV enfant, ou encore, place de la Halle, le fauteuil du roi des menteurs daté de 1748, ce qui démontre le lien séculier qui unit Moncrabeau au mensonge.

Les Moncrabelais sont tellement attachés à leur réputation qu'ils ont créé une Académie des menteurs, qui compte quarante illustres représentants choisis parmi la fine fleur des bonimenteurs de la commune, un costume pourpre et blanc permettant aux vénérables de se différencier de la foule. L'Académie se targue de réunir « tous les hâbleurs, menteurs, nouvellistes et autres personnes qui s'exercent dans le bel art de mentir finement, sans porter préjudice à autre qu'à la Vérité dont ils font profession d'être ennemis jurés ».

Outre une paella géante, un bal musette, un concours de belote et autres réjouissances, l'Académie organise, chaque premier dimanche d'août depuis 1972, son Festival international des menteries, dont le point d'orgue est le sacre du roi ou de la reine des Menteurs.

Des centaines de candidats viennent du monde entier pour venir déclamer une histoire inventée de toutes pièces ne pouvant excéder six minutes, suffisamment vraisemblable et amusante pour pouvoir convaincre le jury composé d'augustes académiciens. Une fois désigné, le meilleur baratineur reçoit protocolairement une coupe ainsi qu'une grande couronne d'or et de velours. Le nouveau roi, installé sur un trône porté par six académiciens en habits d'apparat, est cérémonieusement présenté à la foule à travers les ruelles du bourg.

Selon le site Internet de l'Académie des menteurs de Moncrabeau, certaines catégories actives de la population sont « attributaires de droit » au diplôme de Menteur à condition de venir le valider le premier dimanche d'août sur l'ancien fauteuil de pierre du village. Outre les prévisibles hommes politiques, journalistes et avocats, sont également admissibles les météorologues et chirurgiens-dentistes.

Monochrome

« Sa folie était de se croire un grand peintre, et à son avis il venait d'exécuter son chef-d'œuvre.

Ce chef-d'œuvre, recouvert d'une toile verte, était *Le Passage de la mer Rouge* par les Hébreux.

Il vous conduisait devant le chef-d'œuvre, levait la toile verte, et l'on apercevait une toile blanche.

— Voyez, disait-il, voilà mon tableau.

— Et il représente ? demandait le visiteur.

— Il représente le passage de la mer Rouge par les Hébreux.

— Pardon ! mais où est la mer ?

— Elle s'est retirée.

— Où sont les Hébreux ?

— Ils sont passés.

— Et les Égyptiens ?

— Ils vont venir. »

Alexandre Dumas Père, *Le Corricolo,* 1843.

Le *Carré blanc sur fond blanc* (1918) de Kasimir Malevitch ne serait pas le premier monochrome jamais peint. En 1882, Paul Bilhaud, auteur de vaudevilles tels que *La Première Querelle, Bigame,* ou encore *Ma Bru !*, décide, pour se moquer des peintres impressionnistes (on n'est pas toujours bien éclairé), d'exposer un tableau tout noir qu'il nomme *Combat de Nègres dans un tunnel* (pour le coup, pas éclairé du tout).

Voyant là une belle occasion d'exercer son esprit, Alphonse Allais, ami de Bilhaud, se lance dans une série de monochromes aux noms amusants, qui seront édités le 1er avril 1897 chez Paul Ollendorff sous le nom d'*Album Primo-Avrilesque*. L'œuvre de l'immense Normand étant tombée dans le domaine public, nous vous reproduisons ici sans scrupules l'intégralité de la préface ainsi que les titres des œuvres contenues dans l'ouvrage (pour les monochromes il vous suffira de les imaginer, c'est ça qui est bien) :

PRÉFACE

C'était en 18. (Ça ne nous rajeunit pas, tout cela.)

Amené à Paris par un mien oncle, en récompense d'un troisième accessit d'instruction religieuse brillamment enlevé sur de redoutables concurrents, j'eus l'occasion de voir, avant qu'il ne partît pour l'Amérique, enlevé à coups de dollars, le célèbre tableau à la manière noire, intitulé :

COMBAT DE NÈGRES DANS UNE CAVE,
PENDANT LA NUIT

L'impression que je ressentis à la vue de ce passionnant chef-d'œuvre ne saurait relever d'aucune description.

Ma destinée m'apparut brusquement en lettres de flammes.

— Et moi aussi je serai peintre ! m'écriai-je en français (j'ignorais alors la langue italienne, en laquelle d'ailleurs je n'ai, depuis, fait aucun progrès).

Et quand je disais peintre, je m'entendais : je ne voulais pas parler des peintres à la façon dont on les entend le plus généralement, de ridicules artisans qui ont besoin de mille couleurs différentes pour exprimer leurs pénibles conceptions.

Non !

Le peintre en qui je m'idéalisais, c'était celui génial à qui suffit pour une toile une couleur : l'artiste, oserais-je dire, monochroïdal.

Après vingt ans de travail opiniâtre, d'insondables déboires et de luttes acharnées, je pus enfin exposer une première œuvre :

PREMIÈRE COMMUNION
DE JEUNES FILLES CHLOROTIQUES
PAR UN TEMPS DE NEIGE

Une seule Exposition m'avait offert son hospitalité, celle des Arts incohérents, organisée par un nommé Jules Lévy, à qui, pour cet acte de belle indépendance artistique et ce parfait détachement de toute coterie, j'ai voué une reconnaissance quasi durable.

Si j'ajoutais un mot à ces dires, ce serait un mot de trop.

Mon ŒUVRE parlera pour moi !

MONOCHROME NOIR :

Combat de Nègres dans une Cave, pendant la Nuit
(*Reproduction du célèbre tableau.*)

MONOCHROME BLEU :

Stupeur de Jeunes Recrues apercevant pour la première fois ton Azur, Ô Méditerranée !

MONOCHROME VERT :

Des Souteneurs, encore dans la force de l'âge
et le ventre dans l'herbe, boivent de l'absinthe

MONOCHROME JAUNE :

Manipulation de l'Ocre par des Cocus Ictériques

MONOCHROME ROUGE :

Récolte de la Tomate par des Cardinaux Apoplectiques
au bord de la mer Rouge
(*Effet d'aurore boréale.*)

MONOCHROME GRIS :

Ronde de Pochards dans le Brouillard

Précurseur de Rodtchenko, Soulages et Klein, c'est ainsi qu'Allais est grand.

Montaigne, Michel de

Michel de Montaigne se faisait réveiller la nuit par un domestique, pour le plaisir de se rendormir et d'apprécier son sommeil.

Voir : Se réveiller la nuit.

Mot le plus long

Depuis qu'il est en âge de faire le malin, l'Homme a créé tout un tas de mots interminables et démesurés, pleins de voyelles rutilantes et de consonnes chromées, longs comme un train de marchandises aux wagons infinis, mots-valises capables de transporter une famille de cachalots, à la poésie hypnotique, certes, mais qu'on n'utilise jamais et qui ne font rien qu'encombrer les pages de dictionnaires pour franchement pas grand-chose.

Si l'on est familier de la philosophie de Pangloss (précepteur de Candide), on peut citer sa *métaphysico-théologo-cosmolonigologie* (35 lettres). Si on lui préfère une philosophie plus aimable, on peut préférer le chantant *Supercalifragilisticexpialidocious* (34 lettres) de Mary Poppins.

Lopadotemakhoselakhogaleokranioleipsanodrimypotrimmatosilphiokarabomelitokatakekhymenokikhlepikossyphophattoperisteralektryonoptekephalliokinklopeleiolagōiosirai obaphētraganopterygṓn... (182 lettres) Les spécialistes les plus précis d'Aristophane savent sans doute parfaitement épeler ce plat fictif composé de toutes sortes de poissons, fruits de mer, volailles, sauces et autres délices, mentionné dans *L'Assemblée des femmes*.

Les médecins, parfois un peu ramenards, voudront placer leur *cyclopentanoperhydrophénanthrène* (32 lettres), type de noyau qui entre dans la composition d'éléments biochimiques comme le cholestérol, ou leur *glycosylphosphatidyléthanolamine* (32 lettres également), un glycérophospholipide des membranes cellulaires.

Puis, comme ils ne sont pas en reste, viendront les chimistes et leur chlorure d'*aminométhylpyrimidinylhydroxyéthylméthythiazolium* (49 lettres), autre nom de la vitamine B2.

Afin de calmer cette érudite faune, il convient de se reporter au *Dictionnaire amoureux de la Langue française* de Jean-Loup Chiflet, qui nous apprend que le mot le plus long du monde est anglais et qu'il comporte quelque 1 913 lettres :

Methionylglutaminylarginyltyrosylglutamylserylleucylphenylalanylalanylglutaminylleucyllysylglutamylarginyllysylglutamylglycylalanylphenylalanylvalylprolylphenylalanylvalylthreonylleucylglycylaspartylprolylglycylisoleucylglutamylglutaminylserylleucyllysylisoleucylaspartylthreonylleucylisoleucylglutamylalanylglycylalanylaspartylalanylleucylglutamylleucylglycylisoleucylprolylphenylalanylserylaspartylprolylleucylalanylaspartylglycylprolylthreonylisoleucylglutaminylasparaginylalanylthreonylleucylarginylalanylphenylalanylalanylalanylglycylvalylthreonylprolylalanylglutaminylcysteinylphenylalanylglutamylmethionylleucylalanylleucylisoleucylarginylglutaminyllysylhistidylprolylthreonylisoleucylprolylisoleucylglycylleucylleucylmethionyltyrosylalanylasparaginylleucylvalylphenylalanylasparagi-

nyllysylglycylisoleucylaspartylglutamylphenylalanyltyrosylalanylglutaminylcysteinylglutamyllysylvalylglycylvalylaspartylserylvalylleucylvalylalanylaspartylvalylprolylvalylglutaminylglutamylserylalanylprolylphenylalanylarginylglutaminylalanylalanylleucylarginylhistidylasparaginylvalylalanylprolylisoleucylphenylalanylisoleucylcysteinylprolylprolylaspartylalanylaspartylaspartylaspartylleucylleucylarginylglutaminylisoleucylalanylseryltyrosylglycylarginylglycyltyrosylthreonyltyrosylleucylleucylserylarginylalanylglycylvalylthreonylglycylalanylglutamylasparaginylarginylalanylalanylleucylprolylleucylasparaginylhistidylleucylvalylalanyllysylleucyllysylglutamyltyrosylasparaginylalanylalanylprolylprolylleucylglutaminylglycylphenylalanylglycylisoleucylserylalanylprolylaspartylglutaminylvalyllysylalanylalanylisoleucylaspartylalanylglycylalanylalanylglycylalanylisoleucylserylglycylserylalanylisoleucylvalyllysylisoleucylisoleucylglutamylglutaminylhistidylasparaginylisoleucylglutamylprolylglutamyllysylmethionylleucylalanylalanylleucyllysylvalylphenylalanylvalylglutaminylprolylmethionyllysylalanylalanylthreonylarginylserine.

Enfin, c'est un déchirement de l'écrire mais il faut le savoir, *Anticonstitutionnellement* n'est plus le mot le plus long de la langue française (hors mots scientifiques, vous l'aurez compris). Il a été remplacé par *Intergouvernementalisation* (26 lettres, 27 au pluriel), action coordonnée entre plusieurs gouvernements.

Y a rien qui dure toujours...

Mots croisés

Dans *Schnock*, le magazine référentiel des vieux de 27 à 87 ans, Christophe Ernault dresse la liste du top 15 des minorités « ignoré[e]s par leur époque, maltraité[e]s par la société turbocapitaliste [...] écrabouillé[e]s par le 44-tonnes de l'Histoire ».

Dans la liste, on trouve ceux qui repassent les chaussettes, ceux qui regardent dans l'annuaire, ceux qui utilisent des mouchoirs en tissu, ceux qui mettent leur éponge dans la machine à laver, ceux qui consultent le *Quid*, ceux qui remontent leur réveil et... ceux qui font des mots croisés.

Stupéfaction. Effarement.

L'un des auteurs de ce dictionnaire, qui, croyez-le, n'aurait jamais l'idée de repasser ses chaussettes ou de remonter son réveil, qui, surfant sur Internet avec agilité, n'a plus besoin du gros almanach de Michèle et Dominique Frémy que ses parents compulsaient à tout instant pour savoir l'âge de Sheila ou du commandant Cousteau, régulièrement remplit benoîtement des cases de mots croisés.

Ahurissement. Saisissement.

Subitement, il s'aperçoit que son âge le rapproche plus des 87 que des 27 ans.

Consternation. Hébétude.

Lorsqu'il est de passage chez ses beaux-parents, il lui arrive même de recopier à la main les grilles de *Ouest-France* afin de les laisser vierges pour sa belle-mère.

Honte. Accablement.

Il est accro aux mots croisés. C'est sa came, sa dope, son héroïne.

Lorsqu'il achète *Le Monde*, il lui arrive de délaisser les articles concernant la politique intérieure, les relations entre Israël et la Palestine, les diverses tensions internationales, l'économie, les conflits sociaux, le réchauffement climatique pour se ruer sur les mots croisés, juste à côté du sudoku, pile sous les programmes télé.

Bassesse. Vilenie.

Force est de constater que les mots croisés sont en vente libre et, ainsi que le haschich ou l'opium, réussissent parfois à soigner, à calmer. Par ailleurs, et tous les gériatres, tous les gérontologues, sans parler des divers personnels des Ehpad vous le diront, le cruciverbiste, grâce à sa passion, combat sa propre dégénérescence cérébrale.

Les schnocks ont encore de belles saisons devant eux.

Ainsi sommes-nous allés interroger Philippe Dupuis, maître schnock et cruciverbiste d'exception qui, chaque jour, avec inspiration, compose une grille pour *Le Monde*.

Dites-moi, Philippe, à propos de mots croisés, c'est compliqué de les créer ?

« Construire la grille n'est pas trop difficile (par habitude), les deux premiers mots (le 1 horizontal et le 1 vertical) choisis par le verbicruciste entraînent tous les autres qui doivent s'emboîter comme les pièces d'un puzzle.

« Les mots retenus par l'auteur (noms communs ou propres) sont malgré tout le reflet du cruciverbiste et de ses lecteurs.

« Les cases noires sont là pour aider à la construction et éviter les blocages.

« La difficulté est d'essayer d'en mettre le moins possible, surtout quand la grille est de petite taille.

« Les grandes grilles sont de fait plus faciles à construire.

« Les dictionnaires sont des aides à la construction, dictionnaires de mots croisés (mots classés par nombre de lettres), dictionnaires électroniques et même logiciel pour construire une grille, je n'utilise pas ce dernier.

J'ai toujours un certain plaisir à bâtir ces grilles. »

Très bien. Mais alors, le plaisir des mots croisés, bien supérieur à celui des mots fléchés, c'est l'originalité de la définition, non ? N'est-ce pas là le vrai défi du verbicruciste ?

« Les définitions, plus que les mots de la grille, sont le reflet et la patte du verbicruciste.

« La recherche, la réflexion, le niveau de difficulté, l'envie d'être subtil, se font plus ou moins facilement.

« Le plaisir est dans la relecture quand on pense que telle définition est bonne voire excellente, même s'il n'y en a pas tant que cela qui puissent tenir dans le temps.

« Donc trouver les définitions est plus compliqué que bâtir la grille. »

Vous avez commencé à publier vos grilles dans quel journal ?

« À *Libération*. Laurent Joffrin, rédacteur en chef, m'avait dit : “Dans tes grilles tu fais du *Libé*.” Arrivé au *Monde*, Alain Giraudo me dit : “Tu fais du Philippe Dupuis.”

Ce qui est plus facilement accessible quand justement on est Philippe Dupuis ?

« Sans doute. On ne me demande pas de suivre l'actualité mais de faire des grilles pas trop compliquées, qui peuvent être faites et reprises par les lecteurs, n'importe où, chez soi, dans le métro... Le lecteur du *Monde* ne doit pas passer plus de temps à remplir la grille qu'à lire le reste du journal. Le temps de lecture de la presse (papier) est de plus en plus court, mes grilles sont simples (pour les lecteurs du *Monde*), comme toujours certains les trouvent trop faciles, d'autres infaisables et tordues. Mais une grille peut être facile et agréable à réaliser. »

Quand Philippe Dupuis est fier d'une de ses définitions, il l'inscrit sur un cahier dans lequel on peut lire notamment :

Définition : Mère porteuse. Réponse : CARIATIDE ou Caryatide. Simple, courte, efficace, mot connu et deux orthographes sont possibles.

Définition : Se ravitaille en vol. Réponse : ASILE. Difficile à trouver ; l'asile est dans ce cas une mouche (dans tous les dictionnaires) qui attrape ses proies dans les airs.

Le plaisir de certaines de ses définitions, c'est qu'elles sont évidentes, mais après coup, une fois qu'elles sont trouvées :

Pour les amateurs de bon cru : TARTARE.

Étoiles de mer : AMIRAUTÉ.

Philippe Dupuis, sur son cahier, a écrit une définition qu'il n'a pas encore osé utiliser car il la trouve un peu vulgaire.

Mot qui sent par les deux bouts : PÉDAGOGUE.

Dites-moi, Philippe, quelles sont à vos yeux les meilleures définitions de vos collègues verbicrucistes ?

« Permettez-moi de commencer par un rectificatif. Souvent citée, la définition d'ENTRACTE : vide les baignoires et remplit les lavabos n'est pas de Tristan Bernard mais de Renée David, auteur de grilles et éditrice de Tristan Bernard.

« Ce que le feu a épargné : HÉRITAGE. Celle-là est bien de Tristan Bernard. Il est le premier à faire entrer l'humour dans les définitions.

« Jean ou Claude : LÉVI STRAUSS. Robert Scipion se permettait avec bonheur tous les jeux de mots, ici entre le jean et Claude Lévi-Strauss (avec dans ce cas un trait d'union).

« Michel Laclos a laissé beaucoup de bonnes définitions, souvent réutilisées, elles commencent à vieillir.

« Les bons mots de certains écrivains feraient de belles définitions ; de Voltaire à San-Antonio en passant par Claudel qui nous a laissé pour SUICIDE : manque de savoir-vivre. »

Quelles sont vos idoles parmi les cruciverbistes, celles dont vous auriez pu avoir les posters affichés dans votre chambre d'adolescent ?

« Michel Laclos et Robert Scipion, parmi les disparus ; Alain Dag'Nau et Gaëtan Goron du *Canard enchaîné* et de *Libé*. »

Quand vous êtes en vacances ou au repos, vous remplissez les grilles des autres ?

« Jamais, j'aurais l'impression d'être au boulot. Jouer au scrabble me fait le même effet. »

Mouches

Galit Shohat-Ophir et son équipe de chercheurs de l'université Bar-Ilan, en Israël, ont décidé de s'intéresser (à l'occasion, si vous les croisez, demandez-leur pourquoi) à l'orgasme des mouches, plus particulièrement à la question du plaisir qu'elles en retirent.

Pour cela, il leur a fallu modifier certains neurones prélevés dans l'abdomen de plusieurs de ces petites bêtes pour que, sous l'effet d'une lumière rouge, ils s'activent et produisent de la corazonine, molécule déclenchant l'éjaculation.

Ces mouches génétiquement modifiées ont ensuite été placées, avec d'autres de leurs congénères qui n'avaient pas subies de transformations, dans un caisson composé de deux zones, l'une s'éclairant d'une ampoule rouge, l'autre non. Lorsque les lumières étaient éteintes, toutes les mouches volaient indifféremment dans les deux zones, mais quand la rouge s'allumait, les mouches modifiées s'agglutinaient dans la zone éclairée et éjaculaient gaiement dans un élan commun, contrairement aux pauvres mouches sauvages qui continuaient à voleter n'importe où comme si de rien n'était.

Après de multiples essais, le groupe de scientifiques en a conclu que les mouches *recherchaient* la mécanique d'expulsion spermatique. Comme tout un chacun, ni plus ni moins.

Poète ne choisit sa muse. Il faut accueillir l'inspiration d'où qu'elle vienne, d'une rose à peine éclose ou d'un gilet jaune, du sentiment amoureux ou du foutre des mouches. Tout est bon à prendre.

Sous le halo blafard des lampes de tungstène
Elle apparaît venue de la plus sombre histoire
La foule fourmillante rageuse et souterraine
Celle des animaux dits de laboratoire

Vois les singes brûlés les lapins carnivores
Les chatons à trois pattes et les souris malades
La cohue monstrueuse est revenue des morts
Silencieuse elle avance effrayante et hagarde

Sur sa paillasse, un rat ni maigre ni très gros
Apparaît cependant à nul autre pareil
Depuis qu'on a greffé au milieu de son dos
Pour distraire un chercheur une encombrante oreille

Dès qu'il prend la parole il captive et capture
L'attention de chacun et même l'éléphant

Qu'on a drogué hier à l'héroïne pure
N'agite plus sa trompe avec autant d'allant

« Mes frères les maudits, mes amis les damnés,
Tous les jours, on nous frappe, on nous noie,
[on nous pique
La souffrance et la peine sont nos lots journaliers
Nos vies, on le voit bien, ont des reflets christiques

« Mais savez-vous qu'ailleurs, dans le bâtiment B
Tout un essaim de mouches vit comme au lupanar
Ne pensant qu'à l'ivresse au doux plaisir d'aimer
Jouissant éjaculant du matin jusqu'au soir ?

« Depuis des mois, qui sait, peut-être des années
Payés par les impôts, par les deniers publics
De sérieux scientifiques, certifiés, diplômés
Offrent aux brachycères des plaisirs orgasmiques ! »

« À bas les privilèges ! Tous au bâtiment B ! »
Portés par la folie, la colère, la rage
Et la force infinie des plus désespérés
Les animaux se vengent en un sanglant carnage.

N'eût-il pas mieux valu, se pose la question,
Adopter des façons peut-être moins farouches
Aller le cœur léger sans projet d'agression
Dans le bâtiment B pour enculer les mouches ?

Moustache de Jean Rochefort (la)

La moustache de Jean Rochefort est-elle plus inutile que celle de Georges Brassens ou de Joseph Staline ? Pas forcément. Est-elle plus superfétatoire que celle de José Bové ou de Tom Selleck ? Pas obligatoirement. Ce qui est sûr, c'est que l'on a pu voir Rochefort avec et sans moustache. On peut donc en déduire que sa fantaisie capillaire n'avait pas pour fonction de cacher un bec de lièvre. « À l'âge de 40 ans, j'ai joué *Le Misanthrope*, ma fausse moustache partait tout le temps, j'ai donc décidé de faire pousser la mienne. »

Grâce à Molière, Rochefort a trouvé son vrai visage. Son sens de la formule le caractérisait autant que la moustache dont il disait : « Quand je l'enlève, j'ai l'impression de ne plus avoir de slip. »

À *L'Express*, en 2013, il expliquait : « Sans moustache, j'ai toujours eu un air un peu faux derche. Le gars qui ne donne pas confiance. Et sexuellement, je crois que ça me faisait du tort. »

Le poète, Georges-Philippe Taladiart, *alias* Jean-Jacques Denis, à moins que ce ne soit le contraire, a évoqué, dans un texte qui n'est pas encore étudié dans les écoles, la pilosité du grand acteur.

J'aime les trous dans le gruyère
Le moisi dans le Roquefort
Le coulant dans le camembert
Mais la moustache de Jean Rochefort…
J'aime les copains qui me ramènent
Chez moi quand je suis ivre mort
Qui paient mes ardoises chez Germaine
Mais la moustache de Jean Rochefort…

J'aime monter sur une échelle
Chez mon voisin et sans remords
Voler ses pommes les plus belles
Mais la moustache de Jean Rochefort...
J'aime entre Nantes et Montaigu
Lorgner d'une belle qui dort
Le beau bas du dos bien dodu.
Mais la moustache de Jean Rochefort...
Accent circonflexe royal
Sur le sourire d'un milord
Chevauchant, altier, son cheval
Je ne l'aime pas, je l'adore[1].

Musée du clou

Si un jour, en goguette, vous passez par hasard à Saint-Cornier-des-Landes, charmant petit village de la Suisse normande, il est plus que probable que vous ayez envie de visiter son musée du Clou, édifice qui fait la fierté de sa communauté et lui permet de rayonner de Roullours jusqu'à Perrou (« C'est pas l'Pérou ? » nous demande-t-on dans l'oreillette. Évidemment que non, c'est une commune de l'Orne).

Au centre du village, en partant de l'église que le soleil de fin de journée teinte d'un jaune ardent, vous prendrez la rue principale en direction d'Yvrandes. En passant devant la maison portant l'enseigne Patry, si vous en apercevez ses occupants à l'intérieur, vous ferez un sourire à la dame et saluerez le monsieur dans son fauteuil, en étant bien poli et pas intrusif, d'abord parce

1. Voir la page Facebook du poète.

que les personnes délicates sont toujours appréciées, et surtout ce sont les beaux- et grands-parents respectifs des auteurs (alors déconnez pas).

Reprenez votre chemin, soyez bien attentif. Après quelques pas, sur votre gauche, vous le trouverez, le fameux musée du Clou qui pourrait facilement concourir pour le titre de plus petit musée de France puisqu'il se tient dans une ancienne forge de cinq mètres carrés. Vous pourrez admirer tous les outils d'époque (la forge, la cheminée, le soufflet et sa roue actionnée par un chien, le billot, la cloutière, etc.) et apprendrez à différencier les différents types de clous fabriqués pendant l'âge d'or de la commune : le bêcheron (clou coudé à 90 °C), le jardinier, le marinier, le cavalier, le clou de vitrier, le clou à tête large, à tête d'homme, à plâtre, à moulure...

Le musée, gratuit, n'est ouvert que les jeudis après-midi de juin à septembre, mais il est possible de jeter un coup d'œil à l'intérieur par la fenêtre, personne ne vous en fera le reproche.

N

N315

Tous les vendredis pendant plusieurs années du début du XXIe siècle, pour peu qu'ils aient été un peu attentifs, les automobilistes quittant la capitale par la N315 (au nord-ouest de Paris, direction pont de Gennevilliers) ont pu voir un petit homme accoudé à la balustrade d'un des ponts surplombant la voie rapide. Installé devant lui, accroché aux barreaux, un petit rectangle en carton où était écrit un message à la peinture rouge destiné au flot ininterrompu de voitures. Un petit mot, simple et modeste, un peu naïf peut-être, mais chaleureux autant que désintéressé :

« Bon week-end »

Il y avait quelque chose de Sempé dans ce petit bonhomme fragile souriant, qui saluait les voitures de la main, perdu au beau milieu d'une zone de transit bordée d'arbres chétifs et malades.

De 16 heures à la tombée de la nuit, été comme hiver, bravant le froid et la chaleur, l'indifférence et l'ennui, ce chevalier de la politesse, ce combattant de la bienveillance, ce résistant de la fraternité souhaitait invariablement un bon week-end à tous les automobilistes, sans aucune distinction, à l'ouvrier dans sa camionnette comme au P-DG dans sa Mercedes avec chauffeur. Le personnage était devenu un familier de ceux qui l'avaient remarqué et qui le gratifiaient d'un sourire, d'un geste de la main, d'un amical coup de klaxon, faute de pouvoir s'arrêter pour le serrer dans leurs bras.

L'homme a disparu au tournant des années 10, quand est arrivée la crise économique. On ne sait pas ce qu'il est devenu.

Presque dix années ont passé. Un bidonville s'est installé un temps sur le bas-côté de la route. On y a vu des dizaines de petites cabanes de bois adossées aux murs d'enceinte tagués, des vêtements qui séchaient sur les branches des arbres et des enfants qui rentraient de l'école, cartable sur le dos, slalomant entre les détritus. Là où notre homme installait son carton, sur le pont au bout de l'avenue des Sévines, la municipalité a accroché une banderole : « Gennevilliers a résorbé 1 000 logements insalubres, l'État laisse se développer ici un bidonville. »

Numéros des disparus

C'est impossible d'effacer de la liste de ses contacts les noms des disparus inscrits dans son téléphone portable. Ce serait comme si on les tuait une deuxième fois. Dans un carnet en papier, sous le trait du crayon, les noms et les numéros de téléphone continuent d'apparaître, mais, dans les répertoires informatiques, la disparition est cruelle, définitive. Sans appel. C'est comme si, en supprimant les noms de la mémoire de nos petits ordinateurs portatifs, on les effaçait à jamais de notre propre mémoire. Oui, c'est comme si on les condamnait à une deuxième mort.

Hubert M. est joignable au 06 31 66 25 XX mais je sais qu'en Ardèche, auprès de celle qu'il aime, il est très occupé par ses guitares et sa planche à dessin. Marianne É., aperçue il n'y a pas si longtemps à l'Odéon Berthier, m'a redonné son numéro, le 06 50 81 59 XX. André C. n'a pas de portable, il n'en a jamais eu et n'en aura jamais. On le joint directement sur son fixe, le 01 46 06 76 XX, mais il faut insister, faire sonner longtemps, car il peut être absorbé par son train électrique qui fait un certain bruit.

Je sais que Robert H. répond au 06 17 77 41 XX mais seulement quand il veut. Je ne me risquerai pas de l'appeler, j'aurais trop peur de le déranger. La prochaine fois que je joue vers La Rochelle, je ne dois pas oublier d'appeler Jean-Louis F. au 06 14 21 27 XX. Tonie M. (06 03 01 77 XX) doit préparer un film. Il y a longtemps que je n'ai pas eu Corinne H. au téléphone, elle est au 06 12 60 29 XX. Sans doute est-elle amoureuse.

Et parfois, l'on garde aussi de ces disparus des messages qui nous disent des choses futiles, inconséquentes, nous donnent rendez-vous au café, prennent de nos nouvelles, s'expriment dans des messages sonores qui sont ineffaçables.

Voir : Marguerites.

O

Odieux

En passant, une citation de Francis Blanche : « Il ne suffit pas d'être inutile. Encore faut-il être odieux. »

Œufs frais de la ferme

Quand Pierre Richard raconte Jean Carmet.

« Quand tu es bourré, que tu bois, tu peux être prêt à toutes les extravagances. Mais quand tu as un air de petit comptable suisse, comme Carmet, c'est intérieur. Ce n'est pas l'alcool qui le rend fantaisiste, c'est beaucoup plus fou.

« Sur *Un chien dans un jeu de quilles*, nous tournions dans une ferme avec Jean. Yvette Bonnay, qui était mon habilleuse ainsi que celle de Philippe Noiret, disait combien ça lui faisait plaisir de manger de vrais œufs de la ferme, bien jaunes et frais. "C'est quand même autre chose que les œufs qu'on achète dans le commerce." Alors on la questionne, pourquoi elle dit ça, et elle nous avoue que, tous les matins, comme elle arrive la première au plateau, elle en profite pour aller chercher des œufs dans le poulailler. Évidemment, Jean lui dit que ce n'est pas très honnête ce qu'elle fait là, voler des œufs qui appartiennent au fermier (comme si l'honnêteté était un souci de Jean).

« Alors, pour lui jouer un tour, le lendemain matin, après avoir acheté une seringue et du bleu de méthylène, on était venus une heure plus tôt dans le poulailler pour piquer les œufs, les remplir du liquide coloré et les reposer. Évidemment, ça n'a pas raté, deux heures plus tard, on retrouve Yvette complètement incrédule. “Alors là, j'ai pas compris ! J'ai voulu me faire une omelette, elle était bleue !” C'était comme ça... Surréaliste, des fois.

« Dans cette ferme que le producteur avait louée, il y avait un grand cheval de trait qui pétait tout le temps. Ayant remarqué ça, Carmet n'avait rien trouvé de mieux que de chopper le porte-voix de l'assistant réalisateur et avait inventé un concours : celui qui approchait l'hygiaphone du cul du cheval au moment où il pétait avait un point. Sur une journée, dès que le pauvre assistant posait son truc on le prenait, j'ai perdu par 6 à 2. Je me souviendrai toujours de la tête de l'assistant quand il reprenait son porte-voix. »

Voir : Carmet, Jean ; Maillot bleu ; Mariage ; Mime ; Panoplie d'homosexuel ; Pets ; Pot de chambre ; Radinerie.

Onanisme

Une étude approfondie que nous avons menée l'autre dimanche, au zoo de Vincennes, nous apprend que, comme tout un chacun, les singes pratiquent l'onanisme. Qu'ils soient perchés en haut des arbres au beau milieu de la jungle ou enfermés dans des cages, ils se tirent sur la nouille. Du ouistiti pygmée au macaque de Barbarie, en passant par le tamarin empereur, ils le font tous, sans exception. Pour passer le temps, innocemment, au lieu de faire des sudokus, des plans pour les vacances ou de passer l'aspirateur dans la voiture, les primates se masturbent, se branlent, s'astiquent, jouent à cinq contre un, peignent la girafe, secouent le colosse, font pleurer le cyclope, dégorgent l'aubergine. Ils rendent visite à la veuve poignet. L'affaire est admise par tous, personne ne songerait à le leur reprocher : les singes peuvent se tripoter, à une ou deux mains, seuls ou en groupe, devant leurs aïeuls ou leur descendance, c'est naturel, ça ne pose pas de problème. Il n'y a bien que pour l'*Homo sapiens*, qui a depuis longtemps abandonné son épais pelage au profit du complet veston, que la masturbation est secrète, cachée et, bien souvent, honteuse.

Le site *cybercure.fr* nous rappelle la parole de l'Église. « L'usage délibéré de la faculté sexuelle en dehors des rapports conjugaux normaux » est qualifié d'acte gravement désordonné. La jouissance recherchée y est opposée à la relation sexuelle « requise par l'ordre moral, celle qui réalise, dans le contexte d'un amour vrai, le sens intégral de la donation mutuelle et de la procréation humaine ». Il est vrai qu'il ne faudrait pas s'arrêter de fabriquer de nouveaux petits catholiques... Actuellement pour l'Église, la masturbation peut être un péché grave, « mais non pas dans tous les cas si l'acte n'a pas été commis en pleine conscience et de propos délibéré ». Pour les lecteurs n'étant pas familiers du vocable catholique, un péché grave rompt l'alliance avec Dieu, supprime la charité et peut vouer son auteur aux flammes éternelles. Voilà ce qu'il en coûte d'essaimer en vain. Notons tout de même, Dieu n'est pas chien, que l'immaturité affective, la force des habitudes contractées ou autres facteurs psychiques ou sociaux peuvent atténuer, voire même réduire au minimum la culpabilité morale de la masturbation. En cas de pratiques répréhensibles, qu'elles aient été isolées ou réitérées, le site conseille de se confesser afin de demander l'absolution de Dieu. Il précise, suite aux nombreuses demandes de ses lecteurs, qu'il « n'est pas possible de se confesser en ligne sur Internet pour être pardonné de ses péchés ». Au-delà du rappel à la loi divine, *cybercure.fr* prodigue ses conseils pour éviter le péché d'onanisme : ne pas regarder de vidéos pornographiques ou d'images sexuelles et ne pas lire de livre érotique (les deux vont sans dire), purifier son imagination, ne pas rester dans l'oisiveté et vivre un rythme de vie équilibré en occupant sa journée au maximum entre le sport, les loisirs, les relations amicales, le sommeil, la prière, etc.

Pour notre part, ne doutant pas que l'homme descend du singe, nous affirmons que si la masturbation n'est certes pas utile d'un point de vue procréatif, elle l'est définitivement du côté de l'amusement.

Origami

Au départ, ce n'est pas compliqué. On prend une feuille A3 cartonnée. On plie au milieu, puis encore une fois de chaque côté dans le sens de la longueur. Comme ça, très bien. On rabat d'un côté, on relève de l'autre. Exactement. On fait la même chose de l'autre côté. On replie une nouvelle fois vers le milieu et normalement apparaît devant vos yeux stupéfaits le pont de Manhattan. Celui qui rejoint, au-dessus de l'East River Brooklyn, à Manhattan, précisément. En rabattant la pointe dans le sens de la largeur, on obtient, ni plus ni moins le pont de Tancarville.

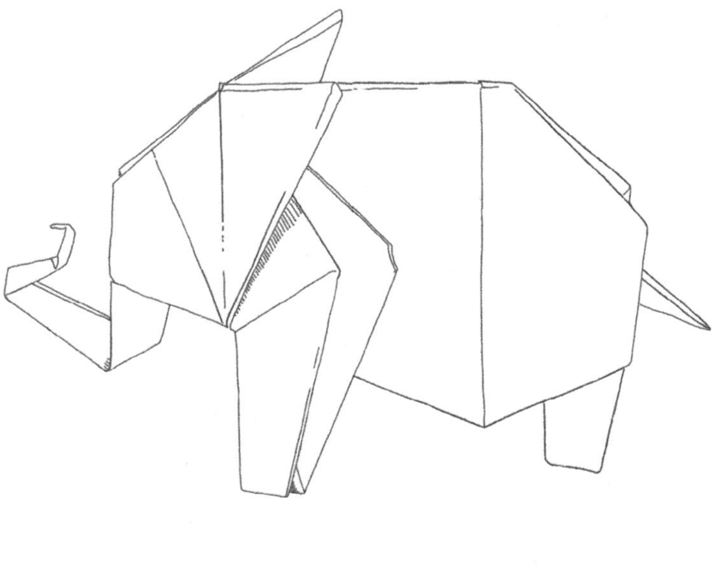

L'origami est l'art du pliage du papier. C'est une tradition japonaise rapportée, paraît-il, par des moines bouddhistes. On plie du papier en forme de fleur pour dire son amitié. On fait une grue (l'oiseau, bien sûr) pour symboliser la paix. On commence par faire un chapeau les jours de canicule, un avion pendant les cours de SVT et, avec un peu d'entraînement, on finit par faire une gazelle, un éléphant, le pont de Manhattan. Ou de Tancarville. L'origami est l'exemple même de l'activité parfaitement inutile. Et puis, figurez-vous, des abris en carton pliables et repliables comme des accordéons, transportables dans un sac à dos, tolérés par la police belge ont été distribués aux 2 600 sans-abris qui dorment dans les rues de Bruxelles.

(En réalité, vous savez quoi ? Surtout, ne le dites pas à notre éditeur qui a trouvé formidable l'idée de faire un dictionnaire de l'inutile, rien ne sert jamais à rien.)

Orthographe

« L'orthographe de la plupart des livres de français est ridicule.
L'habitude seule peut en supporter l'incongruité. »

Voltaire,
Dictionnaire philosophique, 1771.

Si les dictées de l'école vous ont traumatisé (comment vous jeter la pierre ?), si l'orthographe vous file des boutons, si vos cauchemars sont pleins de « é » et de « er » géants qui vous pourchassent la bave aux lèvres, il sera bon, ici, de rappeler certains faits, car il est des choses, parfois, qui permettent de se décomplexer à peu de frais :

— Rabelais, Montaigne et Molière écrivaient sans orthographe (ce dernier écrivant d'ailleurs le mot *Misanthrope* sans son *h*).

— Voltaire orthographiait le mot *philosophe* avec un *f*.

— Dans sa nouvelle *La Patronne*, Guy de Maupassant fait boire à son personnage « quatre ou cinq petits *vers* » pour lui donner du courage.

— Daniel Pennac, comme il le révèle dans son *Chagrin d'école*, a un jour obtenu la faramineuse note de « moins quarante » en dictée.

— Les auteur dudit ouvrage se débrouille pas mal non plus question faute d'ortographe. (*Note de l'éditeur : La phrase précédente n'a pas été corrigée selon la demande des auteurs. Contrairement à une certaine concurrence, la maison PLON continue d'engager à prix d'or le fleuron des correcteurs et correctrices du pays pour toujours offrir les meilleurs ouvrages à son exigeant lectorat.*)

(L'idée de cet article est venue suite à une anecdote qui vaut ce qu'elle vaut mais que nous allons vous raconter quand même : l'un des auteurs de ce livre, découvrant la dédicace d'un chanteur à l'attention de l'autre auteur (le chanteur en question, que nous ne nommerons pas car nous sommes gentlemen, se trouve être, et c'est notable, l'un des préférés des *deux* auteurs, d'une part, et, de l'autre, unanimement reconnu par ses pairs et par le public comme l'un des plus grands poètes et inventeurs de la chanson moderne, comme marqueur, même, d'une révolution nouvelle de l'écriture versifiée française, ayant créé des phrases inoubliables aux verbes nouveaux telles que « On nous Claudia Schiffer » ou encore « On nous Paul-Loup Sulitzer »), l'auteur, donc, remarquait, amusé, quoiqu'un peu confus, une conjugaison en *-er* au lieu d'un *-é* bien surprenante de la part du maître. Pensons ici, afin de clore cette anecdote, à la phrase de Gustave Flaubert dans *Madame Bovary* : « Il ne faut pas toucher aux idoles : la dorure en reste aux mains. »)

P

Panoplie d'homosexuel

Pierre Richard raconte Jean Carmet.

« Une autre fois, rue de Suffren, on tourne *Le Grand Blond* avec Yves Robert. On est en train de parler avec Carmet, tranquillement, en attendant que le plan soit prêt, et tout à coup, Yves Robert : "Attention les enfants, ça y est, vous êtes prêts ? Moteur... PARTEZ !" Et là je vois Carmet qui traverse la rue, qui monte dans un taxi et qui part. Toute l'équipe reste en plan, Yves Robert a encore le bras levé, il est là, il regarde son bras. Tout le monde attend, on se dit que le taxi va faire le tour du rond-point pour revenir, finalement on l'a pas revu de la journée. Le lendemain, il arrive avec sa tronche enfarinée et Robert arrive fou de rage. "Ben, qu'est-ce que t'as foutu ?!" Il lui répond "Tu m'as dit de partir..." Voilà.

« Toujours dans cette rue de Suffren, cette rue l'inspirait, apparemment, là encore, entre deux plans, je rentre dans un magasin de jouets, mon fils avait sept, huit ans à l'époque. Une vieille dame de soixante-dix ans qui m'accueille. "Bonjour madame, je voudrais de la pâte à modeler pour mes enfants", donc je regarde ce qu'elle a et, à un moment donné, j'entends la porte s'ouvrir.

Ding. Je vois Carmet entrer dans le magasin. Je n'aime pas quand Carmet est dans mon dos, comme ça, et surtout quand il est particulièrement gentil. Il s'adresse à la dame. "Bonjour, madame, il est bien sympathique votre magasin, on s'y sent bien." Quand il est comme ça il est toujours un peu dangereux. Alors la dame s'occupe de lui : "Qu'est-ce que vous désirez, monsieur ?" Il répond qu'il voudrait une panoplie *d'homosexuel pour enfant de sept ans*. C'était il y a cinquante ans, le mot n'était pas encore très employé, ce n'était pas un terme à la mode, si je puis dire. Et je jure que c'est vrai, la dame monte sur les escabeaux et dit : "Je vais voir s'il m'en reste." Et elle fouille. "J'ai Zorro... J'ai Robin des Bois..."

« Et, là-dessus, tu crois que je vais m'en tirer comme ça, elle dit : "Oh ! Vous qui êtes artistes. J'ai une amie, qui habite à côté, qui a écrit une très jolie chanson d'amour. Est-ce que vous pourriez la mettre dans votre film ?" Carmet dit : "Madame, nous ne sommes pas les réalisateurs, mais ça vaudrait le coup de l'écouter, de la connaître." Elle dit : "Est-ce que je peux vous appeler ?" Cet enfoiré dit oui et donne mon numéro de téléphone. Mais là-dessus, la dame insiste en disant que son amie habite à côté, finalement, une demi-heure plus tard nous sommes tous au premier étage du magasin, avec l'amie qui jouait "*rose d'amour... rose de tristesse...*", un truc dans le genre, et nous on est restés comme ça une heure à prendre le thé. Il est comme ça, Carmet, il est d'une grande perversité, et il disait qu'on allait faire ce qu'on pouvait. »

Voir : Carmet, Jean ; Maillot bleu ; Mariage ; Mime ; Œufs frais de la ferme ; Pets ; Pot de chambre ; Radinerie.

Papiers d'agrumes

Quand on n'est pas né de la dernière pluie, on peut avoir le souvenir d'un grand-père évoquant ses Noëls d'enfant : « Un sucre d'orge et une orange. » L'aïeul était sûr de son effet. Immanquablement, il lisait la totale consternation sur le visage de ses petits-enfants qui avaient commandé les jouets les plus sophistiqués et ne réussissaient même pas à imaginer l'ampleur de leur déception si à la place du train télécommandé Lego City, l'avion de rêve de Barbie, le commissariat de police Playmobil, ils devaient recevoir un pauvre fruit et un bout de sucre.

Pourtant, au début du XXe siècle, le sucre d'orge et l'orange, considérés comme des objets de luxe, réussissaient à illuminer les yeux des petits enfants de la classe moyenne.

C'est que, notamment, l'orange était rare, elle était chère. Il avait fallu qu'elle fasse un grand voyage, parfois qu'elle prenne des locomotives, des camions, des navires, pour pouvoir apparaître enfin, généralement sur la table des grands bourgeois mais parfois aussi sur la table des modestes pour les grandes occasions.

En mémoire de ce temps où les fruits étaient forcément de saison, parfois, on enveloppe encore l'orange afin de la protéger dans un petit rectangle de papier, souvent agrémenté d'un motif évoquant la chaleur, le soleil, l'ailleurs.

Ces premiers papiers imprimés datent du début du XXe siècle et apparurent en Europe et au Japon. Seule, l'orange qui doit être cueillie mûre avait besoin de son papier protecteur, mais le pamplemousse, le citron et la mandarine étaient également enveloppés comme des enfants jaloux qui réclament la même attention que le petit frère malade. « Moi aussi, je voudrais un bonbon pour la gorge ! Moi aussi, je voudrais une boisson chaude avant de dormir ! »

L'âge d'or du papier d'agrume se situe entre 1920 et 1940 puis entre 1950 et 1980. La guerre mondiale n'était pas propice à l'emballage des agrumes, les fongicides et la cire non plus.

Aujourd'hui, seules quelques rares exploitations continuent d'emballer en moyenne une quinzaine d'oranges sur cent. Pourquoi ce sont toujours les oranges ou les mandarines enveloppées que nous choisissons prioritairement sur les étals des belles épiceries ?

Peut-être pour donner raison à ceux qui nous voient comme les représentants de cette société bobo qui n'hésite pas à mêler le goût du luxe et la défense des minorités.

Paréidolie

On nomme « paréidolie » l'illusion d'optique consistant à reconnaître des formes plus ou moins familières dans des éléments aléatoires, qu'ils soient naturels ou artificiels. L'exemple le plus commun, celui que tout le monde a, au moins une fois dans sa vie, expérimenté, est de reconnaître un objet, un visage ou un animal dans les nuages qui passent au-dessus de nos têtes.

Grâce soit rendue aux ingénieurs, industriels et publicitaires qui, au cours des dernières années, ont inventé, produit et fait connaître tout un gigantesque éventail d'objets novateurs et indispensables, toutes ces inventions révolutionnaires aux formes définitivement insolites qui, en plus d'avoir grandement facilité notre quotidien, ont renouvelé le plaisir de la paréidolie. Imaginez la tristesse de nos lointains ancêtres qui devaient se contenter de reconnaître une pauvre poule, un malheureux cheval, dans le ciel rétréci de leur époque.

— Tiens, regarde, là-haut.
— De quoi ?
— Au bout de mon doigt, dans l'axe du clocher. T'as vu ?
— Eh ben ?
— On dirait une Fiat Multipla avec son bourrelet moche...
— Ah ouais ! Marrant !

Voir : *Send Me To Heaven.*

Parenthèse de Philippe Jaenada

Jamais, lisant Pierre Bellemare, on ne lève la commissure d'une lèvre pour esquisser le moindre rictus. Les histoires criminelles nous plongent dans le tragique, le sombre, le pathétique. Non seulement, le crime ne paie pas mais il suscite peu la rigolade.

Sauf quand Philippe Jaenada tient la plume.

Mais, attention, on ne passe pas non plus son temps à se poiler. Son enquête est sérieuse, fouillée, attentive aux accusés, obsédée par l'idée de justice.

Nous ne sommes pas des critiques littéraires, le mieux est encore de vous retranscrire intégralement la correspondance électronique échangée avec l'auteur notamment de *La Petite Femelle* (qui retrace l'affaire Pauline Dubuisson (dont Clouzot s'inspira pour le scénario de *La Vérité* avec Brigitte Bardot)) et de *La Serpe* (qui raconte (et bien plus que ça) l'histoire de Georges Arnaud (l'auteur du livre *Le Salaire de la peur* (dont Clouzot s'inspira pour le scénario de son film avec Vanel et Montand)) qui avait été accusé d'avoir tué son père, sa tante et la bonne dans un château du Périgord))).

Le sujet de cette correspondance est la parenthèse, très présente dans les livres de Jaenada. On remarquera cependant qu'elle est quasiment absente dans le dernier chapitre de *La Petite Femelle* quand l'émotion, la gravité ne laissent plus la place aux digressions.

« Bonjour, Philippe,

« Je vous envoie ce mail, si vous n'avez pas le temps d'y répondre, faites comme si vous ne l'avez pas reçu, ça ne m'empêchera pas de vous lire avec joie.

« Voilà ce qui m'amène : j'essaie d'écrire avec mon fils un *Dictionnaire amoureux de l'Inutile*, les entrées sont diverses… (l'écho, les ricochets, le yo-yo, la guitare de Tino Rossi…).

« Et je pensais à vos parenthèses, inutiles souvent pour le récit des affaires dont vous parlez mais indispensables à votre style et à notre plaisir de lecteur, ces parenthèses qui nous permettent de connaître Anne-Catherine, Ernest, l'importance de la saucisse dans votre œuvre, etc.

« Je voulais savoir quel regard vous portiez sur ces parenthèses, si elles sont venues spontanément, si c'est délibéré ("non, pas du tout, j'avais même pas fait gaffe que j'ouvrais des parenthèses à tout bout de champ"), si on vous les reproche parfois, si vous pourriez vous en passer…

« Je vous adresse mes pensées les plus amicales de Bretagne.

« François. »

« Bonjour, François,

« Quelle idée formidable, ce *Dictionnaire de l'Inutile* ! Tout ce que j'aime[1]. Si je peux contribuer un tout petit peu, je suis ravi et fier.

« Bon, je vous raconte pour les parenthèses et vous prenez ce que vous voulez (ça risque d'être un peu long, vous savez sans doute que je serais bien loin du podium dans une compétition même régionale de concision (j'ai tenté ma chance à l'époque où je n'avais pas encore bien cerné moi-même ma personnalité, en 1972, aux Championnats du Monde de Résumé, qui se tenaient cette année-là à Johannesburg : j'ai fini 39e sur 40, juste devant un Chilien ivre)). Alors voilà :

1. À l'attention des démarcheurs de la maison Plon, voilà pour vous une citation qui agrémentera opportunément votre argumentaire de vente.

« De 1989 à 1995, j'ai vécu sans téléphone (je n'ai toujours pas de portable aujourd'hui, mais pendant ces six années, rien, même pas de fixe). Ça vient du fait (ça y est, vlan, ça commence mal, je suis obligé de vous raconter ma vie) qu'en 1989, je me suis enfermé un an chez moi pour me livrer à une sorte d'expérience. Je n'allais pas bien du tout, fin 1988, j'étais vraiment en train de perdre la boule (je n'entre pas dans les détails, sinon on n'en sort plus, mais je n'allais vraiment pas bien, la moindre petite chose me blessait, je dérivais dangereusement vers d'abominables tentations suicidaires), donc je me suis dit : soit je me fais interner en psychiatrie (ce n'était pas très tentant), soit il faut que je fasse quelque chose de radical, un genre d'électrochoc qui me sorte de la spirale de déconfiture funeste dans laquelle je suis en train de tourbillonner comme un malheureux. À cette époque-là, une jeune scientifique, Véronique Le Guen, avait accepté de participer à une expérience (utile, celle-là) : elle était descendue s'enfermer une centaine de jours au fond d'une grotte (à je ne sais combien de mètres de profondeur), sans aucun contact avec l'extérieur, pour étudier les rythmes naturels de sommeil (sans conscience du lever et du coucher du soleil), de l'appétit, tout ça. Quand je l'ai vue, à la télé, ressortir de son trou, je me suis dit : "Voilà ce que je vais faire." Mais ne disposant pas de grotte (quel nul), j'ai dû me résoudre à faire ça dans mon appartement, et comme cela me semblait plus facile que sous terre, j'ai fixé la période d'enfermement à un an plutôt que trois mois. Donc je me suis débarrassé de tout ce qui pouvait m'apporter quoi que ce soit de l'extérieur (téléphone bien sûr, mais aussi télé, radio, chaîne hifi, etc.), j'ai fermé mes volets le 1er janvier 1989, et je suis resté un an seul dans cette grotte de fortune, sans ouvrir la bouche, et quasiment sans bouger. Le matin (je voyais le jour à travers les persiennes), je me levais, je passais de ma chambre au salon (mollement), je m'asseyais face à un mur blanc et j'attendais le soir en le fixant (dans le genre “inutile”, je ne devais pas être loin du niveau international). C’était, comment dire, stupéfiant. Désarmant. Et bien entendu, ennuyeux à mourir. Résultat, après un an : deux avantages et un inconvénient. Le premier avantage (pardon, hein, tout ça n’a rien à voir avec les parenthèses inutiles, mais c’est pour vous planter le décor), c’est qu’en sortant, je n’étais plus fou du tout (paradoxalement…), je me sentais solide, stable (j’avais eu le temps de bien la travailler, ma stabilité, mon immobilité), inaccessible à tout ce qui détraque – invincible, pour tout dire (et 29 ans plus tard, ça tient toujours : je suis Bouddha) ; le deuxième avantage, c’est que pendant cette année, je me suis mis à écrire (alors que je n’y avais jamais pensé), pour deux raisons : d’abord, au bout de quatre ou cinq mois, l’ennui est devenu si écrasant qu’il fallait absolument que je m’occupe d’une manière ou d’une autre, sinon j’allais m’éteindre d’inertie, ensuite le manque total de communication (si je me cognais un orteil contre un pied de table, je ne pouvais me plaindre à personne (c’est rageant), si je faisais un rêve bizarre, je ne pouvais le raconter à personne), menaçait de me faire imploser : il fallait que je m’exprime. Je pense que si par hasard il y avait eu une guitare dans mon appartement, j’aurais essayé d’apprendre à en jouer (j’y serais encore) ; des tubes de peinture et des pinceaux, je me serais mis à peindre (le ciel a bien fait d’épargner ça au monde) ; je n’avais que du papier et un stylo, donc j’ai écrit, pour la première fois – des nouvelles que j’inventais, sans aucune ambition de publication future, juste pour passer le temps et avoir l’impression de laisser sortir des choses de moi (c’est un peu dégoûtant, oui, mais appelons ça la création artistique). L’inconvénient, sur l’autre plateau de la balance de cette année 1989, c’est que moi qui étais très sociable, qui avais plein d’amis, qui sortais tout le temps, qui riais à gorge déployée au milieu de garçons brillants et de filles superbes et déconcertantes, je suis devenu (définitivement) une sorte de sauvage, à moelle d'ermite, mal à l'aise en société (le regard fuyant, des gouttes de sueur perlent sur mon front), tendu dès que je me trouve face à plus d'une personne, je me sens intrus, déplacé, partout sauf chez moi (ce n'est désormais pas bien grave, je sors très peu). D'ailleurs, je me suis dit pendant 364 jours, avec une impatience quasi hystérique : "Vivement le 1er janvier, je vais rejaillir dans le monde, retrouver mes amis, replonger dans la vraie vie, étincelant", mais je n'ai pas réussi à franchir la porte de mon appartement-grotte, je n'ai trouvé la volonté, l'énergie, le courage surtout de sortir que le... 17 janvier.

« Bref, tout ça pour dire (ouf) qu'après cette expérience, j'ai repris ma télé, ma radio, ma chaîne hi-fi, mais pas le téléphone, c'était un peu trop pour moi, l'impression que n'importe qui pouvait s'insinuer à tout moment dans mon antre. (Aujourd'hui encore, je ne me sers quasiment jamais de mon fixe, personne (le sachant) n'appelle chez nous, je parle au téléphone peut-être une fois tous les quinze jours.) Donc pendant six ans, ne pouvant pas téléphoner et n'étant pas très à l'aise avec les gens (mais les aimant tout de même – il n'y a que les gens qui m'intéressent réellement sur terre, j'apprécie les chats, les buffles, les rivières, les arbres, les voitures, les lampes de chevet, la mer, mais vraiment sans plus, en réalité je n'aime que les êtres humains), ce que je faisais, c'est que tous les jours, je passais quatre ou cinq heures assis dans un bar à écrire des lettres à mes amis, ma famille, des filles qui me plaisaient. Peut-être quarante pages par jour. C'était mon moyen de communication. Bien sûr, il n'y avait pas la moindre velléité littéraire, j'écrivais comme on parle au téléphone, je racontais ce que je faisais, ce que je pensais, ce que j'avais vu à la télé, ce que j'allais faire pour mes vacances, ce qui était arrivé à mon voisin, tout et n'importe quoi, dix ou quinze pages à chaque personne. Et comme ce n'était pas destiné à faire de beaux textes élégamment et académiquement construits, quand il me venait en tête autre chose que ce dont j'étais en train de parler, au lieu de le noter sur une feuille à côté pour le replacer plus bas (et ainsi bien construire ma lettre, comme y faut), j'ouvrais une parenthèse et je le glissais dedans pour être sûr de ne pas oublier. Par exemple : "Hier je suis allé chez le dentiste, cet abruti m'a dévitalisé la mauvaise dent, ou plutôt au contraire une bonne dent (à propos, je ne sais pas si tu as vu Jean-Louis récemment, il en a perdu une de devant, il a pris un coup de poing dans un bar (Sandrine va le quitter, je pense, elle n'en peut plus de ses conneries nocturnes, et je la comprends un peu (rien à voir, mais tu es au courant qu'elle a trouvé un boulot chez Castorama ?), ça ne va pas l'arranger, Jean-Louis, j'ai peur qu'il parte complètement en sucette)) et je n'ai même pas osé me plaindre (même quand on m'apporte une viande trop cuite au resto, je ne proteste pas, nouille idéale pour le commerçant, j'ai peur de faire le sale type qui fait chier le monde (je t'ai dit ce qui m'était arrivé chez Flunch ? bon, je te raconte la prochaine fois, sinon on n'en sort plus)), j'ai bredouillé, nouille idéale, qu'au moins, comme ça, ce serait fait, je n'aurais jamais d'ennuis avec celle-là – de dent, je veux dire." En substance, quoi. (Il y a peut-être aussi (mais là je m'auto-analyse, en vrai je n'en sais rien) le fait que pendant un an, face à mon mur blanc, j'ai beaucoup pensé, je n'ai même fait que ça, et forcément pas de manière très linéaire, tout devait se bousculer dans mon pauvre cerveau privé du monde, en jachère, s'imbriquer, s'emboîter, s'entrelacer, et ça s'est peut-être répercuté à la sortie dans ma manière de correspondre avec les autres.)) En 1990, un ami qui venait de trouver un stage (ou un CDD de rewriter, je ne sais plus) à *L'Autre Journal* a voulu lire ce que j'avais écrit pendant mon année, je lui ai donné une nouvelle, en lui précisant que c'était "juste comme ça", le rédac chef a aimé, l'a publiée, du coup j'ai continué à écrire, le même genre de textes. Pour cette "littérature"

– allons-y même pour la majuscule et sans guillemets : pour cette Littérature, contrairement aux lettres que j'écrivais, je "m'appliquais", j'écrivais "bien", correctement, comme il se doit, sans parenthèses ou alors très peu, en tout cas jamais de doubles. C'étaient des histoires assez prétentieuses, dans la forme en tout cas, pompeuses. En 1993, j'ai été TRÈS injustement arrêté par la police (j'avais sauvé un petit vieux qui se faisait attaquer la nuit dans une rue par un grand jeune musculeux (seul acte véritablement héroïque de mon existence (je sortais d'un bar...)), Marseillais de surcroît (ce sont les plus dangereux), le petit vieux a perdu les pédales, sous le choc, et affirmé aux policiers que c'était moi, son agresseur). En rentrant chez moi après 24 heures de garde à vue (intense, stressante, voire terrifiante pour la petite chose que je suis), je me suis dit que j'allais raconter ça dans une nouvelle – l'injustice, la peur, le comique finalement. Étant donné que c'était, sans l'ombre d'un doute, une future pépite littéraire, je l'ai d'abord écrite dans mon style classique et ampoulé si caractéristique, si soporifique. Et je me suis rendu compte que ça ne reflétait pas du tout ce que j'avais vécu, ressenti, ce que je voulais transmettre (comme c'était une histoire qui m'était réellement arrivée, ça sautait aux yeux : ça ne correspondait pas, ça restait en dessous de la réalité, ça n'allait pas du tout). Donc je me suis dit "Flûte !" (tel quel), au diable les académiciens, tant pis si on me méprise et si les spécialistes me blackboulent, j'écris comme si je racontais ça à un ami, dans une lettre – dans mon vrai style, donc. Et voilà, la nouvelle s'est étendue, étendue (parce que je prenais plaisir à l'écrire) et ça a donné mon premier roman, *Le Chameau sauvage*.

« On pense parfois que c'est une "technique", ces parenthèses, une manière que j'ai trouvée (parce que pas mal d'autres étaient prises) et à laquelle je m'accroche (comme l'écharpe rouge de Christophe Barbier ou le chapeau de Marc Veyrat) mais c'est le contraire, pour moi, c'est l'absence de style, si on veut, en tout cas l'absence d'artifices. Ça pose quelques petits problèmes. D'abord (mais ça, ce n'en est pas vraiment un), il y a des gens que cela agace, oui. Surtout depuis mes deux derniers livres, qui ont eu pas mal de succès : quand on touche le grand public, on touche forcément des gens qui n'aiment pas ce qui sort de la norme. (Vous en savez quelque chose, je suis sûr.) Depuis trois ou quatre ans, je reçois des courriers du genre : "Mais enfin monsieur, pour qui vous prenez-vous ? Vous nous racontez l'histoire tragique d'une femme que la vie et la méchanceté des hommes ont brisée et vous jugez utile de parler de votre petite personne sans arrêt ?! Qu'en avons-nous à fiche de vos saucisses ou de vos déboires dans les restaurants chinois ?" Bon, ça, ce n'est pas grave, ça n'a pas d'importance (pas plus que le mécontentement d'un couple qui entre par erreur, ou ignorance (on voit de tout), dans un restaurant chinois, justement, et s'indignent qu'on leur propose des nems et du bœuf aux poivrons alors qu'ils n'aiment que la pizza et les spaghettis bolognaise – la prochaine fois, ils trouveront bien un resto italien dans le quartier, ce n'est pas m'sieur Zang qui va chambouler sa carte et se lancer dans la calzone et le risotto pour leur faire plaisir)). L'autre petit souci, c'est que peut-être Christophe Barbier adore son écharpe rouge et se sent tout à fait désemparé, handicapé, quand il ne la porte pas (parce que par exemple son grand-père est mort avec une écharpe rouge autour du cou, que Christophe, qui avait six ans, a été profondément traumatisé par le départ de papi Raymond qu'il aimait tant, et que depuis, s'il ne porte pas son écharpe, il a le sentiment de le trahir et il se sent si mal qu'il n'arrive pas à articuler deux mots de suite). C'est pas juste de se moquer de lui. Certains critiques sont un peu lassés de mes parenthèses. Du moins, pas lassés, peut-être, mais pensent que c'est un "truc". Il y a quelques années, j'ai eu un moment de flottement : si je continue à en mettre partout, ça va confirmer ce qu'ils croient. J'ai donc essayé de réduire un peu. Mais ça n'allait pas. Pourquoi mon écriture serait influencée d'une manière ou d'une autre par les critiques, ou n'importe qui d'autre, d'où ils me dicteraient ce que je dois faire et comment ? (Ah non, mais on rêve, je te jure.) J'ai réalisé quelque chose récemment (et tardivement) : l'écriture est absolument le seul domaine de ma vie dans lequel je puisse être entièrement libre (un grand luxe). Avec ma femme, avec mes amis, avec ma mère ou ma sœur ou ma cousine, dans les rues, dans les bistrots, avec mon fils, dans les salons du livre, les restaurants ou les supermarchés, je peux me sentir bien, faire à peu près ce que je veux – mais seulement à peu près : je ne peux pas ramener une jeune créature plantureuse à la maison et demander à ma femme de lui faire une place dans notre lit, je ne peux pas goûter aux assiettes des tables voisines au restaurant, je ne peux pas faire mes courses nu à Franprix, je ne peux pas dire à ma cousine que son fils cadet me semble un peu stupide, etc. Dans mes livres, pour peu que je fasse le tout petit effort de ne pas me laisser dicter ce que j'écris (suffit de dire non), pour peu que je ne me soucie pas des ventes, de l'estime ou de l'oseille que ça peut me rapporter, je suis entièrement, pleinement, océaniquement (plus encore, car même le plus grand océan a des bords), euphoriquement LIBRE. Je mets des parenthèses et des digressions partout si je veux. Et je veux. Parce que la seule chose qui compte, selon moi, en littérature comme en peinture ou en musique ou en tout art, c'est de réussir à traduire le plus fidèlement possible ce qu'on a l'intérieur de soi, avec le moins de déperdition possible – exactement comme si on traduisait du chinois (décidément) en français. Et que pour moi, depuis 29 ans, pour les raisons trop longuement expliquées ci-dessus, ça passe obligatoirement par l'usage de parenthèses. Si je suis en

Italie (j'aimerais bien) et que j'écris une carte postale à ma mère pour lui dire que tout va bien, il y a six parenthèses dans la partie gauche. Sinon ça ne traduit pas tout à fait ce que je ressens et elle va croire qu'il y a un petit problème, que ça ne va pas si bien que ça (alors que si, c'est le bonheur, ces vacances en Italie).

« Hum. Quand je disais que ça risquait d'être un peu long… Si deux ou trois lignes vous sont utiles là-dedans, François, ça me fera très plaisir.

« Amicalement (et bon courage pour le Dico),

« Philippe. »

« Philippe, je trouve vos explications indispensables à ce dictionnaire. Puis-je retranscrire intégralement votre réponse (en plus figurez-vous que régulièrement avec Valentin (c'est le prénom de mon fils), on fait le compte du nombre de signes qu'on a déjà écrits (il nous en faut environ un million (ça fait beaucoup pour deux gars qui ont plutôt l'habitude d'être considérés comme des laconiques)) ? Je ne vous dis pas l'avancée spectaculaire que (grâce à vous) du jour au lendemain prendrait notre bouquin…

« François. »

« Ah ah, bien sûr, François, je suis fier comme un petit paon.

« (Mais ça ira, ça se remplit plus vite qu'on ne croit. *La Petite Femelle* = 1,3 million de signes.)

« Philippe. »

« Merci !

« À propos, j'ai fait aussi une entrée concernant les cartes postales. Si avec le fiston, on est un peu justes question nombre de signes, je pourrais rajouter en documentation les 300 dernières cartes envoyées à votre maman ?

« Moins à propos, le fils cadet de votre cousine est-il réellement stupide ?

« François. »

« J'ai une cousine, plusieurs même (je sais, j'ai de la chance), mais je n'ai jamais rencontré leurs enfants, donc elles comprendront que c'est de la blague.

« Au fait, élève Morel, très louable tentative, dans votre introduction, de parenthèses emboîtées, parfaitement maîtrisées la première fois avec Brigitte Bardot, mais pour la seconde, celle qui concerne Arnaud, va falloir me réviser un peu tout ça, mon garçon. Qu'est-ce que c'est que ces trois fermantes à la fin, s'il vous plaît ? (Ou alors c'est exprès – on ne peut jamais savoir, avec vous.)

Pour les cartes postales, je demande tout de suite à ma mère qu'elle me fasse envoyer ça par trois avions cargos.

« Ph. »

« J'avoue, je me suis emmêlé dans mes parenthèses. C'est pas Musset qui a dit « il faut qu'une parenthèse soit ouverte ou fermée » ?

« F. »

« Non, ça c'est le Général. Musset, c'est : "S'il pleut à la Saint-Médard, il pleut quarante jours plus tard."

« (Plus sérieusement (ça ne fait jamais de mal), je me rends compte en vous lisant que l'avantage considérable de la parenthèse sur la porte, et sur à peu près tout dans la vie, c'est qu'elle est toujours à la fois ouverte et fermée. La parenthèse est un truc carrément surnaturel.))

« Philippe. »

« Merci, Philippe (beaucoup).

« F. »

Parmesan

La France importe d'Italie 9 800 tonnes de parmesan par an, c'est-à-dire à peu près le même poids que la tour Eiffel (9 700 tonnes).

Ça vous en bouche un coin ? Admiratif, vous vous exclamez : « Vraiment, cet ouvrage nous en apprend des vertes et des pas mûres ! » Modestes, nous baissons les yeux.

Passion

Henri-Frédéric Amiel, né en 1821, mort en 1881, est surtout connu pour la publication d'un journal à la fois intime et universel de 17 000 pages. Il a également fait éditer en 1858 un recueil, *Il penseroso, poésies-maximes*, dans lequel on trouve notamment un court poème, « La passion de l'inutile »...

Nous prodiguons au superflu
Le temps qui manque au nécessaire ;
Et le travail qu'il faudrait faire
Par notre zèle est seul exclu.

Pourquoi donc ? Est-ce humeur légère,
Hasard, paresse, absurdité ?
Je crois plutôt que c'est fierté.

Pastis sans alcool

Pacific, Blancart, Girard, Sereno, Noirot, Janot... Vous pensiez avoir trouvé la solution miracle ? Celle qui vous permettrait de discrètement soigner cette vilaine inclination pour les boissons alcoolisées tout en continuant à enchaîner les petits jaunes au comptoir avec les poteaux ?

Las, revient à vos oreilles le sempiternel et cafardeux appel à la modération : des chercheurs français ont prouvés que la réglisse contenue dans les différents pastis sans alcool (toute pleine qu'elle est d'acide glycyrrhizinique, la fourbe) peut provoquer, lorsqu'elle est absorbée en grande quantité, une baisse du taux de potassium sanguin et une hausse de la tension artérielle. Ce qui vous mènera, gentiment mais à coup sûr, jusqu'au malaise cardiaque.

Futé, le consommateur français ne s'y est pas laissé prendre : en 2014, pour 89 millions de litres de « vrai » pastis vendus en France, seulement 850 000 l'ont été pour les sans alcool. Une paille.

De toute façon, vos amis, qui connaissent leur Jean-Marie Gourio sur le bout des doigts, vous ont déjà prévenu : « Si tu bois du pastis sans alcool, ça fait encore plus alcoolique. »

Ça fait longtemps que j'ai pas eu des poils partout
Un gros museau qui vient baver sur mes genoux
Un copain qui remue la queue quand il te voit
Est-ce que tu connais mieux pour exprimer la joie ?

C'est un ami qui te guérit de la détresse
Qui te suivra même si tu finis malhonnête
Qui a dans les yeux une étincelle plus généreuse
Que beaucoup de déclarations d'amour douteuses...[1]

J'écoute une chanson d'Alexis HK, et je me souviens[2].

En 1999, comme nous avions déménagé dans une maison avec un grand jardin, mes parents ont décidé de prendre un chien. J'avais dix ans, rien n'aurait pu me rendre plus heureux.

Nous avons jeté notre dévolu sur un berger de Maremme et Abruzzes, grand chien italien à longs poils blancs, une femelle, un peu comme dans *Belle et Sébastien*. Maman était partie la chercher du côté de Chambéry, le plus au nord où l'éleveur italien avait bien voulu nous l'amener, et, pendant les quelques jours de son voyage, resté à la maison, je me rêvais en Mehdi El Glaoui vivant des aventures extraordinaires avec son inséparable compagnon.

1. « Je veux un chien », d'Alexis HK, paroles et musique de Alexis Djoshkounian © La Familia, 2018.

2. Dans ce dictionnaire, nous avons décidé, vu qu'il s'écrit à deux, d'utiliser le moins possible la première personne du singulier. Cependant, pour cette entrée, il nous a semblé difficile de nous passer du « Je ». Veuillez accepter nos plus serviles excuses.

Pendant des semaines, nous avions cherché un nom à donner à la chienne. Le meilleur que j'avais trouvé était *Opium*. La sonorité me semblait belle, mais le sens du mot m'échappait de beaucoup. Mes parents avaient recalé ma proposition et avaient finalement gardé le nom que ses éleveurs lui avaient donné à la naissance : *Pastorella della collina di Revigliasco*, ce qui veut dire « la bergère de la colline de Revigliasco ». Ça faisait très classe, mais un peu long. Du coup on l'a appelée Pasto.

Quand Maman était revenue, dans notre vieille Clio rouge, je n'avais pas eu le temps de la rejoindre que le chien avait déjà sauté du coffre pour aller se planquer dans le recoin le plus reculé et inaccessible du jardin. Maman m'expliquait qu'elle avait passé tout le voyage sous un siège du train, terrorisée. Je la découvrais alors, au milieu des ronces et épines, tremblante petite boule de poils blancs. Et la plus jolie petite gueule de chiot que j'avais jamais vue.

...

Je veux un chien, un vrai
Un chien qui sert à rien, mais
Je veux un chien, c'est vrai
Un chien qui sert à rien, mais...

Peu à peu, nous avons réussi à l'apprivoiser. Ce n'était pas la chienne la plus expansive de la Terre. Elle était très calme, ne faisait jamais la fête, restait dans la maison, à dormir, souvent, sans trop chercher les caresses. Quand elle avait envie d'aller dans le jardin, je me précipitais avec elle pour jouer. Parfois, quand elle était d'humeur badine, elle levait ses pattes avant et venait les poser sur mes épaules. C'était comme si on dansait, sa grosse tête en face de la mienne, et ça nous faisait rigoler, elle et moi.

Quand je dis qu'elle ne faisait jamais la fête, ce n'est pas tout à fait exact. Nous avions un ami (qui l'est toujours), Daniel, pour qui elle s'était prise de passion. Dès qu'il arrivait à la maison, elle accourait le voir et grognait de bonheur, son bassin se balançant irrépressiblement au rythme de sa queue. Daniel avait un rite immuable : il prenait le chien dans ses bras, le soulevait à hauteur de sa cage thoracique et montait sur la balance de la salle de bains pour pouvoir peser son amie. Pasto était ravie de ce traitement et, il faut le dire, j'étais un peu jaloux de leur complicité.

Plusieurs fois, Pasto fit des grossesses nerveuses. Elle était tout d'un coup câline, cherchait la compagnie, nous piquait chaussettes et chaussons pour les poser au niveau de ses mamelles. Égoïstement, j'aimais bien ces moments où un besoin de maternité inassouvi remontait douloureusement en elle : c'étaient les uniques fois où elle venait, la nuit, dormir dans ma chambre.

...
J'en ai assez de tous ces chats égocentriques
Qui te méprisent entre deux siestes même en public
Qui viennent gratter leurs caresses et leurs trois
[croquettes
Qui viennent toujours mettre leurs fesses devant ta tête

Qui font tomber les tringles en grimpant aux rideaux
Qui s'en vont sans un smiley ni un texto
Qui font la gueule si t'as pas changé la litière
Qui te mordent les pieds sous la couette en hiver...

Nous avions une belle chatte angora qui n'aimait rien tant que de s'endormir dans nos bras en ronronnant. Elle s'était sentie un peu trahie à l'arrivée de Pasto avant de peu à peu se faire à sa présence.

C'est moi qui avais trouvé son nom, un jour où j'avais quatre ans. *Minouchette* ! Des années plus tard, en voiture avec mon père, on avait entendu à la radio une actrice réciter un extrait des *Monologues du vagin* où elle recensait les divers moyens de nommer la chose : « Dans le Nord, on dit le petit coin, le poudrier, au sud, la foufoune, le mistigri. Ici, le zizi, le pioupiou, la languette, là, le kiki, le zigouigoui... J'ai aussi trouvé la crapounette, la bibiche, la craquounette, la boîte à malice, le tutu, le turlututu, la bécassine, le pipi, le frifri, le bijou, le bonbon, la nénette, la minette, la foufounette, la minouchette... » Avec papa, on s'était regardés, aussi surpris l'un que l'autre, ça nous avait bien fait rire.

...
Je veux un chien, un vrai
Un chien qui sert à rien, mais
Je veux un chien, c'est vrai
Un chien qui sert à rien, mais...

Pasto avait peur des pétards, qui, on le sait, sont insupportables à l'ouïe des chiens. Les 14 Juillet étaient les pires soirées de son existence, ils nous ont valu quelques fugues : la première année, tremblante, elle avait défoncé un morceau de grillage et s'était enfuie de la maison. Persuadés qu'on ne la retrouverait plus, on l'avait cherchée pendant une semaine dans la forêt de Montmorency (nos pérégrinations ont, soit dit en passant, dérangé quelques hommes occupés à se connaître bibliquement dans les fourrés). Finalement, miracle, on avait reçu un coup de fil d'une vieille dame dans l'Oise, qui avait retrouvé Pasto dans son jardin. À soixante kilomètres de chez nous.

Autre chose qui lui faisait peur, c'était la boucherie rouge de monsieur Vaudran, à 50 mètres de chez nous. Chaque fois qu'on s'en approchait, elle tirait, s'arrêtait, bloquait ses pattes avant pour ne pas passer devant. On n'a jamais compris quel genre de traumatisme la poussait à fuir cet endroit que les autres chiens adoraient, attirés par les odeurs de sang et de bidoche.

Un jour, Abdoul, un copain du foot, était venu à la maison. Ça devait être la première fois que Pasto voyait un garçon noir et elle lui a aboyé dessus avec une force et une colère qu'on ne lui avait jamais vues. Peut-être qu'elle l'avait pris pour un loup, ce pauvre garçon terrorisé. Je me souviens que Maman avait eu un peu honte de l'incident.

Dans toute sa carrière de chien, Pasto a mordu trois cyclistes en tout. Le dernier, encore sous le coup de l'émotion, avait menacé de porter plainte et de nous forcer à la piquer.

...
Je réalise que toutes ces dames ont raison
Quand elles ne jurent que par les yeux de leur bichon
Les amants passent et ne laissent que des miettes
Les années passent ton chien te fait toujours la fête

Même privé de trois pattes et de ses oreilles
Même s'il sent encore plus mauvais que la veille
Même si c'est encore pire les jours où il est mouillé
C'est ton copain, il fait pas les choses à moitié...

Le temps a passé, Pasto a vieilli, plus vite que moi. Son bassin, perclus d'arthrose, avait tendance à se bloquer. Elle ne jouait plus dans le jardin, dormait toute la journée. Les dernières fois, elle ne semblait même plus reconnaître Daniel quand il venait lui rendre visite. De mon côté, j'ai quitté la maison pour faire des études, d'abord à Paris, puis à Bruxelles. Je ne rentrais pas très souvent mais, quand j'étais là, j'allais m'allonger sur le tapis plein de poils avec mon vieux chien pour me perdre en de longues et tendres caresses.

Un matin où j'étais rentré pour le week-end, papa m'a réveillé, les yeux rouges. « Pasto est morte... » Elle avait quinze ans, moi vingt-cinq. J'ai mis une demi-heure à descendre la voir, là, immobile et toujours belle sur le tapis du salon. On l'a mise dans un grand drap blanc et, les yeux pleins de larmes, on l'a enterrée dans le fond du jardin. Il était tout juste midi et les cloches de l'église ont sonné comme pour une vraie inhumation. Maman est sûre que Pasto a attendu que je sois revenu et que la famille soit au complet pour nous dire au revoir. J'aime bien cette idée.

Pendant des semaines, moi qui ne me rappelle presque jamais mes rêves, je l'ai retrouvée dans mon sommeil. Tristes réveils.

Depuis Pasto, on n'a jamais repris de chien. Des fois, ça me manque un peu.

...
Je veux un chien, un vrai
Un chien qui sent le chien, mais
Je veux un chien, c'est vrai
C'est vrai, ça sert à rien, mais...
Je veux un chien.

'Pataphysique

La 'pataphysique, « société de recherches savantes et inutiles », est apparue en 1898 dans le livre d'Alfred Jarry, *Gestes et opinions du docteur Faustroll, pataphysicien*, qui donne en conclusion une définition du Créateur, notamment du Ciel et de la Terre : « Dieu est le point tangent de zéro et de l'infini. »

La 'pataphysique est promue par le « Collège de 'pataphysique », société de recherches savantes et inutiles qui édite depuis 1950 une revue trimestrielle, *Viridis Candela*. Elle a notamment publié des textes inédits de Franc-Nohain, Gide, Joyce, Ionesco, Prévert, Queneau, Vian, Siné (notre propension à l'admiration nous incite à conclure ce paragraphe par « Excusez du peu ».)

Un vice-curateur élu dirige le Collège, tant sur le plan spirituel que temporel. C'est à lui de veiller à la parfaite inutilité dudit Collège.

L'ère 'pataphysique commence très précisément le 1er du mois Absolu, soit dans le calendrier vulgaire le 8 septembre 1873, qui, coïncidence inouïe, correspond très exactement au jour de la naissance d'Alfred Jarry.

Le calendrier 'pataphysique compte 13 mois : Absolu, Haha, As, Sable, Décervelage, Gueules, Pédale, Clinamen, Palotin, Merdre, Gidouille, Tatane, Phalle. Ces mois font la plupart du temps 28 jours, sauf Gueules qui, les années bissextiles, dure 29 jours.

Chacun peut chercher son jour de naissance dans le calendrier 'pataphysique. L'un des deux coauteurs du présent ouvrage que vous n'arrivez plus à lâcher est né le 24 Merdre de l'An 86 E P, jour de la sainte Purge. L'un des deux coauteurs du chef-d'œuvre, que vous ne cessez d'offrir à vos amis depuis que vous l'avez découvert, est né le 21 Haha de l'an 115 E P qui célèbre le ZIMZOUM DE BOSSE-DE-NAGE (consultez le 'pataphysicien le plus proche si vous voulez obtenir une explication).

Le 26 Haha est le jour de la commémoration du cure-dent. Le 12 Palotin, qui correspond au 1er mai des non-pataphysiciens, est la fête de la Réprobation du Travail. Le premier jour de Merdre, on fête l'accouchement de sainte Jeanne, papesse. Le 5 Merdre, on priera volontiers saint Crouducul (troupier), le 6 Gidouille, saint Dieu (retraité), le 19 Gidouille, saint Sein (tautologue).

Sans doute, vous interrogez-vous à bon escient. « À propos, questionnez-vous, quand donc fête-t-on le saint Godemiché (économe) ? » *Illico*, nous vous répondons : le 9 Phalle !

Les saints ne sont pas absents de ce calendrier, mais on pourrait difficilement les confondre avec les saints catholiques. Quelques saintes et saints pris au hasard : saint Bardamu, sainte Vérola, saint Alambic. Le 7 Haha, on célèbre saint Prout, abbé ; le 19 Haha, on loue saint Raphaël, apéritif et philistin.

Il existe également un saint Jean-Pierre Brisset, écrivain né à la Sauvagère (ancienne commune de l'Orne, située entre Flers et La Ferté-Macé, mais associée depuis 2016, depuis 143, selon le calendrier 'pataphysique, à Saint-Maurice-du-Désert et avalée dans une communauté de communes appelée Monts-d'Andaine). Jean-Pierre Brisset est l'auteur de la citation célèbre « Quand on est mort, c'est pour longtemps », et d'un certain nombre d'ouvrages, notamment *La Grande Nouvelle ou Comment l'homme descend de la grenouille*, ainsi que *La Natation ou l'Art de nager appris seul en moins d'une heure.*

La postérité a un peu négligé Jean-Pierre Brisset qui n'a donné son nom à aucune rue, aucune place, aucune avenue. À La Ferté-Macé, cependant, existe le « Pas sage Jean-Pierre Brisset ».

Le calendrier 'pataphysique a profitablement prévu des jours de repos pour les célébrations, des Vacuations, des jours vides qui ne glorifient rien ni personne.

On notera que le mot « 'pataphysique » est précédé d'une apostrophe destinée, selon Jarry, à « éviter un facile calembour ».

On veut bien rigoler mais il y a des limites.

Pêche

Le néophyte pourrait bien légitimement croire que le véritable intérêt de la pêche consiste à passer du temps avec ceux qu'on aime dans un silence apaisant, à se lever aux aurores pour profiter de la fraîcheur de la rosée et du lever de soleil, ou à crapahuter dans la campagne pour rejoindre ce coin secret aux eaux si poissonneuses.

Le béotien pourrait penser que l'important, quand on pêche, est de ne rien faire d'autre que se réchauffer, immobile, aux rayons du soleil, d'écouter le chant des oiseaux sur leurs branches, celui du vent dans les cimes, ou de l'avion qui ne passe pas au-dessus de nos têtes.

Le candide pourrait penser que, le bonheur, c'est l'excitation de sentir se tendre le fil de la canne à pêche, c'est de tenir enfin un poisson tout juste sorti de l'eau au prix d'une lutte sans merci, c'est le contact froid de ses écailles rêches contre la paume des mains.

L'ignorant pourrait croire que ce qui fait le sel d'une journée de pêche, c'est cette bouteille de rouge que l'on sort vers midi avec les sandwichs et qu'on débouche gaiement avant de la verser dans des gobelets que l'on préfère dorénavant en carton.

Tel autre novice pourrait supputer que tout le charme se trouve dans la grillade du soir où l'on s'enthousiasme de tout ce qu'on a réussi à remonter pendant la journée, où l'on boit un peu plus que de raison en essayant de ne pas penser au lundi qui arrive.

Bof… Pour les développeurs de *Pro Fishing Simulator*, l'intérêt de la pêche c'est de pêcher du poisson. Grâce à leur simulation disponible sur PC, PlayStation 4 ou Xbox One, il vous sera possible d'attraper pas moins de 79 espèces de poissons présentes dans le jeu, de voyager à travers le monde dans les neuf zones de pêches modélisées en profitant des centaines de pièces d'équipements de marques officielles disponibles (Vision, JMC, KastKing, 13 Fishing, Lew's, Strike King, etc.) et de perfectionner votre technique dans différents types de pêche (à la mouche, au lancer, en bateau...).

Gageons que certains amoureux de la pêche sauront assouvir leur passion en restant dans leurs canapés et que la poiscaille pourra enfin se la couler douce[1].

1. Alors que, confinés, nous relisons nos entrées (et que la « poiscaille » se la coule enfin douce), nous regrettons un peu notre pauvre ironie. Les jeux de simulation n'ont rien d'inutile, bien au contraire... Le tour de Flandre a pu se tenir, avec ses coureurs, commentateurs et spectateurs. Comment, nous demanderez-vous, puisque les Belges, tout comme les Français et la moitié de la population mondiale, sont astreints à rester à domicile et que la Classique, comme la majorité les manifestations sportives sur la planète, a dû être annulée ? Obstiné, l'organisateur de la course, *Flanders Classics*, a décidé de faire concourir les coureurs inscrits qui le souhaitaient à une course virtuelle tirée d'un jeu vidéo reprenant 32 kilomètres du tracé réel du tour. Filmés par webcam, les cyclistes ont pédalé sur leur vélo d'entraînement connecté à Internet, se sont fait encourager par des spectateurs virtuels sur le bord de la route, des vaches pixellisées les ont regardés passer d'un œil morne, ce qui est mieux que rien du tout, vous en conviendrez. C'est le Belge Greg Van Avermaet qui, pour la première fois, et de son salon, a gagné la course et fait vibrer ses fans qui le regardaient sur la télévision publique flamande, cette dernière ayant eu la bonne idée de retransmettre la course. Nous battons notre coulpe. Vive la simulation ! Que les développeurs de jeux vidéo en général, et ceux de *Pro Fishing Simulator* en particulier, veuillent bien nous pardonner.

Petit train électrique

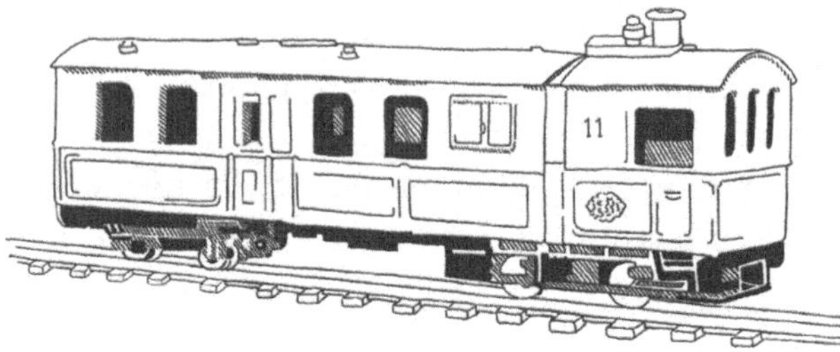

Quelquefois, des appartements cossus sont traversés par de petits trains électriques que commandent à quatre pattes de vieux messieurs respectables et précautionneux. Ils sont chefs d'entreprise, commerçants ou représentants du personnel. Avec circonspection et gravité, ils organisent des trafics ferroviaires minuscules et domestiques. Ils harmonisent des départs et des arrivées, ils tendent le dos quand les vitesses sont critiques, craignent toujours les erreurs d'aiguillage, mais, après chacune des catastrophes ferroviaires, régulières et consternantes, ils se mettent à table, se servent un Cinzano sans détresse particulière et reprennent de la daube sans réclamer une quelconque cellule psychologique. Parfois un peu dégarnis, parfois un peu rondouillards, ils dissimulent leur part d'enfance derrière des silhouettes à la Bellus. Leur jardin est secret, sillonné de chemins de fer et de rails et de ballast et de correspondances pour Mézidon-Canon et Laroche-Migennes. Ils ne cessent de vouloir améliorer la circulation, installant des ponts et des tunnels, des passages à niveau gardés par des gardes-barrières de deux centimètres et demi. Ils sont incollables quand il s'agit d'évoquer les locomotives à vapeur, le regroupement des compagnies, l'émergence du diesel, l'apparition du TGV. Ils savent qu'on doit parler de « wagons » quand il s'agit de transporter des marchandises mais de « voitures » quand on fait voyager des passagers.

Un salut affectueux et posthume à André Chaumeau, acteur et espiègle chef de gare du boulevard Ornano.

Petite souris (la)

L'origine de la petite souris nous vient d'un conte français du XVIIe siècle écrit par la baronne d'Aulnoy, *La Bonne Petite Souris*. Chaque enfant possédant une dent de lait en moins et un sommeil profond sait, quand il s'endort, qu'il trouvera le lendemain sous son oreiller une belle pièce ronde et brillante que lui aura apportée le gentil rongeur. À condition qu'il se soit brossé les dents, que sa chambre soit bien rangée et qu'il ait été poli avec les adultes, cela va sans dire.

Depuis des siècles, donc, toutes les nuits et sur le globe entier, la petite souris distribue discrètement ses économies sans regarder à la dépense (on se dit que, à ce compte-là, elle doit manger à la table des Arnault, Buffett et autres Bezos et qu'elle pourrait en profiter pour leur donner quelques leçons de redistribution des richesses). Contrairement à l'édile en campagne dans les Hauts-de-Seine, elle ne limite pas sa générosité aux frontières géographiques et temporelles d'une commune en période préélectorale et, preuve d'un désintéressement exemplaire, n'attend rien en retour, pas même une pauvre petite voix dans l'isoloir (à notre connaissance et jusqu'à preuve du contraire, malgré son immense popularité, la petite souris n'a jamais brigué aucun mandat, ni même été encartée dans quelque parti que ce soit).

Bien sûr, nous entendons déjà certains électeurs rétorquer que ce n'est pas avec ce que donne la petite souris qu'ils pourront se refaire une cuisine ou s'acheter une meilleure bagnole. Évidemment. Nous posons cependant la question : nous faut-il compter éternellement sur la petite souris pour améliorer notre ordinaire, ou ne doit-on pas, tels des adultes réalistes, prendre notre vie en main pour nous acheminer, seuls et conquérants, vers la cuisine équipée City light de nos rêves (îlot central et façades en mezzo mélaminé mat à 4 401 €, plus 24,22 € d'éco-participation) ?

Comme la petite souris ne peut pas être présente au même instant dans tous les endroits du monde, elle se partage le travail avec la « Fée des dents » (*Tooth Fairy* en anglais, *Zahnfee* en allemand, *Tannfe* en norvégien) qui récupère des quenottes dans tous les pays de culture anglophone et germanique. Aux Philippines, on facilite la vie de la petite souris, dispensée de se déplacer jusqu'à l'oreiller, puisque l'enfant a en charge de jeter sa dent perdue au-dessus du toit de la maison afin que la souris, en échange, lui en rende une autre tout aussi blanche mais plus solide.

Il existe une pétition pour que « Lulu se lance ».

La créatrice de cette pétition explique sa démarche : « La saison 13 de “L’amour est dans le pré” a débuté, et déjà quelques agriculteurs se sont présentés. Raoul est un éleveur de brebis et de taurillons âgé de trente-six ans. Il est papa d’une fille de neuf ans qu’il a en garde partagée. Il a travaillé il y a quelque temps en cuisine à Londres puis dans l’orfèvrerie dans le sud de la France. Aujourd’hui, Raoul a décidé de reprendre la ferme familiale... et cela fait déjà treize ans. Karine Le Marchand explique que “Raoul est quelqu’un de très sympa, il a besoin d’une femme cool, sociable et indépendante”. J’ai immédiatement pensé à Lulu en le voyant ! Lulu a plus que jamais besoin du soutien et des encouragements de sa famille pour se jeter à l’eau ! On attend donc vos avis... »

À l’heure où je recopie ce texte, fidèlement, la pétition n’a reçu que quatre signatures. C’est peu pour encourager Lulu.

Plus de 33 000 signatures soutiennent Jean-François quand il demande au préfet de l’Ardèche d’épargner Gaston, le sanglier apprivoisé.

Aux États-Unis, une pétition circule afin de lever le secret sur les extraterrestres.

La France va mal. Comment s’en étonner ? Les P’tits Belin ont disparu. Un pétitionnaire s’en alarme : « Depuis mon enfance, j’attends l’apéro avec impatience afin de pouvoir manger mon paquet de P’tits Belin. Je me rappelle même que je ne pouvais pas attendre de quitter le magasin pour déjà payer un voyage à ces petits biscuits de ma main à ma bouche. Mais quelle horreur, quel drame quand, à plusieurs reprises, je ne retrouvais pas mes petites sources de bonheur dans les rayons de mon magasin !!! Ce fut la fin de mon bonheur. Alors si comme moi vous ressentez ce sentiment d'abandon, signez cette pétition pour faire réagir les dirigeants de Belin, que l'on pouvait avant qualifier de dieux. Nous vous en supplions monsieur Arnaud Rousseau, rendez-nous nos P'tits Belin et par la même occasion notre joie de vivre. »

Un citoyen milite afin qu'Apple reconnaisse les roux. Apple propose en effet plus de 300 nouveaux symboles. Des emojis apparaissent afin que les diverses identités puissent s'y reconnaître. En tout, plus de 300 symboles, dont toutes les phases de la lune et un constat amer ; les roux ne sont pas représentés parmi les icônes d'Apple sur l'iPhone. Juste combat qui jusqu'à présent n'a convaincu que deux signataires, sûrement roux, mais suffisamment convaincants pour qu'Apple inclue désormais les roux dans ses émojis.

Les raisons de se mobiliser sont diverses et nombreuses. On peut être pour le retour du goût « fruits des bois » dans les yaourts et contre celui de La Fouine dans le jury de « Popstar ». On est pour des week-ends de cinq jours mais contre le fait de laisser les Belges dire « fricandelle » au lieu de « fricadelle ».

Un pétitionnaire note justement que trop de pétitions tue la pétition et propose une pétition contre les pétitions abusives et inutiles. Aucune signature à l'heure où nous écrivons ces lignes. Ce qui montre bien que cette pétition suscite une adhésion massive.

Certaines pétitions, il est vrai, peuvent sembler incongrues. D'autres paraissent terriblement légitimes. Les auteurs de ce dictionnaire ont signé une pétition lancée par Philippe Silvestre et adressée à Dieu, intitulée « Retrait immédiat de la mort de Jean Rochefort ».

« Nous venons d'apprendre le décès de Jean Rochefort. Compte tenu du contexte international actuel, compte tenu de la situation économique et politique de notre pays, compte tenu que plus de 1 600 personnes meurent déjà en moyenne chaque jour dans notre pays, nous ne pensons pas que cette disparition soit appropriée.

« Nous demandons le retrait immédiat de cette mesure et le retour à la situation précédente, qui satisfaisait tout le monde. »

À ce jour, Dieu n'a pas semblé souhaiter réagir à cette pétition.

Petits pois en boîte

Un ami (Antoine Sahler) nous appelle : « Vous saviez que le général de Gaulle adorait les petits pois en boîte ? »

Non, nous ignorions.

« Je vous dis ça pour votre dico... »

Merci, Antoine.

Pets

P. Richard raconte J. Carmet.

« Il n'a pas de mélancolie mais une inquiétude de son métier. De savoir si on le prendra encore. Par exemple il n'était pas dans *La Chèvre* et *Les Compères,* alors avec Depardieu on insistait auprès de Francis Veber pour qu'il lui écrive un rôle, ce qui est donc arrivé avec celui du vétérinaire dans *Les Fugitifs* où il est formidable. Veber est une espèce d'architecte, une virgule est une virgule, un point-virgule est un point-virgule, il n'y a pas d'hésitations. Il faut respecter la musique de la phrase, donc tu peux faire 15, 18 prises d'une même séquence. Pour son premier jour de tournage, Jean a fait 32 prises. Parce que d'abord on l'avait complètement traumatisé pendant le maquillage : on était tous les trois chacun devant sa glace avec les maquilleuses, et Gérard et moi on disait "Oh ! là là !, ce matin il est d'une humeur... J'aime pas quand il est comme ça..." Carmet avait toujours des antisèches dans ses manches, qui lui permettaient de revoir son texte discrètement. Donc je lui dis : "Jean, t'as intérêt à savoir ton texte avec Veber. Et t'as pas intérêt à montrer tes antisèches, parce que même si tu sais ton texte il va dire que tu le connais pas, il va t'avoir à l'œil. – Ah bon, vous trouvez ?" Ça n'a pas raté, premier plan, il fait le vétérinaire qui perd un peu la tête et dit : "Ah, ben euh je suis bien content de vous voir." Veber qui dit "Coupez" et vient voir Carmet : "Il n'y a pas *Ah ben euh je suis bien content de vous voir*, il y a *Ah ben je suis bien content de vous voir*." Carmet, lui, justement, il joue avec ces hésitations. À chaque nouvelle prise, de nouvelles hésitations, il fallait en refaire une. Jusqu'à 32 fois, donc. Finalement, dans la nuit, Carmet m'a réveillé à deux heures du matin : "Tu crois que je suis à chier ?" Là, j'ai fait une erreur, je n'aurais jamais dû le rassurer, j'avais bien vu qu'il était formidable dans le rôle. Je lui ai dit que nous, avec Gérard, on en faisait souvent 18 ou 20, que c'était le style de Veber et qu'il ne fallait pas qu'il s'inquiète. Le lendemain, du coup, comme il était en pleine forme, détendu et rassuré, on avait la scène où Depardieu est allongé sur le lit pour animaux, Carmet est à son chevet, moi un peu à côté. Jean fait son texte "Il a avalé la ba-balle en jouant ?", il mettait un os dans la bouche de Depardieu et il devait se retourner pour aller chercher quelque chose dans une armoire, et comme il était debout et Gérard couché, son cul arrivait à hauteur de la tête de Depardieu, ce qui fait que chaque fois qu'il se retournait, il pétait (il faut dire que Carmet avait cette capacité enviable de pouvoir flatuler sur commande). Alors Gérard : "Oh mais qu'est-ce qu'y fait ? Mais qu'il est con." Veber, évidemment, coupait, et on reprenait. Rebelote, Carmet pétait sur Depardieu, qui criait encore plus fort. Et, finalement, Veber prend Jean au milieu de tout le monde : "Maintenant, Carmet, on arrête, on n'est pas là pour jouer ! C'est un métier !" et il lui fait un long monologue en lui disant qu'on perd du temps, ce genre de chose. À un moment donné, alors que Veber était bien obligé de prendre sa respiration, Carmet place un pet bruyant. Et Veber se met à hurler : "Et arrête de péter quand je te parle !" Donc voilà, quelqu'un comme Carmet, si tu le rassures, il devient infernal. »

Voir : Carmet, Jean ; Maillot bleu ; Mariage ; Mime ; Œufs frais de la ferme ; Panoplie d'homosexuel ; Pot de chambre ; Radinerie.

Piano de Georges (le)

Le piano faisait partie du music-hall. En général, il était situé à jardin, immuable, hiératique, semblant fixé à la scène.

C'était le compagnon indispensable pour les chanteurs, les humoristes ou les chansonniers.

Derrière le piano se trouvait le pianiste. Il avait nom Schoubert quand Fernand Raynaud était à l'avant-scène mais pouvait également s'appeler Jean-Michel Thierry, Hervé Guido ou Gérard Jouannest, selon la vedette du jour, Raymond Devos, Jacques Brel ou Juliette Gréco. Pierre Philippe ou Hubert Degex purent, chacun, être considéré comme le cinquième des Frères Jacques.

Bien souvent, le piano sonnait faux. Le directeur du music-hall n'entendait pas forcément la nécessité de convoquer régulièrement le facteur de piano. Enfin, quoi, on n'était pas à l'Opéra...

Un certain Daniel Magne écrivit un fascicule destiné aux accompagnateurs débarquant devant un instrument trop désaccordé, afin de pratiquer les premiers soins, une sorte de formation rapide permettant d'apporter les premiers secours à un Pleyel blessé, à un Steinway souffreteux.

Mais à Bobino, quand Brassens s'y produisait, accompagné de sa guitare et du fidèle contrebassiste Pierre Nicolas, le piano servait-il vraiment à quelque chose ?

Quand même un peu, selon Maxime Le Forestier, qui chantait dans la première partie, et qui, des coulisses, ne voulait pas rater la seconde. Le piano servait essentiellement de support pour une bouteille et un verre d'eau, permettant au bon maître de se désaltérer. Par ailleurs, il pouvait permettre de retenir Pierre Nicolas les soirs où celui-ci risquait de perdre l'équilibre.

Comme quoi, l'inutile pur est rarement atteignable.

Piano SNCF

Parmi la foule, les voyageurs exténués, les banlieusards pressés, la transpiration, le stress, l'agitation, apparaissent Mozart, Bach, Rachmaninov, Satie...

Un îlot de sérénité, de grandeur, de lyrisme pile au milieu du quotidien. Les valises sont lourdes comme des cœurs en peine. Des nez en l'air attendent de savoir sur quel quai va partir le train pour Versailles-Chantiers. On traque l'horaire, on contemple l'horloge. On craint le débordement, la chaleur, la promiscuité, la cohue, mais tout d'un coup, le temps est suspendu.

Chopin a rendez-vous avec la baronne Dudevant, il a besoin de tendresse et de consolation. Beethoven s'est assoupi, dans une barque dérivant au clair de lune sur le lac des Quatre-Cantons, et Renaud, en salopette et bandana, partage des Mistral Gagnant et des Coco Boers avec son amour de fille.

Sur les pianos installés par la SNCF, on trouve des musiciens amateurs, des artistes anonymes et des petits enfants qui tapent au petit bonheur la chance sur des touches endurantes tandis que leurs grands-mères, émerveillées, captent avec leurs portables ce moment de grâce.

Bien sûr, parfois, c'est faux, c'est agaçant, c'est répétitif mais ça part toujours, sinon d'une bonne oreille, au moins d'un bon sentiment. Bien sûr, quand on ne tient pas la boutique Anny Blatt située près du piano dans la galerie marchande de la gare Saint-Lazare, la tolérance est plus facile… Bien sûr, la pauvre Élise ne mérite pas de recevoir des lettres aussi mal tournées, bien sûr, le destin d'Amélie Poulain peut sembler moins fabuleux, bien sûr « *Imagine* » dans sa version approximative peut donner des envies de retuer John Lennon mais la grâce quelquefois intervient.

Gare de Lyon, un virtuose magnifique fait voleter ses deux mains sur un piano conquis, faisant résonner les notes avec passion, dextérité, insolence et légèreté, déclenchant l'admiration, l'émotion d'un public improvisé qui, après un silence de recueillement, applaudit à tout rompre. L'interprète salue puis remise sa casquette et va rejoindre son TGV et sa vie de contrôleur SNCF.

Plaques commémoratives

Le facteur se moque de savoir que Jean Giraudoux, écrivain français né à Bellac en 1882, est mort dans cette maison le 31 janvier 1944 au 89, quai d'Orsay dans le 7e arrondissement de Paris. Il s'en tamponne vu que Giraudoux demeure à présent cimetière de Passy où son courrier reste lettre morte.

Jamais non plus le facteur ne distribue de lettres pour une certaine Barbara qui à l'époque se prénommait Monique, et 50, rue Vitruve, « Ici a vécu de 1946 à 1959 », « Et faire jouer la transparence au fond d'une cour aux murs gris où l'aube aurait enfin sa chance », se souvient encore la plaque.

Le facteur se fout également comme de l'an 40 de savoir que, 10, place Victor-Hugo, « dans cette maison le 10 avril 1911 est né Maurice Schumann Porte-parole de la France Libre Compagnon de la Libération Homme d'État Membre de l'Académie française », vu qu'il est mort et enterré.

Et Victor Hugo, justement, faisait-il suivre son courrier à chacun de ses déménagements ? Vivant, il ne tenait pas en place. Mort, c'est presque pire ! Il a habité partout, étudiant, politicien, exilé, écrivain toujours.

Un facteur y perdrait sa casquette... Ça commence 140, Grande Rue, à Besançon. À Paris, on compte pas moins de 24 adresses, notamment 6, place des Vosges, où il loua l'appartement du deuxième étage de 1832 à 1840, et puis, dernier domicile avant le Panthéon, 130, avenue d'Eylau, là où défilèrent plus de 600 000 personnes le 27 février 1881 pour célébrer son entrée dans sa 80e année. 130 avenue d'Eylau qui, la même année, deviendra 124, avenue Victor-Hugo, ce qui fait que jusqu'à sa mort, en 1885, il reçut du courrier dont les enveloppes étaient ainsi libellées « M. Victor Hugo, en son avenue, Paris ». On peut devenir vaniteux pour moins que cela.

Mais on trouve des plaques commémoratives à la gloire de Victor Hugo dans bien d'autres endroits.

À Saint-Prix, dans le Val-d'Oise, dans l'ancien château de la Terrasse (devenu ensuite la maison des sœurs) où en 1840 il résida en famille.

À Rochefort-sur-Mer, il ne passa que quelques heures, le 9 septembre 1843, mais une plaque s'en souvient car c'est là que, accompagné par Juliette Drouet, il apprit la mort de sa fille Léopoldine, noyée en Seine à Villequier.

À Guernesey, « première maison de Victor Hugo, de 1855 à 1856 et demeure de Juliette Drouet à partir de 1864 ».

« In Jersey, the French poet, playwright and author stayed at the Pomme d'Or Hotel on his arrival 5th August 1852 ».

On ne va pas recenser toutes les plaques commémoratives à la gloire de Victor, l'article deviendrait indigeste.

Saluons juste le bonheur de marcher le nez en l'air, de découvrir ceux qui hier fréquentaient les maisons, les rues, les paysages et qui, aujourd'hui, continuent d'investir nos mémoires.

Plaques commémoratives de NoonieNoonieNoonie

Sur les murs de Paris, NoonieNoonieNoonie (c'est son nom, qu'est-ce qu'on y peut ?) pose, lui aussi, des plaques commémoratives. Pas de celles officielles en marbre gravé, solidement ferrées aux murs et portant le nom d'illustres personnages du passé, d'innocentes victimes ou de glorieux combattants de la guerre, non, plutôt des écriteaux en tissu blanc et carton où, d'une sage écriture de marqueur noir, l'artiste rend hommage aux événements insignifiants mais indispensables qui font la vie de M. et Mme Tout-le-Monde.

« ICI HABITA un enfant qui rêvait d'être adulte,
mais qui, adulte, regretta ce rêve. »

« ICI A VÉCU un poissonnier qui n'est jamais
allé à la pêche. »

« ICI RÉSIDAIT un enfant qui a fini tous ses épinards. »

« ICI HABITA une petite fille qui se demandait
pourquoi elle portait le nom de son père
mais pas celui de sa mère. »

« ICI EST NÉE une curieuse envie de danser la polka. »

« ICI A VÉCU un homme qui n'a jamais fait son lit. »

« ICI HABITAIT un Hongkongais qui en avait marre
qu'on le confonde avec un Chinois. »

« DANS CET IMMEUBLE un homme a été enterré vivant
sous une montagne de dossiers destinés
à l'administration française. »

« ICI un homme a vécu 53 ans sans Facebook. »

« ICI EST NÉE la phrase "j'en ai rien à foutre"
aujourd'hui utilisée par des millions de Français. »

« ICI A VÉCU un homme qui parlait beaucoup
pour ne pas dire grand-chose. »

« ICI A VÉCU une immense joie de vivre
qui a infecté tout l'immeuble. »
« ICI EST MORT un rêve tué par l'anticipation
du travail nécessaire pour le réaliser. »
...

Aux journalistes qui lui demandent quel est son message, NoonieNoonieNoonie répond que les combats quotidiens sont plus unificateurs que les gestes grandioses glorifiés par l'État et qu'il faut, en conséquence, célébrer « les gens qui font chier personne ». C'est dans cet état d'esprit que l'artiste ne colle que sommairement ses toiles afin que les propriétaires des murs puissent les retirer s'ils n'aiment pas. Un savoir-vivre exemplaire.

Plonk et Replonk

L'inutile n'est jamais aussi proche de l'indispensable lorsque Plonk et Replonk distillent sur cartes postales, autocollants ou objets divers leur esprit suisse, surréaliste, étrange.

Entrée de secours.
Ne pas marcher sur la lune.
Veuillez utiliser l'ascenseur, l'escalier est en panne.
[Attention au danger.
Je soutiens la laitue suisse.
J'habite chez moi.
Rendez-vous uniquement sur rendez-vous.
Tout emploi abusif du plafond sera signalé à la gérance.
Le vrai bonheur c'est d'être heureux.
Pas de drogue, pas de sexe, pas de rock'n roll,

[pas de gâteau après 19 h 00.
Ne pas introduire de rhinocéros adulte dans cette boîte
[aux lettres.
En cas d'absence, je ne suis pas là, si vous n'êtes pas
[là non plus, il n'y a personne.
Tout bagage intellectuel non réclamé sera détruit.
Partagez vos opinions, beaucoup n'en ont pas.
Mickey Mouse a dormi dans cette maison le 8 juin 1944.
Le boudin rend fort.
Votez Pompidou.

Plonk et Replonk ne craignent rien ni personne. Surtout pas les jeux de mots les plus calamiteux.

Depuis qu'il fréquente la Librairie du Muguet,
[Bruce lit et c'est bien.

Leur don d'observation leur permet d'inventer des sentences définitives et facilement vérifiables.

Les fourmis n'aiment pas le flamenco.
Les moustiques n'aiment pas les applaudissements.
Qui marche dans le noir se mange la baignoire.

Plonk et Replonk se singularisent par un sens publicitaire infaillible.

Pour l'achat de la paire, la troisième botte gratuite.
Hyperflu, les supermarchés qui rendent le superflu
[inutile.
Bananes d'alpage Chiquitheidi, la banane des Suisses
[qui ont la banane.
Trois litres par jour les doigts dans le nez, mon secret ?
Je bois dissocié.

Plonk et Replonk sont les inventeurs des lunettes pour vaches que dispensent encore trop rarement les opticiens-vétérinaires. Ils ont imaginé une sculpture monumentale d'un pigeon en bronze qui pourra être à son tour souillé par des généraux volants, juste retour des choses.

Comment reconnaître Plonk de Replonk ? C'est facile. Plonk arrive toujours le premier. Replonk arrive en second. En cas d'absence, ils ne sont pas là.

Pluie, La

La Pluie est un film 16 mm en noir et blanc de Marcel Broodthaers. La scène a lieu à Bruxelles, rue de la Pépinière, dans le jardin de l'artiste. C'est une performance datant de 1969 qui montre un homme tentant d'écrire un texte sous une pluie diluvienne. Imperturbablement, il trace des lettres aussitôt effacées par la pluie. Le texte disparaît avant qu'il puisse être fixé sur le papier. La tâche est insurmontable, le projet dérisoire.

C'est un film qu'il ne faut pas espérer voir au Mégarama de Villeneuve-la-Garenne (18 salles, 3 725 fauteuils) ni au Pathé multiplexe de Montataire (14 salles, 3 406 fauteuils) mais quelquefois en déambulant au Centre Pompidou ou au Museo de Arte Contemporáneo de Buenos Aires, quand ce n'est pas au S.M.A.K. de Gand ou au MACBA à Barcelone.

Le sous-titre indique « Projet pour un texte », texte qui ne sera jamais écrit, jamais lu puisque toujours dilué, toujours emporté par la pluie. L'angoisse de la page blanche n'existe pas dans ce film puisque l'auteur ne semble pas empêché par le manque d'inspiration. S'il y a angoisse, c'est celle des intempéries, de l'impossibilité d'écrire, de communiquer, de raconter le monde.

C'est un combat entre l'écrivain et la pluie, l'artiste et les éléments, et, à la fin, qui arrive au bout de 2,11 minutes (et que sans doute il ne faudrait pas révéler mais il ne s'agit pas d'un film à suspense), l'homme pose sa plume comme on dépose les armes.

La pluie est battante et l'homme est vaincu.

La pluie est victorieuse et l'écriture appelée à disparaître...

Pluie et beau temps

Parler de la pluie et du beau temps, certes, n'a pas d'influence sur la météorologie. Parler de la pluie et du beau temps ne sert à rien. Et pourtant, chaque jour, dans la rue, parmi les travées du marché couvert, la pluie et le beau temps alimentent toutes les conversations. On se plaint de la chaleur. On espère l'ondée. On craint le déluge. On apprécie la brise légère. On souhaite un petit réchauffement... La météo offre, à l'infini, une mine de conversations.

Bien sûr, si l'on croit que l'on ne doit ouvrir la bouche que lorsqu'on a quelque chose à dire, on oublie que la vie, sans ces conversations, serait froide, impersonnelle, vide. La pluie et le beau temps participent au tissage essentiel des liens sociaux.

Dans les années 60, on moquait les vieux qui reprochaient aux spoutniks lancés dans le ciel de détraquer le temps. Soixante ans plus tard, on doit bien convenir que les vieux n'avaient pas tort quand ils accusaient les hommes d'être à l'origine des bouleversements climatiques. Parler de la pluie et du beau temps remplaçait à l'époque les plus brillantes études de projections climato-économiques.

Ne croyez pas que n'importe qui puisse aborder la question de la pluie et du beau temps. Non ! Il ne faut pas forcément être spécialiste mais avoir de la mémoire : se souvenir qu'à la même époque, l'an passé, on déjeunait dehors, on avait sorti les transats. Il faut de plus avoir de l'intuition, du flair, le sens de la prémonition. Il faut savoir traduire la moindre douleur dans son corps. Une crispation dans le genou, un élancement dans les articulations peuvent vous indiquer si c'est le bon jour pour rentrer le foin, pour planter les poireaux. Remarquez que sur la cour de récréation, on ne parle jamais du temps qu'il fait. Parler de la pluie et du beau temps nécessite une véritable maturité.

Et puis, si l'on ne regardait jamais le ciel, si l'on n'observait jamais ses évolutions, ses changements, ses caprices, Jacques Grello, le chansonnier de la « Boîte à Sel » et du « Grenier de Montmartre », n'aurait jamais écrit la plus délicieuse des chansons, mise en musique par Guy Béart et chantée jadis par Les Frères Jacques.

Quand le soleil s'est levé là-bas derrière Pantin
Ça n'a été qu'un cri dans le petit matin
« Il fait beau »
De la Muette à Pigalle, on se l'est répété
Une bonne nouvelle ça vaut l'coup d'en parler
Il fait beau, il fait beau
Et tout Paris bientôt fredonne obstinément
Ce refrain de trois mots monotone et charmant
« Il fait beau », tout l'monde est content.
Puis le soleil joyeux montant un peu plus haut
En fin de matinée y a quèqu'chose de nouveau
Il fait chaud
Ça s'aggrave d'heure en heure, bientôt nous étoufferons
On a un p'tit peu d'air quand y passe un avion
Il fait chaud
Les femmes sont adorables, comment peuvent-elles ranger
Dans si peu de tissu tant de choses à toucher ?
Il fait chaud, il fait chaud

Partout dans les bistrots on prépare les grands verres
On a beau être content, on s'fait monter de la bière
Il fait chaud, faut jamais s'en faire...
Délaissant avant l'heure son torride bureau
L'ami Gaston chez lui est rentré bien trop tôt
Il fait chaud
Il a trouvé sa femme seule avec un monsieur
À part le drap du d'ssus, ils n'avaient rien sur eux
Il fait chaud
Gaston restait sans voix, sa femme ne disait rien
Alors l'autre type a dit « Y a qu'comme ça qu'on est bien »
Il fait chaud, il fait chaud
« Vous croyez ? » dit Gaston, « Je peux vous l'affirmer »
Gaston s'est dévêtu et tout s'est arrangé
Il fait chaud, on peut pas s'fâcher

Puis enfin c'est le soir, assis d'vant leur maison
Les concierges déclarent avec satisfaction
« Il fait bon »
Dans le ciel assombri, les hirondelles font,
En poussant des p'tits cris, une partie d'saute-moucherons
Il fait bon
Puis le soleil pressé disparaît vers Saint-Cloud
'L a l'tour du monde à faire, faut qu'il en mette un coup
Il fait doux, il fait doux
Il a pas d'temps à perdre s'il veut être rev'nu d'main
On compte sur lui d'bonne heure, là-bas derrière Pantin
Il f'ra beau, il f'ra beau

Il f'ra beau
Ça nous plaira bien[1].

1. « Il fait beau », paroles Jacques Grello, musique Trémolo/Guy Béart, 1975.

« Je sais que la poésie est indispensable,
mais je ne sais pas à quoi. »

Jean Cocteau.

La poésie, qui s'occupe de tout, s'est occupée de l'inutile. « Souvenir », de Musset :

Je ne viens point jeter un regret inutile
Dans l'écho de ces bois témoins de mon bonheur.
Fière est cette forêt dans sa beauté tranquille,
Et fier aussi mon cœur.

Musset, encore, « Idylle » :

Le ciel m'en est témoin, dès le premier moment,
Je compris que l'aimer était peine inutile ;
Et cependant mon cœur prit un amer plaisir
— À sentir qu'il aimait et qu'il allait souffrir !

Baudelaire, « Avec ses vêtements ondoyants et nacrés » :

Ses yeux polis sont faits de minéraux charmants,
Et dans cette nature étrange et symbolique
Où l'ange inviolé se mêle au sphinx antique,

Où tout n'est qu'or, acier, lumière et diamants,
Resplendit à jamais, comme un astre inutile,
La froide majesté de la femme stérile.

(Femme stérile : astre inutile, les mouvements féministes apprécieront.)

Pour la comtesse de Noailles, les cieux sont inutiles dans son « Poème de l'amour » :

Je puis me reposer de la tâche royale
De recueillir avec des sens religieux
L'appel de la nature aux trompeuses cymbales,
Qui veut relier l'homme à d'inutiles cieux !

La poésie elle-même est parfaitement inutile. Ce n'est pas nous qui le disons, c'est Flaubert, mais avec un sourire en coin dans son *Dictionnaire des idées reçues.* « La poésie est inutile, totalement dépassée de mode. » Le même Flaubert, dans le même ouvrage, définissait ainsi la littérature : « occupation des oisifs ».

De la littérature, et on pourrait dire autant de la poésie, Claude Roy écrivait ceci : « La littérature est parfaitement inutile : sa seule utilité est qu'elle aide à vivre. »

Ce qui, entre nous, n'est déjà pas si mal.

Poincheval, Abraham

Face aux artistes qui font réaliser leurs idées par des petites mains comme on fabrique des bibelots à la chaîne, Abraham Poincheval s'est spécialisé dans l'art dit de performance et propose une forme d'engagement total de sa personne sans jamais rien créer qui puisse se vendre. « Quel idiot ! » doivent penser en cœur les Jeff Koons, Shepard Fairey et autres Damien Hirst.

L'artiste, dont le père est un fantaisiste inventeur normand (voir l'entrée suivante), se prête à des expériences étranges dont on peine un peu à saisir l'intérêt mais qui font nécessairement résonner quelque chose de l'ordre de l'enfance : après s'être enfermé une semaine dans un ours naturalisé, puis dans un rocher de 12 tonnes, ou dans une cage en Plexiglas où il a couvé des œufs pendant trois semaines, après avoir remonté le Rhône dans une bouteille en verre de 6 mètres de long et vécu une semaine sur une plate-forme à 20 mètres au-dessus du sol sur le parvis d'une gare parisienne, Poincheval s'est donné comme défi de traverser une partie de la Bretagne à pied, 120 kilomètres de Lanrivain à Brest, en portant sur le dos une armure pesant près de 30 kilos, chevalier tout droit sorti de Brocéliande pour venir à la rencontre du siècle. « Je laisse place à l'imprévu. C'est ce qui est beau et émouvant dans ce voyage. Je suis un chevalier sans cheval qui avance vers l'océan. »

Poincheval, Christian

Bio-ressources, développement durable, chimie, nanosciences, mathématiques, astronomie, exploration spatiale... Septième au classement mondial en termes de production de publications scientifiques, la France est à l'avant-garde dans de nombreux domaines de recherche pour permettre à l'homme de demain d'être en tout point meilleur que celui d'aujourd'hui. Avant de pouvoir guérir sans peine du cancer, de vivre deux fois plus longtemps, de se déplacer à la vitesse de la lumière ou de comprendre le pourquoi du comment du Big Bang, il peut arriver à l'homme d'aujourd'hui de trouver le temps un peu long. Et de se demander pourquoi, épisodiquement, entre deux grands projets, nos inspirés scientifiques ne pourraient pas se pencher sur des problèmes plus bassement quotidiens, prosaïques, vulgaires peut-être, mais aux chances de résultats si ce n'est immédiates, du moins inscrites dans une temporalité plus envisageable.

Heureusement, il existe certains originaux qui, hors du système, n'attendent pas les subsides de l'État, l'approbation des rédactions scientifiques ou bien le sujet d'étude qui leur apportera une renommée posthume pour, humblement et à leur niveau, travailler au mieux-être de l'humanité. Christian Poincheval est de ce moule-là : dans le laboratoire de recherche que constitue sa maison de Gesvres, près d'Alençon, l'autoproclamé artiste multi-inventeur a travaillé à créer une pilule qui transforme les flatulences en de doux et parfumés effluves.

En mélangeant du charbon végétal, du fenouil, de la propolis, de la myrtille, du lithothamne (une algue marine), et de l'essence choisie, Poincheval a obtenu une pilule 100 % naturelle qu'il a commercialisée sous le nom de *Pilule Pet* en 2010, d'abord uniquement parfumée à la rose et à la violette, puis, le succès aidant, au gingembre (*pilule Pet Saint-Valentin*), au chocolat (*pilule Pet du Père Noël*) et au muguet (*pilule Pet du 1er mai*). La posologie exacte, selon l'inventeur, pour sentir les premiers effets du produit est d'une pilule midi et soir pendant quinze jours.

Gageons que son invention, si elle ne bouleversera pas l'humanité, lui vaudra sûrement la reconnaissance de tous ceux qui, jeunes amoureux, militaires en chambrées et dames-pipi, entre autres, ont eu à subir d'agressives et inconvenantes flatulences.

Poisson rouge

On se demande bien ce qui pousse chaque année les Français à faire du poisson rouge l'animal de compagnie le plus possédé (on en recense 34,2 millions dans le pays) devant les chats (12,7), les chiens (7,3), oiseaux (5,8) et autres rongeurs (2,8). Car, paradoxalement, lorsqu'un sondage leur demande de choisir parmi 20 animaux celui qu'ils préfèrent, le poisson se retrouve bon dernier avec seulement 2 % des voix.

Il faut dire que le poisson rouge ne tolère aucune caresse, il ne rapporte pas la baballe, jamais il ne lui viendrait à l'idée de venir se blottir sur vos genoux, de vous faire la fête quand vous rentrez le soir ou de faire fuir un cambrioleur. Jamais il n'a appris un simple tour, pas même s'asseoir, faire le beau ou donner la nageoire, le poisson rouge ne fait aucun effort. Il se repose sur ses lauriers, se contentant de parader indéfiniment dans son bocal comme un inaccessible mannequin en boucle sur le podium.

On peut rire du chien qui court après sa queue, du chat qui tombe à l'eau, des imitations du perroquet ou des sprints endiablés du hamster dans sa roue. Personne n'a jamais rien trouvé d'amusant chez un poisson. Jamais, sur aucune terre, sous aucune lune, un poisson n'a fait rire à gorge déployée. Nous vous mettons d'ailleurs au défi de trouver sur le Net une vidéo « best of des poissons les plus drôles ».

Pourquoi, alors, cette domination du poisson rouge ? Après de longues recherches (consistant à taper « pourquoi prendre un poisson rouge ? » dans Google), nous sommes en mesure de vous lister ses points forts : il est discret, silencieux, économique, ne perd pas de poils et ne fait pas ses griffes sur le canapé. L'entretien de l'eau est facile, vous pouvez vous amuser à aménager son aquarium et, surtout, le plus important, le poisson rouge ne prend pas beaucoup de place (ce qui en fait, si l'on peut dire, l'un des rares bénéficiaires de la crise du logement).

Tout de même, n'oublions pas que le poisson rouge reste l'unique animal que l'on peut gagner à la fête foraine et que l'on rapporte à la maison, le cœur battant, dans un fragile sachet rempli d'eau.

Il existe un dessin de Chaval qui souligne le lien unissant l'homme et le poisson rouge. « Quand je dis non, c'est non ! » s'exclame un homme fâché devant un bocal dans lequel tourne un poisson rouge contrit. On ne saura jamais rien de leur querelle, de leur relation qui, à jamais, restera un mystère.

Ayons une pensée pour les pauvres poissons à l'existence si monotone en citant Didier Barbelivien, chanté par Bécaud. À part Didier Barbelivien, qui s'est déjà mis à la place d'un poisson rouge ?

C'est inhumain d'être poisson rouge
Toute la vie
Et j'tourne en rond dans mon bocal
Qui fait comme une loupe
C'est pas l'eau bleue d'un quatre étoile
Quand j'fais boup, boup, boup...[1]

À part Didier Barbelivien, qui fait *boup boup boup* ?

---

1. Chanté et composé par Gilbert Bécaud, paroles Didier Barbelivien, EMI Musique France, 1999.

Pomme de terre

Il nous semblait la connaître depuis toujours. Elle nous était apparue en France au début du XVIIe siècle, mais, pour les Amérindiens du néolithique, elle était déjà une vieille histoire. Nous la voyions mais sans vraiment la regarder, nos yeux étaient cruels à force d'indifférence. Comme des tortionnaires placides, nous l'arrachions, coupions en tranches, en dés, en lamelles. Nous la faisions frire, nous l'ébouillantions. Parfois, nous l'enfermions dans du papier d'aluminium pour sauvagement la jeter sur les braises, parfois nous la découpions pour en faire un tampon encreur afin d'amuser nos rejetons dans les écoles maternelles. Et sans une once de remords, sans un regard, sans une pensée pour elle, nous mangions la pomme de terre sans savoir qu'elle avait une âme. Car la pomme de terre a une âme. La pomme de terre est détentrice d'une intelligence, d'une sensibilité.

Il a fallu attendre le premier mois de la vingtième année de notre siècle pour prendre conscience de celle de la patate. C'est à Los Angeles que l'événement a eu lieu, au Consumer Electronics Show, plus précisément, foire annuelle où ingénieurs et marques viennent présenter leurs dernières avancées technologiques au public. C'est là, au milieu des flambant neufs écrans pliables, lave-linge intelligents et sextoys connectés, résultats d'années de recherche et développement, que le Français Nicolas Baldeck a présenté son *Potato*, un système électronique permettant de communiquer avec les pommes de terre[1]. Notons que l'étymologie du nom de Baldeck vient de

1. « *Personne s'en balek de l'invention de Baldeck* », aurait remarqué finement un homme d'esprit.

baldo, mot germain qui signifie « audacieux », ce qui, même au Consumer Electronics Show, ne s'invente pas. Par un petit transmetteur enfoncé dans la patate (parfaitement inoffensif, jamais aucune plainte de pomme de terre n'a été relevée) et alimenté par les électrolytes naturellement présents dans sa chair, l'humain peut, par l'intermédiaire d'une application sur son smartphone, poser des questions à la pomme de terre qui se fera un plaisir de lui répondre sur le sens de la vie, le temps qu'il fera demain ou ce qu'il faut faire de son mariage qui bat de l'aile. L'émotion, paraît-il, est telle que l'on est tenté de changer de vie pour faire pénitence.

Déclinistes qui ne cessez de vous plaindre de la baisse de l'influence de la France sur l'échiquier des nations, de sa régression au classement des puissances mondiales, sachez que désormais, grâce à l'invention de Baldeck, nos ingénieurs sont de nouveau considérés avec envie, ravissement, une pointe de jalousie.

Qu'on se le dise, la France est de retour.

Pont de l'Alma

Raymond Devos a été le premier à constater la disparition du zouave. « Nous avions des zouaves, jadis... Des régiments entiers de zouaves, il n'y en a plus un... Vous pouvez chercher. Où sont passés nos zouaves ? »

Sans doute ont-ils disparu parce qu'ils étaient devenus inutiles. Leur évocation reste toujours source d'enchantement. Raymond Devos, toujours : « Première anecdote, la main de ma sœur. Deuxième anecdote, une culotte.

Troisième anecdote, un zouave. [...] Si vous prenez la première, que vous la glissiez dans la deuxième qui appartient au troisième, vous obtenez un événement sur lequel on n'a pas fini de jaser... »

Jacqueline Maillan, elle aussi, avec la conviction d'une chanteuse réaliste, a évoqué le zouave et sa culotte, mais de manière allusive...

La main d'ma sœur a disparu
J'ai d'la peine
Depuis la dernière crue
De la Seine
La dernière fois qu'on l'avait vue dans la s'maine
C'était là-bas près du Pont de l'Alma
Et depuis ce jour-là
On n'sait pas on n'sait pas
Où est la main d'ma sœur
Et toute la famille pleure[1].

Jacqueline Maillan a raison d'associer la main de sa sœur au pont de l'Alma, gardé par le fameux zouave. Le zouave du pont de l'Alma a la réputation d'être un indicateur. Quand il a le pied humide, la Seine est en crue. En 1910, le niveau de la Seine atteignit 8,62 mètres et le pauvre zouave, souvenir de la guerre de Crimée, avait de l'eau jusqu'aux épaules.

Aujourd'hui, les pieds du zouave du pont de l'Alma ne sont plus guère observés que par des météorologues amateurs. Les professionnels désormais se renseignent auprès des différents services de l'État, ainsi que des directions régionales de l'Environnement, de l'Aménagement et du Logement, de la direction départementale des Territoires, les services de prévisions des crues, les

1. « Le zouave du pont de l'Alma », paroles de Michel Emer.

directions départementales de l'Agriculture et de la Forêt, des agences de l'Eau, de l'Électricité de France, des organismes de recherche, des compagnies d'aménagement, ou encore, et c'est plus simple, auprès du Service central d'hydrométéorologie et d'appui à la prévision des inondations.

Tant d'organismes, de bureaux, de services, alors qu'il suffisait de regarder les panards du zouave... Vous savez quoi ? Le zouave du pont de l'Alma, on le regrette.

Pot de chambre

P. R. raconte J. C.

« Quand on a tourné *Un chien dans un jeu de quilles* à Pont-Aven, en Bretagne, on tombe devant une boutique de faïences. Là encore une vendeuse d'un certain âge, pas vilaine, qui vendait notamment de vieux pots de chambre. On rentre et Carmet se lance. “Madame, on est venus parce qu'on a eu une idée, vous devriez mettre des pots de chambre personnifiés, avec les noms comme pour les bols.” La dame dit que c'est intéressant, et moi j'ajoute : "Ce qui peut être original c'est qu'au fond du pot vous mettiez un œil." Alors on a passé plus d'une heure avec la femme à faire des études de marché. "Vous pouvez aussi travailler pour l'exportation… John ! Kevin ! William !" La dame était enthousiasmée. "Oui, j'y avais pas pensé !" »

Voir : Carmet, Jean ; Maillot bleu ; Mariage ; Mime ; Œufs frais de la ferme ; Panoplie d'homosexuel ; Pets ; Radinerie.

Préface

Parfois nos éditeurs, qui, certes, ne sont pas inutiles, nous font des remarques constructives et brillantes du genre : « Ils sont marrants vos petits textes, mais des fois, on ne voit pas trop le rapport avec l'inutile, qui, on vous le rappelle, est quand même le sujet du livre. »

Sur l'entrée « Préface », on est sûr que ce n'est pas un reproche qu'on nous fera. Tout le monde reconnaît que la préface est inutile.

La préface sert généralement à recommander le livre dont le texte justement succède à la fin de la préface.

Si on a déjà le livre en main, c'est que l'on n'a plus besoin de recommandation.

Huysmans, dans la préface d'*En route*, écrit : « Je n'aime ni les avant-propos, ni les préfaces et, autant que possible, je m'abstiens de faire devancer mes livres par d'inutiles phrases. »

Les préfaces tentent de couper court aux critiques mais n'empêcheront jamais les critiques. George Sand, dans la préface de *Indiana*, joue la carte de la fausse modestie : « Si quelques pages de ce livre encouraient le grave reproche de tendance vers des croyances nouvelles, si des juges rigides trouvaient leur allure imprudente et dangereuse, il faudrait répondre à la critique qu'elle fait beaucoup trop d'honneur à une œuvre sans importance. » George, nous hésitons à vous contredire, mais franchement, soit une œuvre est importante et on la fait éditer, soit elle est minable et on la garde dans ses tiroirs !

Par exemple, *Le Dictionnaire amoureux de l'Inutile* est indispensable. C'est pourquoi, à aucun moment, nous n'avons rechigné à le voir édité.

Une préface peut cependant être utile quand elle est l'œuvre d'un écrivain parlant d'un autre écrivain. C'est en réunissant toutes les préfaces qui sont pour lui autant d'exercices d'admiration pour les écrivains qu'il aime que Jacques Perret fît paraître en 1998 aux Éditions Le Dilettante, quatre ans après sa mort, *François, Alfred, Gustave et les autres*.

Un autre livre réunit des préfaces. Celui de Pierre Bergé, qui écrit dans sa préface à son livre de préfaces *L'Art de la préface* : « Du plus loin qu'il me souvienne, j'ai toujours aimé les préfaces. » Cet ouvrage peut entrer dans la catégorie « livres de feignasses » puisqu'il se contente de réunir des préfaces de grands écrivains. Pierre Bergé, édité chez Gallimard, eut l'espoir déçu d'entrer un jour à l'Académie française. Vu que nous n'avons pas l'ambition de siéger Quai Conti, nous pouvons bien avouer que, du plus loin qu'il nous souvienne, les préfaces nous ont souvent fait assez chier.

Principal de collège

Que « Principal de collège » soit une entrée de ce dictionnaire est déjà une injustice, un scandale, un abus. Le principal de collège a en charge l'organisation, le budget et l'application des réformes nombreuses, successives et contradictoires du ministère de l'Éducation nationale. Le principal de collège est un héros. Sa profession exige de l'autorité, de la diplomatie, le goût du commandement et des couleuvres.

Au collège Saint-Exupéry d'Argentan, le principal avait morigéné dans la cour de récréation un élève indiscipliné : « N'oubliez pas que je suis le principal ! »

« Vous êtes peut-être le principal, avait répondu le gamin, mais moi je suis l'essentiel ! » Avec un sens certain de la repartie, le cancre avait entrevu de façon innée la thèse de Philippe Meirieu selon laquelle l'élève devait se trouver au centre du processus pédagogique.

Prostate

Quelle mouche a piqué Clemenceau quand il fit cette déclaration célèbre : « Il y a deux organes inutiles : la prostate et le président de la République » ?

La principale fonction de la prostate est quand même de sécréter une partie du liquide séminal et de le stocker. Ce n'est pas rien. Sans prostate, pas de sperme. Sans sperme, pas d'humanité. Sans humanité, pas de roue, pas de machine à vapeur, pas de Thermomix.

Par ailleurs, mais au même endroit, la prostate produit ce liquide alcalin qui sait neutraliser l'acidité vaginale ainsi qu'un élément capable d'empêcher la coagulation du sperme. Vous aimeriez avoir un sperme coagulé ? Franchement !

La prostate permet également le toucher rectal. Beaucoup de patients, s'il n'existait pas, le regretteraient.

Autant dire que la sortie de Georges Clemenceau, même si elle est vive et pleine d'esprit, semble passablement injuste.

Concernant le président de la République, nous n'avons pas lancé des recherches suffisamment étayées pour nous permettre de valider son utilité.

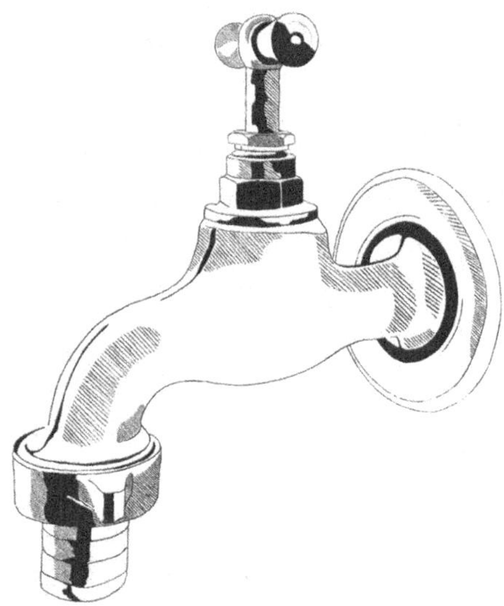

— Dans votre dictionnaire, vous avez parlé du concours du pull le plus moche ?

— Non, je ne pense pas...

— Dans la banlieue d'Albi, sache que le concours du pull le plus moche a été qualifié de mondial. En 2017, je sais qu'il y a eu plus de 600 participants... Des pulls tous plus hideux les uns que les autres, généralement aux couleurs de Noël, le vert des sapins, le rouge et le blanc de la houppelande du Père Noël.

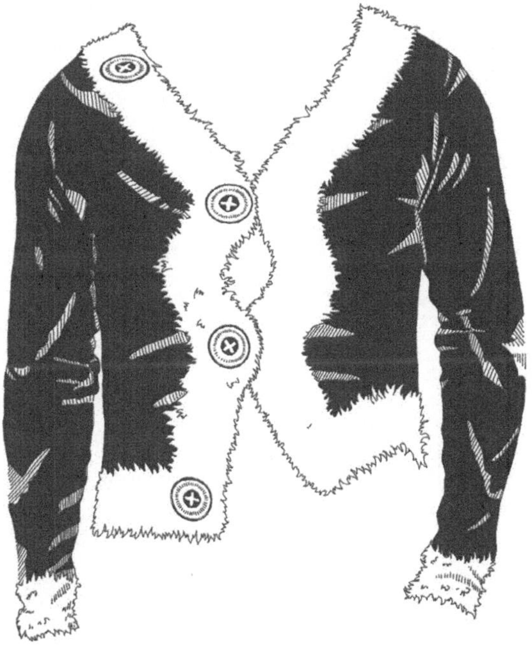

— Intéressant.

— Un peu, mon neveu. Certains venaient aussi avec leur chien, également vêtu d'un pull moche...

— Pas possible ?

— Si. Ce qui plaît, c'est le fait-main... Parfois, aussi, on rajoute des éléments à un vieux pull. Par ailleurs, on peut se présenter sous plusieurs catégories : individuel, équipes ou jeunesse.

— D'accord...

— Donc, vous allez faire un article là-dessus ?

— Je n'en sais rien, on ne peut pas tout traiter, non plus...

— Je comprends bien.

— De toute façon, on ne pourra jamais être exhaustif...

— C'est sûr.

— On ne peut pas signaler tous les concours idiots.

— Ça pourrait faire l'objet d'un dictionnaire spécial.

— Ça existe déjà.

— ?

— Oui, ça s'appelle le livre *Guinness des records*.

Voir : Aléatoire ; Fourre-tout ; Records ; Sourcil.

Quizz ornithologique

Il fut une époque, certes lointaine, où Web Ornitho n'existait pas et ne permettait pas à chacun de découvrir les chants d'oiseaux, de l'accenteur mouchet au verdier d'Europe, qui se donnent à entendre sur les ordinateurs.

Aujourd'hui, 360 chants d'oiseaux sont accessibles sur le smartphone.

Jadis, pour identifier les oiseaux, il fallait battre la campagne accompagné d'un livre savant, par exemple *Quel est donc cet oiseau ?* du docteur G. Götz et A. Kosch (édité chez Fernand Nathan) qui retranscrivait très précisément le son des volatiles.

Sans supplément de prix, nous avons donc l'honneur de vous proposer un quizz ornithologique qui vous permettra de démontrer ou parfaire vos capacités à reconnaître les oiseaux et leurs ramages.

1- ziwitt
2- schilpdieb
3- tsitsiti-titt-si-si-tsirr
4- zck zck
5- gué-gueg gaik-aik (flûté)
6- tchi-hé tsri, reck-ek i-guip
7- schak-kerak shaik shaik
8- di u di u sip sip sip sirr
9- couc-ouc, Ha ha rahaha
10- hu hu ho hu hu kou houit
11- craic-craiai-ou-riai – crai-t-steraic
12- kè-i-kè-i-guai-guai toc-toc
13- kirik-gui-gui-ki-aik
14- gué-gué-gué
15- klu-uh-kou-oui

Réponses :

1- Hirondelle de cheminée ; 2- Moineau domestique ; 3- Mésange bleue ; 4- Rouge-gorge ; 5- Linotte commune ; 6- Gobe-mouches gris ; 7- Pie commune ; 8- Pouillot siffleur ; 9- Coucou commun ; 10- Hulotte ; 11- Sterne naine ; 12- Goéland pygmée ; 13- Faucon pèlerin ; 14- Busard Saint-Martin ; 15- Petit-Duc

R

Radinerie

P.R., J.C.

« Nous avions un jeu entre nous qui l'amusait beaucoup et qui a duré des années : on dînait souvent ensemble et tout le jeu consistait à ce que je ne paye jamais, mais en trouvant toujours une raison différente, une histoire compliquée pour m'excuser de ne pas pouvoir payer. Donc il payait, il payait tout le temps, ce qui lui permettait ensuite, au restaurant par exemple, d'aller voir tous les clients pour leur dire : "Bonjour monsieur, vous avez vu cet individu qui gagne cinq fois plus d'argent que moi ? C'est l'homme le plus extraordinairement radin que je connaisse, regardez-le qui a l'air gentil, comme ça..." Même quand j'allais aux toilettes, dans un grand hôtel, par exemple, je remontais le voir et je lui demandais deux francs pour la dame des toilettes, ce qui lui permettait de se retourner vers le barman et de lui faire : "Vous vous rendez compte..." Il se vengeait, on jouait à ce jeu, qui devenait une sorte de série. Et un jour, on a cassé le jeu, je l'ai remboursé. Je lui ai mis un chèque, c'était après des années, qu'il n'a jamais encaissé, il l'a encadré et l'a mis dans sa cuisine.

« Des gens comme Carmet, tu n'en vois plus. Ou alors il faut remonter aux anciens. Je pense que les acteurs d'avant-guerre ou de tout de suite après avaient quand même une sorte de folie, comme Jules Berry ou Saturnin Fabre, Noël Roquevert. C'étaient des fous. Saturnin Fabre, il était représentant du syndicat des acteurs. Un jour, il va voir le ministre de la Culture dans son bureau, Fabre s'est avancé et il a dit : "*Monsieur le ministre, les comédiens meurent de faim !*" et il est tombé sur le tapis, tout de suite les chambellans sont venus le ramasser. Ça, Carmet aurait pu le faire. »

Voir : Carmet, Jean ; Maillot bleu ; Mariage ; Mime ; Œufs frais de la ferme ; Panoplie d'homosexuel ; Pets ; Pot de chambre.

Rantanplan

Rantanplan serait le chien le plus stupide de l'Ouest. Créé par Morris et Goscinny, il est la version imbécile de Rintintin. De même que Tintin laisse la rigolade à son entourage (le Capitaine Haddock, Tournesol, Dupont et Dupond...), Lucky Luke apparaît comme un personnage relativement raisonnable parmi pas mal de bras cassés comiques : les Dalton, Ma Dalton, sans oublier Jolly Jumper, le cheval raisonneur, et, bien sûr, Rantanplan.

Rantanplan est essentiellement gardien de pénitencier. Il est peu physionomiste, il a du mal à calculer la distance quand il tente de se jeter dans les bras d'un personnage, il est trouillard, obéissant et affectueux. Son amitié avec Averell Dalton est réconfortante, elle met en avant la belle solidarité qui peut exister entre un crétin de 2,13 mètres et un chien indolent.

Quand Nicolas Sarkozy confia à Frédéric Mitterrand un comité de réforme de l'audiovisuel public, Mitterrand, déçu de son évolution politique, envoya une carte postale avec l'image du chien de Lucky Luke en lui disant qu'il en avait marre d'être le Rantanplan du président de la République.

Les présidents de la République passent, Rantanplan reste.

L'imbécillité la plus totale nécessite l'excellence. Pour incarner ce sommet de l'imbécilité et lui donner une voix, des acteurs du plus haut niveau ont été recrutés : Bernard Haller, Roger Carel, Éric Métayer, François Morel.

Records

— On ne peut pas signaler tous les concours idiots.

— Ça pourrait faire l'objet d'un dictionnaire spécial.

— Ça existe déjà.

— ?

— Oui, ça s'appelle le livre *Guinness des records.*

— Ah ! d'accord.

— Un Américain a résolu trois Rubik's Cube sous l'eau en une minute.

— Pas mal.

— Une Américaine a remporté la 22e édition du *Wing Bowl* à Philadelphie en ingérant 363 ailes de poulet en une demi-heure.

— Admirable.

— Un Japonais a battu le record du 100 mètres à quatre pattes.

— Phénoménal.

— Mieux encore : un Indien a battu le record du monde de vitesse de frappe sur un clavier avec son nez.

— Vraiment ?

— Un Pakistanais a pulvérisé le record du monde de cassage de noix.

— Avec ?

— La tête : 155 en une minute.

— Oui…

— Le record mondial du plus gros gâteau est nicaraguayen. Il a nécessité 60 000 œufs et 65 sacs de farine. Je continue ?

— Comme vous voulez.

— Une Polonaise prénommée Ania a le projet de coucher avec 100 000 hommes afin d'entrer dans le *Guinness*.

— Passionnant.

— Le plus long boudin, à ce jour, est espagnol : 187 mètres avant cuisson, 175 mètres après. Vous imaginez la taille de la casserole ?

— Mal…

— D'autres records ?

— Merci, ça va aller. De toute façon, on traite déjà le sujet dans l'article « Sourcil ».

Voir : Aléatoire ; Fourre-tout ; Pull ; Sourcil.

Ricochets

Les ricochets font des bonds sur la mer et sur les rivières. Le galet doit être plat. Il est préférable qu'il soit léger. On le saisit puis on le lance, obliquement à la surface de l'eau. On regarde. Un, deux, trois, quatre, cinq ricochets ! On exulte ! Un, deux ricochets… Plouf. On est déçu. Aucune importance, on jette à nouveau la pierre. On fait des concours. Pendant des heures, on pourrait s'adonner à cette activité, jusqu'à créer un barrage sur la rivière, jusqu'à saturer la mer de galets plats. Au bout d'un moment, on s'améliore, on acquiert une véritable technique de champion. On recherche l'angle le plus efficace. On s'accroupit jusqu'au niveau de l'onde. On assouplit son poignet. On devient extrêmement scrupuleux dans la recherche de l'objet rebondissant.

Au loin, le soleil se couche et les petits cailloux sautillent à l'infini vers nos enfances perdues.

Il existe en Écosse, à Easdale très exactement, un championnat du monde de ricochet, le *World Stone Skimming Championships*. Inutile d'apporter son propre matériel, la pierre utilisée est l'ardoise d'Easdale. Il s'agit, non pas de compter le plus grand nombre de rebonds (dont le comptage serait fastidieux et pourrait prêter à la confusion, à l'erreur, à la polémique), mais de faire parcourir à la pierre la plus grande distance possible par ricochets. Si la première édition eut lieu en 1983, la deuxième se déroula seulement en 1997, on imagine que les plus de 300 participants eurent besoin d'une bonne période de récupération. Dougie Isaacs remporta le championnat en 2007, puis en 2010, puis encore en 2011, en 2013, en 2014, en 2015, en 2016 ! Gloire à Dougie Isaacs qui peut se prévaloir d'être le champion le plus qualifié de l'histoire des Championnats du monde de ricochets. En 2017, cependant, l'Écossais fut supplanté par le Japonais Keisuke Hashimoto dont l'ardoise, comme un rêve qui n'en finit pas, rebondit sur 169 mètres.

Jésus a marché sur les eaux du lac de Tibériade, provoquant la panique chez ses disciples qui le prirent pour un fantôme. Si Jésus, moins mystique, plus facétieux, avait décidé de couler au bout du troisième, voire du quatrième pas, il aurait fait rigoler Pierre au lieu de le mettre dans tous ses états.

Rien

Raymond Devos, docteur ès riens a développé le sujet.

« Je vous signale tout de suite, mesdames et messieurs, que je vais parler pour ne rien dire. Oh je sais bien, vous pensez, s'il n'a rien à dire, il ferait mieux de se taire. Évidemment, évidemment mais c'est trop facile. Vous voudriez que je fasse comme tous ceux qui n'ont rien à dire et qui le gardent pour eux. Eh bien, non, mesdames et messieurs. Moi quand je n'ai rien à dire, je veux qu'on le sache, je veux en faire profiter les autres. Et vous-mêmes, mesdames et messieurs, si vous n'avez rien à dire, eh bien on en parle, on en discute, je ne suis pas ennemi du colloque.

« Alors, me direz-vous, si on parle pour ne rien dire, de quoi allons-nous parler ? Eh bien de rien, de rien, parce que rien ce n'est pas rien, la preuve c'est qu'on peut le soustraire : rien moins rien égale moins que rien. Si on peut trouver moins que rien, c'est que rien vaut déjà quelque chose. On peut acheter quelque chose avec rien, en le multipliant. Une fois rien, c'est rien. Deux fois rien, c'est pas beaucoup, mais avec trois fois rien, on peut déjà acheter quelque chose. Et pour pas cher.

« Maintenant, si vous multipliez trois fois rien par trois fois rien… Rien fois rien, égale rien. Trois fois trois égale neuf. Cela fait : rien de neuf. »

Si le rapport entre l'utile et le rien vous échappe, c'est que vous aurez oublié ce que Descartes a dit : « C'est proprement ne valoir rien que de n'être utile à personne. »

Car le rien a inspiré les plus grands philosophes, d'Héraclite (« Tout coule, rien ne demeure ») à Zsa Zsa Gábor (« Je ne sais rien en matière de sexe parce que j'ai toujours été mariée »).

Nous aimerions conclure par un fameux proverbe breton sur le rien : « *An heni na avantur netra nà koll nà gounid ne ra.* »

En revanche, nous avons oublié la traduction.

Ça ne fait rien.

Rien de rien

Rien, en réalité, rien de rien n'est inutile. Ne le dites pas à notre éditeur, il annulerait le contrat de ce présent livre.

Rillettes

Le type même du sujet explosif, celui qui allume la mèche, celui qui suscite les polémiques les plus virulentes, les controverses les plus violentes : les rillettes sont-elles de Tours ou du Mans, ou des deux mon général, comme seraient enclins à répondre les plus conciliants ?

Nous préférons ne pas nous prononcer mais signalons quand même que le premier distributeur de rillettes existe, non pas à Tours mais au Mans, depuis septembre 2018.

Imaginez, vous êtes au Mans un soir de printemps... Arthur appelle Charlotte... « Salut Charlotte, c'est Arthur, est-ce que tu as prévu quelque chose pour ce soir ? — Non », répond Charlotte, déjà rosissant de désir... La soirée se passe merveilleusement. Un petit restau, un ciné, une promenade dans la vieille ville. Arthur propose un dernier verre à Charlotte dans son bel appartement situé près de la cathédrale Saint-Julien. Charlotte, frémissante, acquiesce. Dans l'appartement, Arthur débouche une bouteille de jasnières, les lèvres se rapprochent, les corps s'enlacent, Charlotte retire son soutien-gorge, Arthur baisse son pantalon, et là, patatras, les jeunes gens, paniqués, dépités, s'aperçoivent qu'ils ont oublié de racheter des rillettes... Preste, Arthur descend quatre à quatre les escaliers de son appartement, court jusqu'au distributeur au plein milieu de la nuit et s'aperçoit, ravi, qu'il peut également rapporter de la choucroute et du boudin blanc.

Heureux tourtereaux du Mans qui vont profiter d'une nuit d'amour.

Rire aux enterrements

Rire aux enterrements est souvent involontaire, une sorte de réaction nerveuse et immaîtrisable dont on peut avoir honte. Il est plus rare de rire de bon cœur dans un cimetière. Lors des obsèques de Philippe Gildas le lundi 5 novembre 2018, Antoine de Caunes a rendu le plus bel hommage qui soit à celui qu'il reconnaît comme son père professionnel. Comme à la grande époque de « Nulle part ailleurs », Antoine a fait une blague à José. Un autre complice, Laurent Chalumeau, raconte l'histoire sur son compte Instagram : « Hier, parce qu'il faut ce qu'il faut, Antoine de Caunes avait fait croire à José Garcia que Maryse, la veuve de Philippe, avait souhaité un dress code tout en blanc pour le dernier au revoir à Philippe. José et sa délicieuse femme Isabelle Doval, innocent dommage collatéral, se sont donc pointés tout de blanc vêtus, à l'exception de leurs manteaux, comme à une pool party dans la villa d'Eddy Barclay à

Saint-Trop'. Quelle ne fut pas leur déconvenue en découvrant qu'ils étaient les seuls à qui cette instruction avait été communiquée. »

Chalumeau poursuit : « Comptez sur moi pour ne rien avoir épargné à José : tu cherches Collaro ? Il est là-bas avec Carlos. Ils t'attendent pour la pétanque et le pastis... Même Philippe dans sa boîte avant qu'on ne le brûle était mort de rire. »

José Garcia, beau joueur et philosophe, a reconnu : « Je me suis encore fait avoir. »

Roche de compagnie

Confiné dans son 15 mètres carrés, le ou la célibataire en manque de tendresse rêve souvent de prendre un chat, un chien ou un boa constricteur (ah, la vigoureuse et émouvante étreinte...), mais, conscient de son manque de place et soucieux du bien-être animal, se ravise bien vite. Moins contraignant, coûteux, bruyant et salissant, mais tout aussi fidèle que n'importe quel animal domestique, il existe pourtant bien un parfait partenaire pour la vie urbaine, pas difficile, sans besoins particuliers : la roche de compagnie.

À partir de l'été 1975, il a été possible, aux États-Unis et pour un peu moins de 4 dollars, d'adopter un *Pet Rock*, caillou importé du Mexique, vendu dans une boîte en carton avec des trous d'aération et un peu de paille pour le confort pendant le transport. On trouvait également dans la boîte un manuel indiquant comment élever l'animal de compagnie et les différents tours qu'il était capable d'apprendre (pas bouger, assis, fait le mort, attaque, etc.), comment lui donner des ordres, distinguer une roche malade d'une bien portante, en reconnaître le pédigrée et toutes sortes d'autres subtilités nécessaires à la bonne éducation de la pierre.

Le succès a été fulgurant. Sur une période de six mois, plus d'un million et demi de pierres se sont vendues, faisant la fortune de Gary Dahl, le publicitaire ayant eu l'idée de les commercialiser. En 2010, une nouvelle version améliorée du *Pet Rock* est sortie, améliorée puisque connectée en USB à votre ordinateur. Sans pour autant qu'elle soit capable d'en faire plus que son ancêtre.

Roi

S'il doit être bien agréable d'être roi, c'est sûrement parce qu'il est permis de trucider ses ennemis, de trousser n'importe lequel de ses sujets ou d'humilier son prochain quand bon nous semble et sans avoir à en répondre à qui que ce soit. Cette pensée en tête, nous peinons à comprendre pourquoi les enfants sont toujours si tristes quand ils ne trouvent pas la fève dans leur part de galette, vu qu'être roi pour l'Épiphanie ne permet de trucider, trousser et humilier personne sans se prendre une bonne baffe et être privé de sortie.

Routes

On trouve dans le livre de Sylvain Prudhomme, *Par les routes* (L'arbalète, Gallimard, 2019), un personnage qui s'appelle l'autostoppeur. Il part sur les routes de France, le pouce tendu, comme dans le temps, comme quand on était jeune, avant le Blablacar et le covoiturage...

Parfois, il s'amuse à envoyer des cartes postales avec des vues de villages, de lieux-dits, de hameaux dont les noms lui semblent amusants ou font écho à la relation qu'il entretient avec le récipiendaire : Contes, Banquet, Beausoleil, La Fermeté, Allons, La Réunion (commune de cent vingt-trois habitants dans le Lot-et-Garonne où, entre parenthèses, arrive plus de courrier qu'à Roquefort ou Marmande à cause des erreurs de code postal), La Malhoure, Grâces, Plurien, Soupir, Survie, Mer, Port, Trêve, Simple, Les Rousses, Allègre, Réveil, Les Chéris, Abondant, Vif, Bizou...

Il envoie des cartes de l'étranger mais sans quitter la France puisque, en restant dans l'Hexagone, vous pouvez vous trouver à Venise, Montréal, Porto, Grenade... Venise est située dans le département du Doubs, Montréal dans l'Aude, Porto en Corse du Sud et Grenade en Haute-Garonne.

Il envoie des cartes qui évoquent la gastronomie française, désormais inscrite au patrimoine mondial de l'Unesco. Il existe en France des communes appelées Tournedos-sur-Seine, Lentilles, Mouton, Champagne !

Il adresse du courrier qui pourrait évoquer l'anatomie... Menton, Courbes, Ongles, Hanche, Chatte, Gland, Sein... Du temps où l'auto-stop était courant, Catherine Le Forestier chantait *Au pays de ton corps* :

> *Je connais un pays on dirait un jardin*
> *Je peux y vivre nue sans avoir jamais froid*
> *Quand j'y ferme les yeux je trouve sous mes doigts*
> *Tous les chemins*[1]...

Il remarque drôlement que tous les noms de village qui commencent par la dernière lettre de l'alphabet ne sont jamais situés au centre de la France mais toujours à ses extrémités, dans les départements du Haut-Rhin, du Bas-Rhin, de Moselle, du Nord, de Corse : Zaessingue, Zalana, Zarbeling, Zegerscappel, Zehnacker, Zeinheim, Zellenberg, Zellwiller, Zermezeele, Zérubia, Zetting, Zevaco, Zicavo, Zigliara, Zilia, Zilling, Zillisheim, Zimmerbach, Zimmersheim, Zimming, Zuydcoote, Zutkerque, Zoteux, Zouafques, Zudausques, Zalana, Zuani.

« Par quel étrange hasard faut-il que les villes du bout de l'alphabet soient aussi celles de l'extrémité du territoire ? » interroge joliment l'auto-stoppeur.

Et c'est là que vous nous faites remarquer, parce que l'étude des départements est votre passion, parce que vous connaissez chaque village de France, vous nous ferez remarquer qu'il existe une exception : le village de Zincourt est situé à 15 kilomètres d'Épinal, dans le département des Vosges qui n'a jamais prétendu être frontalier.

1. Paroles et musique Catherine Le Forestier, 1971.

Nous en convenons. Vous avez raison. C'est effectivement une exception. L'exception qui confirme l'agacement que suscitent ceux qui veulent toujours avoir raison.

Routier parisien

La circulation des poids lourds est extrêmement limitée à Paris. Les camionneurs qui doivent y faire des livraisons n'y font pas de vieux os. Dès qu'ils peuvent, ils quittent la capitale où, créant des bouchons, des embouteillages, des crises de nerfs, ils sont regardés de travers. Il existe cependant des routiers, inutiles aux camionneurs, à moins qu'ils ne s'y rendent en voiture ou idéalement en transports en commun.

Les restaurants routiers sont créés dans les années 30. Ils se reconnaissent à leur panonceau, bleu et rouge. Trois règles d'or : bon accueil, qualité irréprochable, prix en rapport.

Il reste, à Paris, trois routiers.

« Les routiers », situé 50 *bis*, rue Marx-Dormoy, présente, selon Franck Lopez, « Un service toujours aux petits soins », d'après son expérience.

« Les Marches », sis au 5, rue de la Manutention, lieu de rendez-vous de Jean-René (un ami), présente des poireaux mimosa et des filets de bœuf sur nappe vichy.

« Chez Léon », 50, rue de l'Isly, on trouve du hareng pomme à l'huile et, sur le comptoir, un présentoir d'œufs durs, en souvenir de Jacques Prévert.

Il est terrible
le petit bruit de l'œuf cassé sur un comptoir d'étain

il est terrible ce bruit
quand il remue dans la mémoire de l'homme qui a faim.

À l'homme qui a faim, fût-il routier, on conseillerait quand même dans ces routiers parisiens de regarder les prix avant de commander.

Rube Goldberg (machine de)

Cinquante ans avant les Shadoks, Rube Goldberg, caricaturiste de presse, a fait son credo de la fameuse maxime : « Pourquoi faire simple quand on peut faire compliqué ? » À partir de 1912, il invente, dessine et publie hebdomadairement des machines absurdes aux rouages infiniment complexes destinées à accomplir les tâches les plus simplistes possibles, comme une métaphore de la société nouvellement mécanisée de son époque.

Suite d'effets dominos, de complexes réactions en chaîne mises en œuvre pour un résultat minime, aux rouages non plus mécaniques, mais animaux ou humains (qui agissent comme s'ils étaient déterminés, nécessairement de la même façon : le chat chasse, bien sûr, la souris, mais le perroquet pleure en entendant une chanson triste, un coucou s'envole après qu'une femelle l'a embrassé, par peur d'entrer dans une relation sérieuse, ou encore un téléphone qui sonne réveille obligatoirement le manager de bureau, qui bâille et s'étire).

Un exemple de machine inventée par le caricaturiste : le dessin, intitulé « Comment se débarrasser d'une souris », nous montre une boîte où tous les éléments sont miniaturisés, présentée par son auteur comme le meilleur piège à souris jamais inventé. Une minuscule peinture de fromage est installée sur un petit chevalet placé derrière le trou d'entrée. La souris, affamée, entrera dans la boîte en se jetant sur la toile, qui se déchirera, faisant tomber le rongeur dans un petit chaudron d'eau bouillante. La souris, pour se rafraîchir, saute sur un glaçon placé à proximité, ce qui enclenche un escalator sur lequel le morceau de glace est entraîné. Le rongeur est amené en haut de l'escalator et tombe sur un gant de boxe sur ressort, qui l'assomme en le renvoyant dans un petit panier. Petit panier qui bascule sur le côté, appuyant sur le système de lancement d'une fusée miniature à laquelle le panier est attaché. La fusée peut alors démarrer et envoyer la souris sur la Lune.

En cinquante ans de carrière, Goldberg a laissé à ses lecteurs les plans de la fameuse serviette de table automatique, du gratte-dos autonome, de l'extracteur de sable pour chaussure, de la machine pour mettre le chat dehors de nuit, et de celle pour ne jamais rater un trou au golf. Ainsi que beaucoup d'autres inventions, toutes plus ambitieuses les unes que les autres.

S

Scènes d'anthologie

Il existe au cinéma certaines scènes d'anthologie qui n'existent que pour elles-mêmes. Elles n'ont pas vocation à faire avancer l'action, à donner des renseignements sur les personnages principaux, à créer un suspens, à tenir le spectateur en haleine. Elles ne servent à rien dans la narration du film mais s'imposent et se suffisent à elles-mêmes.

« Est-ce que vous m'aimez ? » interroge poétiquement, et à contretemps de l'action, Raymond Devos dans *Pierrot le fou*.

Dans *Tirez sur le pianiste*, Boby Lapointe chante, juste pour le plaisir, celui du spectateur et de François Truffaut qui tenait particulièrement à ces séquences chantées, contre l'avis du producteur Pierre Braunberger qui, lui, voulait s'en débarrasser au montage : « Ce type chante d'une manière incompréhensible ! Il faudrait le sous-titrer ! » Le producteur fut pris au mot et Boby Lapointe sous-titré.

Darry Cowl, dans *Assassins et Voleurs*, de Sacha Guitry, fait un numéro de témoin insolite et insolent, s'insurgeant contre la suspicion, critiquant le mobilier du tribunal : « Il faudra réparer ça », faisant des calembours approximatifs : « … ledit pétard, Lady Pétard, une Anglaise charmante d'ailleurs », avant de constater qu'il s'est trompé de procès. « Grand gamin, va… »

Dans *Les Tontons flingueurs* de Georges Lautner, la scène d'anthologie qui réunit Me Folace, Raoul Volfoni, Monsieur Fernand, Paul Volfoni et Jean le majordome (*alias* Francis Blanche, Bernard Blier, Lino Ventura, Jean Lefebvre et Robert Dalban) dans une cuisine, tandis que l'on beurre des toasts, n'est pas de celle qui fait avancer l'action, mais les répliques restent pour longtemps dans pas mal de mémoires : « Le tout-venant a été piraté par les mômes. Qu'est-ce qu'on fait ? On se risque sur le bizarre ? […] – Tiens, vous avez sorti le vitriol… […] – Il date du Mexicain, du temps des grandes heures. Seulement, on a dû arrêter la fabrication, il y a des clients qui devenaient aveugles, ça faisait des histoires. – Ah, faut reconnaître, c'est du brutal ! — J'ai connu une Polonaise qui en prenait au petit déjeuner... — Faut quand même admettre que c'est plutôt une boisson d'hommes. — Tu sais pas ce qu'il me rappelle ? Cette espèce de drôlerie qu'on buvait dans une petite taule de Biên Hóa, pas tellement loin de Saigon, “Les Volets rouges” et la taulière, une blonde comac... Comment qu'elle s'appelait nom de Dieu ? Lulu la Nantaise. T'as connu ? — J'lui trouve un goût de pomme. — Y en a. »

Dans *Astérix et Obélix : Mission Cléopâtre* (réalisation Alain Chabat), tandis qu'on voit Obélix s'apprêter à affronter les Romains, le narrateur Pierre Tchernia, devant la violence de la scène à venir, préfère présenter un (court) documentaire consacré à la langouste dont Jean-Pierre Bacri assure la voix *off*. « Contrairement à une idée largement répandue, la langouste se nourrit essentiellement de fruits de mer, ce qui ne l'empêche pas de rester très humaine. »

Dans *La Cité de la peur*, d'Alain Berbérian, Chabat court après le tueur, et puis l'action laisse place à un interlude qui montre une scène à Vera Cruz où une femme achète un légume chez son épicier.

Obélix se différencie facilement de la série *Le Bureau des légendes*, dans laquelle il y a peu de gras... Chaque scène fait avancer l'action, chaque épisode est copieux. Si on perd une information, un détail, mieux vaut se repasser l'épisode en entier.

Quand surgit un nouveau personnage, Jonas, en l'occurrence, interprété par l'excellent Artus, on est d'autant plus estomaqué qu'il traite d'un sujet qui n'entre pas exactement dans la problématique générale de la série : « Je comprends pas les mecs qui chient aux toilettes. Ils ont pas de toilettes chez eux ? On chie pas au travail. Pourquoi ils prennent pas leur bain, aussi ? À chaque fois que je vais aux toilettes, y a personne et ça pue la merde. Et quand je ressors évidemment, y a quelqu'un qui rentre et qui pense que c'est moi qui ai chié. Et pourquoi ? Parce que je suis gros. Si j'étais pas gros, la question se poserait pas. Mais les gros, ça chie. C'est connu, les gros ça passe sa journée à chier. »

Une entrée en matière, si l'on ose dire, qui rend le personnage immédiatement inoubliable et attachant.

On pourrait dire que les moments chantés dans les films des Marx Brothers sont superflus mais les synopsis des Marx eux-mêmes sont assez inutiles. Ce qui plaît, chez les Marx, c'est leurs folies, leurs incroyables virtuosités burlesques, fantaisistes, gestuelles chez Harpo, pianistiques chez Chico, langagières chez Groucho. Chaque film des Marx est un monument d'indispensable inutilité.

Tous les films avec Fred Astaire et Ginger Rogers racontent à peu près la même histoire, celle d'un homme qui tente de séduire une femme qui le méprise avant de tomber sous son charme grâce à la danse et aux chansons.

Les comédies musicales, d'une façon générale sont constituées de scènes inutiles entre deux morceaux dansés et chantés. Mais quelles sont les scènes inutiles, celles qui font avancer l'action oubliable ou les scènes chantées et dansées qui restent à jamais dans les mémoires ?

Qu'est-ce qu'une scène inutile dans un film ? Notre ami Olivier Broche, comédien et cinéphile, répond à la question à sa manière. Intelligente, passionnée et érudite : « La modernité permet aux cinéastes d'ouvrir la voie à un cinéma dans lequel tout n'est pas intelligible, dans lequel tout n'est pas utile au sens dramaturgique classique : un début, un milieu, une fin et des personnages qui vont tous d'un point A à un point B. On peut dire que, dans le cinéma "moderne", toutes les actions des personnages ne sont pas clairement dictées par des nécessités scénaristiques. Il n'est plus vraiment important de comprendre leurs motivations. Les événements ne s'enchaînent pas "logiquement". Le sujet du cinéma moderne, c'est le temps. On peut citer *Voyage en Italie* (1953), de Roberto Rossellini, où les séquences s'enchaînent sans qu'on comprenne bien pourquoi. Ces scènes peuvent être jugées "inutiles" car elles ne font pas avancer l'action. C'est d'ailleurs quoi, l'action ? Sans compter qu'on ne comprend rien la plupart du temps aux motivations des personnages. La fin nous éclaire, mais est-ce bien sûr ? Et tout ça pour ça ? On pourrait citer des films d'Alain Resnais comme *L'Année dernière à Marienbad* (1961), *L'Éclipse* (1962) de Michelangelo Antonioni, *Amour 65* (1965) de Bo Widerberg, *L'Angoisse du gardien de but au moment du penalty* (1972) de Wim Wenders, *Jeanne Dilman* (1975) de Chantal Akerman ou *Blanche Neige* (2000) de João César Monteiro et quasiment tous les films de Godard. Si l'ennui c'est l'inutile, certains peuvent juger ces films parfaitement inutiles. Mais l'inutile, ne serait-ce pas la place laissée à la réflexion, à la contemplation, à la rêverie, à l'autonomie, à la liberté du spectateur ? Il faut reconnaître que certains ont pu en abuser, mais pour ceux qui aiment l'inutile, c'est précisément ce qui distingue une œuvre d'art d'un film préfabriqué, quand le film n'est que l'illustration visuelle du scénario. »

Conclusion de Billy Wilder : « Tournons quelques scènes hors sujet. Je voudrais gagner l'Oscar du meilleur film étranger. »

Scrabble

« *Sous son fez, un zek rêvait de dzo et de yet en wu. Un yet observait un skua. Un okra poussait dans un kot. Sur son yawl un jèze parlait quoi ? Kwa.* »

C'est bien joli de faire le malin quand on joue au scrabble en employant des mots rares mais ça sert à quoi si on ne les utilise pas dans la conversation courante ? Ben, à gagner au scrabble, banane.

Le *Qat* est une substance hallucinogène extraite d'un arbuste du même nom provenant d'Abyssinie et du Yémen (*10 pts*).

Le *Wu* est un dialecte chinois parlé au Juangsu (*11 pts*).

Le *Xi* est la quatorzième lettre de l'alphabet grec (*11 pts*).

Un *Kot* est une chambre d'étudiant en Belgique (*12 pts*).

Le *Won* est l'unité monétaire des deux Corées (*12 pts*).

Le *Yet* est un mollusque gastéropode marin utilisé dans la cuisine sénégalaise (*12 pts*).

Le *Dey* est un titre militaire porté en Algérie et en Tunisie (*13 pts*).

Le *Dzo* est un animal domestique du Tibet et de l'Himalaya, issu du croisement d'un yak et d'une vache (*13 pts*).

L'*Okra* est une plante à fleurs solitaires jaunes dont le fruit est le Gombo (*13 pts*).

Le *Skua* est un oiseau rapace des îles Kerguelen (*13 pts*).

Le *Dyne* est une unité de force valant 100 000 newtons (*14 pts*).

Le *Kob* est un type d'antilope africaine des marais (*14 pts*).

Le *Byte*, en informatique, est l'ensemble de bits consécutifs transmis ou traités comme un tout (*15 pts*).

Le *Fez* est une calotte tronconique en laine, généralement rouge, qui fut la coiffure traditionnelle des Turcs (*15 pts*).

Le *Fiqh* désigne, dans l'islam, la compréhension de la charia, à savoir le droit positif regroupant tous les aspects de la vie, religieux, politiques et privés (*17 pts*).

Le *Jeze* est l'appellation familière d'un Jésuite (*20 pts*).

Le *Kwa* est un type de langage nigéro-congolais (*21 pts*).

Le *Kyu* est l'ensemble des différentes étapes de la progression d'un débutant en arts martiaux (*21 pts*).

Un *Zek* était le nom donné, en URSS, aux détenus des Goulags (*21 pts*).

Le *Kyat* est l'unité monétaire de la Birmanie (*22 pts*).

Le *Yawl* est un type de voilier à deux mâts (*22 pts*).

Les *Zikr* sont des formules de prière islamique par lesquelles les soufis invoquent Dieu (*22 pts*).

Le *Dyke* est un filon de rocher magmatique, mis en relief par l'érosion (*23 pts*).

Se réveiller la nuit

Se réveiller au beau milieu de la nuit et se rendre compte qu'il vous reste deux heures avant de vous lever pour aller à l'école, à l'usine, au bureau. Bien au chaud, sous la couette, entendre le bruit du vent dans les arbres, le ruissellement de la pluie sur les ardoises, les rares chants des oiseaux de nuit. Profiter du calme, si rare, précieux. Aucune voiture, aucun piéton ne passe dans la rue, pas d'avion dans le ciel. Tout est calme.

Savoir qu'on est le seul éveillé dans la maison. Écouter le craquement du parquet et des murs, les ronflements dans la chambre d'à côté, les vagissements de l'enfant dans son berceau, le chien dans son panier qui course un lapin en songe, les souris dans la cave qui rêvent de montagnes de fromages. Même le moustique qui tournoyait autour de votre oreille au moment de vous endormir rêve d'ampoules aveuglantes sur lesquelles se poser. Chacun dans son rêve.

Sentir le battement régulier de votre cœur, votre respiration lente et calme, vos membres engourdis par le sommeil, vos paupières lourdes...

Savourer ce moment de flottement, où la frontière entre rêve et réalité semble floue. Ce moment où il nous reste sur le cœur le souvenir d'un baiser qu'on jurerait avoir vécu, d'un moment de tendresse qu'on croirait réel.

Et puis se rendormir.

Voir : Montaigne, Michel de.

Send Me To Heaven

Autrefois, dans des temps reculés où n'existaient pas encore les smartphones, nos ancêtres, quand il leur prenait l'envie de glandouiller, en étaient réduits à chercher des formes dans les nuages, à écouter le chant des oiseaux ou à compter les mouches. Aujourd'hui, bienheureux sont les procrastinateurs, les paresseux et les improductifs qui ont toujours avec eux, au fond de la poche, un petit boîtier leur permettant de se prémunir contre l'ennui, d'oublier un peu la vraie vie et, surtout, d'éviter de penser à leur patron, à leur banquier ou à la mort qui vient.

Sur les plateformes de téléchargement mobiles, il est possible de trouver toutes sortes d'applications pour passer le temps de manière tout à fait imbécile, dont nous vous offrons ici un petit florilège :

— *Traducteur de chien* qui, comme son nom l'indique, permet de comprendre son animal de compagnie et de dialoguer avec lui (avant de vous ruer sur votre téléphone, sachez tout de même que certains clients mécontents de l'application – pourtant gratuite – ont laissé sur la page des notes et commentaires négatifs tels que « *ça marche pas* », « *bidon, c'est n'importe quoi* », ou encore « *mon chien ne comprend pas* »).

— *HoldTheButton*, jeu consistant à poser son pouce sur l'écran du téléphone et à le garder collé le plus longtemps possible (pour battre le record, il faudra avoir quelques jours de libre devant vous).

— *iFrenchKiss*, un « moteur d'analyse de baisers » qui vous aidera, après avoir embrassé (avec ou sans la langue) l'écran de votre téléphone, à connaître vos objectives qualités d'amant.

— *GhostRadarClassic*, une application capable, grâce à une analyse complète des champs d'énergie vous entourant, de détecter et de vous faire entendre les fantômes à proximité (étonnamment, il vous sera possible de constater que, même au fin fond de la Creuse, les fantômes s'expriment exclusivement en anglais).

— *BubbleWrap*, qui permettra (pour la modique somme de 0,99 euro) d'éclater du papier bulle à l'envi sans avoir à en emporter un encombrant rouleau avec soi.

— *Confession : A Roman Catholic App*, rendant possible la confession en ligne sans avoir à se rendre à l'église en analysant les péchés et en offrant des solutions de pénitence personnalisées et approuvées par le clergé (aucune mauvaise note, aucun dysfonctionnement recensé, à ce jour, personne ne semble avoir été refusé aux portes du paradis malgré l'utilisation de l'application).

— *Etc.*

Parmi toutes ces merveilles, les auteurs ne sauraient que trop vous conseiller un petit jeu très simple, *Send Me To Heaven*, qui consiste à jeter votre téléphone le plus fort et le plus haut possible pour le rattraper afin d'établir un record. Notez qu'en plus de vous divertir, cette formidable application vous laissera une chance de pouvoir à nouveau apprécier le chant des oiseaux ou l'art de la paréidolie.

Voir : Paréidolie.

Service en chambre

Le service en chambre comprend l'indispensable (nettoyage de la chambre, remplacement des serviettes, ravitaillement du frigo) mais aussi le superflu. Il indique que le client est roi, qu'on doit être aux petits soins pour lui. Éloigné qu'il est de son foyer, de ses proches, il a besoin de consolation et de petites attentions, un bonbon sur l'oreiller, un crayon papier près du téléphone...

La toilegami est une tradition ancienne et internationale. Quand la dernière feuille de papier toilette est pliée, on sait que la chambre a bien été faite. Aucun voyageur n'aurait jamais l'idée d'importer cette pratique à la maison. Généralement, le pliage consiste en un simple triangle, mais, dans les établissements plus huppés, il peut être plus raffiné. Des losanges, des éventails, des formes diverses, animales ou végétales affirment la haute tenue du palace (« la vie en première classe ! »).

Ébloui par cette sophistication, le client n'aura pas la grossièreté d'aller voir si un coup de plumeau est bien passé au fond des placards.

Parfois, également, un animal en serviette est posé sur le lit. Il s'agit généralement d'un cygne ou d'un éléphant. On est à la fois impressionné par le savoir-faire et légèrement moqueur devant la naïveté de la réalisation.

Là encore, on n'est pas du tout tenu de s'inspirer de cette tradition hôtelière quand on revient chez soi.

Sexe

Cet ouvrage a une vocation qui n'est sûrement pas inutile, celle de considérablement enrichir ses deux coauteurs, c'est pourquoi nous nous sentons obligés de rédiger une entrée sur le sexe et ses connaissances plus ou moins utiles. Désolé, le cul fait vendre.

Le Kamasutra recense 64 positions sexuelles. Pour mémoire, le cheval à bascule, le triangle lumineux, le nirvana, le cheval infernal, le cadenas, le gaufrier, la pieuvre, le petit pont, la Grande Ourse, le fauteuil inclinable, la charrette, l'hélicoptère, la brouette (à ne pas confondre avec la semi-brouette), le bretzel amoureux...

Moins d'un homme sur mille serait assez souple pour pratiquer l'autofellation. Ron Jeremy, acteur et réalisateur de films pornographiques, était adepte de cet usage qui nécessite un véritable entraînement de gymnaste ou de yogi.

Huit pour cent des Canadiens ont fait l'amour dans un canoë. Si, à l'origine, le canoë servait notamment à pêcher et explorer de nouveaux territoires, aujourd'hui, on le voit, il est essentiellement utilisé dans diverses pratiques aussi récréatives que sportives.

La medorthophobie est la peur du pénis en érection. On ignore comment s'appelle la peur du pénis au repos.

Certains hommes sont allergiques à leur propre sperme. Après une éjaculation, leur nez coule. (Dès que nous aurons trouvé, sans doute lors des prochaines rééditions de cet ouvrage, nous ajouterons ici un commentaire rigolo.)

Vingt et une calories sont brûlées quand on fait l'amour pendant six minutes. Selon une étude québécoise, le jogging, hélas, serait plus efficace que l'activité sexuelle.

« Pas ce soir, j'ai la migraine » est une très mauvaise raison pour refuser l'acte sexuel puisque l'orgasme, libérant des endorphines, des neurotransmetteurs, soigne la migraine.

La durée moyenne des ébats amoureux est de vingt-cinq minutes. La méthode Pomodoro est une technique de planification développée par Francesco Cirillo basée sur l'usage d'un minuteur permettant de respecter des périodes de travail de vingt-cinq minutes. Ça n'a rien à voir ? Non, ça n'a rien à voir.

Les premiers préservatifs datent d'au moins six mille ans. Ils étaient alors faits à partir de boyaux de mouton et de vessies de porc mais rarement phosphorescents, lubrifiés, aromatisés, munis d'un réservoir.

Parmi les musiques les plus aphrodisiaques, selon une université anglaise, figureraient la BO de *Dirty Dancing*, « Sexual Healing » de Marvin Gaye, « Jolie Poupée » de Bernard Menez. À vérifier.

Comme les dauphins et les bonobos, les êtres humains peuvent ressentir du plaisir pendant l'acte sexuel. Comme les dauphins et les bonobos, ils sont friands de baisers et de sexe oral.

Il semblerait que le fait de pas utiliser de sextoy rende végétarien. Ainsi, la vente des sextoys étant interdite dans l'État de l'Alabama depuis 1998, celle des concombres et des carottes aurait littéralement explosé depuis cette date.

Slips bonbons

Sur le site Amazon, la boutique « Lingerie comestible » se trouve dans la catégorie « Hygiène et santé ».

Le soutien-gorge *Bonbons Candy Sexy* est au prix de 8,45 euros à ce jour, mais il ne reste plus que 9 exemplaires. Faites vite. Le *Spencer Fleetwood String bonbon* homme ne coûte que 7,90 euros, ce qui revient quand même à 19,75 euros le kilo de bonbons.

Le cache-sexe pour homme chez Fiesta & Co revient à 13,90 euros. Il est recommandé pour les petites soirées coquines. C'est bien de le préciser. À l'occasion des soutenances de thèse ou des inhumations, il est moins conseillé.

Sur le site Internet de la Fnac, le slip bonbon d'amour est orné d'un cœur tout rouge et on le trouve dans la catégorie Enfants-jouets (si ! si !). C'est ravissant mais le prix n'est pas indiqué et la taille est unique.

Chez Décodélo, la gourmandise est un vilain défaut pour les seuls enfants. Le slip bonbon est un produit interdit aux moins de 18 ans. Il coûte 11 euros.

La parité chez Mycrazystuff est respectée : 7,55 euros le slip en bonbons, qu'on soit un homme ou une femme.

Certains trouveront que le slip, quand il est comestible, coûte bonbon. C'est vrai. Notons cependant que son usage unique en fait un produit pratique et soucieux de l'écologie. Pas d'entretien, pas de lessives, pas de sulfates, pas d'enzymes et de risques allergènes.

Choisissons tous les sous-vêtements bonbons.

Smoking Machine

Kristoffer Myskja est un jeune artiste norvégien qui se pose des questions. Pas de celles, idiotes et bassement terre à terre, qui peuplent notre navrant quotidien (« Qu'est-ce que j'ai fait de : a) mes lunettes / b) mon portefeuille / c) ma voiture / d) mes vingt ans ? »), non. Kristoffer Myskja interroge des concepts. À une autre altitude, il rêve au-dessus des nuages.

Une machine est-elle obligatoirement utile à libérer l'homme d'un travail difficile ? Comment retourner cette idée et en créer une capable d'effectuer une tâche totalement irrationnelle ? C'est en tirant le fil de cette idée que

Myskja a présenté, en 2007, sa *Smoking Machine*, un appareil capable de fumer automatiquement des cigarettes.

Après avoir placé une vingtaine de cigarettes dans une cartouchière, la machine est capable de porter, seule, la première des cigarettes à sa bouche (ici, un petit cylindre, pas une vraie bouche avec des lèvres, vous vous en doutez bien), de l'allumer grâce à une résistance venant se placer à l'extrémité de la tige, puis d'aspirer la fumée par une pompe à air automatisée, jusqu'à ce que tout le tabac soit calciné. La cigarette est ensuite retirée de la bouche et repoussée au sol par une plaque en fer, créant ainsi, au pied de la machine, un petit tas de cendres et de mégots. Puis l'opération recommence, la machine joue sa partition, imperturbable, jusqu'à épuisement du stock.

Comme Kristoffer Myskja regrette que les technologies actuelles dissimulent leur fonctionnement derrière d'uniformes coques en plastique noir, sa machine est ouverte au regard, transparente, laissant tout apercevoir de sa mécanique. D'un coup d'œil, il est possible de comprendre la façon dont chaque pièce interagit avec l'autre, et l'utilité de chaque tube, piston et roue crantée, utilité toute relative puisque ces pièces avancent de concert vers un but tout à fait négligeable.

La machine de Kristoffer Myskya est la solution. Elle permet d'éviter le cancer tout en assurant le maintien des buralistes, la prospérité de Philip Morris et le remplissage des caisses de l'État.

Solécisme

« Le moindre solécisme en parlant vous irrite / Mais vous en faites, vous, d'étranges en conduite » (Molière, *Les Femmes savantes* – acte II, scène 7).

Voici la réplique idéale qui permet de moucher le pointilleux qui se moque des fautes de langage.

Le solécisme, le barbarisme, l'impropriété ont parfois des vertus poétiques. Tata Simone confondait parfois les mots entre eux. Elle félicitait en ces termes le jeune homme qui habilement garait sa voiture : « Dis-donc, tu fais drôlement bien les traîneaux, toi. »

Un machiniste, au théâtre de Caen, était familier de ces inventions lexicales. Il donnait rendez-vous sur le pare-brise de l'hôtel de ville et menaçait son fils qui ne travaillait pas suffisamment à l'école : « Si tu continues comme ça, je vais être obligé de séduire. »

Le leader d'un boys band devant chanter sans l'accompagnement d'un orchestre fit cette sortie arrangeante : « C'est pas grave, on peut chanter Acapulco ! »

Ces approximations, ces à-peu-près, mine de rien, ont permis à ce bon poète de Jean Tardieu d'écrire sa jolie pièce *Un mot pour un autre*.

Soleil

Le Soleil est certes un astre qui a ses vertus. Par exemple, il est très joli quand il se couche, quand il se lève aussi. Ce qui n'est pas le cas de tout le monde. En revanche, il ne sert pas à grand-chose, selon Georg Christoph Lichtenberg : qui est plus utile, le Soleil ou la Lune ?

La Lune, bien entendu, elle brille quand il fait noir, alors que le soleil brille uniquement quand il fait clair.

Sommelier en eau minérale

Savez-vous qu'il existe encore des restaurants qui n'emploient aucun sommelier en eau ? Incroyable, non ? Vous êtes là, assis à table, et la perplexité vous envahit... Que choisir entre une Volvic faiblement minéralisée et une Contrex particulièrement riche en calcium, entre une Évian grand cru et une petite San Pellegrino de derrière les fagots ? Personne pour vous conseiller, pour vous guider... La loose, autant dire.

Un article de *Paris Match* nous apprend que, depuis tout petit, Martin Riese est passionné par l'eau.

Pendant les vacances, quand il était enfant, il aimait goûter l'eau des robinets des différentes villes qu'il visitait afin de les tester, les évaluer, les comparer. Aujourd'hui, son restaurant de Los Angeles, le « Ray's & Stark Bar » propose une carte de 20 eaux différentes.

C'est lorsqu'il travaillait à Berlin qu'un client lui fit remarquer que l'eau comme le vin était multiple. « Les eaux ont du goût, pourquoi ne pas en créer une carte ? » Aussitôt dit, aussitôt fait.

Quatre restaurants de Los Angeles aujourd'hui proposent sa carte de 45 pages dédiée aux eaux minérales.

La Iskilde, issue d'un iceberg danois, est idéale avec les truffes et les champignons.

La Vichy Catalan soigne la gueule de bois.

La plus pure est l'Iceberg Water (elle est prélevée sur un glacier du Grand Nord canadien, son millésime, douze mille ans d'âge, dépasse celui de tous les meilleurs vins. Pour récolter 500 000 litres d'eau, il faut compter vingt et un jours, ce qui explique son prix : 18 euros les 700 millilitres).

La Saratoga est très riche en minéraux, ses vertus guérisseuses furent découvertes par les Indiens Mohawk.

La Bling H20 (surnommée Bling Bling H20) subit neuf étapes de purification avant d'être conditionnée dans une bouteille de verre givrée et décorée de cristaux fantaisie Swarovski. 100 euros le litre. Oui, quand même.

On peut trouver à redire à ce nouvel objet de luxe qu'est devenue l'eau quand on sait que 800 millions de personnes dans le monde manquent d'eau potable. Martin Riese prétend qu'on devrait donner plus de valeur à l'eau qu'à l'essence.

« Quand il n'y aura plus d'eau, note-t-il, essayez de boire de l'essence. »

Voici la difficulté, la limite, l'écueil d'un ouvrage qui tenterait de se consacrer à l'Inutile. On part d'une profession qui semble à première vue parfaitement futile et dispensable. On conclut sur l'avenir de la planète.

Sourcil

Sur Terre, il existe tout plein d'humains ayant toutes sortes de projets, à plus ou moins long terme. Certains ont prévu de faire une sieste après le déjeuner, de réparer la niche du chien ou de faire la vaisselle, d'autres ne veulent que terminer leur grille de sudoku, se mettre au sport, ou retrouver un amour d'enfance.

Il existe aussi une part non négligeable de l'humanité qui fait des choses principalement pour qu'on se souvienne d'elle après sa mort.

Ces gens-là passent leur vie à inventer de nouvelles religions, à bâtir des cathédrales, des châteaux forts ou un palais idéal au fond de leur jardin. Ils cherchent à devenir maîtres du monde, à trouver le remède contre le cancer ou contre la chute des cheveux.

Si on n'a pas de talent particulier mais qu'on ressent tout de même le besoin, comme on dit, de laisser une trace (et pas de celles qui disparaissent au lave-linge), on peut essayer d'entrer dans l'armée, dans un loft filmé 24/24 ou dans le *Guinness Book des records*.

Les deux premières solutions envisagées nous semblant pareillement dangereuses (vous le savez, il existe un nombre élevé de suicides parmi les anciens candidats de télé-réalité), nous vous conseillons, humblement, la troisième.

Bien sûr, il existe de nombreux anonymes qui sont tragiquement décédés sur la route les menant vers les glorieuses et éternelles pages du *Guinness* (une pensée pour Sailendra Nath Roy, cascadeur indien, mort d'un arrêt cardiaque en tentant de battre le record du monde de distance parcourue à l'aide d'une tresse de ses cheveux (utilisée comme tyrolienne), ou encore Janaka Basnayake, ce Sri-Lankais qui s'est volontairement fait enterrer vivant sans oxygène ni système de communication (pour « inventer » un record...), rien ne vous interdit cependant de vous choisir un petit record bien tranquille, bien pépouze, pas trop compliqué.

Zheng Shusen, honorable retraité chinois, constatant qu'un poil de ses sourcils poussait plus vite que les autres, l'a laissé se développer pendant de longues années jusqu'à ce qu'il mesure 19,1 centimètres. Le 6 janvier 2016, il est fièrement allé le faire mesurer dans la ville de Manzhouli, en Mongolie intérieure, afin d'officialiser son entrée dans le recueil et l'immortalité.

Voir : Aléatoire ; Fourre-tout : Pull ; Records.

Speakerine

Un jour, sur Terre, il n'y eut plus de speakerines. Plus une seule. Elles avaient disparu. Comme le diplodocus, le dodo, le Brontotherium. L'extinction de la speakerine date de la dernière partie du XXe siècle, une espèce qui s'est donc éteinte quelques décennies seulement après son apparition.

Un jour sur Terre, plus personne à côté d'un bouquet de fleurs, le sourire aux lèvres, pour nous annoncer les programmes de la soirée, les incidents techniques indépendants de la volonté.

Un jour sur Terre, il n'y eut plus personne pour annoncer, après le film *Pasteur* de Sacha Guitry, vers 22 heures, un débat des « Dossiers de l'écran » consacré à la recherche médicale.

Un jour, sur Terre, il n'y eut plus personne pour tenter de garder son sérieux quand les deux cameramen Robert et Marcel, pantalons baissés, faisaient des mimes sexuels pour faire rigoler tout le monde.

À l'époque, on eut beau chercher, on ne trouva personne pour se mobiliser, s'indigner, pétitionner, lever le petit doigt. On jugea unanimement la speakerine périmée, obsolète, passée de mode.

Le réchauffement climatique est responsable de beaucoup de catastrophes écologiques, on ne saurait en aucun cas l'accuser de la disparition de la speakerine. L'homme seul est responsable. Il est cruel, instable, changeant, fluctuant. L'homme est volage, capable de brûler un jour ce que la veille il portait aux nues.

Gloire à Catherine Langeais, à Jacqueline Caurat, à Jacqueline Huet ! Gloire à Jacqueline Joubert, à Anne-Marie Peysson, à Évelyne Dhéliat, gloire à Denise Fabre ! Gloire à Noëlle Noblecourt, morte sur le champ d'honneur de la libération des mœurs, qui, un soir de 1964, laissa apparaître ses genoux, et qui, *illico presto*, fut renvoyée.

Gloire à la speakerine qui faisait les couvertures de *Télé Poche* et *Télé 7 Jours*. Gloire à la speakerine, si réconfortante, si humaine, si peu nécessaire mais si jolie.

Steinbeck, John (1902-1968)

John Steinbeck était un type tout ce qu'il y a de plus normal. La preuve ? Il n'acceptait de lire ses manuscrits à sa femme qu'à une unique condition, formalisée en amont : son seul commentaire, après la lecture de chaque nouveau chapitre, devait être : « C'est merveilleux, mon chéri ! »

Strasbourg

« Ce qui manque aux jeunes, c'est un but dans la vie », déclare régulièrement madame Mousson sur le marché d'Ermont-Eaubonne, souvent entre le stand de charcuterie italienne et la poissonnerie, mais parfois aussi entre le primeur et le marchand d'ustensiles de cuisine. A-t-elle tout à fait tort ?

Jean-Yves Bart, lui, a trouvé plus qu'un but : un sens à sa vie.

Depuis 2005, ce natif d'Aix-en-Provence s'est installé à Strasbourg, Strasbourg, en Alsace, dans le département du Bas-Rhin, Strasbourg, ville natale de Matt Pokora, d'Herbert Léonard, de Charles de Foucauld et du général Kléber, Strasbourg, préfecture et par ailleurs chef-lieu de la région du Grand Est depuis le 1er janvier 2016.

Un jour, Jean-Yves Bart s'aperçut qu'il ne serait jamais le premier homme à poser le pied sur la Lune, l'exploit ayant déjà été accompli. Sa déception fut grande.

Il se rendit compte, par ailleurs, que Strasbourg l'alsacienne n'était pas unique. D'autres Strasbourg, de par le monde, avaient pignons et rues. Jean-Yves Bart, n'écoutant que sa folle ambition, décida d'entrer dans l'histoire en étant le premier homme au monde à poser le pied dans tous les Strasbourg existant sur la planète.

Selon ses recherches actuelles, il existerait 16 Strasbourg. Des Strasbourg inédits, inconnus, sans Petite France, sans maisons à colombages, sans Opéra national du Rhin, des Strasbourg où les Strasbourgeoises ne portent pas forcément des coiffes noires et des jupes rouges, des Strasbourg inopinés, insolites et à découvrir. Imaginez la stupéfaction de Jean-Yves Bart aussi abasourdi qu'un Terrien découvrant qu'il n'est pas seul dans l'univers, que d'autres planètes dans la galaxie sont habitées. Jean-Yves Bart n'en revenait pas. Infini était son étonnement.

« Qui sait, s'interrogeait-il, si demain d'autres Strasbourg n'allaient pas surgir tout d'un coup, perdus dans des forêts ou au large de la mer de Béring, chez les Inuits, les Inuks, les Papous ? »

« Peut-être, se disait-il, peut-être au cœur de l'Afrique, peut-être au milieu de l'Amazonie, peut-être des peuplades nues sous des soleils accablants de temps en temps parmi des chalets en bois déambulaient mystérieusement afin d'acquérir des bougies parfumées à la vanille, des sapins en plastique, des vins chauds à l'orange et à la cannelle… »

Jean-Yves Bart cogitait dur, et bien lui en a pris.

À ce jour, il a déjà visité Strasburg dans le Colorado, Strasburg, Saskatchewan au Canada, Strasburg dans le Nord Dakota.

Son aventure, comme les épopées les plus fondatrices, a commencé par hasard. Jean-Yves Bart était étudiant en photographie. Un jour, au milieu des États-Unis, il découvre sur la carte, à une heure de la route 70, un Strasburg. Ni une, ni deux, il s'y rend et à Strasburg se fait prendre en photo. Le mythe ne faisait que commencer.

Demain, Jean-Yves Bart ira en Pologne, en Ukraine, en Russie, en Algérie. Extraordinaire Jean-Yves Bart qui réussit à être un globe-trotter sans quitter Strasbourg.

Dans le Dakota du Nord, il rencontra un technicien retraité des studios de Hollywood, originaire du Strasbourg français et parlant alsacien avec sa maman. Au quotidien *20 Minutes*, Jean-Yves Bart, traducteur de son métier, se présente comme un conquistador de l'inutile et parle avec humour, simplicité, justesse de son projet : « La finalité du défi est plutôt inutile, c'est un peu pour la beauté du geste. Mais j'aime bien aller dans des endroits où on pense qu'il n'y a rien à voir, parce qu'il y a toujours quelque chose à découvrir et à approfondir, au final. »

Joie de l'imprévu, plaisir de la rencontre, valorisation du fortuit, de l'inattendu.

Un jour, rencontrant par une chance un peu calculée une Garance strasbourgeoise, aura-t-il la présence d'esprit de lui dire : « Strasbourg est tout petit pour ceux qui s'aiment comme nous d'un aussi grand amour. »

Studio de Simon

Est-ce dans son studio de l'inutilité que Simon Leys apprit les règles de la dialectique, le goût de la controverse, la force des mots ? En 1983, son passage à « Apostrophes », l'émission littéraire de Bernard Pivot, ne passa pas inaperçu. Face à l'auteur du livre *Deux mille ans de bonheur*, Maria Antonietta Macciocchi qui, évoquant la Chine de Mao prétendument idéale, écrivit des pages enflammées sur l'apparition d'un homme nouveau, refusant les augmentations de salaire et estimant les organisations syndicales superflues, Simon Leys, remonté comme un coucou belge, estima que le livre était d'une stupidité totale, voire une escroquerie. La pauvre journaliste italienne prit ce soir-là pour tous les laudateurs du régime communiste chinois qui, de gauche et de droite, de Roland Barthes à Alain Peyrefitte, faisaient alors des succès de librairie. « Apostrophes » pouvait créer des gros succès de librairie, ce soir-là, il fit un flop de *Deux mille ans de bonheur*...

Pas de polémique dans *Le Studio de l'inutilité* qui est à la fois le titre d'un livre de Simon Leys et le nom d'une cahute située dans un bidonville au cœur de Hong-Kong où l'écrivain vécut avec trois amis étudiants. Le nom de la cabane avait été donné par un étudiant philologue qui faisait allusion à un passage du *Classique des mutations,* le Yi Jing, dans lequel il est écrit que « le dragon du printemps est inutile ». Explication de Simon Leys : « Dans leur jeunesse et durant leur période de formation, les talents des hommes vraiment supérieurs (et promis à un brillant avenir) doivent rester cachés. »

Dans ce studio de l'inutilité, laboratoire de recherches, de connaissances et de fraternité, « l'étude et la vie ne formaient qu'une seule et même entreprise, d'un intérêt inépuisable ; mes amis devenaient mes maîtres, et mes maîtres, des amis ».

Fidèle à l'enseignement du studio de l'inutilité, Simon Leys se promène dans sa mémoire littéraire, inspirée, érudite, évoque la belgitude de Michaux, l'intimité d'Orwell, la correspondance de Victor Segalen, la lumière de Simone Weil, la mer et les écrivains, en se souvenant de la phrase de Zhuang Zi : « Les gens comprennent tous l'utilité de ce qui est utile, mais ils ignorent l'utilité de l'inutile. »

Surnoms

On vous demande de décliner vos nom, prénoms, âge et qualités, votre surnom, jamais.

En littérature, *Toto* désignait Victor Hugo, tandis que *Le Flagorneur* et *Sainte-Bave* définissaient de façon peu affectueuse Marcel Proust et Sainte-Beuve.

Jean Cocteau (*un cocktail, des Cocteau*) avait également pour surnom *Le Bluff sur le moi,* Louis Aragon *Le Fourbe d'Elsa* et Romain Gary *Tonton Macoute.*

Au moment de l'épuration, pour être intervenu en faveur de Henri Béraud puis de Robert Brasillach, François Mauriac fut surnommé « Saint-François-des-Assises ».

Romancier populaire dont on trouvait les romans aussi bien dans les kiosques de Montparnasse que de Saint-Lazare, Guy des Cars était surnommé *Guy des Gares.*

Petit jeu : *La Vache à encre*, *La Sartreuse de Parme*, *L'Aragonzesse* sont les surnoms de trois grandes écrivaines françaises. Sauras-tu les retrouver[1] ?

1. George Sand, Simone de Beauvoir, Elsa Triolet.

Des jolis surnoms dans l'histoire de France, en voici quelques-uns : *Veni Vidi Vichy*, le général Weygand ; *La Veuve qui clôt*, Marthe Richard ; *L'Amer Michel*, pour le premier Premier ministre de la Ve République, Michel Debré. À propos, *Un Debré en dessous de zéro* a été le surnom de Georges Pompidou.

Petit jeu encore : qui sont *Le Chantre mou*, *Le Poètomane*, *Le Connétable des Lettres*[1] ?

Dans certains lieux, des habitants sont essentiellement connus par leurs surnoms, heureusement moins méchants que ceux cités plus haut.

Arlette, dite *La Comtesse,* est l'une des spécialistes des surnoms sur la petite île du Morbihan où elle réside avec son mari Joël, dit *Breizhpesked*... « La sage-femme, on l'appelait *Guette-au-trou*, l'opticien *Qui-voit-tout* et le dentiste *Arrache-tout*. L'autre, un peu prétentieux, c'est *Jolitorax* et son voisin on l'appelle *Daouzec*, parce que sa femme, *La Ciccio* (en souvenir de la Cicciolina), avait décidé de rester sur l'île douze mois sur douze. *Galfa,* c'est parce qu'il est marin, ostréiculteur comme son père surnommé *Galfa* itou, *Quinze-Côtes* parce qu'il est grand, *Hô Chi Minh* à cause de sa barbichette. Pourquoi *Coyote* est surnommé *Coyote* ? Pourquoi *Cyrus* s'appelle *Cyrus* ? J'en sais rien, c'est de l'histoire ancienne... *Croque-tout* a acheté beaucoup de maisons sur l'île. Son fils, c'est *Petit-Croque*. *Big Joe* doit son surnom à son physique et *Trois-Quarts* parce que, sur sa Mobylette, il ne regardait jamais droit devant lui... *Mondasse*, c'est parce que quand il était petit, notre fils s'était pris d'affection d'un livre lu à l'école dont le personnage était "Épaminondas". *La Comtesse*, c'est Yvon qui nous appelées comme ça, on était quatre copines, il y a quatre comtesses, moi je suis la *Comtesse de Pénero*... »

---

1. Lamartine, Jean Genet, Barbey d'Aurevilly.

Brassens avait également l'habitude de surnommer ses amis. Petit florilège : *Püpchen, Blonde Chenille, Nymphe de la Baltique* (Joha, sa compagne), *Gros-bidon* (Jeanne), *Le Vieil Ours* (son père), *L'Italienne* (sa mère), *Tyranette, la Tigresse, la Négresse* (Patachou), *Gibraltar* (Pierre Onténiente, son secrétaire), *Villeneuvois-la-Rancune* (René Fallet), *Socrate* (Jacques Canetti), *Grippe-chaussettes, Pierrot-la-Famine* (Pierre Nicolas, son contrebassiste), *Le Belge* (André Tilleu), *Le Sauteur imbécile* (Éric Battista), *Corne d'Aurochs* (Émile Miramont, ami d'enfance devenu écrivain), *L'Abbé* (Jacques Brel), *Le Galopin* (Paul Louka, chanteur, poète belge) *La femme à barbe, Grippe-pipes* (Jean-Pierre Chabrol), *La Crapule crépusculaire*(Joss Baselli, accordéoniste). Brassens, pour ses copains, était *Le Gros*, même quand sa silhouette ne justifiait plus ce surnom.

À la Comédie-Française, nous ignorons si la tradition est maintenue, les surnoms étaient nombreux. Un petit florilège :

Emploi comique mais à la *vis comica* relative, Robert Manuel se faisait appeler *L'Illusion comique.*

Entre les années 50 et 70, deux grands sociétaires, Robert Hirsch et Jacques Charon, étaient facilement reconnus sous les surnoms de *Pédéraste et Médisance* (qui servaient par ailleurs à désigner l'écrivain Marcel Jouhandeau et sa femme Élise).

Pour les sociétaires du Français, l'épouse, réputée économe, de Jean-Louis Barrault, c'était *Bas de Laine Renaud.*

Le con-qui-s'adore était le sobriquet de Jean Yonnel et *Detalentquesescamarades*, celui de René Camoin. On appelait parfois Jean Le Poulain *Minet-sous-le-lit.* Ne nous demandez pas pourquoi.

Jacques Toja, administrateur de la Comédie-Française à la suite de Pierre Dux, était connu sous le nom de *À la recherche du temps Pierre Dux,* tandis que Pierre Dux se faisait appeler *Le para Dux du Comédien.*

Quand, place Colette, on parlait de *La fin justifie les doyens*, c'est qu'il était question de Jacques Eyser. Tout le monde reconnaissait Christine Fersen, interprète de l'héroïne de Victor Hugo et amatrice de bière danoise, quand on parlait de *Marie Tuborg.*

Par élégance (mais peut-être est-il un peu tard pour s'en prévaloir), nous ne vous dirons pas quel acteur se faisait appeler *Un travelo nommé Désert,* ni quelle actrice était désignée par *La peur des Couilles*, ni quelle autre était reconnaissable sous le surnom de *La fausse septique.*

Heureusement qu'il est hors sujet de rappeler qu'un bon (?) mot circulait à propos d'Annie Ducaux : « Il vaut mieux jouer avec la merde au cul qu'avec la mère Ducaux », nous aurions été capables de l'écrire.

Télégramme de première

C'est une coutume qui a perduré jusqu'à la fin du XXe siècle, peut-être jusqu'au début du XXIe. Quand une vedette du théâtre ou de la chanson faisait son retour sur scène, à l'Olympia ou à l'Alhambra, au Théâtre du Palais-Royal ou au Théâtre de la porte Saint-Martin, elle recevait des autres vedettes des télégrammes d'encouragement, sans doute plus ou moins sincères.

Charles Aznavour, dans « Je m'voyais déjà », évoque ce rituel mondain, symbole de réussite et de notoriété.

J'ouvrais calmement les soirs de première
Mille télégrammes de ce tout-Paris qui nous fait si peur[1]*...*

Dans la loge, les petites enveloppes bleues étaient punaisées, en majesté, autour d'un grand miroir. Elles montraient la popularité de la vedette auprès de ses collègues...

Plus les mots inscrits sur le papier bleu étaient nombreux, plus le télégramme était cher. On pouvait avoir

---

1. « Je m'voyais déjà », paroles et musique de Charles Aznavour, 1960.

une petite idée du rapport que le rédacteur entretenait avec l'argent ou en quelle estime il tenait le récipiendaire.

Les télégrammes, petit à petit, ont disparu au profit des Télex, des fax, des mails et des textos.

Dans son livre *Micro de nuit*, José Artur cite un télégramme, vachard mais irréprochable, rédigé par Sophie Desmarets et adressé à Marie Bell qu'elle détestait : « Je profite de l'occasion qui m'est donnée pour vous dire merde. »

Télé-réalité

Il est globalement admis que les stars de la télé-réalité ne sont d'aucune utilité. Pas la peine de faire de longues démonstrations à ce propos, la télévision vous en donne la preuve, depuis des années, à longueur de flux. Il arrive cependant qu'à force de parler toute la journée pour ne rien dire, le candidat nous gratifie de phrases d'une imbécillité telle qu'elles en deviennent poétiques :

« J'ai une amie qui est décédée, mais pas de son plein gré. »

« Les oreilles ont des murs. »

« C'est pas l'âge qui fait le moine. »

« Le bois, c'est noble et chaleureux, parce qu'il faut savoir qu'avant, le bois, c'était un arbre. »

« Mélancolique, c'est quand on a bu et après on cuve ? »

« Je suis têtue comme une moule. »

« Physiquement, je suis luxueux. »

« C'est une fille qui n'a pas sa langue dans sa bouche, ça c'est clair. »

« Mes cheveux, j'aimerais qu'ils soient tout raides, comme ceux des oiseaux. »

Merci Ève, Zelko, Elisha, Brandon, Vivian, Daniela, Mickaël, Stéphanie, Kamel pour ces fulgurances qui, à jamais, resteront au patrimoine immatériel de l'humanité télévisuelle.

Téléscargot

> *« Nobody exists on purpose.*
> *Nobody belongs anywhere.*
> *Everybody's gonna die.*
> *Come watch TV*[1]*.* »
>
> Morty dans *Rick and Morty*.

En 2009, pour célébrer le centenaire de la ligne ferroviaire reliant Bergen à Oslo, la petite chaîne norvégienne NRK2 a décidé d'offrir à ses téléspectateurs un programme audacieux bien que d'un intérêt tout à fait relatif : pendant sept heures à l'écran, un travelling avant dans la neige, soit le trajet filmé et diffusé en temps réel à travers la cabine du conducteur, une traversée du pays d'ouest en est sans bouger de son canapé. Seule concession au montage, lorsque le train entre dans l'un des 182 tunnels du trajet, la diffusion d'archives en noir et blanc retraçant la construction et l'inauguration de la ligne de chemin de fer.

Quand, le 27 novembre, la chaîne diffuse son programme, l'engouement est immédiat autant qu'inattendu.

---

1. « Personne n'existe intentionnellement. Personne n'a sa place nulle part. Tout le monde va mourir. Viens regarder la télé. »

Les relevés d'audience révèlent que plus d'un million deux cent mille Norvégiens ont regardé un instant du voyage, soit à peu près 20 % de la population du royaume.

Suite à ce premier succès, la chaîne programme en 2011 la diffusion d'une traversée en bateau de croisière, cette fois en direct et bien plus long, puisque le programme durera cent trente-quatre heures, le temps de relier, à bord du *Hurtigruten*, le port de Bergen à celui de Kirkenes, près de 3 000 kilomètres de côtes norvégiennes. L'émission, qui sera inscrite dans le *Guinness* comme documentaire télévisé en direct le plus long du monde, est suivie par la moitié de la population du pays (dont les passagers du navire eux-mêmes, l'émission étant évidemment diffusée sur les télévisions des nombreux salons du *Hurtigruten*), heureuse de pouvoir contempler les fjords et la course du soleil contre la nuit, grâce à une caméra fixée à la proue du navire. Outre les magnifiques paysages, le téléspectateur pourra voir à l'écran d'innombrables compatriotes qui, téléphone à l'oreille pour prévenir leurs proches, agitent la main en direction de la caméra, extatiques de pouvoir, eux aussi, passer à la télévision.

Continuant à dérouler le fil, les équipes de NRK2 produiront de nombreux autres programmes en temps réel au fil des ans (dix-huit heures de pêche au saumon et douze heures de remontée du canal de Telemark en 2012, huit heures de feu de bois et douze heures de tricot en 2013, ou encore quatorze heures d'oiseaux picorant dans une mangeoire en 2014), créant de fait un nouveau type de télévision qui sera nommé *Slow TV*, ou bien, en français, *téléscargot*.

Bel éloge du silence et de la lenteur, la *Slow TV* semble anachronique, ce qui est bien dommage tant, à notre avis, ses programmes pourraient avantageusement remplacer certaines émissions endiablées qu'il n'est pas nécessaire de nommer.

Théâtre

Il ne sert à rien de faire du théâtre. Essentiellement, les comédiens sont des gens qui parlent fort dans un langage parfois alambiqué, les personnages sont limites : un vieil orphelin parle à un crâne, une grande gueule affublée d'un grand pif fulmine en alexandrins, une gamine légèrement attardée regrette la mort d'un petit chat...

Le théâtre, soyons juste, est un truc dépassé, inintéressant, vieillot.

À l'époque de « Au théâtre ce soir », c'était bien. C'est Pierre Sabbagh qui réalisait, les costumes étaient de Donald Cardwell et les décors de Roger Hart, les pièces étaient écrites par Marcel Mithois ou par Barillet-Gredy quand ce n'était pas par André Roussin. On allait au théâtre tout en restant chez soi. On pouvait fumer sa pipe, boire un fond de Cognac, caresser le chat tout en admirant Jean Le Poulain ou Marthe Mercadier ou Michel Roux, mais sans être obligé de réserver des places, sortir la voiture, donner un pourboire à l'ouvreuse.

Le théâtre contemporain est particulièrement nocif. Sous un arbre, deux clochards discutent en attendant un certain monsieur Godot qui, hélas, n'arrive jamais. Si l'auteur avait eu la présence d'esprit de situer l'action le jour où ce monsieur Godot avait pu se libérer pour venir enfin, l'intérêt du spectateur aurait été agréablement soutenu. L'auteur aurait pu imaginer que ce monsieur

Godot était le père d'un des deux personnages revenu d'un tour du monde ou un oncle richissime tout juste arrivé d'Amérique latine par le dernier transatlantique ou un frère inconnu à la moustache imposante qui vient révéler aux deux clodos qu'ils sont en réalité les fils du roi d'Espagne. Mais que voulez-vous attendre d'un soi-disant dramaturge qui donne le rôle-titre à un personnage qui, justement ce soir-là, a eu un empêchement de dernière minute ?

Le théâtre est un art qui n'a aucune utilité et dont l'évolution est catastrophique. On fait du théâtre de gestes, de rue, d'improvisation, parfois avec des chevaux, des marionnettes, des objets, des hommes en slip, n'importe quoi…

C'est à peu près ce que pensaient ceux qui n'auraient pas été mécontents que disparaisse un art qui était né quelques siècles avant Jésus-Christ.

Et puis, en 2003, quand fut annulé le Festival d'Avignon, beaucoup s'aperçurent que, mine de rien, le théâtre créait des richesses. Les commerçants faisaient triste mine, les restaurateurs se désespéraient, dans leurs hôtels déserts, les hôteliers, tristes et désemparés, se disaient qu'ils auraient mieux fait de rester couchés… Quelqu'un (ne demandez pas qui, un spécialiste, un économiste, un comptable) estima que le manque à gagner pour la ville était de 23 millions d'euros. Les gens de théâtre qui souvent s'imaginaient improductifs n'en revinrent pas.

Les autres, qui parfois regardaient le théâtre avec mépris ou condescendance ou indifférence, trouvèrent finalement que le théâtre pouvait quand même avoir sa petite utilité.

Ils avaient tort : le théâtre ne sert à rien, sauf à réfléchir, à apprendre, à comprendre, à se cultiver, à rêver, à rire, à pleurer, à vivre.

À rien.

Ticket de métro

Il aura eu une belle vie. Le ticket de métro parisien mourra juste un peu plus jeune que Jeanne Calment. Il est apparu le 19 juillet 1900 quand il était assigné à desservir l'Exposition universelle. Fin 2021, il aura disparu, remplacé par un titre dématérialisé qu'on aura le plus souvent sur son portable. Le petit rectangle qui permettait de visiter Paris de façon souterraine ne servira donc plus à rien, définitivement. Déjà, quand il était poinçonné, oblitéré, dans le fond d'une poche, il n'était plus d'aucune utilité, sauf quand on est sentimental, loin de la tour Eiffel, dans une contrée perdue d'Amérique du Sud.

Dans *Le Salaire de la peur* d'Henri-Georges Clouzot, c'est l'expression d'une nostalgie et le cadeau porte-bonheur que Montand fera à Charles Vanel. Là encore, si on se souvient de la fin du film, on sait que la vertu du ticket de métro en tant que porte-bonheur laisse nettement à désirer.

Voir : Livi.

Tizané, Émile (1901-1982)

Entre 1930 et 1954, Émile Tizané, commandant de gendarmerie, s'est fait une spécialité des enquêtes ayant rapport aux maisons hantées.

Tout au long de sa carrière, sur son temps libre et le plus souvent hors de sa zone de compétence territoriale, il est intervenu sur plus de deux cents affaires, apportant le savoir-faire procédural et les méthodes incontestables de la gendarmerie française aux pauvres victimes apeurées. Cartographiant et faisant des photographies des lieux où se produisaient apparitions, envols d'objets ou cliquetis métalliques de chaînes invisibles, interrogeant témoins et proches des événements, Tizané a rédigé avec minutie et exactitude des procès-verbaux qu'il voulait irréfutables puisque tamponnés, par lui, d'un cachet administratif.

Considérant que les désordres causés à l'ordre public par les esprits frappeurs, spectres et autres hôtes invisibles nécessitaient tout autant que les autres une réponse concrète de la justice, le gendarme envoie, en 1937, un rapport à sa hiérarchie pour l'informer de « la nécessité qui paraît s'imposer de soumettre aux officiers de l'armée la solution à adopter pour mettre fin dans certains cas à des phénomènes dits occultes ». Cette missive, bien sûr, achevant de le faire passer, aux yeux du haut-commandement comme de ses collègues moqueurs, pour un illuminé.

En novembre 1943, pourtant, le gendarme est officiellement autorisé par ses supérieurs à enquêter sur une affaire de maison hantée de sa circonscription, dans le village de Frontenay-Rohan-Rohan. Lévitation de table, bris d'assiettes, déplacements d'objets, explosions d'abat-jour, de violents et nombreux faits inexplicables font l'objet d'articles dans la presse locale. Persuadé que les esprits agissent sur leur environnement à travers les corps des êtres en présence les plus fragiles, Tizané focalise son enquête sur l'adolescente de la famille, la jeune Ginette, à qui il imposera des séances d'écriture automatiques aux résultats inquiétants (« je voudrais qu'elle danse tout de suite toute nue/je la tuerai au coin de la rue/elle m'a insulté dans la rue... »). Dans le rapport qu'il présente à sa hiérarchie, il conclut de la réalité des événements et de la nécessité d'éloigner l'adolescente de son foyer pour y faire cesser les troubles. Las, Ginette avouera quelques semaines plus tard avoir tout manigancé pour faire parler d'elle.

Il n'en reste pas moins que l'impossibilité pour la gendarmerie nationale de rechercher, interpeller et punir les esprits, fantômes et autres revenants empêche nombre d'enquêtes judiciaires d'être résolues.

To do list

Venue de la culture anglo-saxonne, la *To do list* est une liste de tâches à effectuer dans la journée, posées sur papier et destinées à être biffées à mesure de leur achèvement. On l'utilise dans le milieu de l'entreprise pour assurer une productivité maximale et maintenir un certain contrôle sur le rythme de travail des employés qui, on le sait, sont pour la plupart de fieffés fainéants.

Pour lutter contre l'inévitable procrastination du salarié, afin qu'il ne se décourage pas face à l'ampleur du travail qu'on lui demande de faire, sa hiérarchie décompose ce qu'elle attend de lui en une suite de modestes tâches à accomplir successivement. Cette méthode, dite des « petits pas », permet d'amoindrir le sentiment d'impuissance et d'inutilité du sujet et de lui faire ressentir fierté et contentement lorsqu'il saisit son petit crayon pour rayer l'une de ses lignes (un rien le rassure, cet innocent).

Le parler de l'entreprise contamine la société jusqu'à pénétrer l'imaginaire de ses individus les plus insouciants et les moins productifs. Une belle et douce indolente de nos amies, habitant chez ses parents à la sortie de l'adolescence, avouait s'écrire des listes de choses à faire pour essayer de vaincre une certaine léthargie de son quotidien. Face aux lignes jamais biffées de sa *To do list*, sa mauvaise conscience grandit. Elle s'était alors autorisée à ajouter quelques tâches faciles à entreprendre lui permettant de les rayer sans peine, comme « manger », « se brosser les dents », « dormir douze heures », « faire caca ».

Toupie

Depuis plus de quatre mille ans qu'elle existe, la toupie a découragé les millions d'enfants qui ont vainement tenté de la faire tourner plus de dix secondes entre leurs petits doigts fluets.

Partant sûrement de ce constat, et du principe que tout ce qui a été inventé par l'homme est voué à être amélioré, les équipes de la société américaine Fearless Toy ont décidé de lancer une campagne de financement participative pour créer la Limbo, une toupie du XXIe siècle, capable de se rééquilibrer et de tourner toute seule. Espérant une cagnotte de 40 000 dollars au départ, la société a explosé son plafond et recueilli, au jour de clôture, quasiment 700 000 dollars pour réaliser sa toupie de haute précision, qu'elle a rapidement pu présenter au public et mettre en commercialisation. Composée d'un minuscule moteur et d'un capteur de mouvements, d'un condensateur et d'une puce numérique intégrée, la toupie est capable, une fois lancée, de corriger sa vitesse et son inclinaison pour conserver sa rotation jusqu'à l'épuisement de sa batterie.

Vu que la Limbo est capable de tourner continûment pendant 27 heures 9 minutes et 24 secondes, il est probable qu'elle lasse tout autant les marmots du XXIe siècle que les ineptes toupies en bois de leurs ancêtres.

Les gosses sont parfois décourageants.

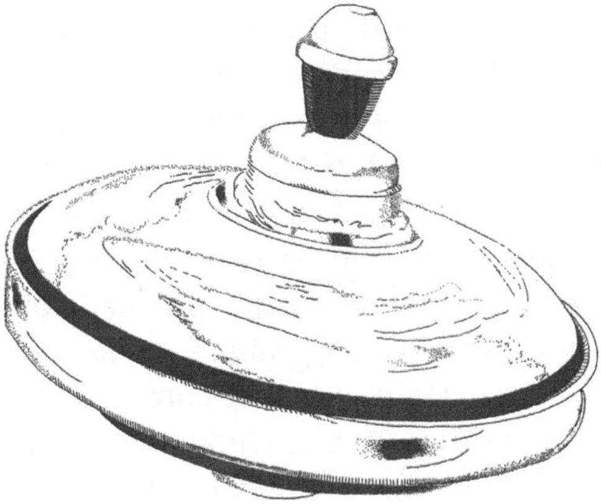

Tour Eiffel

Quand elle ne mesurait que 312 mètres, ce qui était déjà une jolie taille pour son âge, la tour Eiffel était un objet totalement inutile, autant dire parfaitement poétique. Bien sûr, elle mettait en avant l'excellence technologique française mais celle-ci aurait très bien pu s'exprimer à travers la construction d'un pont, d'un viaduc, d'un aqueduc, enfin de quelque chose qui aurait eu une quelconque fonction utilitaire.

Tandis que la tour Eiffel avait une particularité, celle de ne servir à rien. Un pylône dans les étoiles qui ne transmettrait aucune électricité, un lampadaire sans abat-jour, un phare qui ne guiderait aucun navire, un gibet monstrueux où aucun condamné jamais ne serait pendu, un derrick au-dessus d'une ville sans pétrole mais avec une idée fixe : montrer au monde qu'on existe et pas qu'un peu, la tour Eiffel sut se montrer indispensable en ne servant à rien, ce qui n'est pas donné à tout le monde.

Car, impérieuse, impériale et républicaine, la tour imaginée par l'ingénieur Eiffel regardait le monde de haut. On venait la visiter, elle était l'attraction de l'Exposition universelle. Comme une œuvre d'art, elle n'avait pas à se soucier de s'abaisser à l'utilitarisme bourgeois. Les pieds sur terre mais la tête dans les nuages, elle n'aurait pu être confondue, et chacun en conviendra, avec une clef de douze, un tire-bouchon ou une fourchette à huîtres. La tour Eiffel était, simplement, vaine et majestueuse, imposante et dérisoire. Un monument consacré à la frivolité, à la futilité, aux rêves et aux chimères, aux arcs-en-ciel et au vent qui entraînent les nuées vers l'inconnu, aux brouillards qui, certains petits matins, l'enveloppaient de la tête aux pieds, à nos existences si grandes, si insignifiantes.

Et puis, l'esprit de sérieux sévissant déjà au début du XXe siècle, on envisagea sérieusement de démonter ce grand assemblage en fer. La concession d'origine prenait fin en décembre 1909, on n'allait tout de même pas garder *ad vitam aeternam* un grand machin comme ça qui, selon Guy de Maupassant et Leconte de Lisle, défigurait Paris…

Alors, on banalisa la tour, on la standardisa, on s'arrangea pour qu'elle serve à quelque chose. On y installa une petite station d'observation météorologique puis une antenne pour la télégraphie sans fil puis un émetteur de

TSF puis un mât de télédiffusion puis un phare aéronautique de balisage puis deux éoliennes.

La tour Eiffel mesure aujourd'hui 324 mètres. Sans doute, Leconte de Lisle et Maupassant la trouveraient toujours aussi moche. Heureux hommes qui n'ont pas connu la tour Montparnasse.

Trait

« La mode, pendant l'Occupation, ce n'était pas les paillettes, mais une manière de résister, de rester dignes face à l'occupant nazi », analyse Nadine Gelas, fondatrice de l'université de la Mode et vice-présidente du Grand Lyon chargé des industries créatives.

À partir du 1er juillet 1941, les vêtements, comme les denrées alimentaires, étant soumis au régime des bons d'achat, certaines Françaises, au crayon noir, dessinaient un trait derrière la jambe pour simuler la couture des bas[1]. Coquetterie de femmes qui n'avaient pas renoncé à la mode, à l'élégance. Bien sûr, quand il pleuvait, la couture des bas avait tendance à couler salement.

1. Coutume joliment évoquée dans le film *Le Dernier Métro* de François Truffaut.

Triangle

Il existe, de par le monde, des métiers qui prêtent tellement à rire qu'on peine à croire qu'ils existent. Psychologues canins (on dit comportementaliste, quand on est de la partie), renifleurs d'aisselles (oui, oui, ils existent et sont rémunérés en conséquence par des firmes de déodorants) et masturbateurs de dindons (oui, oui, ils existent itou) en savent quelque chose (*note pour nos lecteurs hindouistes n'ayant pas encore choisi leur forme de réincarnation : bien que courte, l'existence du dindon nous semble tout à fait enviable...*). Le triangle d'orchestre peut aisément être classé dans cette catégorie ridicule.

Le triangle est à peu près le seul instrument que le commun s'imagine pouvoir jouer sans peine tant il est désespérément simple. Même les musiciens, personnages habituellement moroses et sinistres, en ont fait une vanne pour rabrouer les instrumentistes médiocres (« Guitariste, non, mais je peux t'engager comme triangle, si tu veux... »). Face au dédain, le joueur de triangle aura beau essayer d'expliquer que son instrument nécessite doigté et oreille, sens du rythme et de la nuance, connaissance des différentes sonorités selon l'angle et l'endroit de frappe, sans parler d'un moral à toute épreuve pour supporter le mépris des béotiens et des professionnels, rien n'y fera, il sera toujours vu comme la portion congrue, l'objet de moqueries.

Pense-t-on seulement à l'angoisse du pauvre joueur de triangle devant sa partition, des dizaines de pages de portées vides où ne se perd qu'une unique note au milieu d'un océan de mesures blanches[1] ? *Un... Deux... Trois... Quatre...* Obligé de compter les temps dans sa tête, terrorisé à l'idée d'en perdre le fil et de rater sa note. *Trente-six... Trente-sept... Trente-huit...* Le pauvre musicien a quitté la chaleur du foyer, laissé sa jolie femme et leur bébé aux joues roses, il a fait plus d'une heure de route, de nuit, peut-être sous la neige, pour se retrouver assis là, au milieu de l'orchestre, à compter comme un idiot. *Cent vingt-sept... Cent vingt-huit... Cent vingt-neuf...* Le pire c'est qu'à la dernière répétition il s'est trompé dans les temps. Croyant bien faire, il s'est levé, incongru, et a frappé son triangle au beau milieu de nulle part avant de se rasseoir, honteux, pour les dix dernières minutes du morceau. *Deux cent dix... Deux cent onze... Deux cent douze...* Personne n'a semblé remarquer son erreur, pas même le chef qui ne lui en a jamais reparlé. Ça vaut bien la peine...

En écrivant ces lignes, il nous revient en mémoire un célèbre dessin de Sempé : au moment des saluts, les musiciens en queue-de-pie se sont levés face au public et « se font la politesse ». Le chef d'orchestre, modestement, montre de la main le pianiste qui montre, lui, le premier violon, premier violon qui désigne le second violon, et ainsi de suite, remontant la chaîne hiérarchique jusqu'au percussionniste qui montre le joueur de triangle, tout en haut à droite de l'orchestre, mains jointes et recueillant pour lui tous les applaudissements.

Cherchant peut-être à se racheter, le vénérable dessinateur a, un jour, déclaré qu'il aurait préféré être triangle dans

1. Dans un entretien donné au blog musical Thomann, l'instrumentiste Stephan Lands nous fait partager les affres que connaît le joueur de triangle.

un orchestre que seul à sa table de dessin. Avec l'immense respect et admiration que nous portons au maître, nous nous permettons, humblement, de lui dire : « À d'autres ! »

Tricotag

Depuis trois cent soixante-dix millions d'années qu'ils peuplaient la planète, les arbres n'avaient jamais reçu de marques de compassion quand, dans la neige et la froidure, le vent et les intempéries, ils subissaient toutes les agressions, toutes les attaques, toutes les violences météorologiques. Sans compter la cupidité des hommes qui les tronçonnaient pour en faire des tables de nuit, des allumettes et des moulins à poivre.

Dans les jungles ou les futaies, en haut des sommets glacés ou au plus profond de nos bitumeuses cités, du nord au sud, de l'est à l'ouest, ils restaient dignes, taciturnes (jamais un mot plus haut que l'autre), sereins dans le suroît, tranquilles dans la tramontane, bouddhiques dans la bourrasque.

Depuis la fin des années 2000, des militants de la cause arboricole ont décidé de couvrir les troncs et branches des arbres de doux lainages épais et bigarrés. Cette pratique consistant à mettre un pull aux arbres est appelée « tricot urbain », « tricot-graffiti », ou encore « tricotag ».

C'est ainsi qu'on découvre, à Bruxelles, Londres ou Alençon, des arbres multicolores, hêtres et chênes, châtaigniers et platanes qui, chaque jour de l'année, semblent s'apprêter pour le carnaval.

Dans le vent et sous la pluie, dans les flaques et la bouillasse, ils semblent aussi incongrus que des caissières de supermarché traversant le parking du Leclerc sous la pluie en fustanelles et kalpakis[1].

Tag et *tricot*, l'assemblage est curieux. On imagine des bandes de bruyantes octogénaires en survêtements et baskets de marque qui tricotent, assises sur leur scooter, un joint de shit à la bouche et Jean Sablon à fond dans les enceintes.

L'heure est au mélange des genres, au brouillage des concepts. Entre les doigts, glissent les anciens repères. Des chefs étoilés sont à la carte des wagons-restaurants, des banquiers ont obligation de proposer le café aux clients, une star de télé-réalité se retrouve à la tête de l'Empire américain et des dictionnaires revendiquent leur inutilité.

Ayons une pensée solidaire et émue pour ces bouleaux qui, dans la fraîcheur des villes, connaissent l'affectueuse rudesse, le ressenti fait main, des pulls qui grattent.

Trois cent soixante-cinq

Trois cent soixante-cinq trucs inutiles à savoir.

Ce sont les éditions PlayBac (14 *bis*, rue des Minimes, 75003 Paris) qui en 2015 ont édité une éphéméride composée de trois cent soixante-cinq trucs inutiles à savoir. Plus d'un million d'exemplaires de cet ouvrage destiné à briller en société ont été vendus.

---

1. Souvenir de la « Semaine grecque » au Leclerc de Plougastel-Daoulas il y a quelques années. Le personnel du supermarché avait l'obligation de revêtir le costume traditionnel grec pour promouvoir le tarama, l'ouzo et le tzatziki au son du sirtaki et des « Enfants du Pyrée » quand il nous aurait semblé si naturel de se servir en crêpes au sarrazin, chouchen et kig-ha-farz en écoutant Alan Stivell.

Petit florilège :

En moyenne, on passe deux semaines de sa vie à s'embrasser.

Le trou dans le capuchon du stylo Bic est prévu pour minimiser les risques d'étouffement en cas d'ingestion.

Les couleurs de Facebook sont le bleu et le blanc car son créateur, Mark Zuckerberg, étant daltonien, le bleu est la couleur qu'il perçoit le mieux.

76 % des gens commencent systématiquement à manger les lapins en chocolat par les oreilles.

Au Pérou, on mange fréquemment du cochon d'Inde cuit à la broche.

En 2010, les communes de Carlat, en Auvergne, et de Bruni, en Italie, ont signé un pacte de jumelage.

Nous passons 30 minutes par jour à cligner les yeux.

David Bowie n'a pas les yeux vairons. Il a reçu à 15 ans un coup de poing qui a dilaté sa pupille.

Robert Wadlow mort en 1940 mesurait 2,72 mètres.

La longueur du pied est égale à celle de l'avant-bras, entre le poignet et le coude.

Un éléphant produit jusqu'à 150 kilos de bouse par jour.

On perd en moyenne de 50 à 100 cheveux par jour.

Paris Hilton chausse du 43.

Quand on éternue, l'air peut être expulsé de la bouche à plus de 160 km/h.

Il faudrait environ 107 ans pour compter jusqu'à un milliard.

Le mot « fuck » est prononcé 362 fois dans le film *Casino* de Scorsese.

Le 19 janvier 2011, le dernier dentier de Winston Churchill s'est vendu à Londres 19 000 euros lors d'une vente aux enchères.

Certains bambous peuvent pousser d'un mètre par jour.

On passe environ six mois de notre vie à attendre au feu rouge. Tandis que, je le rappelle, on passe seulement deux semaines à s'embrasser. Si on profitait d'attendre le feu rouge pour s'embrasser. Ou le contraire.

Troisième assistant mise en scène

Les acteurs sont faits en sucre. (*Pas tous. Note d'un des deux coauteurs.*) Tout heureux élu ayant déjà eu la chance d'en embrasser un pourrait vous le dire : leurs lèvres ont la douceur d'une confiserie. (*Ça c'est vrai. Note d'un des deux coauteurs.*)

Prenons une jeune femme qui rêverait d'être sous les projecteurs sans pour autant savoir si ses désirs ne sont que d'inaccessibles fantasmes. Il lui suffira de faire un test pour avoir une réponse définitive à ses questionnements, simplement en se léchant le poignet, le genou ou toute autre partie du corps qui lui plaira... Elle croit reconnaître, sur le bout de sa langue, le délicat parfum d'une prune bien mûre cueillie à même l'arbre ? L'arôme vanillé des glaces du dimanche que sa mère rapporte du marché ? Ou même la saveur acidulée d'un Fizzy Rolls gagné un jour à la récré ? Assurément, elle sera actrice et voyagera de tournages en tournages, d'hôtels en hôtels, de conquêtes en conquêtes... Par contre, si elle ne goûte rien d'autre que le commun salé de sa peau, elle sera fonctionnaire à La Poste, comme sa mère, ce qui donne tout de même accès à des tarifs préférentiels pour passer l'été dans l'un des 36 villages vacances *Azureva* répartis sur tout l'Hexagone.

Vous ne vous êtes jamais demandé pourquoi les acteurs ne se marient qu'entre eux ? Yves Montand et Simone Signoret, Marion Cotillard et Guillaume Canet, Vincent Cassel et Monica Bellucci, Charlotte Gainsbourg et Yvan Attal... Vous croyiez volontiers y percevoir un entre-soi malsain ? « Mais qu'est-ce qui les empêche de se marier avec leur boucher, leur conseillère fiscaliste, leur facteur ou leur voisine de palier, ces cons-là ? » Ignorant que vous êtes... S'ils n'ont d'aventures qu'entre eux, c'est bien sûr pour garder le secret séculier de leur nature saccharidique.

La matière dont sont composés les acteurs n'est, bien sûr, pas sans leur poser quelques problèmes au quotidien. Mettre un pied dehors, par exemple, relève de la gageure quand une averse vous ferait fondre jusqu'à dissolution complète et un soleil de midi vous transformerait en caramel au bout de quelques minutes...

De ce fait, sur les tournages de cinéma, un métier a été créé presque exclusivement pour tenir un parapluie au-dessus de la tête des acteurs quand ils sont à l'extérieur : le troisième assistant mise en scène.

Généralement, ce poste est une sorte de porte d'entrée dans la « famille », celui qui le tient sort tout juste d'une très chère école de cinéma, rêve de réaliser ses propres films, s'imagine voyager de tournages en tournages, d'hôtels en hôtels, de conquêtes en conquêtes... Pour l'heure, quand il ne porte pas de parapluie, le troisième assistant va chercher en loge le téléphone que l'acteur a oublié et qui lui est urgemment nécessaire dans l'instant, il lui apporte une chaise quand il veut s'asseoir, il « fait les annonces » (ce qui consiste à se tenir juste hors du plateau de tournage et à crier « Silence ! » quand il est prévenu par talkie que ça tourne), ou encore il bloque les passants qui auraient la mauvaise idée de surgir, impromptus, dans le champ de la caméra.

Parfois, à 6 heures du matin, quand le tournage est terminé, que les projecteurs s'éteignent et que point le jour, le troisième assistant ramène la célèbre actrice jusqu'à chez elle. Comme elle voulait repartir vite, elle ne s'est ni démaquillée ni décoiffée et elle est comme sur l'écran, où il l'a déjà vue mille fois. Sur la route, au bout de la fatigue, elle se laisse aller aux confidences, parle de la vie, de ses problèmes, de la peur de vieillir, de la découverte d'un nouveau sillon sur son visage. Et le troisième assistant, confident de fortune peut-être mais confident quand même, se sent tout chose d'être immédiatement accepté comme un intime. Il se pincerait bien pour y croire s'il n'était obligé de tenir le volant.

Parfois, après l'avoir déposée devant son hôtel particulier, le troisième assistant essaie de se figurer le goût acidulé qu'ont les lèvres de la star.

Tutos de monsieur Fraize (les)

En 2016, pour avoir une visibilité sur Internet, monsieur Fraize, indispensable humoriste, a décidé de faire des tutos sur YouTube, un format plébiscité par d'énergiques amuseurs comme par de bienveillants amateurs souhaitant transmettre leurs talents, savoirs et astuces. Il existe donc, sur la chaîne de monsieur Fraize, dix vidéos au cadrage approximatif et tremblotant où il nous apprend, en plus ou moins trois minutes, à faire des choses soit extrêmement simples, soit extrêmement compliquées.

Dans son tuto le plus populaire (28 938 vues au jour où s'écrivent ces lignes), le quadragénaire explique en bafouillant comment bien passer l'éponge sur une toile cirée (acheter des éponges de marque en grand nombre quand elles sont en promotion, humidifier légèrement l'éponge avant emploi, commencer d'abord par les bords de la table afin d'être sûr qu'aucune miette ne tombera au sol, ramener les miettes d'un côté de la table, puis les regrouper dans un même coin, faire glisser l'éponge afin de récupérer toutes les saletés, placer la main libre sur le rebord de la table et y faire glisser l'éponge d'un petit coup énergique afin de récupérer les miettes dans la paume, puis un dernier conseil « pour éviter de trop nettoyer, évitez de trop salir »).

Les neuf autres vidéos sont des tutoriels qui permettent à ses 3 100 abonnés et au reste du monde de savoir comment chauffer l'habitacle de sa voiture, dresser son chien, fixer un cadre, visiter une ville, joindre les deux bouts, plier une tente Quechua, planter un arbre, jouer de la guitare, et, finalement, gagner du temps.

Twinkle Tush

Bien sûr, le chat est élégant. Il est racé, agile, sa démarche est légère, son poil est toujours propre et soyeux, ses coussinets sont tout rosés et sa petite tête est trop mignonne quand il demande sa pâtée. Bien sûr.

Il y a tout de même une chose franchement dérangeante chez le félin domestiqué, c'est sa propension obsessionnelle à montrer son anus. Voyez-le quand il se déplace, la queue bien droite, pointée fièrement vers le ciel, laissant apparaître son derrière tout moche, marron et desséché. Si les chiens, peut-être plus soucieux de se plier aux convenances des hommes, ont la pudeur de laisser retomber leur excroissance cartilagineuse sur leur fondement, les chats, eux, sont de sacrés satyres.

On peut comprendre que certains de nos lecteurs particulièrement prudes aient fait le choix de se passer d'un matou pour ne pas avoir à subir leur incessant exhibitionnisme. Heureusement pour eux, nous vivons une époque où les marchands n'ont que notre bien-être en vue et où chaque problème, même minime, a sa solution payante. Un site américain (qui d'autre ?), *twinkletush.com*, propose à la vente de merveilleux cache-anus pour nos petits compagnons, sortes de gros bijoux en plastique montés en pendentif que l'on passe autour de la queue de l'animal et qui vient naturellement cacher l'endroit problématique, sans pour autant empêcher les besoins naturels de l'animal. Ce pour la somme symbolique de 5, 99 dollars (auxquels il vous faudra ajouter 4 dollars de frais de port si vous habitez hors des États-Unis).

« *Haters gonna hate*[1] », annonce le site.

1. « Les haineux haïront. »

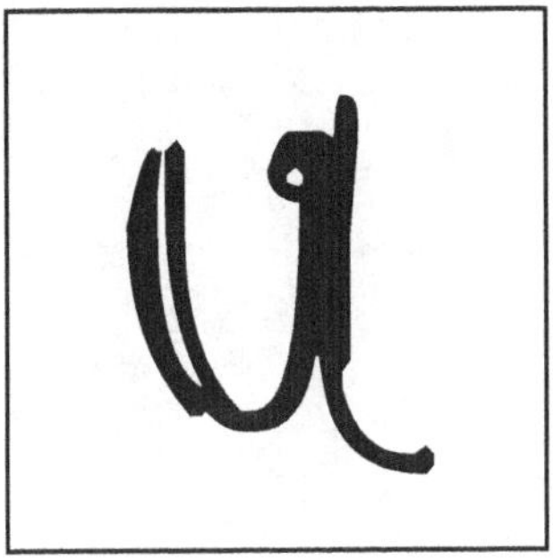

Ubu

À Bruxelles, en 2018, des tracts politiques ont été affichés sur les murs de la ville. « Votez Ubu » est ce qui sautait aux yeux, mais ce serait dommage de ne pas lire l'affichette dans son intégralité.

Veaux Bruxellois, Moutons Wallons
À l'occasion du prochain décervelage électoral de 2018
Plus d'hésitations, Plus de spéculations
Votez Ubu
(Ancien roy de Pologne,
A exercé d'autres fonctions régaliennes
et plénipolpotenciaires)
Assez de vote utile,
Merdre au vote contestataire,
Au trou le vote pépère !
Aux urnes sans fonds !
Pour vous, il égorgera les rentiers libéraux, troussera
les frileux écolos, démontera les tristes cathos,
émasculera les fachos, et de son céans écrasera
les pouilleux gauchos.
Vote sans pitié, sans arguments.
Un programme hardi :

Déduction du temps de ripaille. Grivèlerie pour tous. Dissolution des mœurs et du parlement.
Combats de chiens, d'imams et de curés.
Troussage public des fliquettes. Cuissage à l'ail.
Prises de la pastille. Réforme du code de l'honneur. Abattage rituel d'assureurs. Prostitution officielle
des fils de pub. Alphabétisation des footballeurs.
Hourra ! Cornes au cul !

Un projet certes imparfait mais qui a le mérite d'offrir des pistes de réflexion intéressantes.

Utilités

« Je n'ai jamais joué que les utilités
Ceux qu'on appelle ainsi car on peut s'en passer. »

Augustin de Beaupré.

Bien sûr, on ne dira jamais que les utilités sont inutiles, mais ils sont quand même tout à fait secondaires. La notion d'« emploi » dans le théâtre classique implique une hiérarchie impitoyable. En haut de la liste, on trouve les premiers rôles, les jeunes premières, les jeunes premiers, les ingénues, les amoureuses, les amoureux, les grandes coquettes, les marquis, les mères et les pères nobles... Tout en bas, après les troisièmes rôles, du côté des valets, on trouve les utilités.

Mais les utilités, parmi les figurants, occupent la première place. On peut leur demander d'approcher un fauteuil, un guéridon. On peut leur demander d'annoncer un visiteur, de dire une phrase. Les utilités forment l'aristocratie de la figuration. Il faudrait encore distinguer utilité de petite utilité et grande utilité. Les petites utilités sont encore moins présentes que les utilités tandis que les grandes utilités sont indispensables puisqu'elles sont capables, au pied levé, de reprendre n'importe quel rôle le soir où l'un des acteurs, à Vierzon ou Romorantin, est déficient.

L'utilité, méprisée, dépréciée, au fond d'elle-même, garde l'espoir chevillé au corps. Frédérick Lemaître, refusé à l'Odéon, interprète d'un rôle muet (celui du lion dans *Pyrame et Thisbé*) au Théâtre des Variétés-Amusantes ne devint-il pas l'un des plus grands acteurs de sa génération, celui que Victor Hugo considérait comme un acteur de génie, celui qui fut surnommé « le Talma des boulevards », celui que Jacques Prévert et Marcel Carné, sous les traits de Pierre Brasseur, rendirent éternel ?

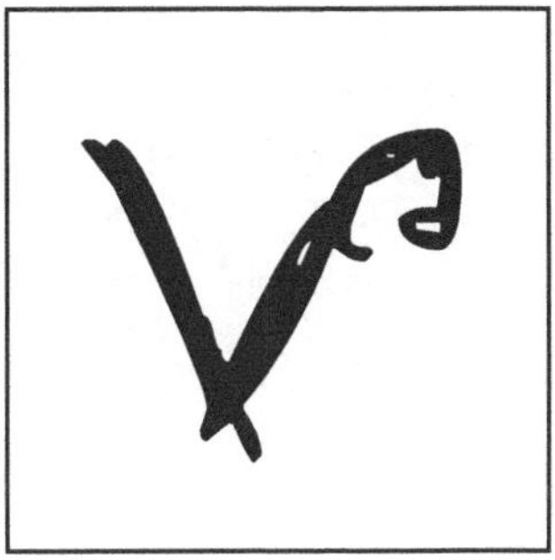

Vélo sans les mains (faire du)

Comme le chantait Jeff Bodart, carolorégien mais néanmoins poète, « le bonheur c'est facile, quand on y met du sien, le bonheur c'est comme faire du vélo sans les mains ». Quelqu'un a-t-il un jour quelque part écrit quelque chose de plus vrai ?

Faire du vélo sans les mains, c'est avoir treize ans à nouveau, un samedi après-midi ensoleillé, sur une route de campagne pour aller chez Zoé en étant presque sûr qu'elle vous aime puisqu'elle vous a invité à préparer l'exposé d'histoire.

Faire du vélo sans les mains, en revenant de la plage de L'Isle-Adam, c'est prouver aux copains qu'on n'est pas une chochotte même si on est le seul à ne pas avoir sauté du grand plongeoir.

Faire du vélo sans les mains, c'est un petit peu de liberté canaille, c'est tenter d'impressionner l'enfant qui rentre de l'école, la robe à fleurs qui passe, ou la lointaine cousine qui a bien changé depuis la dernière fois.

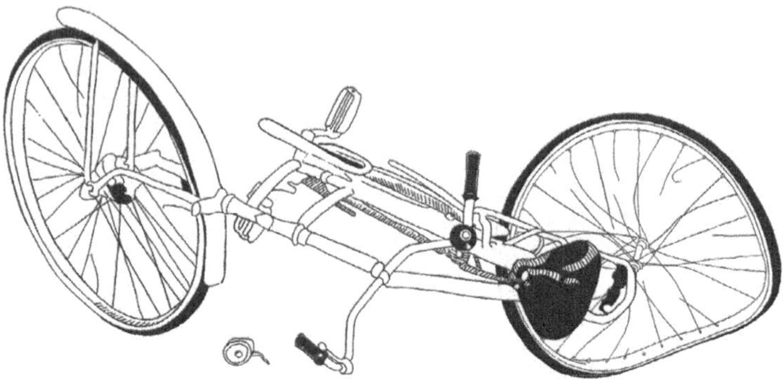

Faire du vélo sans les mains c'est ne pas avoir peur de tomber, s'en foutre de se faire mal, de se râper les genoux, de déchirer son nouveau short. C'est vivre en funambule, en rebelle, en voyou. C'est aussi faire le bonheur des chirurgiens-dentistes.

Victor

Dans tous les *Dictionnaire amoureux*, quel que soit le sujet, il pourrait y avoir une entrée « Victor ». Car Victor a écrit sur tout, la mer, les enfants, la mort, l'amour, la politique… « Il faut de l'inutile dans le bonheur. Le bonheur, ce n'est que le nécessaire. »

C'est donc une citation de Victor Hugo. Mais quand on la relit dans son contexte, c'est encore plus beau. On trouve ce texte dans *Les Misérables*. Le grand bourgeois royaliste et grand-père maternel de Marius, partisan de la Restauration, Luc-Esprit Gillenormand, parle. On a beau dire, il a de l'esprit, il a du style…

« L'amour, c'est bien ; mais il faut cela avec. Il faut de l'inutile dans le bonheur. Le bonheur, ce n'est que le nécessaire. Assaisonnez-le-moi énormément de superflu. Un palais et son cœur. Son cœur et le Louvre. Son cœur et les grandes eaux de Versailles. Donnez-moi ma bergère, et tâchez qu'elle soit duchesse. Amenez-moi Philis couronnée de bleuets et ajoutez-lui cent mille livres de rente. Ouvrez-moi une bucolique à perte de vue sous une colonnade de marbre. Je consens à la bucolique et aussi à la féerie de marbre et d'or. Le bonheur sec ressemble au pain sec. On mange, mais on ne dîne pas. Je veux du superflu, de l'inutile, de l'extravagant, du trop, de ce qui ne sert à rien. Je me souviens d'avoir vu dans la cathédrale de Strasbourg une horloge haute comme une maison à trois étages qui marquait l'heure, qui avait la bonté de marquer l'heure, mais qui n'avait pas l'air faite pour cela ; et qui, après avoir sonné midi ou minuit, midi, l'heure du soleil, minuit, l'heure de l'amour, ou toute autre heure qu'il vous plaira, vous donnait la lune et les étoiles, la terre et la mer, les oiseaux et les poissons, Phébus et Phébé, et une ribambelle de choses qui sortaient d'une niche, et les douze apôtres, et l'empereur Charles Quint, et Éponine et Sabinus, et un tas de petits bonshommes dorés qui jouaient de la trompette, par-dessus le marché. Sans compter de ravissants carillons qu'elle éparpillait dans l'air à tout propos sans qu'on sût pourquoi, Un méchant cadran tout nu qui ne dit que les heures vaut-il cela ? Moi je suis de l'avis de la grosse horloge de Strasbourg, et je la préfère au coucou de la Forêt-Noire. »

Violon

En Algérie, on remplit un seau d'eau troué tandis que, en Égypte, on souffle dans une outre percée, au Maroc, on danse pour un aveugle, en Tunisie, on laboure la mer, on vend du vent aux bateaux quand on ne souffle pas dans le cul d'un mort, en Angleterre, on brosse le chien, en Espagne on parle avec le mur, en Autriche, on porte de l'eau dans le Danube, en Grèce, on fait un trou dans l'eau, en Roumanie, on porte du bois dans la forêt, en Belgique, selon l'humeur, on pète dans une buse ou un tambour, en Slovaquie, on lance des pois secs contre le mur, au Canada, on fourre le chien mais en France, on pisse dans un violon.

Et sans être trop chauvin, on se dit que l'expression est peut-être la plus jolie, la plus imagée.

Un poète anonyme, un jour a inventé cette tournure mystérieuse mais passée à la postérité. Il aurait pu préférer « chier dans une cornemuse », ou « uriner dans un violoncelle », il aurait pu dire « déféquer dans un hautbois », « pissoter dans une passoire », « caguer dans une cocotte », « roter dans une marmite », mais non, il a dit « pisser dans un violon ».

Gloire soit rendu à cet auteur inconnu qui par la vertu de sa fulgurance, la force de son invention lexicale, a sans doute plus enrichi la langue française que plusieurs séances de la Commission du Dictionnaire de l'Académie française.

Alphonse Allais, littérateur inestimable, ne joua, à notre connaissance, jamais du violon. En revanche, il eut cette pensée pénétrante : « Si j'étais riche, je pisserais tout le temps. »

Il serait dommage de pisser dans le violon du grand concertiste Joshua Bell puisque son instrument, véritable pièce de musée, un Stradivarius fabriqué en 1711, a été acheté un peu moins de 4 millions de dollars en 2001.

Le 12 janvier 2007, Joshua Bell, à l'initiative du journal *The Washington Post*, est allé jouer dans les couloirs du métro à Washington. Deux jours avant, à Boston, il avait joué à guichet fermé dans un théâtre où le prix des places avoisinait les 100 euros. Ce jour-là, dans l'indifférence quasi générale, le concertiste a récupéré au bout de trois quarts d'heure la somme de 32 dollars, et encore, parce qu'un spectateur fortuit l'avait reconnu et glissé 20 euros dans la sébile du violoniste. Sinon, Joshua Bell aurait joué pour la somme de 12 euros.

L'excellence est-elle invisible quand nous n'y sommes pas préparés ? La beauté, quand elle n'est conditionnée, ni par la publicité, ni par la connaissance, ni par la réputation serait-elle inutile ?

Sortez vos feuilles, votre stylo. Vous avez trois heures pour plancher sur ces questions.

Vitelloni, Les

La traduction littérale du titre *Les Vitelloni* de Fellini pourrait être « Les gros veaux » ou « Les vieux veaux » (c'est-à-dire les veaux de plus d'un an), mais le film, en France, fut d'abord commercialisé sous le titre *Les Inutiles*. Comme les veaux de lait, les personnages du film de Fellini sont protégés par leurs parents chez qui, à un âge avancé, comme de futurs Tanguy, ils continuent d'habiter. Ce sont ce qu'on n'appelle pas encore des adulescents. Ils vivent essentiellement la nuit, à l'abri de la lumière et du labeur. Ils se soucient essentiellement de l'argent et des femmes. Autant dire qu'ils n'ont rien d'exceptionnel. Désœuvrés, attardés, inactifs, lâches, ils passent leur temps à se recoiffer et bénéficient du regard quand même tendre, bienveillant, du grand Fellini qui ne peut pas s'empêcher de regarder ce petit monde avec tendresse et poésie.

À la fin, le jeune cheminot qui est debout à 3 heures du matin, non parce qu'il a bringué toute la nuit mais parce qu'il est déjà levé pour rejoindre en sifflotant la gare où il travaille, s'éloigne vers le fond de l'écran, comme dans un film de Chaplin, en équilibre sur le rail des chemins de fer, de la vie qui file.

Vœux

On a tout le mois de janvier pour les présenter.

« Bonne année, bonne santé. »

Sous le gui, à minuit pile, le soir du réveillon, un tendre baiser, et puis les jours suivants jusqu'au 31.

« Bonne année, bonne santé. »

Le 2, le 3, le 4, on présente naturellement ses vœux avec force et conviction, le 28, le 29, on les présente encore mais avec détachement, désinvolture, par-dessus la jambe, au moment de se quitter...

« Au fait, il est encore temps, une bonne année, une bonne santé... »

On est un peu gêné d'être englué dans une telle banalité, une telle platitude. Parfois, on va jusqu'à développer la médiocrité de la pensée, l'insignifiance de la formule : « Surtout, la santé, parce que quand on a la santé, on a tout », précise-t-on communément.

Ne craignons ni l'insignifiance, ni l'absence de brio. Le mois de janvier est le mois de la réconciliation, de la concorde et de l'harmonie. Le plus longtemps possible, tentons de maintenir la trêve des confiseurs. Allons, un petit effort. Janvier serait le mois de la bienveillance et des bonnes résolutions.

Souhaiter la bonne année, bien sûr, ça ne sert à rien. Mais alors, à rien du tout.

Une statistique digne de foi assure que 100 % environ des gens qui meurent dans un incendie, dans d'atroces souffrances, de noyade, d'une longue maladie ou de mort naturelle ont reçu, courant janvier, en plusieurs exemplaires, des bons vœux, agréés, estampillés, garantis sincères.

« Bonne année, bonne santé... » Tu parles, Charles...

Pourtant, ce serait une telle marque d'impolitesse, d'indifférence, de goujaterie que de ne pas présenter ses bons vœux en début d'année. « Bonne année, bonne santé. » La grand-mère du comédien Philippe Duquesne ajoutait : « Beaucoup de sous dans le porte-monnaie. »

Certains tentent de faire les originaux, de trouver des formules alambiquées pour exprimer les bons vœux.

Volontiers, ils sollicitent des idées d'apaisement, de bonheur, souhaitent que les difficultés s'éloignent, que le bonheur soit au rendez-vous dans nos cœurs et ceux de nos proches, appellent la réussite et le partage et la sérénité et la joie et la flamme de l'amour et l'étincelle de l'amitié...

Ce n'est pas obligatoire de compliquer à l'envi.

« Bonne année, bonne santé », c'est bien suffisant. On ne va pas non plus y passer le réveillon.

Le mieux est de laisser Pierre Desproges conclure cette entrée :

« J'ai modifié légèrement le message de mon répondeur téléphonique. Au lieu de « Bonjour à tous », j'ai mis "Bonne année mon cul". C'est net, c'est sobre, et ça vole suffisamment bas pour que les grossiers trouvent ça vulgaire. »

Vote

Henrik Ibsen a écrit : « La société est comme un navire ; tout le monde doit contribuer à la direction du gouvernail. » La comparaison du grand dramaturge a ses limites. Imagine-t-on tout un équipage, une vingtaine de matelots fatigués par des mois de mer et de dysenterie, tirant la barre à hue et à dia, l'un pour rentrer à Fécamp retrouver Marie et les enfants, l'autre pour retourner câliner sa vahiné à Teahupoo ? Non.

Ibsen, notons-le, n'a pas connu le référendum de 2005, ni celui sur l'aéroport de Notre-Dame-des-Landes, vu qu'à son époque et l'aviation et l'Union européenne n'en étaient qu'à leurs balbutiements.

Plus proche de nous, François Bayrou a révélé que « plus aucun citoyen ne croit qu'il puisse aujourd'hui changer concrètement sa vie, sa propre vie, par son bulletin de vote ». Notons que le maire de Pau (également conseiller général, député des Pyrénées-Atlantiques et député européen) sait, lui, très concrètement l'influence que des bulletins de vote ont eu sur la sienne, de vie.

En septembre 2007, Hasbro organise un vote sur Internet pour lancer la nouvelle édition du Monopoly français. La société américaine invite les internautes à désigner les 22 villes de l'Hexagone qui remplaceront les habituelles cases du plateau de jeu. L'opération est très vite un succès et les votants, à peu près 750 000, sont bien plus nombreux qu'escomptés. À la clôture des votes, un mois plus tard, la ville gagnante étonne : les votants ont massivement plébiscité Montcuq (ne pas prononcer le *q* final), commune du Lot rendue célèbre par un fameux sketch de Daniel Prévost dans « Le Petit Rapporteur ». Embarras dans les bureaux de Hasbro, qui ne goûte que moyennement la plaisanterie, estimant qu'elle tranche avec l'esprit familial de son jeu. La sortie du nouveau Monopoly France crée l'opprobre ; Montcuq s'est envolé, laissant la meilleure case du jeu à Dunkerque, arrivée en seconde position dans le classement.

Bad Buzz : Hasbro se retrouve noyé sous les lettres scandalisées, *Télérama* parle de parodie de démocratie participative, *Le Nouvel Obs* s'interroge sur le mépris de classe de la société qui juge que Montcuq n'est pas assez chic pour remplacer la rue de la Paix... Pour se rattraper, la société lance un Monopoly spécial Montcuq où l'on passe du chemin du paradis à l'esplanade Nino-Ferrer (le chanteur était voisin de la commune) pour finir rue du Petit-Rapporteur. Ce compromis n'a pas tout à fait satisfait ni les votants ni le maire de Montcuq. L'édition, tirée à 5 000 exemplaires, a cependant très vite été épuisée.

Vouvoiement

Est-il bien nécessaire
De me dire « vous » plutôt que « tu »
Si c'est pour, par-derrière,
Me botter le cul ?

Là-bas en Angleterre
Ils se disent tous « you »
C'est plus clair,
De Toto, Tony Blair, à Lizarazu[1].

On pourrait se passer du vouvoiement (ou du voussoiement), s'inspirer des Anglais et dire « tu » à tout le monde, son enfant, sa femme, son directeur, son président de la République, son animal familier.

La langue française a ses nuances, ses raffinements, et la disparition d'un des pronoms personnels serait considérée comme un appauvrissement syntaxique, relationnel et humain.

On vouvoie généralement quelqu'un qu'on ne connaît pas, que l'on rencontre pour la première fois ou que l'on pense ne jamais revoir. À quelqu'un qui vous coupe la priorité, on préférera dire « Va donc, eh connard ! » plutôt que « Allez donc, eh connard ! », plus ampoulé, moins direct. Un ancien président de la République au salon de l'Agriculture n'eut pas le naturel à-propos de dire

1. « Vous », paroles et musique Camille, 2005.

« Cassez-vous, pauvre con » à un visiteur qui, vraisemblablement, n'était pas de ses électeurs.

Le vouvoiement marque une distance, un respect.

Jean-Louis Debré a, toute sa vie, continué de vouvoyer Jacques Chirac, malgré une longue amitié qui a résisté à tous les orages, toutes les tempêtes.

« J'ai un souvenir ancien, lorsqu'en 1994, il y a eu la campagne présidentielle. Au début, ça a été très difficile, beaucoup de ses "amis" l'ont vite quitté pour aller soutenir Édouard Balladur, raconte-t-il à *TV Mag*. Quand les sondages sont devenus bons, ces gens qui étaient partis, ces pigeons voyageurs, revenaient vers Chirac. Afin de faire oublier leur transhumance, ils mettaient des tutoiements énormes pour lui montrer qu'ils étaient amis, puisqu'il allait gagner... Moi, j'ai considéré que je ne ferais pas comme eux. D'autant plus lorsqu'il est devenu président de la République : même en étant ami, on a un devoir de respect pour la fonction. »

Toujours, Jean-Louis Debré a vouvoyé Jacques Chirac et l'a appelé « Monsieur » tandis que l'ancien président tutoyait Debré et l'appelait Jean-Louis. Finesse et distinction de la relation amicale.

Il arrive que les enfants grandissent, deviennent des adolescents, puis des hommes. Le tutoiement qui semblait jadis naturel peut sembler embarrassant vis-à-vis d'un ancien enfant devenu adulte. Certains, dans ces cas-là, préfèrent choisir de ne pas choisir en optant pour la troisième personne du singulier : « Il a fait bon voyage ? Il voudrait un café ? »

Le tutoiement peut également être une forme de délicatesse. Il semblait plus poli de ne pas vouvoyer cette comédienne, star du cinéma à la filmographie prestigieuse pour qui le vouvoiement aurait été la dénonciation de son âge avancé.

La langue bretonne instaure des nuances supplémentaires et compliquées dans l'usage du vouvoiement et du tutoiement. On ne tutoie pas dans la région qui va de Quimper, Pontivy et Lorient, mais on tutoie dans le pays bigouden. Dans le Léon, le tu est également courant. Plus compliqué, quand le tu est employé en Bretagne, il est généralement réservé aux hommes, quand les hommes se parlent entre eux et quand les femmes s'adressent aux hommes, tandis que les femmes entre elles et les hommes s'adressant aux femmes emploient généralement le « vous ». Les nouvelles générations, paraît-il, délaissent ces nuances sexistes pour tutoyer les proches, quel que soit leur sexe.

Il existe des couples qui se vouvoient. Bernadette Chirac a toujours vouvoyé Jacques, encore lui, qui voussoyait son épouse. On ignore si dans les moments d'intimité le vouvoiement était conservé. « Oh oui, allez-y. Oh oui, allez-y, c'est bon. »

Le 6 juin 2013, dans son bloc-notes, Frédéric Vitoux, de l'Académie française, écrivit un bel éloge du vouvoiement : « En vérité, l'hésitation, le choix, le balancement entre le "vous" et le "tu" offre quelque chose de délicieux et d'infiniment significatif dans la conversation, dans cette politesse ou, mieux, dans cette *délicatesse* des rapports humains, dans l'établissement de ces nuances entre la courtoisie et l'intimité, la déférence et l'amitié, le respect et la complicité. Il faut aimer tout autant le "vous" de la séduction que le "tu" qu'échangent ensuite les amants ; il existe un érotisme du vouvoiement ou de son abandon comme il y en a un du dévoilement... Plaignons, plus généralement, ceux qui méconnaissent ces subtilités, et malheur aux langues qui les ignorent !

« Le "tu" qui prévaut de plus en plus aujourd'hui simplifie ou, pis, uniformise le langage et les rapports entre les individus. On ne se méfie jamais assez des uniformes.

Du tutoiement obligatoire des “camarades”, comme des bourreaux et de leurs victimes. De ce qui rend en bref la société unie, semblable, obéissante, obligatoire. Au risque d’inventer un néologisme intrépide, je dirais que le *tutoielitarisme* est un totalitarisme. »

Un Académicien français qui fustige l’uniforme, c’est grand, c’est beau, c’est paradoxal. Tu es trop fort, Fredo !

W

Wally

Wally est chanteur, un chanteur qui se pose des questions : « Que faisait le paon avant l'invention de la roue ? » « Est-ce que dans les bateaux de luxe, ils ont vraiment des parquets flottants ? » Wally peut également se faire porte-voix du courrier des lecteurs de *Télé Star* : « Je voudrais savoir si l'émission Thalassa passe le vendredi parce que c'est le jour du poisson ? » Sa spécialité reste la chanson courte (« L'avantage, c'est que quand tu es invité à manger chez les cannibales, c'est que tu peux apporter à manger tout en arrivant les mains vides »). À côté de cette activité principale, Wally crée, invente.

Une liste non exhaustive des fruits de son imagination, de son travail artistique donne une petite idée de cet oiseau autodidacte, chaudronnier de formation et réjouissant poète :

Non audio-guide, casque de chantier antibruit pour profiter des expositions sans profiter des commentaires des visiteurs.

Machine à casser du sucre sur le dos.

Calculateur de mauvaise langue.

Chaussures à marcher sur les œufs.
Lunettes avec renvoi d'angles (pour les gens qui vous regardent de travers).
Tourne-pouce automatique.
Accélérateur manuel de particules.
Machine à coincer la bulle.
Puzzle à pièce unique.
Nature morte (bidon de Roundup peint).

Wally n'hésite pas à se préoccuper de la paupérisation des sociétés modernes. Ainsi a-t-il mis au point une bombe lacrymogène pour pauvres présentée sous forme de hachoir à oignons, entonnoir et oignons.

Wordsworth, William (1770-1850)

On dit que l'auteur anglais William Wordsworth, quand il promenait son chien, lui récitait à voix haute les poèmes qu'il venait de terminer. Si l'animal aboyait pardessus une phrase, le poète en concluait que celle-ci était mauvaise et la réécrivait *illico*.

Yeux mobiles

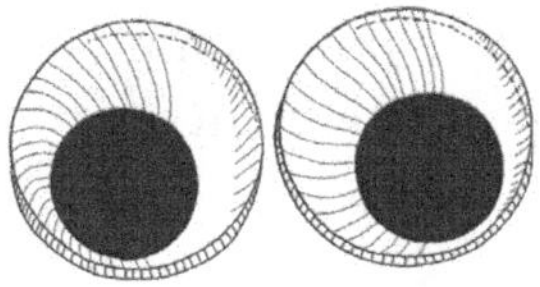

On ne sait pas qui a inventé les *yeux mobiles*, ou *googly eyes* en anglais, ces pastilles autocollantes de plastique transparent où deux billes noires roulent sur un fond blanc pour suggérer le mouvement des yeux. Certains pensent que les premiers yeux mobiles produits étaient des gadgets faisant la publicité du comic strip de 1919, *Barney Google and Snuffy Smith*, créé par Billy DeBeck, et dont le personnage avait de grands yeux ou se perdaient deux minuscules pupilles noires.

On ne sait pas bien non plus à quoi servent les yeux mobiles, si ce n'est à donner vie à tous les objets qui vous plairont : banane, tomate, machine à café, compteur électrique, vieille basket éventrée, ou encore tout objet ayant une ouverture pouvant figurer une bouche, une courbure pouvant figurer un nez. On peut également les coller sur toutes sortes d'affiches, pour dissimuler le regard arrogant de cette mannequin qui vous toise à l'arrière des bus, ou pour vous venger de ce mauvais acteur placardé dans tout Paris en lui donnant un regard pour le moins idiot. Ce qui n'est tout de même pas rien.

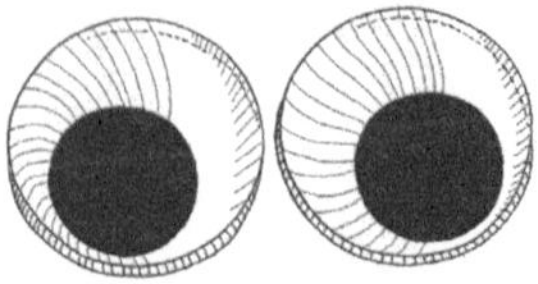

L'effet est amusant pour qui découvre, à l'improviste, deux yeux mobiles bien placés, à condition bien sûr qu'il ne pense pas aux millions de pastilles en plastique produits depuis des décennies, placés sur des arbres, bouches d'égout, pompes à incendie et panneaux de signalisation, décollés par le vent et la pluie pour commencer leur longue route vers les océans et, finalement, l'estomac des baleines, des tortues et des rougets.

Il est de plus en plus difficile de vivre de la pêche ? Un poissonnier koweitien, sorte d'Ordralfabétix nouveau modèle, a trouvé une combine tout à fait réjouissante pour dissimuler la fraîcheur douteuse de ses arrivages : il collait sur chaque poisson des yeux mobiles par-dessus ceux, jaunâtres et ternes, de sa marée, apportant une brillance et un relief appétissant.

Le ministère du Commerce koweitien, au lieu de le féliciter pour la créativité de son achalandage, lui a immédiatement fait fermer boutique.

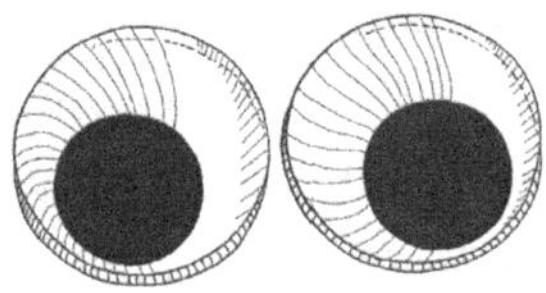

Yo-yo

En 1999, le yo-yo est revenu à la mode, chassant de cours de récré billes, pogs et autres petites voitures. Populaire dans les années 20, 30 et 80, il était tombé dans l'oubli mais a fait un retour fracassant suite au puissant marketing de la société japonaise Bandai.

Certains connaissaient des figures et gagnaient leur petite notoriété en faisant de savants enchaînements d'enroulement de corde qu'ils nommaient « petit chien », « sleeper » ou « tour Eiffel ». Contrairement aux bêtes yo-yo en bois de leurs ancêtres, les enfants du nouveau millénaire avaient droit aux plastiques translucides et incassables, aux roulements à billes et aux lumières stroboscopiques de couleurs sur les côtés... Toutes ces améliorations avaient réussi, pendant quelques mois, à faire oublier la satisfaction toute relative que le yo-yo procurait.

Rapidement, il a été oublié dans un tiroir de la chambre pour être remplacé par le Tamagotchi de Bandai, toujours, petit animal virtuel dont il fallait s'occuper, ce qui ne nécessitait pas de virtuosité particulière mais était bien plus rigolo parce qu'on pouvait l'affamer jusqu'à le tuer et le ressusciter à l'envi en appuyant sur un petit bouton à l'arrière.

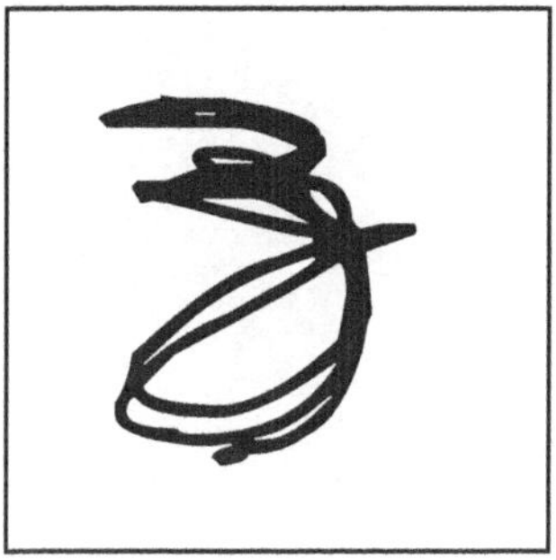

Zizi (taille de)

En parler dans un *Dictionnaire amoureux* ne semble pas hors de propos. Par ailleurs, pour peu qu'on soit très sentimental ou un peu hypocrite, on convient ordinairement que ce n'est pas la taille qui compte. Cet article a donc idéalement sa place dans un dictionnaire de l'inutile.

La taille moyenne du pénis humain est d'environ 15 centimètres lors d'une érection totale.

(La la la la la la la la la la la la la la la la la la la la la la la la Petite parenthèse de pause musicale, le temps que vous remettiez la main sur le double-centimètre qui, s'il n'est pas dans votre trousse d'écolier, doit être posé sur votre bureau...)

La taille du pénis connaît de très importantes variations entre les hommes puisqu'il peut mesurer moins de 8 centimètres ou en atteindre plus de 20. On parle de micropénis quand, à l'âge adulte, la longueur du pénis est inférieure à 7 centimètres.

(Notez que le titre de cet article est « Zizi [taille de] » et non « Pénis [taille de] » car les auteurs ont constaté une pénurie d'articles pour la lettre Z.)

Quand le pénis est au repos (car il y a droit comme tout le monde), on le dira flaccide. Là encore, la taille est très variable, de 4 à 12 centimètres, parfois plus, parfois moins, mais ne permet pas de préjuger de la taille du pénis quand il est en érection, c'est-à-dire en majesté, dans la plénitude de sa vocation.

Parmi les tailles de records connus à ce jour, il faut citer Ron Jeremy dont la carrière dans le cinéma commença grâce à sa petite amie de l'époque qui envoya une photo de lui, nu, au magazine *Playgirl*. Sa fiche Wikipédia mentionne chastement ses yeux bleus et ses cheveux bruns. Ce ne sont pas ces caractéristiques physiques qui étonnent le plus. Rocco Siffredi, quant à lui, a les yeux marron et les cheveux châtains.

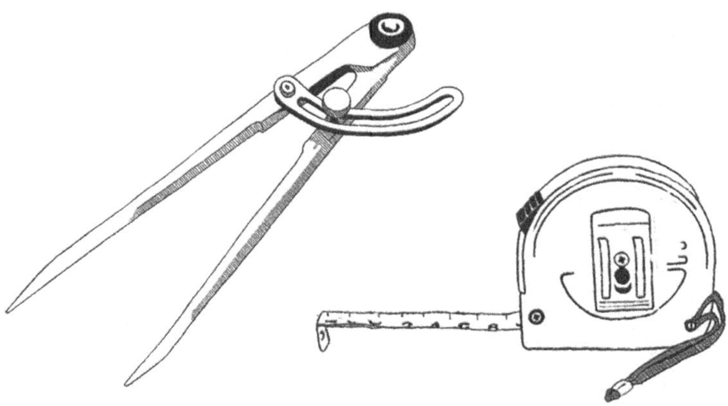

Porfirio Rubirosa, a traversé la vie de Danielle Darrieux et les romans de Patrick Modiano. Il a donné son nom au plus grand modèle existant de moulin à poivre.

Long Dong Silver, que vous avez pu apprécier dans *Sex Freaks* ou *Porno y Bizarro* avait un pénis de 45,7 centimètres, mais il s'agissait d'une prothèse. La traduction littérale de son nom est « Silver la longue bite », en référence à Long

John Silver, le cuistot sympathique de *L'Île au trésor*. Ce qui prouve qu'on peut à la fois aimer rire, avoir un bagage littéraire et être un imposteur.

Quand on admire une statue grecque, le Kouros de Kroisos, le Diadumène ou le Doryphore sculptés par Polyclète, on peut admirer la musculature impressionnante, s'émerveiller devant la splendeur des abdominaux qui vous font regretter d'avoir repris du Nutella au petit déjeuner. En revanche, on est rarement complexé par la taille du sexe. Un petit sexe révélait alors l'intelligence de l'homme, sa capacité à se contrôler, à dépasser son animalité. En revanche, les satyres, les créatures animales, ceux qui ne sont guidés que par le mal, la luxure et la folie, sont représentés avec des gros zizis.

Pour les Grecs, c'est la taille qui compte.

Zou

Zou, il y a un moment, il faut bien arriver à transcrire la dernière entrée du dictionnaire. On sait bien que dès qu'on aura rendu le manuscrit, on aura d'autres idées qui arriveront. Forcément. L'inutile, c'est l'infini.

Alors pour conclure, avant les prochaines réimpressions, rééditions augmentées, une dernière phrase.

Ça pourrait être une épitaphe. Simple, mélancolique, philosophique, un peu détachée... C'est surtout une phrase que disait Suzanne (la grand-mère d'un des deux coauteurs, la mère de l'autre) après avoir vu un épisode des « Shadoks », une émission de Jean-Christophe Averty, un film de Jean-Luc Godard ou toute autre œuvre jugée absconse ou farfelue ou incompréhensible ou vaine. Une phrase qui pourrait commencer par « Allez, zou... », qui annonce la décision de changer d'activité, ou mieux d'aller se coucher.

C'est une phrase que Suzanne aurait pu dire en refermant le livre que vous tenez entre les mains.

« On n'est pas plus avancé au début qu'à la fin. »

Table

Dans la même collection

Ouvrages parus

Philippe Alexandre
Dictionnaire amoureux de la politique

Albert Algoud
Dictionnaire amoureux de Tintin

Claude Allègre
Dictionnaire amoureux de la science

Metin Arditi
Dictionnaire amoureux de la Suisse
Dictionnaire amoureux de l'esprit français

Pierre Assouline
Dictionnaire amoureux des écrivains et de la littérature

Jacques Attali
Dictionnaire amoureux du judaïsme

Alain Baraton
Dictionnaire amoureux des jardins

Christophe Barbier
Dictionnaire amoureux du théâtre

Jean-Baptiste Baronian
Dictionnaire amoureux de la Belgique

Alain Bauer
Dictionnaire amoureux de la franc-maçonnerie
Dictionnaire amoureux du crime

Olivier Bellamy
Dictionnaire amoureux du piano

Yves Berger
Dictionnaire amoureux de l'Amérique (épuisé)

Laurent Binet et Antoine Benneteau
Dictionnaire amoureux du tennis

Adam Biro
Dictionnaire amoureux de l'humour juif

Patrice Blanc-Francard
Dictionnaire amoureux du jazz

Denise Bombardier
Dictionnaire amoureux du Québec

Éric Bouhier
Dictionnaire amoureux de San-Antonio

Hervé Bourges
Dictionnaire amoureux de l'Afrique

Jean-Claude Carrière
Dictionnaire amoureux de l'Inde
Dictionnaire amoureux du Mexique

Jean des Cars
Dictionnaire amoureux des trains
Dictionnaire amoureux des monarchies

Michel Del Castillo
Dictionnaire amoureux de l'Espagne

Antoine de Caunes
Dictionnaire amoureux du rock

Patrick Cauvin
Dictionnaire amoureux des héros (épuisé)

Jacques Chancel
Dictionnaire amoureux de la télévision

Malek Chebel
Dictionnaire amoureux de l'Algérie
Dictionnaire amoureux de l'islam
Dictionnaire amoureux des Mille et Une Nuits

Jean-Loup Chiflet
Dictionnaire amoureux de l'humour
Dictionnaire amoureux de la langue française

Catherine Clément
Dictionnaire amoureux des dieux et des déesses

Gérard de Cortanze
Dictionnaire amoureux des Sixties

André Comte-Sponville
Dictionnaire amoureux de Montaigne

Xavier Darcos
Dictionnaire amoureux de la Rome antique
Dictionnaire amoureux de l'école

Bernard Debré
Dictionnaire amoureux de la médecine

Jean-Louis Debré
Dictionnaire amoureux de la République

Alain Decaux
Dictionnaire amoureux d'Alexandre Dumas

Didier Decoin
Dictionnaire amoureux de la Bible
Dictionnaire amoureux des faits divers

Jean Francois Deniau
Dictionnaire amoureux de la mer
et de l'aventure

Bertrand Dicale
Dictionnaire amoureux de la chanson française

Alain Duault
Dictionnaire amoureux de l'opéra

Alain Ducasse
Dictionnaire amoureux de la cuisine

Jean-Paul et Raphaël Enthoven
Dictionnaire amoureux de Marcel Proust

Nicolas d'Estienne d'Orves
Dictionnaire amoureux de Paris

Vladimir Fédorovski
Dictionnaire amoureux de Saint-Pétersbourg

Dominique Fernandez
Dictionnaire amoureux de la Russie
Dictionnaire amoureux de l'Italie
(deux volumes sous coffret)
Dictionnaire amoureux de Stendhal

Franck Ferrand
Dictionnaire amoureux de Versailles

Luc Ferry
Dictionnaire amoureux de la philosophie

Jean-Louis Fournier
Dictionnaire amoureux du Nord

José Frèches
Dictionnaire amoureux de la Chine

Max Gallo
Dictionnaire amoureux de l'histoire de France

René Guitton
Dictionnaire amoureux de l'Orient

Claude Hagège
Dictionnaire amoureux des langues

Daniel Herrero
Dictionnaire amoureux du rugby
Dictionnaire amoureux de l'Ovalie

Homeric
Dictionnaire amoureux du cheval

Gilles Jacob
Dictionnaire amoureux du Festival de Cannes

Daniel Jouanneau
Dictionnaire amoureux de la diplomatie

Serge July
Dictionnaire amoureux du journalisme
Dictionnaire amoureux de New York

Alain Juppé
Dictionnaire amoureux de Bordeaux

Christian Laborde
Dictionnaire amoureux du Tour de France

Jacques Lacarrière
Dictionnaire amoureux de la Grèce
Dictionnaire amoureux de la mythologie (épuisé)

Andre-Jean Lafaurie
Dictionnaire amoureux du golf

Pierre et Olivier de Lagarde
Dictionnaire amoureux du patrimoine

Mathieu Laine
Dictionnaire amoureux de la liberté

Jack Lang
Dictionnaire amoureux de François Mitterrand

Gilles Lapouge
Dictionnaire amoureux du Brésil

François Laroque
Dictionnaire amoureux de Shakespeare

Michel Le Bris
Dictionnaire amoureux des explorateurs

Bernard Lecomte
Dictionnaire amoureux des papes

Nicole Le Douarin
Dictionnaire amoureux de la vie

Jean-Yves Leloup
Dictionnaire amoureux de Jérusalem

Évelyne Lever
Dictionnaire amoureux des reines

Paul Lombard
Dictionnaire amoureux de Marseille

Peter Mayle
Dictionnaire amoureux de la Provence

Michel Meyer
Dictionnaire amoureux de l'Allemagne

Christian Millau
Dictionnaire amoureux de la gastronomie

Richard Millet
Dictionnaire amoureux de la Méditerranée

François et Valentin Morel
Dictionnaire amoureux de l'inutile

Pierre Nahon
Dictionnaire amoureux de l'art moderne et contemporain

Alexandre Najjar
Dictionnaire amoureux du Liban

Henri Pena-Ruiz
Dictionnaire amoureux de la laïcité

Gilles Perrault
Dictionnaire amoureux de la Résistance

Jean-Christian Petitfils
Dictionnaire amoureux de Jésus

Jean-Robert Pitte
Dictionnaire amoureux de la Bourgogne

Bernard Pivot
Dictionnaire amoureux du vin

Gilles Pudlowski
Dictionnaire amoureux de l'Alsace

Yann Queffélec
Dictionnaire amoureux de la Bretagne
Dictionnaire amoureux de la mer

Christiane Rancé
Dictionnaire amoureux des saints

Alain REY
Dictionnaire amoureux des dictionnaires
Dictionnaire amoureux du diable

Pierre ROSENBERG
Dictionnaire amoureux du Louvre

Jean-Marie ROUART
Dictionnaire amoureux de Jean d'Ormesson

Élisabeth ROUDINESCO
Dictionnaire amoureux de la psychanalyse

Marcel RUFO
Dictionnaire amoureux de l'enfance et de l'adolescence

Ève RUGGIERI
Dictionnaire amoureux de Mozart

Danièle SALLENAVE
Dictionnaire amoureux de la Loire

Elias SANBAR
Dictionnaire amoureux de la Palestine

Jérôme SAVARY
Dictionnaire amoureux du spectacle (épuisé)

Jean-Noël SCHIFANO
Dictionnaire amoureux de Naples

Alain SCHIFRES
Dictionnaire amoureux des menus plaisirs (épuisé)
Dictionnaire amoureux du bonheur

Robert SOLÉ
Dictionnaire amoureux de l'Égypte

Philippe SOLLERS
Dictionnaire amoureux de Venise

Michel TAURIAC
Dictionnaire amoureux de De Gaulle

Frédéric THIRIEZ
Dictionnaire amoureux de la montagne

Denis TILLINAC
Dictionnaire amoureux de la France
Dictionnaire amoureux du catholicisme
Dictionnaire amoureux du Général

Trinh Xuan THUAN
Dictionnaire amoureux du ciel et des étoiles

André Tubeuf
Dictionnaire amoureux de la musique

Jean Tulard
Dictionnaire amoureux du cinéma
Dictionnaire amoureux de Napoléon

Mario Vargas Llosa
Dictionnaire amoureux de l'Amérique latine

Dominique Venner
Dictionnaire amoureux de la chasse

Jacques Vergès
Dictionnaire amoureux de la justice

Pascal Vernus
Dictionnaire amoureux de l'Égypte pharaonique

Frédéric Vitoux
Dictionnaire amoureux des chats

Olivier Weber
Dictionnaire amoureux de Joseph Kessel

Jean-Michel Wilmotte
Dictionnaire amoureux de l'architecture

À paraître

Hervé Hamon
Dictionnaire amoureux des îles

Pierre Lemaitre
Dictionnaire amoureux du polar

Loïck Peyron
Dictionnaire amoureux de la voile

Pour en savoir plus
sur les Éditions Plon
(catalogue, auteurs, vidéos, actualités...),
vous pouvez consulter
www.plon.fr
www.lisez.com

lisez!

et nous suivre sur les réseaux sociaux

Editions Plon

@EditionsPlon

@editionsplon

MIXTE
Papier issu de
sources responsables
FSC® C003309
FSC
www.fsc.org

L'Éditeur de cet ouvrage s'engage
pour la préservation de l'environnement
et utilise du papier issu de forêts gérées
de manière responsable.

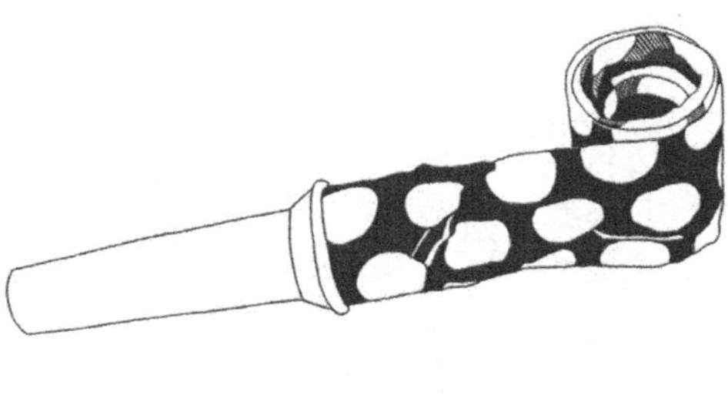

Achevé d'imprimer en décembre 2020
par Normandie Roto Impression s.a.s.
61250 Lonrai
N° d'impression : 2005135

Imprimé en France